Brandstifter

Das Buch

In einem kleinen Ort an Islands Ostküste scheint ein Feuerteufel sein Unwesen zu treiben. Kommissar Valdimar Eggertsson wird aus Reykjavík geholt, um den Täter zu fassen. Zunächst verdächtigt er Sveinbjörn, den Besitzer einer bankrotten Fabrik: Sein Nachbar wollte in die Firma investieren, hat das Angebot aber kurzfristig zurückgezogen. Als er sich im Weihnachtsurlaub befindet, brennt sein Haus bis auf die Grundmauern nieder. Hat Sveinbjörn sich gerächt? Bald merkt Valdimar jedoch, dass auch ein anderer als Täter in Frage kommt: der Schüler Bóas, ausgerechnet der Sohn des örtlichen Polizisten. Kurz darauf brennt in einer stürmischen Nacht Sveinbjörns Fabrik vollständig ab. Auch hier war ein Brandstifter am Werk, aber es gibt merkwürdige Details: Die Alarmanlage war ausgeschaltet, und die Feuermelder haben nicht funktioniert. Ein bisschen viel Zufall auf einmal? Im Laufe der Ermittlungen dringt Valdimar immer tiefer ein in das Gewirr der Interessen, Heimlichkeiten und Affären, die in der Kleinstadt herrschen, und erfährt mehr über deren Bewohner, als ihm lieb ist. Erst als er dem Täter eine Falle stellt, kann Valdimar ihn überführen – doch in dem Ort ist nichts mehr, wie es einmal war.

Vor der Kulisse des winterlichen Island spinnt Jón Hallur Stefánsson ein dichtes, psychologisch fesselndes Netz der Beziehungen, in das sich die handelnden Personen mehr und mehr verstricken – bis es ihnen zum Verhängnis wird.

Der Autor

Jón Hallur Stefánsson wurde 1959 geboren. Er arbeitete als Übersetzer, Radiomoderator und Musiker. Bereits sein Romandebüt *Eiskalte Stille* katapultierte ihn in die erste Riege der nordischen Krimiautoren.

In unserem Hause ist von Jón Hallur Stefánsson bereits erschienen:

Eiskalte Stille

Jón Hallur Stefánsson

Brandstifter

Island-Krimi

Aus dem Isländischen
von Betty Wahl

List Taschenbuch

Besuchen Sie uns im Internet:
www.list-taschenbuch.de

Dieses Taschenbuch wurde auf FSC-zertifiziertem Papier gedruckt.
FSC (Forest Stewardship Council) ist eine nichtstaatliche, gemeinnützige
Organisation, die sich für eine ökologische und sozialverantwortliche
Nutzung der Wälder unserer Erde einsetzt.

Deutsche Erstausgabe im List Taschenbuch
List ist ein Verlag der Ullstein Buchverlage GmbH, Berlin.
1. Auflage März 2009
© für die deutsche Ausgabe Ullstein Buchverlage GmbH, Berlin 2009
© 2008 Jón Hallur Stefánsson
Titel der isländischen Originalausgabe: Vargurinn (Bjartur, Reykjavík)
This book has been published with a financial support of
Bókmenntasjóður/Icelandic Literature Fund
Umschlaggestaltung und Konzeption: RME Roland Eschlbeck und Kornelia Rumberg
Titelabbildung: © Klaus Nigge / getty images
Satz: Pinkuin Satz und Datentechnik, Berlin
Gesetzt aus der Sabon
Papier: Munkenprint von Arctic Paper Munkedals AB, Schweden
Druck und Bindearbeiten: CPI – Clausen & Bosse, Leck
Printed in Germany
ISBN 978-3-548-60850-1

1 *Zuerst ist es nur ein glimmender Funke in einem halbdunklen Zimmer. Daraus wird eine knisternde Fläche, die größer wird, sich über Wände, Fußboden, Decke zieht, dann fangen die Hallen Feuer, eine nach der anderen, und schließlich steht das ganze Gebäude in Flammen. Einen Moment später bin ich draußen: Es ist die Fischmehlfabrik, die sich lodernd vom Nachthimmel abhebt, mit dickem, schwarzem Qualm, wie wenn Autoreifen brennen, und plötzlich weiß ich, das ist der natürliche Lauf der Dinge, das Feuer hat die Macht übernommen. Die Funken regnen auf den alten, morschen Anlegesteg, der fängt sofort Feuer, und der Schuppen oberhalb gleich mit. Als Nächstes kommt das Technikmuseum dran und macht sich, ich hab es gewusst, in dem Flammenmeer ganz besonders gut. Jetzt fangen die alten Holzhäuser da oben eins nach dem anderen an zu brennen, obwohl die Abstände dazwischen ziemlich groß sind. Aber die Bewohner merken nichts, bleiben in ihren lodernden Ledersesseln sitzen, starren weiter in den Fernseher oder spülen brennendes Fett von brennendem Geschirr. Und der Austurvegur ist taghell erleuchtet vom Schein aus den Feuerfenstern, eine brennende Katze schleicht runter zur Tankstelle, und Sekunden später steht auch die Tankstelle in Flammen, ein brennendes Auto biegt aus der Fossgata und hält vor den Zapfsäulen, heraus steigt ein lodernder Mann, steckt seine Kreditkarte in den Schlitz der Selbstbedienungs-*

anlage und tankt seinen Wagen voll, aber nicht den Benzintank, sondern das Auto selber, das sich verblüffend schnell mit Benzin füllt, und als der Feuermensch die Tür öffnet, sprudelt ihm das ganze Benzin entgegen, aber er lacht bloß, setzt sich in den Wagen, kurbelt alle Fenster runter und hält in rasender Fahrt auf die Stadt zu, am alten Hotel vorbei, während das Benzin aus den offenen Fenstern sprüht und die Straße entlangrinnt wie ein Fluss aus Feuerschlangen. Der Platz vor dem Vereinshaus »Herðubreið« ist voll mit brennenden Leuten, die brennendes Bier in sich hineinschütten und laut lachen, so dass ihnen Feuerzungen aus der Kehle lodern. Oben am Schwimmbad stehen die Türen sperrangelweit offen, drinnen sieht man brennende Leute, die schwimmen und herumtollen, und das Schwimmbecken ist mit gechlortem Benzin gefüllt. Auf dem Fußballplatz an der Schule kicken brennende Kinder einen lodernden Ball über den lodernden Rasen.

Als die großen Lettern des Schriftzugs »Seyðisfjörður« oben am Berghang brennen, da weiß ich, dass jetzt jedes einzelne Haus hier in Flammen steht, und in diesem Moment ertönt ein vertrauter, tiefer Ton und legt sich über die Stadt: Die Norræna läuft in den Hafen ein, von Bug bis Heck ein einziges Flammenmeer, dann ein gewaltiges Knacken, als der Schiffsrumpf sich bis zum Kiel blitzschnell erhitzt, glühendes Metall taucht zischend ins Meer, eine mächtige Rauchwolke quillt hervor, breitet sich aus und erstickt die ganze Stadt. Sekunden später ist kein Feuer mehr zu sehen, nicht ein einziges Fünkchen, aber der Qualm ist so undurchdringlich, dass man kaum bis zum nächsten Haus sehen kann, und dann wird es totenstill. Nur in irgendeinem Bett ein leises Stöhnen, dort hat jemand ein letztes Mal seiner Lust freien Lauf gelassen.

MONTAG

2 Der Brandgeruch war kalt und beißend. Smári Jósepsson, Polizeiobermeister von Seyðisfjörður, holte ein paar Mal tief Luft, bevor er das Haus von Kapitän Þorsteinn Einarsson und seiner Frau Hugrún betrat, am Morgen, nachdem die Feuersbrunst dort gewütet hatte. In der Hand hielt er einen kräftigen Scheinwerfer, denn Strom würde es sicherlich keinen mehr geben, und draußen war es noch dunkel. Er erwartete die Kriminaltechniker von der Spurensicherung aus Reykjavík, die in absehbarer Zeit hier eintreffen mussten, hatte aber beschlossen, den Ort des Geschehens zuerst einmal alleine zu begutachten.

Der Gestank von verkohltem Fleisch schlug ihm schon an der Eingangstür entgegen. Als er spürte, wie sich seine Speicheldrüsen zusammenzogen, entspannte er die Kiefermuskeln und versuchte, möglichst nicht durch die Nase zu atmen. Irgendwo hatte er gelesen, Geruch sei nichts anderes als winzige Partikel des Stoffes, der diesen Geruch verströmt, und dieses Wissen kam ihm lästigerweise immer dann ins Bewusstsein, wenn er einen beißenden Gestank wahrnahm. In diesem Fall war es eher die Frage nach der Geruchsursache, die seine Übelkeit erregte, weniger der Geruch als solcher, der ihn auf fatale Weise an Grillpartys und laue Sommerabende erinnerte.

Der Katzenkadaver lag direkt hinter der Eingangstür, die dem Ansturm der Flammen widerstanden hatte, während das

Parkett und die übrigen Fußböden zum größten Teil verbrannt waren. Er sah förmlich vor sich, wie das Tier in panischer Verzweiflung laut miauend den Ausgang gesucht hatte, während sich der dichte Qualm immer mehr ausbreitete. Offenbar waren die Fensterscheiben erst geplatzt, nachdem das Tier das Bewusstsein verloren hatte, sonst hätte das arme Geschöpf sich noch nach draußen retten können. Dieser Katze waren jedenfalls keine neun Leben beschieden.

Linker Hand hinter der Tür war ein blau angelaufener metallener Garderobenständer, an dem noch eine einsame Lederjacke hing. Andere Mäntel und Jacken waren wohl auf ihren Drahtkleiderbügeln, die jetzt sinn- und zwecklos dort zurückgeblieben waren, vollständig verbrannt. Hinter der Garderobe verlief eine Zwischenwand, die größtenteils heruntergebrannt war und den Blick in ein völlig verwüstetes Zimmer dahinter freigab. Das Wohnzimmer selbst war ein besonders schlimmer Anblick; Smári hätte sich gewünscht, das Feuer hätte hier kurzen Prozess gemacht und das schwarz verkohlte Nichts hinterlassen, auf das er gefasst gewesen war. Aber aus unerfindlichen Gründen war hier nicht alles verbrannt, was hätte verbrennen können; der Lichtkegel fiel auf eine völlig intakte Wanduhr, das Glas über dem Zifferblatt war gesprungen, aber sie tickte noch immer – ein eindringliches Mahnmal für die Unerbittlichkeit der Zeit. Die Wände waren fast überall schwarz, an manchen Stellen blätterten verkohlte Farbreste vom Mauerwerk, dazwischen waren weiße, unberührte Flecken. In der Mitte der hinteren Wand stand der Kamin, aus Ziegelsteinen gemauert, wie er immer gewesen war. Der Schürhaken hing an der Wand daneben. Heimstatt des Feuers. Ort der gezähmten Flammen, das Gegenteil der Feuersbrunst, die dieses Haus in Schutt und Asche gelegt hatte.

Der Fußboden war mit schwarzem, schmierigem Schlamm aus Asche und Wasser überzogen, den die Löscharbeiten vom Abend zuvor zurückgelassen hatten, und Smári schoss der Gedanke durch den Kopf, ob seine Fußabdrücke bei den Ermittlungen wohl eine Rolle spielen würden, dann zuckte er mit den Schultern und verwarf diese Befürchtung. Hier dürften keinerlei menschliche Spuren mehr erkennbar sein.

Die graue Ledersitzgruppe war noch da und stand verkohlt und erschütternd einsam um das Gestell eines Couchtisches herum, dessen dicke Glasplatte in Scherben auf dem rußbedeckten Boden darunter lag. Überbleibsel eines Alltagslebens, das in seiner bisherigen Form aufgehört hatte zu existieren.

Der Fernseher war eine schwarze Öffnung in eine schwarze Welt, aber die Bücher im Regal darüber hatten zu Smáris Verwunderung offenbar nicht allzu viel abbekommen, die meisten besaßen noch ihre äußere Form, auch wenn Buchrücken und Schnitt verkohlt waren, einige schienen sogar völlig unversehrt. Tja, demnach war also nicht mal der Fernseher implodiert, wie Smári halbwegs gehofft hatte, denn das hätte die Ermittlung der Brandursache erheblich erleichtert.

Das Klavier an der hinteren Wand des Zimmers hatte noch seine ursprüngliche Form und wirkte auf den ersten Blick unversehrt, aber bei näherer Betrachtung zeigte sich, dass jeder Quadratzentimeter des Instruments schwarz verkohlt war, die weißen Tasten waren aufgebogen und ineinander verschmolzen, und von manchen war die Beschichtung abgeplatzt. Smári versuchte, sich so ein in Flammen stehendes Instrument bildlich vorzustellen, gab es aber ziemlich schnell wieder auf.

Er ging vorsichtig zurück zur Küchentür gleich vorne neben der Diele. Die Tür war vollkommen aus dem Rahmen herausgebrannt, so dass man direkt in die gefliste Küche blicken konnte, die dagegen von der Verwüstung anscheinend verschont geblieben war. Die Morgensonne fiel auf den runden Küchentisch aus irgendeinem Kunststoffmaterial; keine Staubschicht, kein Rußfilm war zu sehen, kein schmutziges Geschirr stand in der Spüle, und die schräg stehende gelbliche Fläche daneben war die halb offene Tür der eingebauten Spülmaschine. Smári öffnete den Schrank in der Ecke und entdeckte ein Regal voller Cornflakes-Packungen. Die oberste war angebrochen, es war dieselbe Marke, die er selbst immer kaufte. Ob die Cornflakes wohl noch genießbar waren? Höchstwahrscheinlich würde nie jemand dahinterkommen, überlegte er, dann schämte er sich für seine abwegige Idee.

Das Haus stand oberhalb der letzten Straße ganz am Ortsrand, und aus den Schlafzimmerfenstern sah man direkt auf den steil ansteigenden Berghang. Hier hatte das Feuer offenbar am schlimmsten gewütet.

Der schrille Ton seines Handys hatte ihn in der Nacht zuvor unsanft aus dem Schlaf gerissen. Es hatte eine Weile gedauert, bis er zu sich gekommen war und das Gerät gefunden hatte. Zwei Uhr zweiundzwanzig, er hatte drei Stunden geschlafen.

»Smári?«

»Ja – hallo. Gylfi hier.«

»Ach, du bist's. War nett bei dir letztens, danke«, antwortete Smári und unterdrückte ein Gähnen. Keine achtundvierzig Stunden zuvor hatten die beiden auf einer ausschweifenden Silvesterparty zu Hause bei Gylfi sternhagelvoll die letzten Neujahrsraketen in die Luft gejagt.

»Gleichfalls. Hör zu, mach dich fertig und komm so schnell du kannst nach oben an den Hang. Bei Käpten Þorsteinn brennt's.«

»Bin sofort da«, antwortete Smári, plötzlich hellwach. »Ist die Feuerwehr schon da?«

»Sind gerade gekommen«, sagte Gylfi. »Scheinen aber rein gar nichts im Griff zu haben. Ziemlicher Sturm da oben.«

»Wo bist du?«

»Ich sitz hier draußen im Auto. Soll ich dich abholen?«

»Danke, ich komm allein klar. Verdammte Scheiße!«, schimpfte er, mehr zu sich selbst als zu seinem Kollegen, während er in fliegender Eile seine Klamotten zusammensuchte.

Der Fernseher war ausgeschaltet, und durch den Spalt unter der Tür drang nur ein schwacher Lichtschein, bemerkte er, als er an Bóas' Zimmer vorbeischlich. Gut so, dachte er inmitten der Aufregung. Wurde auch Zeit, dass der Junge seinen Schlafrhythmus wieder umstellte, jetzt wo die Weihnachtsferien vorbei waren.

Er hatte den Jeep bereits angelassen und war losgefahren, als ihm einfiel, dass es vielleicht klüger gewesen wäre, die kurze Strecke zu Fuß zurückzulegen. Wie er sich gedacht hatte, stand vor dem brennenden Haus schon eine ziemlich große Menschenmenge. Die Nachbarn hatten die Feuerwehrautos gehört; in den umliegenden Häusern brannte Licht, drinnen zeichneten sich hier und da menschliche Silhouetten ab, und der Feuerschein spiegelte sich in den Fensterscheiben des Nachbarhauses. Einige Schaulustige verfolgten das Inferno aus ihren Autos, und Smári hätte sie am liebsten dreist aus dem Weg gehupt; doch schließlich parkte er den Jeep brav hinter allen anderen und stieg aus.

Gylfi hastete ihm im Laufschritt entgegen. Smári klopfte an die Scheibe eines blauen Opel, um den Fahrer mit Handzeichen und entsprechender Mimik zu veranlassen, seinen Wagen wegzufahren. Drinnen saßen vier Jugendliche, und der am Steuer beeilte sich, der Anweisung Folge zu leisten, aber Smári beobachtete, wie der Wagen am Ende der Straße schon wieder bremste, wendete und mit eingeschalteten Scheinwerfern stehen blieb. Die Neugier mancher Leute war wirklich nicht zu fassen.

»Gut, dass du da bist«, keuchte Gylfi atemlos.

»Warum hast du nicht früher angerufen«, knurrte Smári und stapfte an ihm vorbei. Gylfi kam hinterher. Als sie beim Löschfahrzeug anlangten, loderte das Feuer auf der dem Garten zugewandten Seite bereits durchs Dach. Eine Gruppe Jugendlicher grölte ihm durch den pfeifenden Sturm irgendwas entgegen. Smári fluchte grimmig zurück. Einen Moment schien es ihm, als habe er seinen Sohn da irgendwo in dem Haufen gesehen. Falls sich das bestätigen sollte, würde er dem aber was erzählen.

»Sag diesen Idioten, sie sollen sich nach Hause scheren«, brüllte er Gylfi zu. »Sag ihnen, dass es lebensgefährlich sein kann, da rumzustehen.«

»Was glaubst du, was ich die ganze Zeit versucht habe«, gab Gylfi zurück, eilte dann aber wie befohlen zu den Teenagern hinüber.

Fünf Feuerwehrleute waren auf der Bildfläche, einer telefonierte, ein anderer stand neben dem Löschfahrzeug, und zwei hielten je einen Schlauch und richteten unter den wachsamen Augen des Oberbrandmeisters den kräftigen Strahl in die Flammen. Das Prasseln des Feuers und das leise Quietschen der Pumpvorrichtung übertönten fast das Sturmgeheul, und es war Smári ein Rätsel, wie das Feuer diesen gewaltigen Wassermassen standhalten konnte. Nun brüllte der Brandmeister seinen Leuten ein paar Befehle zu, der Wasserdruck im Schlauch wurde gedrosselt, dann half er seinem Kollegen, die schlaffe Röhre zum Löschwagen zurückzuschleifen, wo der Mann auf die Schiebeleiter stieg und in die Luft gehoben wurde; sobald er die Düse arretiert hatte, wurde von unten wieder Druck auf den Schlauch gegeben, und jetzt war der Strahl auf die Flammen gerichtet, die aus dem Dachstuhl schlugen. Smári unternahm einen halbherzigen Versuch, mit dem Oberbrandmeister Kontakt aufzunehmen, der gerade an ihm vorbeihastete, und als er sich umdrehte, sah er ein zweites Löschfahrzeug mit blinkenden Warnlichtern heranfahren. Dann hatten sie also Verstärkung aus Egilsstaðir angefordert, dachte Smári und wunderte sich, wie schnell der Wagen es über die Hochebene geschafft hatte. Offenbar hatte das Feuer schon länger gewütet, als ihm bewusst war.

Er trat unschlüssig von einem Fuß auf den anderen und wusste nicht recht, was er als Nächstes unternehmen sollte;

jetzt kam Gylfi zurück, der bei den Jugendlichen offenbar nicht allzu viel erreicht hatte. Sie hatten sich nur unwesentlich weiter wegbewegt und machten auch nicht den Eindruck, als seien sie auf dem Weg nach Hause. Einer von ihnen pfiff durchdringend durch die Zähne, vielleicht, um seine Kumpels auf die eingetroffene Verstärkung aufmerksam zu machen, und Smári empfand es irgendwie als obszön und geschmacklos, in einer Situation wie dieser hier zu pfeifen.

»Kann ich irgendetwas tun?«, brüllte jemand dicht an seinem Ohr. Er fuhr zusammen. Es war Pfarrer Aðalsteinn, im langen Mantel und mit Pelzmütze, als wolle er gerade zu einem Dreikönigsfeuer. »Ja, verzieh dich nach Hause und geh schlafen, sei so nett!«, hätte Smári am liebsten geantwortet. Er empfand eine spontane Abneigung gegen den Pfarrer und schämte sich gleich darauf dafür. Anscheinend wollte sich der alte Knabe partout nützlich machen, nachdem er selber erst im letzten Jahr sein Haus durch einen Brand verloren hatte.

»Nein, zum Glück ist Þorsteinn und die ganze Sippe gerade auf den Kanarischen Inseln«, brüllte er zurück. »Aber morgen früh muss natürlich jemand dort anrufen und Bescheid sagen. Du wärst nicht vielleicht so nett, das zu übernehmen?«, fügte er hinzu. Er riss sich nicht gerade darum, derjenige zu sein, der Þorsteinn – oder Hugrún – diese Nachricht überbrachte.

»Das ist doch selbstverständlich«, antwortete Aðalsteinn und nickte mit jenem wichtigtuerischen Ernst, der Smári schon immer auf die Nerven gegangen war. Es schien sich dabei geradezu um ein Berufsmerkmal der Pfarrerszunft zu handeln, auch Aðalsteinns Amtsvorgänger hatte diese Miene im Programm gehabt und sie genau zu jener Zeit auf ihn losgelassen, als Smári nichts nötiger gebraucht hätte, als in Ruhe gelassen zu werden und wieder zu sich selbst zu finden. Unbehelligt.

»Und wenn du vielleicht dafür sorgen könntest, dass sich die Gaffer nach Hause scheren, dann wäre das sogar noch besser«, setzte er nach.

Im Schein der Flammen, die zwischen den Dachsparren hervorloderten, sah er einen Mann, der im Haus nebenan am Eckfenster saß und den Brand beobachtete. Smári kannte ihn. Jetzt führte der Mann eine Hand zum Mund, und ein Glimmen, wohl eher von einer Zigarre als von einer Zigarette, erhellte kurz seine Lippen und sein Gesicht. Richtig, es war Sveinbjörn, der Besitzer der Parkettfirma, der dort saß und rauchte. Äußerst merkwürdiges Verhalten, fand Smári.

Plötzlich drehte sich alles vor seinen Augen. Die Zuschauermenge, das Gepfeife der Teenager, der geschniegelte Pfarrer und die Leute, die in ihren Autos saßen und glotzten, das alles verschmolz für ihn zu einer Art absurdem Volksfest, so als wäre es allen im Grunde vollkommen egal, welche Werte da gerade in Schutt und Asche versanken. Das Ganze war wie eine große Party, ein einziges, verspätetes Silvesterfeuerwerk.

Nachdem die Feuerwehrleute Verstärkung bekommen hatten, waren die Flammen ziemlich schnell erstickt, und schließlich war nicht mal mehr Qualm zu sehen. Wie es die Vorschriften verlangten, musste bis zum nächsten Morgen dort eine Brandwache postiert werden, und Smári war in aller Herrgottsfrühe zur Stelle, um die Lage zu begutachten.

Allem Anschein nach war das Feuer zuerst im Schlafzimmer ausgebrochen. Dort war alles verbrannt, was auch nur annähernd brennbar war. Ein Loch in der Wand, ein verbogenes Eisengestell daneben und eine heruntergefallene Kleiderstange waren alles, was von einem eingebauten Kleiderschrank übrig war. Auch das Ehebett war nur noch ein Gewirr aus verbogenen Sprungfedern. Die Fensterscheibe war zerbrochen – logisch, dachte Smári, doch dann fiel sein Blick auf genau das, was er gehofft hatte, nicht vorzufinden.

Auf dem Fußboden lag ein Stein, ein verdammter Felsbrocken lag da, direkt unter dem Fenster. Und die Asche darum herum war voller Glasscherben, die beim Scharren mit der Stiefelspitze unter der Sohle knirschten. Einige der Scheiben waren durch die Hitze geplatzt, aber diese hier war von einem Stein durchschlagen worden, und dieser Stein auf dem Fußboden sah auch nicht danach aus, als ob er der Feuerwehr dienlich gewesen wäre, die hatten für solche Zwecke sicher ihre Spezialwerkzeuge.

Smári trottete schwerfällig nach draußen. Er würde umgehend nach Reykjavík telefonieren und die Kripo einschalten müssen, und zwar sofort. Die Luft wirkte unwirklich klar und rein, und nach dem beißenden, säuerlichen Brandgeruch drinnen im Haus schmeckte sie beinahe süß.

3 »Hallo, Schatz.«
Lange hatte Kriminalkommissar Valdimar Eggertsson
es standhaft vermieden, wie allgemein üblich auf das Display
seines Handys zu schauen, bevor er ein Gespräch annahm. Es
hatte ihn jedes Mal nervös gemacht zu wissen, wer ihn anrief,
bevor er die Stimme des Anrufers tatsächlich in der Leitung
hörte. Aber dann hatte er sich abgewöhnt, blind zu antworten,
und er wusste, warum.

»Hast du mich lieb? Wenigstens ein kleines bisschen?«

»Natürlich hab ich das«, antwortete Valdimar und fühlte
sich plötzlich, als drücke ihm jemand den Brustkorb zusammen. Er holte tief Luft.

»Warum fragst du?«

»Kannst du dann nicht herkommen? Sofort? Jetzt, wo ich
dich brauche.«

Warum war er überhaupt bei der Kriminalpolizei gelandet,
und wieso hatte er nicht längst gekündigt? Diese Frage drängte sich Valdimar immer dann auf, wenn er es am wenigsten
erwartete. Er war sich sicher, sein Vater Eggert würde genau
dieselben Fragen stellen. Wenn auch mit einem leicht bitteren,
zynischen Grinsen, um anzudeuten, dass er die Berufswahl seines Sohnes in direkten Zusammenhang mit sich selbst brachte,
dass nämlich Valdimar hauptsächlich deshalb zur Polizei gegangen sei, um sich an seinem Vater zu rächen.

Früher einmal war Valdimar solchen Vorwürfen gegenüber sehr empfindlich gewesen, aber das hatte sich gelegt. Er wusste nun, dass es darauf keine einfache Antwort gab. Gewiss hatte es Valdimar geprägt, dass er in ungeregelten Verhältnissen aufgewachsen war, aber sein Bedürfnis, diesen chaotischen Familienhintergrund in geregeltere Bahnen zu lenken, wurzelte tiefer. Kaum auszudenken, was geschehen wäre, hätte er sich damals nicht zusammengerissen, sondern sein Leben irgendwelchen pubertären Launen überlassen; schließlich hatte sein Gerechtigkeitssinn und sein Bedürfnis nach Recht und Ordnung mit seinem Beruf überhaupt nichts zu tun, sondern war eher ein grundsätzlicher Charakterzug, der seinem Leben eine Richtung gab. Er erinnerte sich zum Beispiel noch genau an den Moment, als er den Beschluss fasste, niemals Alkohol oder Drogen anzurühren. Diese Entscheidung hatte ihn als Jugendlichen von seinen Altersgenossen isoliert, ihn zu einer Art Kuriosum gemacht, so war es ihm damals zumindest vorgekommen. Er wollte ganz einfach sein Seelenleben im Griff behalten und fürchtete nichts so sehr wie die Vorstellung, den roten Faden zu verlieren und in seinem inneren Chaos zu versinken. Doch er kannte auch den entgegengesetzten Pol: eine unbefriedigte Abenteuerlust, oder zumindest die Sehnsucht, sich im Augenblick verlieren zu können, ohne sich ständig selbst über die Schulter zu blicken. Er brauchte daher gewissermaßen einen zweiten roten Faden, um die Stimme der Vernunft zum Schweigen zu bringen, um den Überblick, auf den er offenbar so dringend angewiesen war, aufzugeben und sich von seinen Gefühlen in unbekannte Gefilde entführen zu lassen.

Aber dazu war er zu gehemmt. Selbst die Liebe, die Königin aller Gefühle, war ihm immer fremd geblieben. Die wenigen Frauen, mit denen er im Lauf der Jahre auf irgendeine Art liiert gewesen war, hatten sich alle über seine Leidenschaftslosigkeit beklagt, da man bei ihm nie wisse, woran man sei. Und obwohl er sich immer aufrichtig bemühte, seine Gefühle in Worte zu fassen, klang das Ergebnis oft kalt und berechnend, und er machte damit die Beziehung mehr kaputt, als sie zu kitten, und irgendwann hatten die Frauen dann die Nase voll.

Und das war ihnen auch kaum zu verdenken. Seine Beteuerungen waren hohl klingende Phrasen, im Supermarkt der Wörter wahllos zusammengesucht und unbeholfen aneinandergereiht. Genau genommen meldeten sich seine Gefühle immer erst dann, wenn die Beziehung schon nicht mehr zu retten war. Aber wenn es darauf ankam, konnte er sie nicht zeigen. Schon zweimal hatte er erlebt, dass seine sogenannte Freundin ihm gebeichtet hatte, einen anderen kennengelernt zu haben. Aber anstatt vor Wut und Schmerz außer sich zu sein, hatte er immer für alles Verständnis und war die Hilfsbereitschaft in Person. Er war so gut auf Enttäuschungen vorbereitet, dass er es gar als Erleichterung empfand, wenn sich sein mieser Verdacht mal wieder bestätigte: Er hatte rein gar nichts zu bieten, seine Umarmungen waren verbrannte Erde, auf der nichts gedeihen konnte.

Seitdem setzte er auf hoffnungslose Fälle. Die letzte Frau, mit der er etwas angefangen hatte, steckte gerade mitten in der Scheidung, die sie später wieder rückgängig machte. Dann hatte er Elma kennengelernt.

»Ich hab im Moment einfach wahnsinnig viel zu tun«, murmelte er entschuldigend. Was natürlich glatt gelogen war. Er hatte verdammt noch mal überhaupt nichts zu tun. Aber erstens hasste er Krankenhäuser, und zweitens bekam er mittlerweile immer stärkere Beklemmungen, wenn er seine Freundin nur ansah: Sie war die erste, die Ansprüche an ihn stellte, die erste, die ihn anbetete. Eine Vorstellung, die ihm nicht besonders gefiel.

Aus purer innerer Leere und Haltlosigkeit war er vor ein paar Monaten abends in einer spärlich besuchten Bar gelandet und hatte sich ein Leichtbier bestellt. Elma war eine extrem hübsche Frau, und er hatte ein paar Mal in ihre Richtung geblinzelt, ohne sich große Hoffnungen zu machen, doch dann hatte sie selber die Initiative ergriffen und sich einfach neben ihn gesetzt.

»Keine Angst, ich hab nicht vor, dich anzubaggern«, war mit das Erste, was sie zu ihm gesagt hatte. Er grinste zurück und schielte aufgrund bitterer Erfahrungen nach einem Ehering; dabei bemerkte er allerdings nicht einmal die schmalere Stelle an ihrem Ringfinger.

Sie erzählte ihm, dass sie Gedichte schrieb, aber noch nie etwas veröffentlicht hatte und das auch nicht beabsichtigte. Er wusste nicht recht, was er davon halten sollte, da Lyrik nicht direkt zu seinen Interessen zählte. Kurz darauf hatte sie ihm anvertraut, dass ihr Freund sich in diesem Jahr das Leben genommen hatte und bei ihr selbst gerade ein Tumor in der einen Brust entdeckt worden sei.

»Schöne Scheiße!«, war es ihm herausgerutscht.

»Genau. Schöne Scheiße«, äffte sie ihn nach und lachte bitter. Jetzt wäre es an der Zeit gewesen, ein paar aufmunternde Worte zu finden und sich dann diskret von der Bildfläche zu entfernen, aber vielleicht hatte er an diesem Abend einfach das Bedürfnis gehabt, jemanden zu trösten.

In der Nacht gestand sie, sie habe ihn, entgegen anders lautender Behauptung, sehr wohl anbaggern wollen.

»Genau das war doch die Anmache, du Dummerchen«, sagte sie lachend und fuhr mit der Fingerspitze seinen Rippenbogen nach, während er neben ihr auf dem Rücken lag und sich fragte, in was er nun schon wieder reingeraten war.

»*I prefer handsome men*«, sagte sie dann. »*But for you I'll make an exception.*«

Er hatte keine Ahnung, warum sie auf einmal Englisch mit ihm sprach, und eine schlagfertige Antwort hatte er erst recht nicht parat.

»Ach komm, bitte. Komm doch vorbei!«, bettelte sie. Valdimar spürte ein Ziehen in der Brust.

»Ich komme, sobald ich kann«, antwortete er und legte auf.

»Hast du eben die Nachrichten gehört?«, fragte Hafliði ein paar Minuten später, während er mit der italienischen Espressomaschine kämpfte, die die Abteilung erst kürzlich angeschafft hatte. Valdimar hatte sich an das Gerät bisher noch nicht herangewagt und schlürfte nach wie vor unzählige Tassen einer nicht immer trinkbaren Brühe aus der großen Thermoskanne.

»Nein. Gab's was Bestimmtes?«

»Hausbrand in Seyðisfjörður.«

»Echt?«

»Und diesmal deutet anscheinend alles auf Brandstiftung hin. Die Kollegen von der Ostküste haben gerade angerufen.«

Der letzte Brand in Seyðisfjörður lag ein gutes Jahr zurück. Damals war dort ein altes Holzhaus bis aufs Fundament heruntergebrannt. Man hatte die Reykjavíker Kriminalpolizei eingeschaltet, und wie zuvor schon öfter hatte es den alleinstehenden Valdimar getroffen, den Fall in der ostisländischen Einöde zu übernehmen. Der Pfarrer und seine Frau waren übers Wochenende in Reykjavík gewesen, als das Feuer ihr Zuhause verwüstete. Die Ermittlungen hatten damals rein gar nichts erbracht, es gab einfach nichts weiter zu untersuchen als die verkohlten Überreste des Hauses. Die hatten die Kriminaltechniker damals auch unter die Lupe genommen und so gut es ging analysiert, aber viel war dabei nicht herausgekommen. Am Ende war bei Valdimar nichts zurückgeblieben als ein ungutes Gefühl. Seitdem hatte es zwei weitere, ziemlich stümperhafte Brandstiftungsversuche in der Stadt gegeben. Beim ersten hatte jemand am Kindergarten eine Mülltonne angesteckt, den zweiten hatte man entdeckt, als an der Rückwand des Technikmuseums ein paar Holzplanken ausgewechselt werden mussten und dahinter zerknülltes, angesengtes Zeitungspapier zum Vorschein kam. Zwischen den feuchten Brettern war das

Feuer offenbar von selbst wieder ausgegangen. Valdimar hatte alle Informationen über diese Vorfälle in einem Ordner mit dem Namen »Seyðisfjörður« abgespeichert und gehofft, dass es sich um zufällige, zusammenhanglose Vorfälle gehandelt hatte und nicht um unheilvolle Vorboten. Aber nun überschlugen sich die Ereignisse, und zwar Ereignisse der schlimmsten Sorte.

»Und, was sagen die?«

»Eigentlich ganz ähnliche Begleitumstände wie beim letzten Mal. Keiner zu Hause. Die Bewohner liegen gerade auf Gran Canaria in der Sonne. Na, das wird lustig werden, wenn die heimkommen«, fuhr Hafliði fort und betätigte einen Kunststoffhebel an der silberglänzenden Maschine, die sich daraufhin mit dumpfem Vibrato in Bewegung setzte. Ein dünner schwarzer Strahl tröpfelte zögerlich aus einer Metalldüse und lief in ein kleines weißes Espressotässchen. Dann änderte der Strahl seine Farbe, und die Düse spuckte hellbraunen Schaum.

»Sieht so aus, als müsste ich mich in Richtung Ostfjorde aufmachen. Soll ich alleine fahren?«

»Ja, jedenfalls zuerst mal. Natürlich bekommst du vor Ort alle Unterstützung, die du brauchst. Und wenn du das Gefühl hast, dass noch Verstärkung von hier nötig ist, sagst du Bescheid«, erklärte Hafliði. Er rührte braunen Rohrzucker in das Gebräu und setzte die Tasse an den Mund.

»Hmmm«, machte Valdimar.

»Wir müssen diese Bestie jedenfalls dingfest machen, bevor jemand zu Schaden kommt.«

»Meinst du nicht, der lässt es jetzt für dieses Jahr erst mal gut sein, wo er doch gerade erst so erfolgreich war?«

»Das werden wir sehen«, antwortete Hafliði und setzte die leere Tasse ab.

Eine Brandstiftung war ein ziemlich widerwärtiger Kriminalfall. Der Ort des Verbrechens war immer verwüstet oder gar nicht mehr vorhanden, und die Spuren des Verbrechens verwischten sich mit denen der Löscharbeiten und waren daher unbrauchbar. Außerdem gelang es nur selten, die Tat und den Täter mit den Opfern des Verbrechens in Verbindung zu bringen. Meist war es vollkommen beliebig, wo der Brandstifter zuschlug, und es war ein seltener Glücksfall, wenn man den Täter auf frischer Tat ertappte. Daher gab es auch unzählige Fälle von Brandstiftung, die nie aufgeklärt wurden.

Was die Ermittler in der Hand hatten, war ein gewisses Grundwissen über Brandstifter allgemein. Oft handelte es sich um Jugendliche, die mit gesellschaftlichen oder psychischen Problemen zu kämpfen hatten. Viele von ihnen hatten eine Vorgeschichte, in der Tierquälerei oder das Töten von kleinen oder auch größeren Tieren eine Rolle spielte. In einer Fachzeitschrift hatte Valdimar einmal die Untersuchung eines Kriminalkommissars aus dem Ausland gelesen. Dieser hatte beobachtet, dass es überall dort, wo Katzen verschwinden oder von Brandwunden entstellt tot aufgefunden werden, nur eine Frage der Zeit war, bis ein ausgewachsener Brandstifter zuschlug. Er hatte seinerzeit in Seyðisfjörður versucht, etwas über solche Vorfälle herauszufinden, und würde das auch diesmal wieder tun.

Dabei durfte er aber nicht vergessen, dass ähnlich scheinende Begleitumstände noch lange nicht bedeuten mussten, dass der aktuelle Brand auf irgendeine Art mit dem vorhergehenden in Verbindung stand, und auch nicht, dass der vorherige Brand unbedingt auf menschliche Einwirkung zurückging.

Diese und ähnliche Gedanken schwirrten ihm durch den Kopf, während er seine Sachen für die Reise an die Ostküste packte. Obwohl er es sich nicht eingestehen wollte, war er gar nicht allzu traurig darüber, die Stadt eine Weile hinter sich zu lassen. Aber vorher – da führte kein Weg daran vorbei – musste er wohl noch bei Elma vorbeischauen.

Als er kam, lag sie mit geschlossenen Augen in ihrem Krankenbett, bleich und wächsern, aber er würde natürlich vermeiden, in ihrer Gegenwart darauf anzuspielen. Er setzte sich auf den Stuhl am Fußende des Betts. Hörte sie atmen, flach und etwas flattrig. Eine Krankenschwester kam herein, lächelte Valdimar an und strich über Elmas Arm. Die Atemzüge gerieten einen Moment lang aus dem Takt, und die Schwester verließ wieder das Zimmer. Valdimar dachte über Berührungen nach und fragte sich, warum er Elma eigentlich noch nie angefasst hatte. Er hob seine Hand an ihr Gesicht, spürte ihre Körperwärme, aber berührte sie nicht. Dann legte er seine Hand auf ihre Wange. Wunderte sich, wie kühl und klamm sich ihre Haut anfühlte. Wie passte das alles zusammen? Sie öffnete die Augen und lächelte ihn an.

»Ich dachte schon, du würdest nicht mehr kommen«, sagte sie. »Ich dachte schon, jetzt hätte ich dich endgültig in die Flucht geschlagen.«

»Ganz so leicht wirst du mich nicht los«, gab er großspurig zurück.

»Bist du sicher? Ich hatte eher den Eindruck, das wäre ziemlich einfach.«

Im selben Moment wurde ihm klar, dass sie recht hatte.

Elma missdeutete seinen Gesichtsausdruck.

»Ich lass dich ja gehen«, sagte sie. »Keine Angst, ist schon in Ordnung. Mach nicht so ein Trauergesicht.«

»Du brauchst mich nicht gehen zu lassen. Ich kann dich bloß nicht …«

»Ist auch gar nicht nötig. Die haben mich bis oben hin gedopt, mir geht's nicht mal schlecht. Sollte man das Leben nicht genießen, solange man noch da ist?«

»Doch, doch, das ist das einzig Vernünftige«, stimmte er zu und versuchte zu lächeln. »Aber was ich gerade sagen wollte: Ich kann ein paar Tage nicht vorbeikommen. Ich hab drüben an der Ostküste zu tun.«

»Und was ich gerade sagen wollte, war, dass das auch nicht nötig ist. Du brauchst nicht vorbeizukommen, wenn du nicht willst. Kapiert?«

»Ja.«

»Komm also nicht wieder her, außer du willst es selber. Weißt du, was ich meine?«

»Ich denke schon.«

»Ich hab nicht vor, dich zu irgendwas zu zwingen.«

Ihre Stimme wurde brüchig. Ohne dass er etwas dagegen tun konnte, beschlich ihn der Gedanke, ob sie ihn vielleicht einer Art Test unterzog, aber dann schämte er sich sofort für sein Misstrauen.

»Elma. Hör auf, mich abzuschrecken.«

Sie lächelte schwach und schaute dann aus dem Fenster. Valdimar folgte ihrem Blick. Dämmerblaue Berggipfel ragten in einen blassgrauen Himmel, und plötzlich hatte er das seltsame Gefühl, in den weit aufgerissenen Rachen eines gewaltigen Ungeheuers zu blicken.

4 »Ja, vom Feinsten. Jetzt schwimmt der Kahn. Fertig?«
»Hhm.«

»Sollte das Ja heißen?«

»Ja. Fertig.«

»*Rock and Roll.* Noch'n Schuss Whisky. Ge-nau. So hab ich das gern. Wennde so willst.«

Snorris Gefasel war noch verworrener als sonst, jeder zweite Satz eine Zeile aus einem Liedtext oder irgendeine an den Haaren herbeigezogene Anspielung, der Rest mehr oder weniger inhaltslose Phrasen.

»Is was? Klingst so komisch.«

»Ob was is, fragt er. Kann man wohl sagen. Mein Gott, warum hast du mich verlassen, mein Gottogott ... *Got the Blues.*«

»Was?«

»Wie du weißt, hab ich noch nie gesessen. Und ich hab auch vor, das weiterhin so zu halten.«

»Ähh, ja?«

»Hatte gestern Besuch. *Law and order.* Musste gleich an dich denken.«

»Meinst du etwa ...?«

»Was'n sonst. *Dig a pony.* Mit Dienstplakette und allem. So nach dem Motto: Wo Rauch ist ... Hab aber grade noch mal Glück gehabt. Mehr Glück als Verstand. Glück ist blind, weißt du doch.«

27

»Ehrlich gesagt, ich hab keine Ahnung, wovon du redest. Aber ausposaunt hab ich nichts, zu niemandem, falls du das meinst.«

»Hör zu, lass mich bloß mal eben 'nen Test machen, ohne großes Gedöns. Du weißt doch, *trust no one*.«

»Sobald du jemand misstraust, betrügt er dich. Das solltest du nicht vergessen.«

»Wer mich betrügt, wird das bitter bereuen. Das solltest *du* wiederum nicht vergessen.«

»Was wollten sie denn?«

»Na was wohl? Haben mich angegrinst, als ob sie mords-was gegen mich in der Hand hätten, die Arschgesichter. So lange, bis sie sich dann irgendwann mit eingekniffenem Schwanz verpisst haben. *Little piggies*. Und du – ich weiß nicht, du bist natürlich 'ne unbekannte Größe in dem Gan-zen. Ist doch logisch, dass man dir da erst mal auf den Zahn fühlt. Kapiert?«

»Ja, kapiert. Aber vielleicht solltest du das Exempel mal zu Ende denken. Was macht dich so sicher, dass ich dir unter ge-wissen Umständen nicht verdammt unbequem werden könn-te – wenn ich das wollte?«

In der Leitung wurde es still. Dann meldete sich Snorri wie-der, mit beunruhigender Samtpfötchenstimme.

»Du solltest nicht so mit mir reden. Das rechnet sich nicht. Kalt weht der Abendhauch. Solltest du ebenfalls nicht verges-sen. Häuser brennen. Brenne, Rom, brenne. Mal ganz abge-sehen davon, dass es ziemlich doof ist, seinen Freunden mit so hässlichen Drohungen zu kommen. Falls du weißt, was ich meine. Der Kahn schwimmt, aber keiner weiß, wohin. Oder wer noch alles mit im Boot sitzt.«

»Mann, hör doch auf. Ich wollte dich doch nur drauf hin-weisen, dass ...«

Die Verbindung war plötzlich unterbrochen, aber Snorri war bekannt dafür, Telefongespräche auf diese Art zu beenden. Das hieß bei diesem Idioten überhaupt nichts. Warum sich also von seinem krankhaften Misstrauen verunsichern lassen?

5 »Wollen wir nicht langsam mal ins Hotel zurück, Mama?«, fragte Drífa.

Sie war nicht ganz sicher, ob das, wo sie wohnten, als Hotel zu bezeichnen war, aber mittlerweile schienen sie sich auf diesen Begriff geeinigt zu haben. Es waren kleine, zweigeschossige Appartements, die um viereckige Grasflächen mit einem Swimmingpool in der Mitte angeordnet waren. Die Fenster der Wohnungen gingen entweder nach innen auf diese Gärten mit ihren Palmwedeln, bepflanzten Grünstreifen, Outdoor-Bars und Liegestühlen, oder nach außen, hinaus auf die bräunliche, monotone und auf zwei Seiten von Autobahnen begrenzte Landschaft.

Die Erwachsenen waren über diese Unterkunft ziemlich unzufrieden, da sie nicht den erwarteten Qualitätsansprüchen entsprach. Bestimmt bloß ein Druckfehler, mutmaßte Drífas Vater, denn von einem Drei-Sterne-Hotel, wie im Reiseprospekt vermerkt, konnte keine Rede sein. Außerdem gab es in der Gegend keinerlei Cafés oder Restaurants, so dass sie jedes Mal den Bus oder ein Taxi nehmen mussten, wenn sie zum Strand oder in die Stadt wollten.

Der Hotelkaffee war definitiv ungenießbar, weshalb Drífas Mutter dazu übergegangen war, gleich morgens in die Stadt hinunterzufahren, um sich einen anständigen Kaffee und *una tostada*, ein geröstetes Baguettebrötchen mit Butter, zu besorgen. Oft raffte sich Drífa auf und schloss sich ihr an, froh über die Gelegenheit, ihrem Sozialleben etwas Abwechslung von der deutsch-isländischen Touristenclique am Hotelpool zu verschaffen. Anfangs war ihre Mutter von der Begleitung nicht gerade entzückt gewesen, aber irgendwann hatte sie aufgegeben und nichts mehr gesagt.

Mutter und Tochter hatten sich in einem einladenden Café unten am Strand niedergelassen, wo Hugrún ihr getoastetes Weißbrot und ihren Kaffee bekam und Drífa sich einen Eisbecher bestellte. Es ging auf elf zu und das Thermometer kletterte unablässig. Der Wind war weniger stark als in den vergangenen Tagen, und Drífa beschloss, zur Abkühlung ins Meer zu springen. Unter ihrem Sommerkleid trug sie schon ihren Bikini, Badetuch und frische Unterwäsche hatte sie in der Tasche. Sie lief über den Sandstrand hinunter ans Wasser und watete in die sanft plätschernden Wellen hinaus, auf denen hier und da ein paar Seetangfetzen schwammen. Sobald sich ihre Füße an die Wassertemperatur gewöhnt hatten, tauchte sie unter, schoss aber sofort wieder hoch und blieb keuchend stehen, so wie immer. Beim nächsten Mal war es schon einfacher, und sie schwamm ein paar Züge ins offene Meer hinaus, und da sich ihre Haare schwer und sandig anfühlten, schwamm sie gleich noch ein paar Züge weiter, um sie auszuspülen. Das Meer hier war derart harmlos, als habe man die Naturgewalten in Ketten gelegt. Der Sand, so hatte man ihr erzählt, war künstlich gemahlen und wurde jedes Jahr erneuert, und das Wasser war so flach, dass man meilenweit hinauswaten musste, bis man ein paar anständige Züge schwimmen konnte. Sie ging aus dem Wasser und planschte mit den Füßen durch die flachen Wellen, bis ihre Haut glühte, dann watete sie wieder hinaus, tauchte unter und schwamm noch ein paar Züge. Das Ganze wiederholte sie einige Male.

Als sie schließlich genug hatte und nach ihrer Mutter Ausschau hielt, war es mittlerweile am Strand lebendiger geworden, so dass sie ihre Badetasche nicht gleich wiederfand. Panik befiel sie plötzlich, und sie war sich sicher, dass man ihr die Sachen geklaut hatte. Aber als sie die Tasche dann doch noch fand, war alles darin unberührt. Sie zog sich das Kleid über den Kopf und löste dann die Bändel ihrer Bikinihose, so dass diese ihre schlanken Beine hinunterglitt. Ein Mann mit dunklem Bartschatten und einem Kleinkind auf dem Arm konnte seine Augen nicht von ihr wenden, obwohl seine Frau schon drei- oder viermal nach ihm gerufen hatte. Männer scheuen wirklich vor nichts zurück, dachte Drífa, während sie auf das Café zusteuerte, um dort auf der Toilette unbehelligt von geilen Blicken ihre Unterwäsche anzuziehen. Sie fing an zu rennen, denn sie hatte das Gefühl, dass sie schon viel zu lange weggeblieben war.

Das Gefühl bestätigte sich. Ihre Mutter war inzwischen von Kaffee zu Bier übergegangen und unterhielt sich mit zwei leutseligen Männern. Beide waren weiß gekleidet, der eine, ein stattliches Mannsbild um die dreißig, trug eine Art Kapitänsmütze, der andere, mit Pferdeschwanz und nacktem Oberkörper, steckte in hellen, weit geschnittenen Latzhosen.

»*Esmoke?*«, fragte der Langhaarige gerade, als Drífa an den Tisch kam. Er schlug mit geübter Bewegung ein volles Zigarettenpäckchen gegen seine Handkante und ließ ein paar Zigaretten aus der Packung gleiten, die er Hugrún mit einem gespielt lasterhaften Grinsen vor die Nase hielt: der Inbegriff des Verführers. Die Szene wirkte wie aus einer dieser spanischen Vormittags-Fernsehserien, die Drífa hier auf Gran Canaria manchmal mit halbem Auge verfolgte. Ihre Mutter streckte kichernd die Hand nach den Zigaretten aus und wollte sich gerade bedienen, zog sie aber sofort wieder zurück, als sie Drífa entdeckte.

»Mama«, begann Drífa und sah, wie ihrer Mutter die Zornesröte ins Gesicht stieg, obwohl sie nach außen keine Miene verzog. Hugrún hasste es, wenn Drífa sie in solchen Momenten

»Mama« nannte – Momente, fand Drífa, die den Gebrauch dieser Anrede in genau dieser Bedeutung dringend erforderlich machten.

»Na, mein Schatz, kommst du gerade aus dem Wasser?«, begrüßte Hugrún ihre Tochter liebevoll und hauchte ihr einen flüchtigen Kuss entgegen, ohne sie jedoch ihren neuen Freunden vorzustellen. Drífa ignorierte die beiden ebenfalls.

»Gibt's im Hotel nicht bald Mittagessen?«, fragte sie ihre Mutter.

»Oh, dieses abscheuliche Hotelessen! Das Zeug ist doch völlig ungenießbar! Ich weiß wirklich nicht, was dein Vater sich bei dieser Buchung gedacht hat!«, schimpfte Hugrún. Dann richtete sie das Wort wieder an die beiden Spanier: »*The food at our hotel, it's so bad! It's not Spanish, it's German! Me and my daughter get sauerkraut for breakfast!*«, log sie ungeniert und lachte laut. Im Grunde war die Lüge sogar doppelt, weil sie damit indirekt angedeutet hatte, dass die beiden alleine unterwegs wären. Drífa widerstand der Versuchung, den Sachverhalt richtigzustellen; sie wusste, ihre Mutter konnte äußerst ungemütlich werden, wenn man sie zu sehr provozierte.

»*That's not so good. Then you should stay in town and eat out*«, riet der Kapitänstyp. Hugrún lachte schrill auf.

»*I do that all the time!*«, sagte sie mit breitem Grinsen.

»*Do you not introduce us to your lovely daughter?*«, schaltete sich jetzt der Langhaarige ein und griff, ohne eine Antwort abzuwarten, nach Drífas Hand. »*I'm Ignacio, and this old guy is my good friend Ramón*«, erklärte er und deutete auf seinen Kumpel, der Ignacios Alterseinstufung mit einer beleidigten Grimasse quittierte.

»*Be careful, Ramón is a gipsy*«, zischte er Hugrún in aufgesetzt vertraulichem Ton ins Ohr, dann grinsten sie sich zu, aus welchem Grund auch immer.

»*I know the best restaurant in La Playa del Inglès. Very good local food, I promise. Can we invite you to a wonderful* almuerzo, *great midday meal like we eat here when we have birthday?*« Ignacio hob fragend die Augenbrauen und machte eine einladende Handbewegung. Drífa sah ihre Mutter mit flehenden Augen an. Hugrún schaute über ihre Schulter an ihr vorbei, presste die Lippen aufeinander und lächelte ihr rätselhaftes Lächeln. Vermutlich war sie gekränkt, dass die Männer Drífa so viel Aufmerksamkeit zukommen ließen. Vielleicht hatte sie von ihnen aber auch bereits bekommen, was sie wollte.

An genau diesem Punkt hatte Drífa vorgeschlagen, ins Hotel zurückzugehen.

»Ja, Liebling. Wir können uns wirklich nicht leisten, mit den beiden Hübschen hier den Tag zu vertrödeln.« Sie seufzte geistesabwesend und winkte den Kellner herbei. »*Sorry, guys, we have other plans*«, sagte sie zu den beiden Kerlen, die den Lauf der Dinge mit mannhafter Gemütsruhe hinnahmen, aber immerhin darauf bestanden, die Rechnung zu bezahlen.

Später an diesem Tag ertappte Drífa sich dabei, dass sie sich fast zurücksehnte nach diesem ruhigen, aber zugleich spannungsgeladenen Stündchen mit den beiden Schürzenjägern, die so erpicht darauf waren, sich an einem sonnigen Nachmittag Mutter und Tochter brüderlich zu teilen.

Auf dem Heimweg im Taxi sagten beide nicht viel. Drífa hatte keine Lust, an ihrer Mutter herumzunörgeln wie eine strenge Großmutter, und Hugrún sah in Gedanken versunken aus dem Fenster. Palmen, Leuchtreklamen und Hotelkomplexe jagten vorbei, und der Himmel wurde allmählich bedeckt. Drífa musste daran denken, dass man zu Hause in Seyðisfjörður zurzeit überhaupt keine Sonne zu Gesicht bekam. Trotzdem hatte sie sich schon nach wenigen Tagen an das vertraute Alltagsleben auf den Kanarischen Inseln gewöhnt, und die Erinnerung an ihren kleinen Heimatort schien ihr nichts weiter als ein fernes, unwirkliches Traumbild. Die Berge, die den Fjord überragten und um diese Zeit des Jahres das Tal völlig von der Sonne abschirmten, erschienen ihr wie irgendeine spektakuläre Sehenswürdigkeit in fernen Ländern, die sie nicht berührte. Natürlich ging auch zu Hause die Sonne immer wieder auf und machte die Welt warm und hell, das war der natürliche Lauf der Dinge.

Zurück im Hotel war alles wie immer. Ihr Vater saß unter dem großen Sonnenschirm vor dem Appartement mit einem Glas Bloody Mary vor sich, sein nackter Oberkörper triefend vor Sonnenöl, dessen süßlichen Kokosduft Drífa so widerlich fand. Seine graue Brustbehaarung glänzte in der Sonne, und die rotbraune, fast violett schimmernde Haut über seiner Bierwampe spannte sich wie bei einer Schwangeren.

»Na, da seid ihr ja endlich«, brummte er. »Ich dachte schon, ihr wärt verschollen. Silla und ich sind völlig ausgehungert und wollten gerade ohne euch zum Essen gehen«, fügte er einlenkend hinzu.

»Ausgehungert, ich? Stimmt doch überhaupt nicht!«, widersprach Sigurlaug lautstark von drinnen. »Immer wird einem irgendein Heißhunger angedichtet, als ob man nichts anderes im Kopf hätte, als sich vollzustopfen!« Drífa blinzelte ihrer Schwester zu, und Silla grinste zurück. Die Pubertät hatte ihre Schwester zweifellos fest im Griff, und zurzeit schien sie sich zur Regel gemacht zu haben, allem und jedem zu widersprechen, was andere über sie sagten: Sie allein hatte die Befugnis, sich in dieser Hinsicht zu äußern. An ihrem Körper, der bis vor kurzem schmal und kantig gewesen war, begannen sich ein paar Rundungen abzuzeichnen, und seitdem war sie von der absurden Angst besessen, zu dick zu werden. Drífa ging unaufgefordert ihre Großeltern holen, dann erschienen auch Drífas zwei Onkel, die, obwohl beide bereits über vierzig, eine Schar von Kleinkindern mitbrachten, und schließlich versammelte sich die ganze Sippe um drei benachbarte Tische.

Þorsteinn balancierte gerade einen Teller mit drei appetitlich angeordneten Gerichten an seinen Tisch, da meldete sich in der Tasche seiner Shorts das Handy. Er seufzte entnervt und nahm den Anruf an.

»Ja? Ach, hallo. Wieso, ist was passiert?«

Telefongespräche während der Mahlzeiten waren an der Tagesordnung, wenn Þorsteinn auf Landgang war. Auch hier auf Gran Canaria war das nicht viel anders, und so hatte man am Tisch von dem Anruf nicht weiter Notiz genommen. Silla war mit ihrem iPod verkabelt und schickte vielsagende Blicke zu einem deutschen Jungen mit Irokesenschnitt am übernächsten Tisch, der ihr eindeutiges Interesse signalisiert hatte, das durchaus erwidert wurde. Das Interesse der Übrigen richtete sich jetzt hingegen ungeteilt auf den Familienvater, der sich unter normalen Umständen ungerührt über seine Mahlzeit hergemacht und den Anrufer dabei auf seine Kapitänsart mit Einwortsätzen und kurzen Phrasen abgefertigt hätte. Jetzt aber erstarrte er mit dem Handy am Ohr und ließ sich, nachdem er ein paar Sekunden stumm zugehört hatte, auf seinen Stuhl fallen, die Augenbrauen zusammengezogen, der Mund zum dünnen Strich verkniffen, das Gesicht gräulich blau. Irgendetwas stimmte nicht.

»Und weiter?«, fragte er schließlich mit heiserer Stimme. »Soll das heißen, das Haus ist unbewohnbar, oder was?«

Silla kicherte über irgendwelche Blödeleien, die der kleine Irokese gerade zum Besten gab. Drífa zog ihr den Stöpsel aus dem Ohr und zischte sie an. Silla warf ihrer Schwester einen beleidigten Blick zu, aber als sie Drífas Gesichtsausdruck und den der anderen am Tisch sah, erstarrte sie vor Schreck.

»Was ist denn mit euch los?«, fragte sie verstört.

6 »Mein lieber Þorsteinn, ich verstehe sehr gut, wie es dir jetzt geht«, sagte Aðalsteinn. »Besser als so mancher andere, wie du dir vielleicht denken kannst. Aber vergiss nicht, das sind alles irdische Güter, die sich jederzeit ersetzen lassen und die, wenn unsere Zeit gekommen ist, sowieso nicht mehr zählen.«

Warum sagte er so etwas? Wollte er ihn jetzt auch noch kritisieren, ihm vorhalten, dass ein Hausbrand an und für sich auf der allgemeinen Skala der Schicksalsschläge keine besonders hohe Punktzahl erzielte? Aðalsteinn hatte für Þorsteinns wehleidigen Klageton wenig Verständnis und fand, er könne sich ruhig zusammenreißen und sich wie ein Mann benehmen. Und tatsächlich hatte sich Þorsteinns selbstmitleidige Art seit dieser Ermahnung etwas reduziert.

Aðalsteinn saß an seinem Schreibtisch, am linken Ohr den Telefonhörer, im rechten den Stöpsel seines iPod-Kopfhörers – eine Unsitte, die er sich leichtsinnigerweise angewöhnt hatte, als der Player neu war, und die schon sehr bald zu den Alltagsritualen gehörte, die ihm das Dasein erträglich machten. Er achtete darauf, während seiner Telefonzeiten keine allzu weltliche Musik laufen zu lassen, das konnte bei manchen Gesprächsthemen sehr unangebracht wirken, zumal wenn seine seelsorgerischen Qualitäten gefragt waren. Mit Bach konnte man hier meistens nicht viel verkehrt machen, der passte so gut wie immer, speziell die Keyboard-Arrangements des Kanadiers Glenn Gould hatten es ihm angetan. Und dann gab es natürlich die Beatles, „den Bach des zwanzigsten Jahrhunderts«, wie Aðalsteinn sie gerne bezeichnete. Ansonsten konnten sehr passende oder auch auf ironische Weise unpassende Kombinationen entstehen, wenn er die Musikwahl dem Gerät selbst überließ. Zum Beispiel musste er noch immer grinsen, wenn er an sein Telefonat mit dem Bischof dachte, das der Player, mit sekundengenauem Timing, mit einer Version von *To Know Him is to Love Him* in der Interpretation einer amerikanischen Girlgroup unterlegt hatte.

Und jetzt hatte sich das verflixte Gerät ausgerechnet für den legendären Doors-Hit *Light My Fire* entschieden. Aðalsteinn hatte zuerst kaum hingehört, bis ihm der selige Jim Morrison plötzlich das Wort *fire* ins Ohr schrie, gleich nach dem berühmten Keyboard-Solo, deshalb lohnte es sich nicht mehr, den iPod aus der Innentasche zu fummeln und eine andere Musik zu suchen. Am liebsten hätte er schallend gelacht oder deftig geflucht, aber er riss sich zusammen und sprach einfach weiter, obwohl er wusste, dass seine Worte wenig ausrichten konnten. Ein derart bitteres Hohngelächter des Schicksals konnte den gläubigsten Christen dazu bringen, Gott für einen gemeinen Gauner zu halten, einen Taschenspieler, der sich mit inadäquaten Soundtracks und anderem sinnlosen Schabernack die Zeit vertreibt.

»Falls ich in der Zwischenzeit irgendwas für euch tun kann«, sagte er, während der Keyboarder das Stück mit einer virtuos ausgewalzten Verzierung zu Ende brachte. »Du weißt, ich würde keine Mühe scheuen, euch jede erdenkliche Hilfe zukommen zu lassen.«

»Ja«, seufzte Þorsteinn. »Aber ich wüsste im Moment nicht, was das sein sollte.«

»Na gut. Dann grüß mir mal die Familie. Gott sei mit euch«, schloss Aðalsteinn nach alter Gewohnheit und weil es passte; eine Phrase, die ihm meist wie von selbst über die Lippen ging.

Aber an Gottes Beistand glaubte der Pfarrer schon längst nicht mehr so felsenfest und bedingungslos wie in früheren Jahren. Er vermisste das Gefühl, wie sich sein Herz mit wahrem Glauben erfüllte, und entlarvte dieses Gefühl gleichzeitig als schnöden Selbstbetrug. Sein Glaube war für ihn immer wie ein günstig platzierter Lehnsessel bei einer Abendgesellschaft gewesen, in dem er sich bequem eingerichtet hatte, um sich am Buffet der christlichen Ethik zu bedienen. Er hatte es nicht nötig gehabt, in seiner Jugend irgendwelche Irrwege einzuschlagen – er war ja gläubig. Auch die Zweifel über seine berufliche Zukunft waren ihm erspart geblieben – der Weg in die Theologie war von Anfang an vorgezeichnet. Und genauso wenig hatte er es nötig gehabt, seine Zeit mit Frauengeschichten und kurzlebigen Affären zu vertun – zu gegebener Zeit hatte er sich einfach eine gläubige Frau gesucht, und was lag näher, als sich da innerhalb der theologischen Fakultät umzuschauen? Das Leben in dieser komplizierten Welt konnte so einfach sein, wenn man einmal eine klare Linie eingeschlagen hatte und sich fortan daran hielt.

Als Pfarrer hatte er oft mit den Widersprüchlichkeiten des Lebens zu tun bekommen, hatte Menschen über Situationen hinweghelfen müssen, die er aus eigener Erfahrung bisher nicht kannte. Dabei hatte er ihnen das vermittelt, was er anbieten konnte, eine besonnene Einstellung und einen unerschütterlichen Glauben, und obwohl ihm dieser Gedanke jetzt einen Stich versetzte, hatte es ihn immer mit Stolz erfüllt, wenn es ihm gelang, den Mühseligen und Beladenen in ihrer schlimmsten Not beizustehen. Um ihretwillen brachte er es nicht übers Herz, seine wachsenden Glaubenszweifel offen einzugestehen, schließlich war es immer noch besser, unter falscher Flagge zu segeln, als überhaupt keine Farbe zu bekennen. Diese Spruchweisheit hatte er einmal einer seiner Predigten zugrunde gelegt, und nun tauchte sie, wie so manches andere weise Wort, aus den Untiefen der Vergangenheit wieder auf, um ihn zu verfolgen.

Denn als sein Sohn Baldur sich das Leben genommen hatte, da war dieser bequeme Lehnsessel unter ihm zusammengebrochen und alle seine Kaffeesatzweisheiten waren davongestoben wie ein Möwenschwarm bei einem Erdbeben.

Seine erste Reaktion war selbstverständlich, Hilfe bei Gott zu suchen. Es war ein harter innerer Kampf, den er kämpfte, aber er tendierte zur richtigen Seite, wie er damals fand, und letztendlich, da war er sich sicher, würde er irgendeine vertretbare Lösung finden. So kämpfte er sich tapfer Schritt für Schritt voran, so wie man es von ihm erwartete, aber dennoch waren seine Schritte immer etwas zu bewusst, immer etwas zu überlegt – und übereilt. Erst ganz allmählich wurde ihm klar, was er verloren hatte, seinen ältesten Sohn, in dem er sich gespiegelt und in den er seine gesamten Hoffnungen gesetzt hatte. Dem musste er nun ins Auge sehen. Mit Gottes Hilfe, ermahnte er sich und schämte sich im gleichen Moment dafür, dass es ihm, dem Pfarrer, nur mit äußerster Anstrengung gelang, Gott aus der Gleichung des Lebens nicht herauszukürzen.

So hatte es in ihm ausgesehen, als das Feuer vier Monate zuvor das Haus der Familie in Schutt und Asche gelegt hatte. Es war, als ob der bittere Kelch, den auszutrinken er sich vorgenommen hatte, bis zum Überlaufen gefüllt war. Zuerst hatte er diesen Vorfall als Bösartigkeit und pure Mutwilligkeit Gottes empfunden, hatte zornig dagegen aufbegehrt, dass er ihm so etwas antat – nach ihm zu treten, wo er schon am Boden lag. Er hasste Gott aus ganzem Herzen, ließ aber seinen Hass nicht an die Oberfläche kommen, um ihm dort freien Lauf zu lassen, da er sich für diese Gefühle so unglaublich schämte. Doch als es ihm schließlich gelang, seinen Hass auf den Schöpfer zum Schweigen zu bringen, ohne ihn jemals ausgelebt zu haben, da war seine Liebe zu Gott ebenfalls verschwunden.

Zurück blieb ein hohler, abgestorbener Glaube, der, das wusste Aðalsteinn genau, in Wahrheit nichts war als die leere Hülle um ein selbstverliebtes Ich, dem es nur darum geht, in Frieden vor sich hin zu leben, sich ein möglichst bequemes Nest zu bauen und dort alles zu horten und anzuhäufen, was das Leben angenehm machte: Geld und Gut, schöne Dinge und einlullende Gedanken. Seine Scheinheiligkeit – als Pfarrer – war ihm dabei durchaus bewusst. Aber er fand, dass er auch ein gewisses Recht zu dieser Haltung hatte: Wozu die Fahne des Glaubens hochhalten, wenn einem das Leben solche schweren Schläge versetzt hatte? Mittlerweile ging es ihm nur noch ums pure Überleben, Vogel friss oder stirb. Nachdem er am Rande des Abgrunds gestanden hatte, spürte er nun einen unerschütterlichen Überlebenswillen.

So abwegig das vielleicht klang, hatte gerade diese Ernüchterung ihn davor bewahrt, aufzugeben, ja hatte seinem Ehrgeiz, der ihm mit den Jahren abhandengekommen war, sogar neue Kraft und neues Leben eingehaucht. Wenn auf Gott kein Verlass mehr war, musste er sich eben auf sich selbst verlassen.

7 »Mein Gott, war das nicht ein entsetzliches Schauspiel gestern Abend?«, jammerte Stella und machte ein angemessen betroffenes Gesicht. »Ich bin tausend Tode gestorben vor Angst, dass der Wind drehen könnte. Viel hätte auch nicht gefehlt, wir wohnen ja direkt daneben, gerade mal ein paar Meter Abstand zwischen den Häusern.«

Urður widersprach nicht, obwohl sie sich sicher war, dass das nie passieren würde. Niemals würde ein Feuer zwischen diesen beiden Häusern überspringen, selbst dann nicht, wenn der Wind noch so ungünstig stand und keine Feuerwehr weit und breit in Sicht wäre.

»Dein Mann wird dir ja wohl alles bis ins kleinste Detail beschrieben haben«, fuhr Stella fort. »Ich habe ihn vom Küchenfenster aus gesehen, er war einer der Ersten, die zur Stelle waren.«

»Ja, er hat es für seine Pflicht gehalten, zur Stelle zu sein«, antwortete Urður knapp. Die beiden waren sich am Kühlregal im *Samkaup*, dem kleinen Supermarkt im Ort, über den Weg gelaufen, und Urður hatte gerade zu nichts weniger Lust als zu einem Schwätzchen mit Stella. Stella war Mitte dreißig, zehn Jahre jünger als sie selbst, und arbeitete als Kindergärtnerin. Sie war nicht besonders groß, kämpfte ständig mit ihren Pfunden und war immer etwas extravaganter zurechtgemacht, als es ihr Geldbeutel erlaubte. Heute trug sie einen eng geschnittenen schwarzen Hosenanzug, dazu eine mehrfach um den Hals geschlungene Goldkette; die Lippen waren akkurat nachgezogen, und sie duftete frisch gebadet. Ihr Auftreten hatte etwas Aufgeräumtes, geradezu unangemessen Heiteres.

»Die glauben, dass es Brandstiftung war«, sagte Stella und zog die Augenbrauen zusammen. »Stell dir das doch mal vor!«

»Nee, tatsächlich?«

»Ja, Rósa, die Frau von Gylfi, sagt, auf dem Schlafzimmerboden hätten sie einen riesigen Steinbrocken vorgefunden. Anscheinend haben sie sogar schon die Kripo unten in Reykjavík eingeschaltet.«

»Na ja, kann vielleicht nichts schaden, die Angelegenheit so genau wie möglich zu untersuchen.«

»Du sagst es. Zumal so ein Brandstifter sich ja meistens nicht beherrschen kann, wenn er erst mal in Fahrt ist. Solange die Polizei den Übeltäter nicht geschnappt hat, ist doch die ganze Stadt in Gefahr.«

»Ob das so eine Art von Brandstifter war, muss sich erst noch rausstellen«, knurrte Urður.

»Wieso, was denn sonst? Welcher Mensch bei klarem Verstand würde Þorsteinn denn das Haus über dem Kopf anzünden? Wer so was macht, muss doch komplett durchgedreht sein.«

»Da hast du im Prinzip natürlich recht. Wir wollen nur hoffen, dass Gott uns von schlimmeren Schicksalsschlägen verschont.«

»Þorsteinn und seine Familie hat er jedenfalls nicht verschont.«

»Nein, vielleicht nicht. Ich bin mir aber auch nicht sicher, ob sie das überhaupt verdient hätten.«

»Verdient?«, rief Stella entrüstet. »Das ist wohl jetzt der neue Glaubensgrundsatz? Dass man sich bei Gott einschmeicheln muss? Um sich seine schützende Hand zu verdienen?«

»So hab ich das nun auch wieder nicht gemeint.«

»Ha! Wenn das so ist, dann steht wohl demnächst die ganze Stadt in Flammen! Wenn der Brandstifter im Namen Gottes unterwegs ist, dann steht der Mensch ja wohl auf verlorenem Posten.«

»Bitte! Hör endlich auf damit!«

»Nimm doch nicht alles gleich so wörtlich, Urður. Du weißt doch, wie ich bin!«

Urður lächelte reserviert und nickte ihr mit einer Abschiedsgeste zu. Sie hatte ihre eigene Meinung darüber, wie Stella war.

Urður beeilte sich, zu bezahlen, und hastete aus dem Laden. In letzter Zeit fühlte sie sich immer ganz merkwürdig, wenn sie aus einem hell erleuchteten Geschäft ins Tageslicht hinaustrat, so als würde die Zeit einen Rückwärtssprung machen, vom Abend zum Morgen. Die alltäglichsten Erscheinungen des Lebens nahmen oft eine fremde, geradezu übernatürliche Gestalt an. Zwar gab es für letztlich alles eine natürliche Erklärung, aber das tröstete sie wenig. Schon lange wünschte sie sich nichts sehnlicher, als endlich wieder in einer Welt zu leben, in der alles in festen, überschaubaren Bahnen verlief.

Im Gegensatz zu den meisten Frauen im Ort erledigte sie ihre Einkäufe meist zu Fuß. Zügig überquerte sie die Brücke und bog dann nach rechts ab, den Hang hinauf. Dabei fühlte sie sich trotz allem unbeschwert wie schon lange nicht mehr. Ihre Gedanken kehrten zum gestrigen Abend zurück. Aðalsteinn war nach dem Brand spät heimgekommen; sie roch sofort seine Bierfahne und spürte, wie die Wut in ihr hochkroch, während sie stocksteif neben ihm im Bett lag und versuchte, tief und gleichmäßig zu atmen. Zum Glück war er schon fünf Minuten später in Tiefschlaf gefallen. Wo hatte er um diese Tageszeit Alkohol herbekommen? Von zu Hause mitgenommen hatte er jedenfalls nichts Derartiges, da war sie sich sicher. Es wäre auch ein starkes Stück, wenn der Gemeindepfarrer einen solchen Anlass benutzte, um sich einem nächtlichen Besäufnis unter freiem Himmel hinzugeben. Nein, wahrscheinlich hatte ihn jemand zu einem Gläschen hineingebeten, obwohl sie auch das nicht ganz korrekt fand. Aber jetzt wollte sie sich davon die Stimmung nicht verderben lassen.

Sie hatten sich an der Uni im Fachbereich Theologie kennengelernt und dort im gleichen Jahr ihr Studium abgeschlossen, aber im Gegensatz zu ihm hatte sie sich nie ordinieren lassen. Während des letzten Hochschulsemesters war ihr erster Sohn auf die Welt gekommen, und nachdem sie sich mit Ach und Krach und der tatkräftigen Hilfe Dritter durch die Prüfungen laviert hatte, fand sie, nun habe der Junge ihre gesamte Aufmerksamkeit verdient. Auch ihre Abschlussnoten waren nicht gerade motivierend gewesen, und nach dem Examen hatte sie sich erschöpft und ausgelaugt gefühlt, die durchwachten Nächte waren lang und zahlreich gewesen. Eine Weile hatte sie mit sich gekämpft, ob sie dranbleiben und die Ordination einfach hinter sich bringen sollte, immerhin hätte sie Aðalsteinn dann vertreten können, wenn er einmal ausfiel. Und er hatte sie darin auch durchaus bestärkt. Trotzdem war sie das Gefühl nicht losgeworden, dass ihm dieser Plan in Wirklichkeit nicht passte. In unserem Job hat nun mal jeder sein eigenes Kreuz zu tragen, hatte er geseufzt, wenn ihm irgendetwas über den Kopf zu wachsen drohte – ein alter Theologenwitz aus Studienzeiten, über den sie dann gemeinsam lachten.

Es hatte nie zur Diskussion gestanden, länger als notwendig in einer Pfarrei draußen auf dem Land Dienst zu tun. Urður stammte aus Sandgerði und kannte das Kleinstadtleben zur Genüge, und Aðalsteinn, der in Kópavogur aufgewachsen war, hatte es schon immer nach Reykjavík gezogen. Aber die Pfarrstellen in der Hauptstadt waren nicht gerade üppig gesät, deshalb musste man seine ersten Sporen wohl als Landpfarrer verdienen. Als in der Pfarrei von Bíldudalur eine Vertretungsstelle zu besetzen war, hatte er zugegriffen. Und sie, die immer davon geträumt hatte, als Missionarin durch ferne Länder zu reisen und dort den Armen und Leidenden Hilfe und Beistand zu leisten, saß mit ihren dreiundzwanzig Jahren plötzlich als Pfarrersgattin und Mutter zu Hause. Aber sie fügte sich und machte das Beste daraus, alles andere hätte sie als Undankbarkeit empfunden. Gott wusste, was er tat, wenn er ihr Leben in diese Richtung lenkte, redete sie sich ein und nahm sich vor, ihre Rolle im großen Weltganzen zu übernehmen, so bedeutungslos sie ihr auch erscheinen mochte, und diese Aufgabe treu und gottesfürchtig zu erfüllen.

Es war für beide ein harter Schlag gewesen, als Aðalsteinn seine erste Pfarrerwahl im Großraum Reykjavík verlor. Der erfolgreiche Gegenkandidat war ein Jahr jünger als er, im Gegensatz zu ihm ganz ohne Beziehungen zu einflussreichen Persönlichkeiten innerhalb der Kirche und noch dazu weiblich. Und obwohl sie beide das Thema seitdem tunlichst ausgespart hatten, hatte Urður immer gespürt, wie bitter diese Niederlage für ihn war: Er hatte verloren, und das ausgerechnet gegen ein Mädel.

Gestärkt war er aus diesen Widrigkeiten damals jedoch nicht hervorgegangen. Erst Jahre später, in denen er sich tapfer von einer Vertretungsstelle zur nächsten gehangelt hatte, beschloss er, sich für die Pfarrei in Seyðisfjörður zu bewerben, eine Stelle, die als Sprungbrett gedacht war und seine Chancen verbessern sollte, sich irgendwann seine Jugendträume zu erfüllen. Dabei war sein höchstes Ziel, es zum Dompfarrer von Reykjavík zu bringen und eine dieser schmucken Villen mit Blick auf den Stadtsee zu bewohnen, das hatte er ihr einmal mit selbstironischem Augenzwinkern anvertraut, als sie in einer Frühlingsnacht nach einer Semesterabschlussparty nach Hause schlenderten. Bei derselben Gelegenheit hatte sie ihm auch von ihrer Missionarsberufung erzählt.

Und auf dem Sprungbrett Seyðisfjörður waren sie kleben

geblieben, all die Jahre, so fest wie Fliegen auf einem Honigbrot.

Die Kerze im Fenster brannte noch genauso flackernd, wie Urður sie zurückgelassen hatte, und wie so oft in solchen Momenten verlor sie sich in ausgedehnten Betrachtungen über Zugluft, Wind und Gegenwind. Sie schloss die Vordertür auf und verschwand im Haus.

8 Es war kurz vor zwei, als Valdimar auf dem Flughafen in Egilsstaðir landete. Dichtes Schneetreiben schlug ihm ins Gesicht, als er aus der Maschine stieg, die Gangway hinunterkletterte und den markierten Weg in das kleine Flughafengebäude hinübertrottete. Am Informationsschalter händigte man ihm die Autoschlüssel aus, und auf dem Parkplatz auf der Rückseite des Gebäudes stand sein Leihwagen schon bereit, ein Allrad-Jeep mit riesigen Reifen, ein Monster von einem Gefährt. Valdimar wurde es angesichts solcher Dampfwalzen immer etwas mulmig, aber diesmal hatte er kein Risiko eingehen und sicher sein wollen, dass er sein Ziel wirklich erreichte.

Egilsstaðir war ihm völlig unbekannt, beim letzten Mal war er nur einmal quer durch den Ort gebrettert, aber diesmal konnte er sich nicht verkneifen, eine kleine Erkundungstour durch das Städtchen einzulegen, das auf ihn wie eine zufällige Ansammlung von zwei oder drei Vorstadtvierteln wirkte.

Nach dieser herablassenden Feststellung stieg Valdimar ein, nahm die Steilstraße den Berghang hinauf und fuhr direkt in die dickste Nebelbank hinein: Auf der Hochebene wütete ein Schneesturm und jagte dichte Schneewehen vor sich her, so dass man kaum einen Meter weit sah. Er hatte größte Mühe, Breite und Beschaffenheit der Straße einzuschätzen, und als ihm auch noch ein Räumfahrzeug entgegenkam, wäre er fast von der Spur abgekommen. Er war es nicht gewohnt, ein Fahrzeug dieser Größe zu steuern, doch mit der Zeit konnte er den Straßenrand zumindest erahnen. Dann brach auf einmal die Sonne durch das Schneetreiben, und für einen Moment war er so geblendet, als führe er durch brennendes Gas. Dann zog sich der Wolkenvorhang wieder zu, aber immerhin hatte es jetzt aufgehört zu schneien.

Als der Ort in Sicht kam, beschloss er, einen kurzen Zwischenstopp einzulegen. Er bremste dort, wo er am Straßenrand eine Haltebucht vermutete, stieg aus und warf einen Blick hinunter auf die Winterausgabe von Seyðisfjörður. Die Natur war überwältigend, da gab es keinen Zweifel: weiß verschneite, steile Berghänge zu beiden Seiten, darüber die schneefreien Gipfel, die in den Himmel ragten, schwarz und bedrohlich. Valdimar hatte vorsichtshalber seine Bergstiefel angezogen und einen Wollschal eingesteckt, Mütze und Handschuhe fehlten dagegen, was ihm hier oben äußerst unangenehm bewusst wurde. Drüben am Ortsrand kräuselte sich eine Rauchfahne aus einem Schornstein, wie um ihn daran zu erinnern, weshalb er hier war. Er durfte keinesfalls länger hier herumstehen und müßig in die Landschaft glotzen, solange es anderswo finstere Verbrechen aufzuklären gab.

Er parkte den Jeep vor dem Supermarkt, wo der Fluss in die Bucht mündete und die Straße sich in beide Richtungen an der Küste entlang verzweigte, eilte hinein und erstand ein Paar Wollfäustlinge. Die Mützen, die dort angeboten wurden, waren entweder mit irgendwelchen Comicfiguren verziert oder hatten einen uncoolen Schnitt, den Valdimar mit Norwegen assoziierte. Man würde ihn wohl kaum ernst nehmen, wenn er wie ein Teenager oder ein kauziger Sonderling daherkam, also verzichtete er vorerst auf die Anschaffung einer Kopfbedeckung. Das Mädchen an der Kasse schien indischer Herkunft zu sein, und es amüsierte ihn, dass der allererste Mensch, mit dem er in diesem Städtchen zu tun bekam, so exotisch wirkte. Die Inderin sprach ein akzentfreies Isländisch.

Er beschloss, den Wagen an Ort und Stelle stehen zu lassen und zu Fuß weiterzugehen. Seyðisfjörður kannte er besser als die meisten anderen Ortschaften außerhalb der Hauptstadt. Mit acht Jahren hatte er mit seiner Familie einmal zwei Wochen hier verbracht, später war er noch zweimal mit seinem Vater und seiner Schwester für ein paar Tage hergekommen. Sein Vater hatte hier in jungen Jahren einmal einen Sommer lang gearbeitet und war dieser Stadt seitdem in inniger Nostalgie verbunden. Manchmal verlor er sich in Erinnerungen und kramte alte Geschichten hervor, zum Beispiel, wie er damals mit keinem Geringeren als dem legendären Massenmörder Charles Manson zusammengearbeitet hatte. Valdimar hatte diese Geschichten nie besonders ernst genommen, bis diese kuriose Fußnote der Stadtgeschichte von Seyðisfjörður ihm einmal rein zufällig in einer Fernsehdokumentation untergekommen war. Dieser Manson hatte sich tatsächlich einmal für ein paar Monate hier im Ort aufgehalten, kurz bevor er seine Helfershelfer in die Welt hinausschickte, um reiche und unschuldige Menschen zu ermorden. Figuren wie Manson waren, fand Valdimar, geradezu ein Paradebeispiel für die dunkle Seite der Hippiekultur, und es war äußerst bezeichnend, dass sein Vater mit diesem Kerl zu tun gehabt hatte, auch wenn es nur oberflächlich gewesen war.

Dies alles ging ihm durch den Kopf, während er in seinen klobigen Bergschuhen durch den Schnee stapfte. Auf der anderen Straßenseite lagen das Hauptgebäude des Hotels und ein Restaurant, mit dem er von seinem letzten Aufenthalt hier im Ort äußerst angenehme Erinnerungen verband. Er beschloss, sich dort erst einmal einen Kaffee zu bestellen, bevor er alles Weitere in Angriff nahm.

Die Bedienung stammte unverkennbar aus Dänemark, hatte dunkelblondes Haar, ein charmantes Lächeln und las ihm jeden Wunsch von den Augen ab. Valdimar verfolgte interessiert jede ihrer Bewegungen. Plötzlich musste er an Elma denken und verzog das Gesicht. Er bestellte sich einen Cappuccino aus der silberglänzenden, riesenhaften Espressomaschine, die auf der Theke thronte, ein Monument der Technik vergangener Zeiten. Das Mädchen verschwand im Küchenbereich und erlöste Valdimar, der ihr unablässig auf den Hintern gestarrt hatte, von seinem schlechten Gewissen.

Anschließend lief er bis zu der kleinen Brücke, die er immer so gemocht hatte, blieb genau in der Mitte stehen und schaute ins eisfreie Wasser. Diesmal brauchte er lange, bis er die Gitarre entdeckte, die noch immer da unten auf dem Flussbett herumlag, und bevor er etwas dagegen tun konnte, grübelte er erneut über die Geschichte dieses Instruments nach, wer die Gitarre wohl in den Fluss geworfen hatte, wann und warum.

Er hatte eine Verabredung mit Smári Jósepsson, Oberwachtmeister der Polizeibelegschaft von Seyðisfjörður – die nur aus ihm selbst bestand. Im Prinzip war es natürlich zu begrüßen, dass es in dieser dünn besiedelten Gegend überhaupt eine Polizeistation gab, dachte er, als er schließlich vor der Wache stand, einem eingeschossigen Gebäude in einer zugigen Straße direkt am Meer, in dem sich außerdem noch eine Bank und ein Postamt befanden. Die gegenüberliegende, dem Wasser zugewandte Seite der Straße war unbebaut. Ohne anzuklopfen öffnete er die Tür und trat ein.

Smári erschien sofort im Türrahmen seines Büros und begrüßte Valdimar mit festem Händedruck und leicht ironischem Lächeln. Er war etwa Mitte dreißig und, wie es so schön heißt, gut beieinander, ohne dass man ihn direkt dick nennen konnte. Oben auf dem Kopf waren seine Haare bereits gelichtet, was in Kombination mit seiner sorgfältig ins Gesicht gekämmten Stirntolle einen etwas albernen Eindruck machte; schon beim letzten Mal war Valdimar zu diesem Schluss gekommen. In diesem Fall wäre eine Glatze wirklich die bessere Lösung. Aber die Natur spielt den Menschen ja oft die eigenartigsten Streiche, dachte er und fuhr sich unwillkürlich durch seine dichte, struppige Mähne, sein Markenzeichen, seit er denken konnte.

»Tja, so schnell sieht man sich wieder«, begrüßte Valdimar den Kollegen.

»Obwohl der Anlass erfreulicher sein könnte. Sie müssen einen vollkommen falschen Eindruck von unserem Städtchen bekommen. Normalerweise ist hier in puncto Gesetzesübertretungen so gut wie überhaupt nichts los, von solchen schwerwiegenden Delikten ganz zu schweigen.«

»Waren die Techniker von der Spurensicherung denn schon vor Ort?«

»Sind schon wieder weg. Müssten Ihnen oben auf der Hochebene eigentlich entgegengekommen sein.«

»Na, da haben die Jungs sich aber beeilt, normalerweise sind die ja nicht gerade von der schnellen Truppe.«

»Sie hatten Angst, sie könnten hier eingeschneit werden. Und dann hatten sie anscheinend noch was Dringendes in Egilsstaðir zu erledigen.«

Valdimar schnaubte abfällig.

»Und, was haben sie gesagt? Gibt's schon Ergebnisse?«

»Offiziell nicht, aber ein kurzer Blick hat ihnen offenbar gereicht. Brandstiftung. Mit Benzin. So viel stand sofort fest. Dann haben sie noch ein paar Proben genommen, um den Befund zu bestätigen.«

»Hmm.«

»Sollen wir uns den Ort des Geschehens mal ansehen?«

»Unbedingt.«

Sie stiegen in Smáris Dienstwagen und fuhren ein kurzes Stück den Hang hinauf. Smári verströmte einen dezenten, aber beißenden Brandgeruch. Konnte es sein, sinnierte Valdimar, dass der Wachtmeister seit der Brandnacht tatsächlich nicht die Kleider gewechselt hatte? Doch dann rief er sich zur

Ordnung und beschloss, über diese Frage nicht weiter nach-zugrübeln.

Als sie in die Straße einbogen, stach das Haus sofort ins Auge, zwei schwarz klaffende Fensteröffnungen, die Mauer darüber von Rauchschwaden geschwärzt. Es war ein niedriges Einfamilienhaus aus Stein, im sachlichen Kastenstil der siebzi-ger und achtziger Jahre, den Valdimar sehr viel mehr schätzte als die Säulen und den ganzen verschnörkelten Firlefanz, durch die sich viele Besitzer der modernen Einfamilienhäuser im Ort glaubten profilieren zu müssen.

Der Anblick war nicht ganz so erschütternd wie beim letzten Mal, als er in Seyðisfjörður eine Brandruine begutachtet hatte. Dieses Haus hier stand zumindest noch auf seinen Grundmau-ern und würde sich wieder in eine menschliche Behausung zu-rückverwandeln lassen; das Haus des Pfarrerehepaars dagegen war eines dieser alten Holzhäuser gewesen, und dort hatte das Feuer so gründlich gewütet, dass nichts anderes übrig blieb, als die Reste abzureißen. Valdimar erinnerte sich noch gut, wie leid ihm die Leute getan hatten. Pfarrer Aðalsteinn hatte mit leerem Blick daneben gestanden, dann aber immerhin versucht, der Situation etwas Positives abzugewinnen, und betont, wie dankbar man sein könne, dass niemand zu Schaden gekommen sei. Er hatte sich nicht entmutigen lassen und für seine Familie schon ein neues Haus ausfindig gemacht oder sogar bereits den Kauf getätigt. Urður, seine Gattin, hatte dagegen wie verstei-nert gewirkt und stand anscheinend noch immer unter Schock, denn erst vor kurzem hatten sie ihren ältesten Sohn verloren. Er hatte sich, wenn Valdimar sich recht erinnerte, das Leben genommen.

Die Polizeibeamten blieben eine Weile vor dem Haus ste-hen und starrten in die gähnenden Fensteröffnungen. In der Einfahrt hatte jemand einen Bretterstapel abgeladen. Plötzlich kam ein alter Lada-Jeep um die Straßenecke, bog in die Ein-fahrt und parkte längs neben dem Holzstapel. Zwei Männer stiegen aus, der eine mit einem gepflegten Schnurrbart, der andere mit einer Mähne, so dicht, dass sie ihm aus den Ohren zu wachsen schien.

»Na, Jungs«, rief Smári den beiden zu. Die Männer nickten und grinsten verlegen, als erwarteten sie einen lockeren Spruch von Seiten der Polizisten.

»Haben Sie was dagegen, wenn die Brüder von der Baufirma schon mal loslegen und die Fenster vernageln?«, erkundigte sich Smári bei Valdimar. »Bei dem Schneesturm, der für heute wieder gemeldet ist, würde hier sonst alles sofort zuschneien.«

»Ich denke, das ist in Ordnung. Die Kriminaltechniker haben ihren Job ja schon erledigt.«

»Möchten Sie reinschauen?«, bot Smári an.

»Nein, eher nicht. Aber ich würde mir gerne das Fenster ansehen, durch das der Brandstifter Ihrer Meinung nach eingestiegen ist.«

Die Männer gingen um das Haus herum nach hinten.

»Hier war es«, erklärte Smári, während sie auf einen Anbau zusteuerten, in dem ein verkohltes Loch klaffte, so groß wie ein mittleres Garagentor. Von drinnen hörte man Arbeitslärm, und der Polizist aus den Ostfjorden runzelte verwundert die Stirn. Sie spähten hinein.

In der Mitte des Raumes stand eine mit schwarz verkohlten Holzresten und Schutt beladene Schubkarre. Ein junger Mann war eifrig dabei, mit einem Stemmeisen die schwärzlichen Parkettreste vom Boden zu entfernen. Er fuhr merklich zusammen, als er aufblickte und jemanden in der Fensteröffnung sah.

»Was verdammt machst du denn hier?«, knurrte Smári, der still neben Valdimar gestanden hatte.

»Arbeiten. Geld verdienen«, antwortete der Junge schulterzuckend und zog eine Grimasse. »Was dagegen?«

»Das ist Bóas, mein Sohn«, erklärte Smári verlegen. »Er hat letzten Sommer bei den beiden in der Firma gejobbt. Solltest du um diese Zeit nicht in der ...«, begann er in strengem Ton und brach dann mitten im Satz ab.

»Es sind Weihnachtsferien, schon vergessen?«, gab der Junge zurück und wandte sich wieder den verkohlten Holzresten zu.

Valdimar musterte ihn kurz und fragte sich, woher wohl diese Bitterkeit kam, die unter dem pubertären Auftreten des Jungen hindurchschimmerte. Vielleicht war es ganz einfach deprimierend, Sohn eines Wachtmeisters zu sein. Der Gedanke kam ihm zum ersten Mal in seinem Leben.

»Lass erst mal gut sein, Bóas«, wies Smári seinen Sohn an. »Hier darf eigentlich niemand was berühren«, erklärte er, »ohne dass wir dazu grünes Licht gegeben haben. Und jetzt lass uns alleine, ja? Wir haben zu tun.«

»Meinetwegen«, maulte der Junge beleidigt, ließ sein Arbeitsgerät fallen und stieg durch das verkohlte Mauerloch nach drinnen ins Haus.

»Auf dieser Seite war, wie gesagt, eine Tür, die vom Schlafzimmer in den Garten führte. Das Fenster direkt daneben reichte vom Fußboden bis unter die Decke – das Fenster, durch das der Stein reingeworfen wurde. Und dann ist der Brandstifter wohl hier eingestiegen, oder er hat einfach durch die kaputte Scheibe hindurchgefasst und die Tür von innen aufgemacht, das war ein einziger Handgriff.«

»Angenommen, der Brandstifter hätte den Stein wieder mitgenommen und ihn entweder in den Garten geworfen oder eingesteckt«, fing Valdimar an.

»Ja?«

»Ach, ich frage mich nur gerade, ob der Stein vielleicht absichtlich am Brandort zurückgelassen wurde, damit auch ja keine Zweifel aufkommen, dass es sich hier um Brandstiftung handelt.«

»Möglich. Hätte aber auch sonst wohl niemand bezweifelt. Was die Löscharbeiten so erschwert hat, war, dass das Feuer offenbar überall im Haus gleichzeitig ausgebrochen ist. Die Techniker sagen, es sieht ganz danach aus, als ob jemand einmal durchs Haus gelaufen ist und blindlings mit Benzin um sich gespritzt hat. Besonders ausgetobt hat er sich offenbar im Schlafzimmer; vom Ehebett ist ja nicht mehr viel übrig.«

»Verdammte Scheiße.«

»Ja, die Sache ist nicht gerade spaßig«, stimmte Smári mit belegter Stimme zu. »Von hier, hinter der Haustür, nehmen sie an, hat er das Benzin dann angezündet. Und falls er eine zusammenhängende Benzinspur gelegt hat, wird wohl das ganze Haus sofort lichterloh gebrannt haben.«

»Wer hat den Brand gemeldet?«

»Jemand ... aus der Nachbarschaft.«

»Gibt's in dem Zusammenhang etwas Außergewöhnliches zu bemerken?«, fragte Valdimar erstaunt, als er das kurze Zögern bemerkte.

»Aber nein, überhaupt nicht. Es war meine Schwester, die angerufen hat. Stella heißt sie.«

»Ah ja. Wohnt sie hier in der Nähe?«

»Ja, hier direkt im Nachbarhaus«, antwortete Smári mit einer entsprechenden Kopfbewegung.

Valdimar sah in die angedeutete Richtung. Das besagte Haus stand einige Meter weiter unten am Hang, so dass die Rückwand, wo der Brandstifter sein Unwesen getrieben hatte, von dort außer Sichtweite war. Der Garten war von einem mannshohen Windschutzzaun umgeben gewesen, der jetzt zum Teil umgekippt und, wohl während der Löscharbeiten, beiseitegeräumt worden war und als unordentlicher Holzstapel im verschneiten Vorgarten lag.

Trotzdem war kaum anzunehmen, dass man von nebenan irgendetwas von dem hätte mitbekommen können, was oben am Haus vor sich ging, es sei denn, man wäre ein paar Schritte den unbebauten Hang oberhalb der Straße hinaufgestiegen.

»Hat man hier draußen irgendwelche Indizien gefunden?«

»In der Brandnacht war dichtes Schneetreiben, Fußstapfen und Ähnliches dürften also sofort zugeweht worden sein. Und falls danach noch irgendwelche Spuren zu sehen waren, haben die wohl spätestens die Feuerwehrleute plattgetrampelt. Und mittlerweile ist sowieso nichts mehr übrig.«

»Klar«, nickte Valdimar mit einem Blick hinüber in den weiß verschneiten Garten. »Und was ist mit diesem Stein?«

»Stein? Wieso?«

»Hat der irgendetwas Sachdienliches ergeben?«

»Sie meinen Fingerabdrücke, oder was?«

»Fingerabdrücke vielleicht nicht unbedingt. Aber Sie werden ihn doch sichergestellt haben, oder nicht?«

»Die Jungs haben ihn mit runter nach Reykjavík genommen. Diese Spurensicherungsleute.«

»Aha. Und die Bewohner befinden sich also immer noch in Spanien?«

»Soweit ich weiß, sind die mittlerweile auf dem Heimweg. Die Lust auf Sonne und Strand dürfte ihnen unter den gegebenen Umständen wohl gründlich vergangen sein.«

Valdimar nickte. Dann stapfte er ein paar Schritte durch den verschneiten Garten und musterte die verkohlten Einfassungen von Türen und Fenstern. Genau hier hatte der Brandstifter gestanden, mit dem Stein und seinem Benzinkanister. Was für ein Film war in diesem Kopf wohl abgelaufen, als er das Streichholz an die Reibfläche setzte? Würde er das jemals erfahren?

9 Direktor Sveinbjörn teilte seiner Frau Stella nie genau mit, wann er gedachte, zum Mittagessen nach Hause zu kommen; er wollte sie erst gar nicht an den Gedanken gewöhnen, er habe ihr gegenüber eine Art Meldepflicht, weder in diesem Punkt noch in anderen. Wenn er dann unangemeldet auftauchte, brummte sie etwas von wegen, sie wisse ja nie, wann mit ihm zu rechnen sei, und zauberte dann trotzdem in null Komma nichts ein Essen auf den Tisch. Heute hätte er sich dagegen gewünscht, wie er zu seiner Verwunderung feststellte, zu Hause die Tür aufzuschließen und von diesem Genörgel empfangen zu werden, das dem Mittagsimbiss für gewöhnlich vorausging. Irgendwie hatte es etwas Vertrautes und war eine Art Zeichen dafür, dass sein Dasein trotz allem noch in festen Bahnen verlief.

Stattdessen musste er sich nun dem Ernst des Lebens stellen. Gerade hatte er eine Plastikschale mit Fleischsuppe in sich hineingeschlürft. Ihm gegenüber thronte Kolbrún in ihrer ganzen Machtfülle, vor sich ihre fertig ausgedruckten Unterlagen, die sie gleich auf dem Besprechungstisch ausbreiten würde. Die gute Kolbrún war alles gleichzeitig: Sekretärin, Buchhalterin und Haushälterin. Der letztgenannte Posten behagte ihr dabei am wenigsten, denn dafür werde sie, wie sie oft und gern betonte, nicht bezahlt. Doch es endete stets damit, dass sie auch auf diesem Gebiet vorbildliche Arbeit leistete. Er konnte von Glück sagen, dass er damals an sie geraten war, vor fünf Jahren, als er mit seiner Parkettfabrik an den Start ging. Und er wusste auch, dass die Firma aller Wahrscheinlichkeit nach schon längst bankrottgegangen wäre, hätte sie nicht von Anfang an überall ihre Finger dringehabt.

Im Moment hatte Kolbrún jedoch einen schweren Stand. Lange hatte sie sich geweigert, die Angelegenheit überhaupt zu diskutieren, aber schließlich hatte sie mit der Faust auf den Tisch geschlagen und eine dringliche Sondersitzung gefordert, Anlass sei mehr als gegeben.

»Na, wie ist die Lage? Noch hoffnungsloser als sonst?«, erkundigte er sich betont leger. Sie antwortete nicht gleich, sondern blickte konzentriert auf die Unterlagen aus ihrer Mappe und begann, sie auf dem Tisch vor sich auszubreiten. Kolbrún war eine große Frau mit weichen Körperformen und hatte Sveinbjörn schon immer etwas an ein Trollweib erinnert. Sie war gut proportioniert, aber wenn sie ihm den Rücken zukehrte, konnte Sveinbjörn deutlich die Fettwülste sehen, die unter dem hauchdünnen Stoff ihrer mattblauen, mit Goldborte eingefassten und eine Spur zu eng sitzenden Bluse wabbelten; und ihr Doppelkinn, das in sanft geschwungener Linie direkt in ihr Brustbein überzugehen schien, passte hervorragend zu ihrer steilen, gebogenen Nase. Wie gewöhnlich war sie sorgfältig geschminkt, der violette Lidschatten war gewagt, aber immerhin gekonnt aufgetragen. Sie wusste, wer sie war, was sie wollte und was sie tat. Mit Kolbrún gab es nie irgendwelchen Ärger – außer, wenn tatsächlich alles rapide auf den Abgrund zusteuerte.

»Tja, so schnell kann sich das Blatt wenden, mein Lieber!«, antwortete sie, und bei der Art, wie sie *mein Lieber* aussprach, verzog Sveinbjörn leicht angewidert den Mund. »Ich hab es dir ja schon oft gesagt: Es ist eine riesengroße Fahrlässigkeit, einem so großen Kunden Aufschub zu gewähren und ihm derart immense Summen zu stunden. Und jetzt ist also genau das eingetreten, vor dem ich dich schon so oft gewarnt habe: Unser langjähriger Großkunde, *B.B.Bodenbeläge*, bittet um Zahlungsaufschub.«

»Tjaja«, seufzte Sveinbjörn und trommelte nervös auf der Tischplatte herum.

»Ich hab keine Ahnung, ob Þorsteinn davon Wind bekommen hat, als er seinen Einstieg in die Firma zurückgezogen hat, jedenfalls ist das Timing extrem ungünstig. Erst bleibt die Finanzspritze aus, die wir dringend gebraucht hätten, um die momentanen Engpässe zu überbrücken, und dann geht auch noch diese Zeitbombe hoch. Natürlich ist Zahlungsaufschub noch nicht dasselbe wie Bankrott, aber ich werde dafür sorgen müssen, dass das Unternehmen finanziell wieder auf die Beine kommt. Die Geschäftsleitung hat eben zu viel riskiert. Wie jeder weiß, den es interessiert. Demnach wird unsere Vereinbarung folgendermaßen aussehen: Entweder sie melden Konkurs an, oder sie verpflichten sich, einen gewissen Prozentsatz ihrer Schulden zu begleichen. Obwohl ich kaum glaube, dass da viel mehr als zwanzig Prozent drin sein werden.«

»Zwanzig Prozent! Ist so eine Panikmache nicht ein bisschen unangebracht?«

»Zwanzig Prozent sind schon sehr optimistisch kalkuliert«, antwortete Kolbrún knapp. »Genauso gut könnten wir komplett leer ausgehen.«

»Das glaube ich kaum. Aber gut. Was schlägst du also vor?«

»Schau her«, begann sie und schob ihm ein Blatt unter die Nase. »Hier habe ich die wichtigsten Daten zusammengestellt. Zuerst kommen die Langzeitdarlehen, die brauchen uns weiter nicht zu kümmern, außer, wir geraten in Zahlungsrückstand. Als Nächstes kommen offene Rechnungen und sonstige Sollbeträge, die wir längst hätten begleichen sollen. Aber das weißt du ja alles selber, das brauche ich dir wohl nicht noch mal vorzubeten. Wir haben die Schwierigkeiten einfach viel zu lange vor uns hergeschoben, und wenn wir jetzt nichts unternehmen, und zwar umgehend, wird die Firma wohl nicht überleben. So, und das hier sind unsere Außenstände; der Betrag ganz zuoberst ist der, auf den es ankommt. Und genau der ist unser Problem.«

»Sicher. Da ist natürlich einiges aufgelaufen.«

»Dabei fallen bei diesen Schulden noch nicht mal Säumniszinsen an. Schwerwiegender ist, dass wir viel zu viel auf diese eine Karte gesetzt haben. Eine Zukunft ohne *B.B.Bodenbeläge* haben wir gar nicht erst in Erwägung gezogen. Was willst du zum Beispiel jetzt mit den ganzen Lagerbeständen anfangen?«

»Parkett wird immer gebraucht, Zahlungsschwierigkeiten bei *B.B.* hin oder her.«

»Ja, das stimmt schon. Aber du wirst ihnen eiskalt das Messer an die Kehle setzen müssen. Entweder sie zahlen uns knallharte Währung, oder sie bekommen ab sofort nichts mehr geliefert. Verstehst du, was ich sagen will? Letztendlich wird es sogar das Beste sein, wenn wir ihnen ein für alle Mal den Stuhl vor die Tür setzen. Klare Verhältnisse schaffen. Und uns dann umgehend nach neuen Kunden umsehen.«

»Hast du inzwischen die Firmenleitung übernommen oder was?«, fragte Sveinbjörn gereizt. »Wenn ich mich jetzt dort aufspiele, ausgerechnet jetzt, wo denen das Wasser bis zum Hals steht, werden die die Begleichung alter Schulden an uns wohl kaum ganz oben auf die Liste setzen.«

»Besonders weit oben auf der Liste waren wir bei denen sowieso nie. Wenn nicht sogar das Schlusslicht, würde ich sagen. Du hast dich von denen viel zu lange zum Narren halten lassen, und das haben sie mit Vergnügen ausgenutzt. Aber jetzt brauchen wir sie nicht mehr bei Laune zu halten; lieber sollten wir ihnen klarmachen, dass sie mit uns so nicht mehr umspringen können.«

»Zu Befehl. Steht sonst noch was an?«, knurrte Sveinbjörn, mittlerweile mit hörbar verärgertem Unterton.

»O ja. Du könntest zum Beispiel dein Haus verkaufen. Im Moment würdest du bestimmt ein ansehnliches Sümmchen dafür bekommen. Besser so, als es später vielleicht unfreiwillig einzubüßen.«

»Kommt überhaupt nicht in Frage!«, rief Sveinbjörn unerwartet heftig.

»Du handelst mit dem Käufer einfach aus, dass du es bis zum Herbst noch selber nutzen darfst, und bis dahin wird sich diese Angelegenheit wohl klären. Entweder bist du dann bankrott, dann wird dir ohnehin nichts anderes übrigbleiben als dieses Geld lockerzumachen, oder aber du hast die Kurve wieder gekriegt, dann kannst du es dir zurückkaufen – oder dir gleich ein neues leisten.«

»Das würde Stella nie und nimmer zulassen«, murmelte Sveinbjörn. »Sie ist neben mir als Miteigentümerin eingetragen.«

»Ich werde mal mit ihr reden. Stella ist schließlich eine vernünftige Frau, mit der man diskutieren kann.«

»Vergiss es«, sagte Sveinbjörn in scharfem Ton. »Hier in der Firma machst du deinen Job ausgezeichnet, aber ich habe nicht vor, dich auch noch mit der Organisation meines Privatlebens zu beauftragen.«

»Das lässt sich aber leider nicht immer trennen. Ich will doch bloß verhindern, dass wir Pleite machen.«

»*Du* machst ja nicht Pleite. Und *du* setzt auch nicht dein Haus aufs Spiel.«

»Ich hab mich damals ziemlich reingekniet und die Firma mit hochgezogen, und das wohlgemerkt bei einer Bezahlung, die weit unter dem liegt, was ich für eine vergleichbare Tätigkeit anderswo bekommen würde. Ich will, dass die Firma überlebt. Ich habe keine Lust mit anzusehen, wie der Betrieb durch die Fehler von Dritten einfach hopsgeht.«

»Durch meine Fehler, wolltest du wohl sagen.«

»Jaja, auch durch deine. Unter anderem.«

»Ich habe nicht vor, mein Haus zu verkaufen, nur um die Firma zu retten. Aber sicherheitshalber werde ich das Eigentum zu hundert Prozent auf Stellas Namen umschreiben lassen. Danke für den Tipp.«

»Willst du denn nicht alles dafür tun, um den Kopf über Wasser zu halten? Willst du einfach so aufgeben wie all die anderen Waschlappen?«

»Ich werde nur die Schritte unternehmen, die unbedingt notwendig sind.«

»Du schlägst meine Hilfe also aus? Willst du denn nicht wissen, wie die Dinge genau stehen? Um dann zu tun, was zu tun ist?«

»Ich bin sicher, dass du nur die allerbesten Absichten hast, aber ich muss meine Entscheidungen selber treffen.«

»Und die wären?«

»Das wird sich rausstellen.«

»Mit diesem ständigen Drumherumgerede tust du dir doch selbst keinen Gefallen. Noch ist nichts verloren. Aber du musst schnell reagieren. Verstehst du? Wenn du jetzt wieder anfängst, alles vor dir herzuschieben, dann bist du mich los. Dann kündige ich.«

»Hör zu, ich …«, setzte er an, dann brach er ab und verstummte. Er starrte vor sich ins Leere, spürte aber ihren bohrenden Blick im Nacken. »Na gut«, setzte er wieder an. »Wenn du wirklich Tacheles reden willst, bitte schön. Dann sollst du auch wissen, dass ich derzeit in Verhandlung mit potentiellen neuen Geschäftspartnern stehe, die ein beträchtliches Kapital in die Firma einbringen würden.«

»So?«, antwortete sie überrascht, und ein misstrauischer Zug grub sich um ihre Mundwinkel. »Das sagst du mir also jetzt. Und was für Geschäftspartner sind das, wenn ich fragen darf?«

»Dazu kann ich dir im Moment leider noch nichts Genaues sagen.«

»Klar, natürlich nicht!«, schnappte sie. »Um welche Geldbeträge geht es denn da so?«

»Auf jeden Fall um mehr als genug, um die Firma aus dem Sumpf zu ziehen.«

»Und welcher Art soll diese Finanzspritze sein? Geht es um eine Teilhaberschaft, oder hat man uns vielleicht einen Kredit angeboten? In diesem Fall wäre es interessant zu wissen, zu welchen Konditionen das geschehen soll.«

»Das ist noch nicht ausgehandelt.«

»Offenbar ist dir bis jetzt noch nie die Idee gekommen, mich eventuell in diese Verhandlungsgespräche einzubeziehen. Oder mich zumindest vom Stand der Dinge in Kenntnis zu setzen. Hast du nie daran gedacht, dass ich eventuell in der Lage sein könnte, dir den einen oder anderen Ratschlag zu geben? Vielleicht ist dir ja zwischenzeitlich auch nur entfallen, dass ich offiziell als Finanzbeauftragte des Unternehmens beschäftigt bin?«

Sveinbjörn musste sich eingestehen, dass er diese Berufsbezeichnung Kolbrúns tatsächlich vollkommen vergessen hatte.

»Die Angelegenheit befindet sich in einer extrem heiklen Phase«, sagte er und schämte sich sogleich für seine abgedroschenen Worthülsen. »Aber das dürfte sich alles in den nächsten Tagen klären.«

»Das ist ja wohl glatt gelogen.«

»Nein! Hast du sie nicht mehr alle?«

»Eher du.«

»Eher ich … was?«

»Eher hast du sie nicht mehr alle. Ich finde dein Benehmen nämlich äußerst merkwürdig, wie du urplötzlich diesen geheimnisvollen neuen Teilhaber aus dem Hut ziehst. Allein die Tatsache, dass überhaupt jemand in die Firma investieren will, so wie die Aktien jetzt stehen, ist schon mysteriös genug. Hast du diesem Interessenten denn die Sachlage unterbreitet? Hättest du das nicht zumindest tun sollen? Was, wenn er dahinterkommt, wie es in Wirklichkeit aussieht? Wird er dann nicht sofort alles rückgängig machen? Und dann sehen wir wohl wirklich alt aus. Hast du daran mal gedacht?«

»Quatsch. So weit kommt es nicht.«

»Also ehrlich gesagt, an diese Finanzierungshilfe und diesen neuen Teilhaber glaube ich erst, wenn dieser Betrag auf unserem Konto eingegangen ist. Ich hoffe, du weißt, was du tust und wie du in der Angelegenheit weiter verfahren willst. Ich mache jedenfalls für heute Feierabend«, sagte Kolbrún und stand auf. »Für den Rest des Tages wirst du wohl ohne mich auskommen müssen.«

»Ach, wolltest du nicht kündigen?«

Sie warf ihm einen bissigen Blick zu, dann stolzierte sie aus der Teeküche und knallte die Tür hinter sich zu.

10 »Es tut mir wirklich leid, dass ich Ihnen das alles noch mal ins Gedächtnis rufen muss, aber wir untersuchen gerade, ob der Brand in Ihrem Haus möglicherweise vorsätzlich gelegt wurde.«

»Wenn ich mich recht erinnere, sind damals Leute hier bei uns gewesen, die sich intensiv mit der Klärung dieser Frage befasst haben. Und die haben nichts entdeckt, was auf Brandstiftung hingedeutet hätte.«

Die Pfarrersfrau erwies sich als unerwartet kompliziert. Sie hatte von der ersten Minute an gemauert, und bisher war es Valdimar noch nicht gelungen, sie zu knacken. Es würde nicht leicht werden, etwas über diese alte Geschichte aus ihr herauszubekommen, aber er wollte es zumindest versuchen.

Sie hatte ihn in einen Raum geführt, den sie als »Bücherzimmer« bezeichnete, obwohl darin nicht besonders viele Bücher zu sehen waren. Dort nahm er Platz, während sie den Kaffee aufbrühte, etwas anderes hatte sie ihm nicht angeboten. Er saß auf einem fürchterlich unbequemen Esszimmerstuhl mit Lederpolster und hoher Rückenlehne, neben ihm ein auf alt getrimmter Tisch mit verschnörkelten Drachenfüßen und einer Glasplatte mit Schmuckbeschlägen aus vergoldetem Metall. In dem schwarzen Bücherschrank waren nur zwei Fächer belegt, in dem einen stapelten sich Fachzeitschriften, im anderen standen überwiegend alte, in braunes Leder gebundene Bücher. Auf

66

dem Tisch daneben lag ein aufgeschlagener Gedichtband, und Valdimar, von Berufs wegen chronisch neugierig, beugte sich hinüber und sah hinein. Es handelte sich um die *Psalmen aus dem Buch Hiob* von seinem Namensvetter Valdimar Briem. Er drehte das Buch zu sich herum und fing an zu lesen:

Im Schutze der Nacht
schleichen Mörder,
Verbrecher und Blutschänder
im Zwielicht umher.
Hinter düsterer Maske
sie plündern und morden,
glauben sich unbemerkt.

Doch einer durchblickt
Täuschung und Blendwerk:
Der, dem nichts entgeht.
Schaut lange zu,
lässt vieles geschehen,
doch vergessen ist nichts:
Gott sieht alles.

Er schaffte es nicht, das Buch rechtzeitig aus der Hand zu legen, Urður war lautlos aus dem Halbdunkel aufgetaucht und stand plötzlich im Türrahmen.

»Ich ... habe nur kurz in dem Buch geblättert«, murmelte er verlegen. Ohne zu antworten setzte sie sich neben ihn ans andere Ende des Tisches, der Fensterseite gegenüber, so dass sie den Kopf zur Seite drehen musste, wenn sie ihm beim Reden ins Gesicht sehen wollte. Zunächst tat sie das auch, aber als er das Gespräch auf seine Theorie lenkte, dass der neue Brandstiftungs-Fall mit dem Feuer im Haus der Pfarrersleute vor einem halben Jahr im Zusammenhang stehen könnte, sah sie starr zum Fenster hinaus, so als verfolgte sie dort draußen einen einsamen Stern, der sich im blassblauen Dunst zwischen den Wolken verlor.

»Kennen Sie Þorsteinn und Hugrún?«

»Warum fragen Sie?«, wollte sie nach einem kurzen Zögern wissen.

»Ich versuche nur, den Fall von allen Seiten zu beleuchten.«

»Selbstverständlich. Wir kennen uns sehr gut.«

»Dann haben Sie also engen Kontakt miteinander?«

»Nein, so eng auch wieder nicht. Zumindest nicht mehr so eng, wie er mal war«, gab Urður Auskunft.

»So? Ist was vorgefallen?«

»Ja. Drífa, ihre Tochter, und unser Sohn Baldur waren ein Paar. Aber seit Baldurs Tod haben wir mit den beiden fast nichts mehr zu tun.«

»Das arme Mädchen. Was für eine grässliche Erfahrung, ihren Freund auf diese Weise zu verlieren«, entfuhr es Valdimar unwillkürlich.

»Als Baldur sich das Leben nahm, hatte sie die Beziehung gerade kurz zuvor beendet.«

»So? Und Ihre Freundschaft zu Drífas Eltern ist daraufhin ebenfalls zerbrochen?«

»Nein. Einen Bruch hat es nie gegeben«, widersprach Urður heftig und schob trotzig die Unterlippe vor. »Wir haben Drífa niemals für Baldurs Tod verantwortlich gemacht, falls Sie das meinen. Sie waren beide noch so jung, da musste man damit rechnen, dass die Beziehung nicht ewig hält. Jugendliche entwickeln sich oft unglaublich schnell, und oft in ganz unterschiedliche Richtungen. Drífa jedenfalls trifft keine Schuld, sie ganz gewiss nicht! Aðalsteinn und ich hatten damals genau das befürchtet, dass sie irgendwann selber anfangen könnte, sich Vorwürfe zu machen, deshalb haben wir uns aufrichtig bemüht, den Kontakt zu ihr nicht abreißen zu lassen. Der Tod unseres Sohnes sollte ihr Leben nicht noch mehr zerstören, als er es bereits getan hatte.«

»Verstehe«, sagte Valdimar leise. Er schwieg einen Augenblick, bevor er das Gespräch fortsetzte. Versuchte, sich in die Trauer dieser Frau hineinzuversetzen. Vielleicht konnte er ihr mit Hilfe seiner eigenen Trauer näherkommen, die nach wie vor in ihm lebendig war, all die Jahre, seitdem seine Mutter sich das Leben genommen hatte. Hatte er sich damals Selbstvorwürfe gemacht? Natürlich hatte er das.

»War Baldur depressiv?«, fragte er schließlich.

»Nein, er war ein heiteres und ausgeglichenes Kind. Glauben Sie wirklich, dass das jetzt noch eine Rolle spielt?«, fragte sie in leicht ungehaltenem Ton.

»Nein, das tut es sicher nicht. Aber ist es nicht ein merkwürdiger Zufall, dass diese beiden Hausbrände ausgerechnet auf diese Weise miteinander verknüpft sind? Entschuldigen Sie, dass ich Ihnen so persönliche Fragen stelle.«

»Wissen Sie, ich hätte überhaupt nichts dagegen gehabt, wenn man mich seinerzeit zu dieser Angelegenheit genauer befragt hätte. Aber jetzt finde ich es eigentlich etwas spät«, sagte sie dumpf. Sie schaute auf und musterte ihn einen Augenblick, bevor sie weitersprach.

»Zuerst wollen einen die Leute schonen, wollen Rücksicht nehmen. Und vor lauter Zurückhaltung errichten sie eine Mauer der Isolation. Baldur hatte vielleicht einen gewissen Hang zur Melancholie, wie viele junge Menschen, aber hauptsächlich hatte er natürlich schrecklichen Liebeskummer, der arme Junge. Also unter uns gesagt, war sein Selbstmord nichts anderes als sein letzter Versuch, Drífa zu beweisen, wie tief und aufrichtig seine Gefühle für sie waren. Er wollte seine Ehre wiederherstellen, wollte nach seinem Tod als Held dastehen, aber nun wird er den meisten negativ in Erinnerung bleiben. Aber so geht es nun mal: Das Leben spielt denen am übelsten mit, die es am wenigsten verdienen. Natürlich hatte ich das Gefühl, als Mutter versagt zu haben. Meine Aufgabe wäre es gewesen, ihn zu schützen und vor allem Übel zu bewahren. Das ist mir nicht gelungen. Als er vor dem Abgrund stand, habe ich ihn im Stich gelassen, weil ich keine Ahnung hatte, was los war. Baldur hat sich uns Eltern gegenüber komplett verschlossen, sein Freund Bóas war der Einzige, der noch einigermaßen zu ihm durchkam. Manchmal hockten die beiden stundenlang zusammen bei ihm im Zimmer. Ich fand das beruhigend, zumindest war er dann nicht einsam.«

»Bóas …?«

»Der Sohn von Wachtmeister Smári. Am besten befragen Sie ihn selber dazu, da sitzen Sie ja sozusagen an der Quelle. Mich würde das übrigens auch mal interessieren, was er dazu zu sagen hat.«

»Nun, selbst wenn ich an solche Informationen herankäme, wäre ich wohl kaum befugt, sie weiterzugeben.«

»Nein, natürlich nicht. Es ist nur so merkwürdig«, sagte sie und starrte ins Leere. »Bóas ging bei uns ein und aus wie unser eigener Sohn, er war so gut wie jeden Tag hier. Er hat so oft mit uns zu Abend gegessen, dass ich irgendwann anfing, ihn bei meinen Einkäufen mit einzuplanen, das müssen Sie sich mal vorstellen. Anscheinend hat ihm der Speiseplan bei seinem Vater zu Hause nicht besonders behagt. Das hat sich dann allerdings etwas reduziert, nachdem Baldur und Drífa zusammen waren. Und jetzt ist Bóas komplett aus unserem Leben verschwunden, ich kann mich nicht erinnern, ihn seit der Beerdigung überhaupt zu Gesicht bekommen zu haben, nicht mal von weitem auf der Straße. Aber ich denke sehr oft an ihn, das können Sie ihm gerne ausrichten, wenn Sie ihn sehen.«

»Das werde ich tun.«

Als er schon im Türrahmen stand, hatte er das Gefühl, dass sie noch etwas sagen wollte, und zögerte einen Moment.

»Es ist wirklich seltsam. Sie tauchen hier auf, als Wildfremder, und wollen von mir wissen, ob Baldur depressiv war. Bei

Ihnen vielleicht reine Routinesache, aber bisher hat mich das noch keiner so direkt gefragt. Und schon erzähle ich Ihnen etwas, was eigentlich niemand wissen soll. Ich möchte Sie deshalb bitten, vorsichtig damit umzugehen. Ich will auf gar keinen Fall, dass Drífa erfährt, was ich eben über Baldur gesagt habe. Warum er das getan hat, was er getan hat.«

»Nein, das geht ja auch keinen etwas an. Sie können sich darauf verlassen, ich werde in diesem Punkt absolute Diskretion wahren«, versprach er zum Abschied.

Valdimar genoss den kurzen Fußmarsch hinunter zur Wache, der Schnee knirschte unter seinen Stiefeln und unterstrich die Stille. Zu Hause in Reykjavík hatte er sich immer öfter dabei erwischt, für jeden Meter das Auto zu nehmen, und sei es nur zum Kiosk ein paar Häuser weiter. Aber obwohl er hier diesen Superjeep zur Verfügung hatte, war es ihm aus irgendeinem Grund unangenehm, damit in diesem kleinen Ort durch die Straßen zu kurven. Vielleicht war er auch in diesem Punkt von der Vergangenheit geprägt.

Er dachte noch einmal über Urður nach. Das Schicksal hatte dieser Frau tatsächlich nichts erspart. Vielleicht hatte auch jemand nachgeholfen. Ein Verbrecher hinter düsterer Maske, wie in dem Gedicht, das die Pfarrersgattin in ihrem Psalmenbüchlein aufgeschlagen hatte. Valdimar wunderte sich, mit welcher Ungerührtheit sie die Möglichkeit einer Brandstiftung erörtert hatte. Offenbar war dieser Brand für sie nur ein leises Raunen in einer fernen Geräuschkulisse; der Tod des Sohnes übertönte alles andere.

Der Tod hatte ihr viel genommen, hatte ihr Leben gnadenlos durchkreuzt. Und zu den schmerzlichen Erinnerungen kamen die zerbrochenen Hoffnungen, bittere Trümmer einer Vergangenheit, die in einer einzigen Nacht ausgelöscht worden war, zerschellt wie der Traum vom ersten Flügelschlag, wenn der Fuchs sich heranschleicht.

11 Als der Kommissar sich verabschiedet hatte, ging Urður ins Bad hinüber. Ihre Schritte waren langsam und beherrscht, doch kaum war sie über der Türschwelle, brach die Übelkeit mit doppelter Heftigkeit aus ihr hervor, sie musste sich fast über die Kloschüssel werfen, um sich nicht im hohen Bogen auf den Boden zu übergeben. Der penetrante Fichtennadelduft des Kloreinigers stieg ihr in die Nase und bohrte sich in ihre Stirnhöhlen wie eine glühende Heugabel.

Danach ging es ihr etwas besser. Bevor sie aufstand, wischte sie mit feuchtem Klopapier ein paar Spritzer von der Innenseite der Schüssel. Dann schaltete sie die Entlüftung ein, um verräterische Gerüche zu beseitigen, und ging wieder ins Wohnzimmer hinüber. Aðalsteinn konnte jeden Moment nach Hause kommen, und warum sollte sie riskieren, dass er sich unnötig Sorgen machte? Sie holte sich ein Glas Wasser aus der Küche, die klare Flüssigkeit war Balsam für ihre geschundene Seele, ein Symbol für den Wert der einfachen Dinge, und zugleich eine der kostbarsten Gottesgaben.

Die Trauer hatte sich so unwiderruflich in Urðurs Gemüt eingegraben, dass sie befürchtete, von diesem Gefühl geradezu abhängig geworden zu sein. Jeden tröstenden Gedanken stieß sie von sich wie einen Giftbecher, jeder unbeschwerte Augenblick verursachte ihr sofort die tiefsten Gewissensbisse. Sie wusste, dass sie in der ersten Phase des Trauerprozesses steckengeblieben war, und dass sie, um weiterzukommen, die Fesseln abstreifen musste, die sie sich selbst angelegt hatte. Sie musste lernen, sich ins tiefe Wasser fallen zu lassen, anstatt sich verzweifelt am Ufer festzuklammern. Vielleicht musste man einmal ganz unten gewesen sein, um wieder hochzukommen. Aber Verstand und Gefühl gingen bekanntlich nicht immer Hand in Hand. Oft kam es ihr vor, als ob sie nur noch durch ihre Trauer am Leben teilnahm und mit anderen Menschen in Kontakt kam. Wozu überhaupt noch weiterleben? Der gute Ragnar wollte mit ihr so wenig wie möglich zu tun haben, er fühlte sich durch ihre Fürsorge offensichtlich so beengt, dass ihr immer öfter der Verdacht kam, er wäre sie wohl lieber heute als morgen los. Selbst Aðalsteinn schien einen gewissen Widerwillen gegen sie zu entwickeln, offenbar stand sie seiner Leichtlebigkeit im Weg und hielt ihn davon ab, die Schicksalsschläge wie alle anderen Wechselfälle des Lebens ad acta zu legen und den Weg frei zu machen für Weiterentwicklung und neues Glück. Sie war den beiden nur lästig, dachte sie gerne und genoss es geradezu, sich den finstern Wogen zu überlassen, die wie ätzende Säure über ihr zusammenschlugen.

Dann hatte sie beschlossen, einen Neuanfang zu machen, das Joch endlich abzuwerfen, das man ihr, das sie sich selbst, auferlegt hatte. Aber immer noch genügte eine Kleinigkeit, und sie geriet zurück ins alte Fahrwasser. Die Übelkeit hatte sich gemeldet, als der Kommissar die letzten Wochen im Leben ihres Sohnes zur Sprache gebracht hatte. Dabei beschäftigte sie sich in Gedanken ohnehin ständig mit dieser Zeit. Es kam noch immer vor, dass sie nachts aus dem Schlaf hochschreckte, und ihr erster Gedanke war, ob Baldur sich wohl gerade schlaflos in seinem Bett wälzte. Ob seine Augen aufblitzen würden, wenn sie vorsichtig durch den Türspalt in sein Zimmer spähte. Und ob sich dann seine Lider plötzlich wieder schließen würden, wenn sie seinen Namen flüsterte, damit es ihr keinesfalls entging, dass er sich absichtlich schlafend stellte, sie sollte ruhig eine Ahnung von den schreienden Abgründen bekommen, die in ihm wüteten.

Es war an einem Sonntag gewesen, als Drífa laut weinend aus Baldurs Zimmer lief, nachdem sie gerade mit ihm Schluss gemacht hatte. Er blieb zurück, starr, wie betäubt. Zunächst war Urður davon ausgegangen, dass er sich nach kürzester Zeit wieder berappelt hätte. Sie hatte seine Depression, seine Gefühle überhaupt, nicht ernst genommen. In diesem Alter schlägt die Stimmung ja schneller um als das Wetter im April, hatte sie sich damals eingeredet. Oder himmelhoch jauchzend – zu Tode betrübt, wie es immer hieß.

Aber bei ihm schlug überhaupt nichts um, seine Trauer hatte sich zu einem harten Eisklumpen verdichtet, und nun waren sie alle zu Eis erstarrt, festgefroren im Labyrinth der Erinnerungen.

Eines Nachts im Traum segelte sie als riesiger Vogel in den Fjord hinein. Ihre Flügelspannweite war so gewaltig, dass die Schwingen fast von Küste zu Küste reichten, und als sie sich dem Dorf näherte, konnte sie die Flügel nicht mehr richtig ausbreiten, sondern musste sie angewinkelt an ihren Vogelkörper heranziehen, und die letzten Meter vor der Landung stand sie Todesängste aus, sie könnte ins Meer stürzen und auf den Meeresgrund absinken, ohne dass von irgendwo Hilfe zu erwarten wäre. Und dort unten, das wusste sie in ihrem Traum, würden sich ihre Flügel im Wrack der *El Grillo* verfangen, die dort in der Mitte des Fjords ihre nasse Ruhestätte gefunden hatte – ein Mahnmal dafür, dass nicht jedes Schiff den sicheren Hafen erreicht. Es gelang ihr zwar, bis zum Schluss in der Luft zu bleiben, doch als sie mit gespreizten Klauen auf dem Sandstrand aufsetzte, wurde sie plötzlich zu einem winzigen Spatz, und die Bergketten schlugen über ihrem Kopf zusammen wie die Kiefer eines gigantischen Ungeheuers. Dann wurde der Himmel pechschwarz, und sie wusste genau, sie würde hier nun bis in alle Ewigkeit festsitzen. Eine Gewissheit, die ihr selbst im Traum wie die Bestätigung einer üblen Vorahnung erschien.

Als die Traumbilder langsam verblassten, wurde ihr klar, dass sie die Berge hasste, die den Ort zu beiden Seiten des Fjords einkesselten, dass sie sie wahrscheinlich von Anfang an gehasst hatte, wenn auch niemals so sehr wie jetzt. Sie hasste die Gipfel, die die Sonne verdunkelten, so dass den ganzen Winter über kein einziger Lichtstrahl die Stadt erreichte, zumindest empfand sie es so. Sie hatte das Sonnenlicht so dringend nötig, wollte die Wärme auf ihrer Haut spüren und auf ihrer Seele. Seit Baldurs Tod glaubte sie, nicht einen einzigen Tag ohne Sonnenlicht ertragen zu können.

Sie wäre am liebsten sofort aus der Stadt weggezogen, aber Aðalsteinn hatte davon nichts wissen wollen. Ob sie denn wirklich glaube, dass er in seinem derzeitigen seelischen Zustand in der Lage sei, sich den Pfarrerwahlen in der Hauptstadt zu stellen? Hier war ihr Rückzugsgebiet, ihr geschützter Raum, hatte er sie erinnert. Und hier war ihr Sohn begraben, ob sie den etwa allein zurücklassen wolle? Auf diese Frage hatte sie keine Antwort gewusst. Aber sie bezweifelte, dass die Erinnerung an Baldur in Aðalsteinns Gedächtnis genauso lebendig loderte wie in ihrem. Wenn die Frühlingssonne zum Flurfenster hereinfiel, sah sie ihn vor sich, wie er auf seinen kleinen Füßchen vor sich hin tapste, gerade erst hatte er laufen gelernt. Dann ließ sie sich kraftlos auf seine Schlafcouch fallen, schloss die Augen und glaubte, seinen Geruch wahrzunehmen, wie er als Zehnjähriger dort lag und schlief, erschöpft vom Tag; das Haar war noch feucht nach dem Baden und roch wie ein nasser Wollpullover. Konnte sie sich von all dem trennen? Hatte sie überhaupt eine Wahl?

Nun hatte das Feuer die Kulisse dieser Erinnerungen verschlungen, vom Erdboden wegradiert. Das Haus war abgerissen, nichts darin hatte man retten können. Bedauerte sie das? Auch darauf wusste sie keine Antwort. Wenn sie die verkohlten Reste auf jenem Flecken Erde anschaute, den sie einmal ihr Zuhause genannt hatte, überkam sie das Gefühl, an einem Wendepunkt im Leben angelangt zu sein. Aber bei genauerem Hinsehen war dieser Punkt höchstens ein Komma, das Leben im Schlund der Bergketten ging einfach weiter, unter einem neuen Dach, zwischen neuen Wänden. Irgendwann begann in ihr ein extrem hässlicher Gedanke Boden zu gewinnen – dass Gott ihr schwere und langwierige Qualen auferlegte, zur Strafe dafür, dass sie in der Vergangenheit lebte, anstatt aktiv an seinem Schöpfungswerk teilzunehmen. Die Feuersbrunst dagegen hatte sie als reinigende Kraft empfunden, als Befreiung vom Joch der Erinnerungen, auch wenn ihre Seele damals nicht rein genug gewesen war, um diese Gnade zu empfangen, zumindest noch nicht. War sie Gott etwa dankbar dafür, dass er ihr Haus bis auf die Grundmauern niedergebrannt hatte? Nein, ganz so abgebrüht war sie dann doch nicht.

Urður hatte gerade die Sechs-Uhr-Nachrichten eingeschaltet, als sie hörte, wie Aðalsteinn sich vor der Haustür den Schnee von den Schuhen klopfte. Wie immer an den Tagen zwischen Weihnachten und Dreikönig hatte sie in jedem Zimmer eine dicke weiße Kerze angezündet, und auf dem Esstisch brannte ein fünfarmiger Leuchter. Das Kerzenlicht war warm und hell, in Gedanken hatte sie es oft mit dem Glauben verglichen, der im Herzen glühte, in ihrem Herzen und in Aðalsteinns – und auch im Herzen ihres Jungen. Sie war sich sicher, dass das Licht Gottes auch irgendwo in Ragnars Herz glimmte, auch wenn ihr sein Innerstes in diesen Tagen eher wie ein brüchiger, harter Klumpen vorkam, der bei der kleinsten Berührung zu Staub zerfiel. Der Junge tat immer so abgebrüht, aber sie wusste, wie weich er tief drinnen in Wirklichkeit war, dass die kleinste Kleinigkeit ausreichte, um ihn schluchzend zusammenbrechen zu lassen, und sei der Anlass noch so banal. Deshalb hatte er sich diese unnahbare Schutzhülle zugelegt, eigentlich ganz ähnlich wie sie selbst auch, wenn auch auf andere Art und Weise.

»Hallo Liebling«, sagte Aðalsteinn beim Hereinkommen. Sie stand in der Wohnzimmertür und hielt ihm ihre Wange zum Kuss entgegen. Als seine Lippen über ihren Mund streiften, spürte sie erneut einen plötzlichen Anflug von Übelkeit. Und schon waren auch die Gewissensbisse wieder da; es gab so vieles, was sie ändern mussten, zumindest was ihr eigenes Leben betraf: Aðalsteinn schien mit sich so weit im Reinen zu sein, schien eine Art inneren Frieden gefunden zu haben, den sie selbst so schmerzlich vermisste. Plötzlich musste sie an ihren gemeinsamen Studienkameraden Eiríkur denken, der heute Pfarrer in einem der besseren Wohnviertel von Reykjavík war und im Leben immer bekommen hatte, was er wollte. Damals hatte sie allerdings nicht allzu viel von ihm gehalten. Er war schon verheiratet gewesen und hatte an der Uni ständig mit den ehelichen Liebesnächten herumgeprahlt, als ginge das die Kommilitonen irgendetwas an. Dabei hatte er sich ihr und Aðalsteinn gegenüber, als sie frisch verliebt waren, ziemlich unmöglich benommen. Wenn er mit ihnen sprach, bekam er immer einen leicht anzüglichen Blick, und jede einzelne Bemerkung von ihm enthielt irgendeine sexuelle Anspielung, ohne dass man ihm direkt eine Anstößigkeit hätte nachweisen können. Es war eher sein Blick, die Mimik, das Grinsen. Er tat so, als gehörten sie alle drei zu einer Art Geheimclub, und was sie daran am meisten gestört hatte, war, dass Aðalsteinn ihm das einfach so durchgehen ließ. Eiríkur spielte andauernd darauf an, wie wenig Schlaf er bekam, er brauchte nur im Seminar einmal auffällig zu gähnen und dabei einen trägen Blick in Aðalsteinns Richtung zu werfen, der daraufhin ebenso träge und gespielt schuldbewusst zurückblickte. Eiríkur selbst war nie verlegen darum, jedem, der es hören wollte, zu unterbreiten, wie oft er in dieser und jener Nacht hintereinander *gekonnt* hatte – »im Namen des Vaters, des Sohnes und des

Heiligen Geistes«, bekräftigte er seine Zahlenangaben dann, von denen Urður genau wusste, dass sie gelogen waren. Oder er lenkte das Gespräch auf irgendeine frivole Streitfrage, etwa, ob es Gott wohlgefällig sei, wie er sich ausdrückte, wenn er es seiner Frau von hinten besorgte. Sie sah es noch genau vor sich, wie er sich mit der Zungenspitze über die Lippen fuhr, bevor er eine seiner Zweideutigkeiten absonderte. Mit der Zeit hatte sie gelernt, die Vorzeichen zu interpretieren, und manchmal gelang es ihr, das Gespräch rechtzeitig auf irgendein kreuzbraves Thema umzulenken, um ihm den Auftritt zu vermasseln. Nicht, dass sie selbst damals eine Heilige, frigide oder etwas Derartiges gewesen wäre, ganz im Gegenteil, heißblütig und sinnlich, so hatte Aðalsteinn sie damals genannt. Aber diesen Lebensbereich wollte sie ganz für sich allein haben, anstatt ihn klein und verächtlich zu machen und ihn durch derbe Witzchen zu entwerten.

Warum kam ihr ausgerechnet jetzt dieser Mann in den Sinn, der in ihrem Leben schon lange keine Rolle mehr spielte, welcher Art auch immer? Ja, es war die Berührung mit Aðalsteinns Lippen gewesen. Sie sah ihm direkt in die Augen und küsste ihn.

»Kommst du ins Bett, Schatz?«, fragte sie sanft. Aðalsteinn sah sie verwundert an. Hinter diesem Satz stand eher kühler Vorsatz als spontane Leidenschaft, aber sobald sie ihn ausgesprochen hatte, begann sich ihr Körper zu regen.

»Na, das ist ja …«, sagte Aðalsteinn und bekam einen weichen Zug um den Mund, auf eine Art, die sie an früher erinnerte. »Wo ist Ragnar überhaupt?«

»Der wollte noch mal ins Sportstudio«, gab Urður Auskunft. »Das Essen steht im Ofen, ich habe ihm gesagt, er soll sich was warm machen, wenn er heimkommt.«

Sie hatte vergessen, das Radio in der Küche auszuschalten, so dass die Nachrichten als fernes Dauergeräusch auf den Flur hinausdrangen, das sich über ihr Liebesspiel im Schlafzimmer legte. Und dann gab sie sich, wie sie es früher oft getan hatte, dem Gedanken hin, dass mit der göttlichen Vereinigung des Fleisches eine Art Geistheilung einherginge, nicht nur für sie und Aðalsteinn, sondern auch für alle diejenigen, die ihr dabei in den Sinn kamen, dass Gottes milde Hand allen zuteil wurde, die den Liebenden, die dadurch ihren bescheidenen Beitrag zum göttlichen Werk leisteten, beim Geschlechtsakt durch den Kopf gingen. Gewiss, so etwas war Vermessenheit und purer Irrglaube, doch irgendwie hatte ihr die Vorstellung schon immer gefallen. Sie dachte an die Menschen in den Radionachrichten, die in der Küche weiterliefen, und versuchte, die Segnung ihres Liebeslebens an alle weiterzugeben, die in Not waren und Leid zu ertragen hatten. Und dann dachte sie an die Missetäter, an diejenigen, die mit ihrem Tun das Leid und Unglück anderer vergrößerten, und trotz einiger Versuche gelang es ihr nicht, den Segen Gottes auch dorthin fließen zu lassen, dazu fehlte es ihr anscheinend an charakterlicher Reife, obwohl diese Menschen ihre Hilfe sicher nötiger gebraucht hätten als andere. Sie spürte, wie Aðalsteinn auf den Orgasmus zusteuerte, wälzte den schnaufenden Pfarrer von sich herunter und vergrub sich in den Kissen, bevor sie sich auf alle viere aufrichtete und wartete, bis er sie von hinten nahm, bis sie ihn so tief in sich spürte, wie er nur konnte. Und sie war sich sicher, dass es Gott wohlgefällig war.

12 »Die Hochebene ist garantiert unpassierbar«, brummte Þorsteinn unwillig, ohne jemanden im Besonderen anzusprechen. »Oder so gut wie.«

»Gut, dann bleiben wir eben hier«, schnappte Hugrún zurück, als seien die schlechten Straßenverhältnisse gegen sie persönlich gerichtet.

Der Tag war ihnen fast endlos vorgekommen, obwohl die Reise selbst problemlos verlaufen war. Nach einem Zwischenstopp in London waren sie gegen Abend in Keflavík gelandet. Drífa und ihre Schwester Silla hatten sich strikt geweigert, bei ihren Onkeln und deren Familien auf Gran Canaria zurückzubleiben, und für die Großmutter der beiden war ebenfalls nichts anderes in Frage gekommen, als heim nach Island zu fliegen und ihrer Familie Trost und Beistand zu sein.

Im strömenden Regen auf der Busfahrt nach Reykjavík waren die Kanarischen Inseln genauso unwirklich wie die kalten, verkohlten Zimmer, die sie zu Hause in Seyðisfjörður vorfinden würden. Sie hatten Glück, falls man das so nennen konnte: Der Flugverkehr an die Ostküste war seit dem Morgen eingestellt gewesen, doch nun hatte sich das Unwetter verzogen, und sie erreichten gerade noch die verspätete Abendmaschine nach Egilsstaðir.

Es dauerte eine halbe Ewigkeit, bis Þorsteinn den Jeep vom

Parkplatz vor dem Flughafengebäude geholt hatte, und als er endlich am Eingang vorfuhr, kam er auf Schneeketten angerasselt. Er erzählte ihnen knapp von den schlechten Straßenverhältnissen, mehr wurde für den Rest der Fahrt nicht gesprochen. Nach einer Weile schaltete er das Radio ein und landete in einem Interview mit einem älteren Schauspieler und Clown, das auf einer Autofahrt durch Reykjavík aufgenommen worden war. Der Clown witzelte mit dem Journalisten und gab dazwischen Erinnerungen an vergangene Zeiten zum Besten; seine sonore Stimme mit dem leicht ironischen Tonfall überdeckte das beklemmende Schweigen. Er war gerade dabei zu erzählen, wie er als Kind einmal vorübergehend seine Sprache verloren hatte, nachdem sein Vater tödlich verunglückt war, als der Radioempfang im pfeifenden Wind auf der Hochebene unterging.

Schließlich tauchte das Dorf vor ihnen auf, ein kleines Fleckchen aus Häusern und Lichtern, dahinter der Fjord, ein schwarz klaffender Spalt in der blauweißen Welt aus Schnee und Mondlicht. Der Abend war ruhig und hell, aber die Schneewehen rechts und links der Straße sprachen für sich und zeigten an, dass man vor kurzem hier nicht die Hand vor den Augen hatte sehen können.

Þorsteinn hielt an der Kreuzung bei der Brücke und ließ den Jeep einen Moment im Leerlauf vor sich hin tuckern, als wisse er nicht, wohin er fahren solle.

»Worauf wartest du noch?«, fragte Hugrún ungehalten. »Sollen wir nicht zusehen, dass wir irgendwo ins Warme kommen, oder was?«

Ihr Bruder hatte ihnen die Schlüssel zu seinem Haus überlassen, das leer stand, solange er sich mit seiner Familie noch auf Gran Canaria befand.

»Können wir nicht kurz zu Hause vorbeifahren?«, kam Sillas dünne Stimme von der Rückbank. Drífa konnte sich nicht erinnern, dass ihre Schwester während der letzten Stunden auch nur einen einzigen Ton von sich gegeben hätte.

»Ja, finde ich auch!«, beeilte sie sich, den Vorschlag zu unterstützen. Was lag näher, als zuallererst dorthin zu fahren, wo sie alle in Gedanken ohnehin ständig waren.

Hugrún seufzte, und Þorsteinn legte den Gang ein und steuerte den Wagen wortlos die Hangstraße hinauf.

»Keiner steigt aus!«, befahl er und bog in die Straße ein.

Es war schlimmer, als Drífa erwartet hatte. Als das Haus in Sicht kam, brach Silla in Tränen aus: ein düsteres Loch in einer hell beleuchteten Häuserreihe. Großmutter legte den Arm um beide Schwestern, und Drífa versuchte, die Tränen zurückzuhalten.

Das Gartentor war mit breitem gelbem Plastikband verklebt. Drífa bemerkte zu ihrer Verwunderung, dass die Fenster mit Holzplatten vernagelt waren, und das Dach hatte man zum Teil mit rohen Wellblechplatten abgedeckt. Þorsteinn bog in die Einfahrt, ließ die Fenster herunter und stellte den Motor ab. Jetzt sah man die Rußschwaden oberhalb des Wohnzimmerfensters, die sich bis unter die Dachrinne zogen. Die Haustür war noch an Ort und Stelle, schwarz wie sie immer gewesen war, aber der Türknauf hatte eine seltsame Farbe bekommen, und die Scheibe des schmalen Flurfensters daneben war gesprungen.

Plötzlich verlor Drífa die Kontrolle über sich, riss sich aus dem Arm ihrer Großmutter los und stürzte aus dem Wagen.

»Drífa! Ins Auto mit dir!«, zischte ihr Vater und öffnete die Fahrertür. Sie erstarrte und drehte sich um. Auf dem Rücksitz hörte sie Silla laut schluchzen.

»Verdammte Scheiße!«, brüllte sie in Richtung Haustür. »Der verdammte Katzenmörder! Der hat unseren Gosi umgebracht!«

Im Haus nebenan bewegten sich die Gardinen. Sveinbjörn oder Stella.

Aber Drífa war fast blind vor Schmerz und Tränen; dann spürte sie, wie sie jemand am Oberarm packte und ins Auto zurückzerrte. Auf dem Beifahrersitz gab ihre Mutter einen Laut von sich, der entfernt an einen Lachanfall erinnerte.

»Ich glaub's einfach nicht«, stieß sie schließlich hervor.

»So. Vorstellung beendet«, sagte Þorsteinn und setzte sich wieder hinters Steuer. Er ließ den Motor an, kurbelte die Scheiben hoch und lenkte den Wagen langsam und würdevoll aus der Straße.

13 »Der verdammte Rotzlöffel!«

Zuletzt hatte er Bóas irgendwann am Samstag gesehen, fiel Smári ein, als er gegen Abend nach einem Abstecher in die Bar nach Hause kam und seinen Sohn dort nicht vorfand. Er sah in der Küche nach, wo alles darauf hindeutete, dass der Junge sich dort etwas zu essen gemacht hatte, wahrscheinlich eine Tiefkühlpizza, es sei denn, die aufgerissene Packung auf der Küchenbank war vom Vortag. Die Mikrowelle stand weit offen. Die Spüle war voll mit schmutzigem Geschirr und Gläsern. Smári verzog das Gesicht und stellte alles in die Spülmaschine, dann nahm er sich eine Dose Bier aus dem Sixpack im Gemüsefach.

Aus purer Langeweile spähte er in den Krug mit dem Haushaltsgeld auf dem Regal über dem Kühlschrank, den er erst vor kurzem nachgefüllt hatte. Er erschrak, als er nichts als ein bisschen Kleingeld auf dem Boden liegen sah. Sein erster Gedanke war ein Einbruch, was ihn nicht verwundert hätte – das Haus war nur selten abgeschlossen. Aber dann entdeckte er zwischen den Münzen einen klein zusammengefalteten Zettel, fischte ihn heraus und strich ihn glatt. *22 500 geliehen. B.*

Urplötzlich stieg die Wut in ihm hoch. Das sollte wohl ein Witz sein! Was dachte sich der Bengel eigentlich? Er ging ins Wohnzimmer, um sein Bier mit einem Schuss Whisky anzureichern. Die Flasche war so gut wie leer – umso besser, dann würde es bei dem einen bleiben. Zugegeben, es war erst Montag, und außerdem trank er sowieso in letzter Zeit viel zu viel, aber auf einen Whisky mehr oder weniger kam es ja wohl nicht an. Gerade jetzt konnte er ihn wahrhaftig brauchen.

Er ließ sich aufs Sofa sinken und war einen Moment später in seinen eigenen düsteren Grübeleien versunken, zum Beispiel, ob Bóas vielleicht in irgendwelche zwielichtigen Angelegenheiten verstrickt war, in Drogengeschäfte oder Schlimmeres. Es war der Alptraum eines jeden Kleinstadtpolizisten, dass jemand aus dem engsten Familienkreis – der sich in seinem Fall wohl auf Bóas beschränkte – ernsthaft mit dem Gesetz in Konflikt kam. Diese Fantasie walzte er in allen Einzelheiten aus, spielte die verschiedensten Versionen durch, die letztlich alle darauf hinausliefen, dass er seine beruflichen Privilegien als Polizeibeamter einsetzen musste, um seinen Sohn davor zu bewahren, im Hochsicherheitsgefängnis unten an der Südküste zu enden. Das Beunruhigende daran war, dass er es genoss, in Gedanken alle erdenklichen Gesetze zu übertreten, um seinen Sohn aus der Klemme zu lavieren. Hin und wieder tauchte er aus seinen Fantasien auf und zwang sich zu einem objektiven, selbstkritischen Urteil, doch jedes Mal kam er zu dem Schluss, dass er mit diesen Plänen, wenn es drauf ankäme, tatsächlich Ernst machen würde – auch wenn er selbst dafür in den Knast wanderte. Er sah sich schon in der Zelle in Litla-Hraun hocken und seinen Sohn zum Haftbesuch empfangen. Er wusste einfach nicht, wohin mit seiner überschäumenden Vaterliebe, seiner Opferbereitschaft, und das Tragische daran war, dass er diese positiven Gefühle so selten ausleben konnte, zumindest nicht im Kontakt mit dem Jungen selber. Musste Bóas wirklich erst auf die schiefe Bahn geraten, damit er ihm beweisen konnte, wie gern er ihn hatte?

So etwa sah sein Seelenzustand aus, als er den Schlüssel in der Haustür hörte. Er sprang auf, ging dann aber langsam und bedächtig in Richtung Tür. Es gelang ihm gerade noch, den

Jungen auf dem Gang zu erwischen, bevor er in sein Zimmer schlüpfen und die Tür hinter sich abschließen konnte. Bóas hatte die lästige Angewohnheit entwickelt, sich ständig einzuschließen und auf Klopfen und Rufen nicht zu reagieren. Wenn Smári ihn deswegen zur Rede stellte, behauptete er, er habe die Kopfhörer auf den Ohren gehabt und die Musik aufgedreht, und trotzdem sah Smári jedes Mal wieder vor sich, wie der Junge mit leerem Blick und verschränkten Armen auf seinem Schlafsofa hockte und darauf wartete, bis er aufgab und ihn in Ruhe ließ. Mittlerweile schloss er seine Zimmertür sogar ab, wenn er aus dem Haus ging, so dass es eigentlich sinnlos war zu versuchen, mit ihm ins Gespräch zu kommen oder auch nur herauszufinden, ob er überhaupt zu Hause war.

»Hör zu, Bóas«, sagte er und setzte sich an den Esstisch neben dem Treppenaufgang. »Wir müssen mal miteinander reden.« Hinten im Wohnzimmer flimmerte ein riesengroßes, lasziv lächelndes Frauengesicht über einen 32-Zoll-Bildschirm. In diesem Haushalt lief fast unentwegt der Fernseher, wenn auch meistens ohne Ton, so war Smári es seit vielen Jahren gewohnt, und Bóas hatte die Angewohnheit übernommen.

»Wo warst du?«, fragte er, als der Junge sich ihm gegenüber auf den Stuhl gefläzt hatte, sein Stammplatz bei den seltenen Gelegenheiten, bei denen sie am Esszimmertisch zusammensaßen, zu Geburtstagen und ähnlichen Anlässen. Jetzt hatte diese Konstellation etwas Befremdliches, wie in einem Kinofilm, in dem sie sich selbst spielten. Aber immer noch besser, als die Angelegenheit zwischen Tür und Angel zu besprechen.

»Wo warst du?«, wiederholte Smári.

»Draußen.«

»Logisch warst du draußen«, brummte er. »Und wo, bitte schön?«

»Was geht dich das an? Draußen eben. Und seit wann interessiert es dich überhaupt, was ich mache, wenn ich nicht zu Hause bin?«

»Weißt du eigentlich, wie spät es ist?«, fragte Smári, ohne die Frage selbst so genau beantworten zu können. Bóas dagegen schon.

»Kurz vor elf. Wieso?«

Smári griff die Information dankbar auf und spielte den Ball gekonnt zurück.

»So spät. Solltest du dann nicht längst im Bett sein?«

»Im Bett! Was ist denn mit dir los? Ich hab Weihnachtsferien und kann morgen ausschlafen.«

Dieses Detail war Smári entfallen. Er selbst musste am anderen Tag früh raus und hatte einiges intus. Also entschied er sich für einen Kurswechsel.

»Was hast du mit dem ganzen Haushaltsgeld gemacht?«, fragte er und fixierte seinen Sohn mit strengem Blick, bis dieser immerhin einen Anflug von Unterwürfigkeit zeigte und verlegen nach unten blickte.

»Ich hab's mir doch bloß geliehen.«

»Und wozu?«

»Hatte jemandem noch eine Kleinigkeit zurückzuzahlen.«

»*Eine Kleinigkeit?* Sind gut zwanzigtausend Kronen für dich eine *Kleinigkeit?*«

»Reg dich ab, Mann. Du tust ja gerade, als hätte ich's geklaut.«

»Wem hast du das denn geschuldet? Und wofür hast du das Geld überhaupt gebraucht?«

»Ist das hier ein Verhör, oder was? Darf man noch nicht mal in Ruhe sein kleines, bescheidenes Privatleben führen, ohne dass du gleich deine Nase überall reinstecken musst? Ich hätte heute eigentlich meinen Scheck kriegen sollen, aber spätestens morgen hab ich die Kohle, und dann können wir die Sache hier abhaken.«

Bóas saß am Wochenende bei Bónus in Egilsstaðir an der Supermarktkasse, was manchmal Umstände mit sich brachte, weil er noch keinen Führerschein hatte, aber meistens gelang es ihm doch, sich für den Hin- und Rückweg eine Mitfahrgelegenheit zu organisieren. Das verschaffte ihm finanzielle Unabhängigkeit, die er zurzeit offenbar auf ungute Art missbrauchte. Smári traute seinem Sohn keinen Zentimeter mehr über den Weg, beschloss aber, ihn für diesmal nicht weiter in die Mangel zu nehmen. Er würde die Augen offen halten und auch so sehr bald dahinterkommen, was Sache war.

Okay, nächster Punkt, dachte er und verfluchte sein Schicksal, einen Sohn zu haben, mit dem es nichts als endlosen Hickhack gab. Warum konnte der Junge sich nicht einfach ganz normal benehmen?

»Was hast du mitten in der Nacht draußen vor Þorsteinns Haus zu suchen gehabt?«

»Wieso? Was soll denn das jetzt schon wieder heißen?«

»Hast du da nicht rumgestanden und dir das Feuer angeschaut?«

»Nein. Ich war …«, rief Bóas aufgebracht, brach dann plötzlich ab und schwieg.

»Du warst wo?«, hakte sein Vater nach.

»Ich war zu Hause und hab gelesen. Oder vielleicht auch geschlafen oder was auch immer«, antwortete er, jetzt etwas ruhiger.

Das konnte Smári zumindest nicht widerlegen. Der blonde Schopf mit der schwarzen Baseballkappe konnte genauso gut jemand anderem gehört haben. Er hatte die Menschenmenge nach seinem Sohn abgesucht, aber es konnte sehr gut sein, dass ihm seine Augen dabei einen Streich gespielt hatten.

»Und, habt ihr schon rausgefunden, wer das Haus angesteckt hat?«, fragte Bóas betont beiläufig.

»Das geht dich schon mal gar nichts an! Ich kann doch mit dir hier nicht über ungelöste Fälle diskutieren«, wies er ihn zurecht, vielleicht eine Idee zu barsch, wie es ihm plötzlich vorkam, also fügte er hinzu: »Das wird sich sicher alles aufklären. Mach dir keine Sorgen.«

»Gibt es wenigstens Indizien?«

»Indizien?«, wiederholte Smári und musste grinsen. »Wir sind doch hier nicht bei *Derrick*.«

»*Derrick*?« Bóas sah ihn fragend an.

»So eine Krimiserie, die früher im Fernsehen lief«, erklärte sein Vater. »Aber die Sache scheint tatsächlich ziemlich kompliziert«, gab er dann zu. »Vielleicht kannst du mir ja mehr darüber erzählen als ich dir?«, setzte er hinzu und musterte den Jungen gedankenverloren.

»Was, ich?«, brach es aus Bóas hervor, und zum ersten Mal sah er seinem Vater direkt in die Augen, mit festem, herausforderndem Blick. »Tickt's bei dir jetzt endgültig aus, oder was? Glaubst du etwa, ich hätte dieses Haus abgefackelt?«

»Das wollen wir mal nicht hoffen. Ich wollte damit nur sagen, dass solche Brandstifter sehr oft Jugendliche sind, so alt wie du, vielleicht ein paar Jahre älter. Einzelgänger. Meistens aus Problemfamilien. Und hier im Dorf gibt es nun mal nicht sehr viele Jungs in deinem Alter. Ich dachte, dir würde vielleicht irgendjemand einfallen, dem so was möglicherweise zuzutrauen wäre.«

»Ich bin kein Denunziant!«, sagte Bóas bestimmt und stand auf. »Gute Nacht.«

Smári erhob sich ebenfalls.

»Hör auf mit dem Unsinn. Wir reden hier von einer Person, die mit erheblichen persönlichen Problemen zu kämpfen hat. Wir würden ihm deshalb keinen Gefallen tun, wenn wir ihn einfach unbehelligt weitermachen ließen. Und was für eine Einstellung gegenüber der Polizei ist das überhaupt? Du tust ja gerade so, als wären wir die Hauptbösewichter anstatt der Person, die hier vorsätzlich den Besitz und das Leben anderer zerstört!«

»Aber ich kann doch nicht mit dem Finger auf meine Schulfreunde zeigen und sagen: Der da und der da, die sind verdächtig. Was, wenn sie dann alle unschuldig sind? Wie steh ich dann da? Was, wenn du einem von ihnen was anhängst, und hinterher fragt mich jemand, ob ich dir vielleicht was gesteckt hätte? Da ist es mir lieber, ich kann sagen, wie's ist: dass du versucht hast, mich auszufragen, und ich hab gesagt, verpiss dich.«

Bei dieser Wortwahl ballten sich Smáris Hände unwillkürlich zu Fäusten, aber Bóas war mit einem lauten Türenknallen in seinem Zimmer verschwunden. Düster starrte er seinem Sohn hinterher. Nach dieser Unterredung brauchte er dringend einen zweiten Whisky, zum Glück hatte er im Schränkchen neben dem Fernseher noch eine unangebrochene Flasche Glenfiddich. Auf dem Bildschirm flimmerte noch immer dasselbe Frauengesicht mit demselben Lächeln, aber nun erschien es ihm kalt und spöttisch, als wäre er gerade mit einem verkrampften Annäherungsversuch eiskalt abgeblitzt.

14 Urður war früh schlafen gegangen, aber mitten in der Nacht schreckte sie hoch. Ihr Herz raste, und sie hatte etwas geträumt, an das sie sich lieber nicht so genau erinnern wollte. Wozu sich mit seinen Alpträumen auch noch das Leben schwermachen. Aber ein paar Traumfetzen ließen sich nicht abschütteln und blieben in ihrem Bewusstsein kleben wie Haare auf schmutzigen Badezimmerkacheln.

Sie tastete nach dem Wasserglas, das sie gewöhnlich auf dem Nachttisch stehen hatte, aber als sie ins Leere griff, fiel ihr ein, dass sie es am Abend wohl auf der Kommode neben dem Treppenaufgang vergessen hatte. Nachts bekam sie immer einen furchtbar trockenen Mund, oft wachte sie mehrmals auf und musste etwas trinken. Deshalb machte sie jetzt nicht einfach die Nachttischlampe an und lehnte sich mit einem Buch zurück, sondern kroch aus dem Bett, steif wie ein Brett, und schlich, barfuß und in ihrem langen weißen Nachthemd, ins Mondlicht hinaus. Wer sie so sähe, dachte sie, während sie sich im Dunkeln die mit Teppich bespannten Treppenstufen hinuntertastete, würde sie mit Sicherheit für einen Spuk halten, und sie malte sich genüsslich aus, wie Aðalsteinn zu Tode erschrecken würde, wenn er sie jetzt hier anträfe. Dann spielte sie dieselbe Szene mit Ragnar durch und lächelte gequält.

Trotz ihrer Traumwirren und ihres Kummers wegen Ragnar fühlte sie sich erstaunlich gut, und als sie in der Küche das kalte, klare Wasser in ihr Glas sprudeln ließ, schien die Welt auf einmal auf unerklärliche Weise dem Reich Gottes, dem Reich der Gerechtigkeit, näher zu sein als jemals zuvor. Eine Weile stand sie an der Spüle und betrachtete die silberglitzernde Welt, den Mond, den Schnee, die Berge und die Häuser mit ihren längst erloschenen Lichtern.

Plötzlich nahm sie draußen auf der mondhellen weißen Fläche eine winzige Bewegung wahr, eine Art schwach zuckenden Lichtschimmer, so als hätte jemand eine Glühbirne an- und gleich wieder ausgeknipst. Sie schaute zur Küchenuhr hinauf, es war kurz vor fünf. Plötzlich erwachte in ihr die Neugier. Soweit sie sehen konnte, war es direkt drüben am Haus, dem Brandhaus. Sie hastete zur Kommode und kramte in der oberen Schublade nach dem kleinen Fernglas, das Aðalsteinn zur Rentierjagd verwendete. Ihr Herz raste, als sie hindurchsah und versuchte, das Nachbarhaus in den Fokus zu bekommen. Zuerst konnte sie überhaupt nichts erkennen und wollte den Feldstecher schon wieder weglegen, doch plötzlich sah sie, wie sich die Tür zu dem kleinen Geräteschuppen neben dem Haus öffnete und eine menschliche Gestalt aus dem Türspalt herausschoss. Es war unmöglich, irgendwelche Gesichtszüge zu erkennen, sie konnte nicht einmal sicher sagen, ob es sich um einen Mann oder eine Frau handelte. Trotzdem hatte Urður das unbestimmte Gefühl, die Person zu kennen; etwas an ihrer Körperhaltung, ihren Bewegungen, kam ihr merkwürdig vertraut vor.

Die Gestalt hielt etwas in der Hand, das in eine Plastiktüte gewickelt war. Doch dann durchzuckte sie ein fürchterlicher Schrecken, der ihr eiskalt den Rücken hinunter- und gleich wieder hinaufjagte: In eben diesem Schuppen bewahrte Þorsteinn das Benzin für seinen Motorschlitten auf. Das wusste sie noch gut aus jener fernen und doch so kurz zurückliegenden Vergangenheit, als Baldur und Drífa, Þorsteinns Tochter, ein Liebespaar waren, eine Zeit, als die Welt noch in Ordnung war und sie zu viert eine Motorschlittentour in die Berge unternommen hatten. Þorsteinn hatte ihr sogar erlaubt, sich mal ans Steuer zu setzen, und damals hatten sie allen Ernstes erwogen, sich auch so ein Gefährt anzuschaffen. Um die Natur wirklich hautnah zu erleben und mit dem Kapitänsehepaar und seinen zünftigen Bergtouren mithalten zu können.

Jetzt war die Gestalt um die Hausecke verschwunden, aber Urður glaubte beinahe sicher zu wissen, wer es war. Was sie dagegen nicht genau sagen konnte, war, ob die Plastiktüte tatsächlich einen Benzinkanister enthalten hatte, doch irgendwie hatte sie das untrügliche Gefühl, dass es so war. Ihr Verdacht, wer da draußen zugange gewesen war, bestätigte sich, als in einem der Fenster das Licht anging, ein Fenster, das sie gut kannte. Dieser mutmaßliche, wenn nicht sogar sehr wahrscheinliche Benzindiebstahl hatte ihre Hochstimmung von vorhin gründlich verdorben. Die bleischweren Gedanken gewannen erneut die Oberhand, und auf einmal schien ihre Theorie vom Reich der Gerechtigkeit, das mit Gewissheit bevorstehe, geradezu absurd. Sie nahm einen großen Schluck aus dem Glas, um ihren klebrig ausgetrockneten Mund zu befeuchten – und spuckte das Wasser im hohen Bogen zurück ins Spülbecken. Es schmeckte nach Asche.

DIENSTAG

15 Es war kurz vor neun und der Fitnessraum fast leer. Sveinbjörn hängte noch zwei Gewichtscheiben an die Stange, zehn Kilo an jedes Ende, das waren insgesamt zwanzig Kilo mehr als das, was er seinen Schultern normalerweise zumutete. Er hatte das dringende Bedürfnis, sich so richtig auszupowern, sich an die äußersten Grenzen zu treiben und zu sehen, wie lange er durchhielt. Er wusste vor Triebstau kaum wohin mit sich, sehnte sich nach frischem Fleisch, danach, sich zu verlieren, weg vom Stress, von der Anspannung und dem ganzen Irrsinn, der ihn langsam, aber sicher kaputtmachte. Und er sehnte sich danach, eine Zielscheibe für seine Geilheit zu finden, bei ihr, die ihn gerade vor die Tür gesetzt hatte.

Er richtete sich auf, stemmte seine Schultern von unten gegen die Querstange, die entlang einer senkrechten Schiene auf und ab glitt und von zwei Haken in Schulterhöhe gehalten wurde, rutschte mit den Füßen etwas nach vorne, so dass sein Körper eine leichte Schräglage einnahm, und stemmte die Stange mit den Schultern nach oben, dann ließ er den Oberkörper wieder sinken, bis er in Sitzstellung ankam, bevor er sich erneut aufrichtete. Und runter, und hoch, runter, und wieder hoch. Warum fühlte er sich so verdammt mies, wenn er an sie dachte? War er etwa immer noch verliebt in diese Schlampe? Diese Frage stellte er sich nicht zum ersten Mal, und wie immer war die Antwort ein entschiedenes Nein. Schon seit langem versuchte er, sich zur Ordnung zu rufen, und gerade jetzt, ermahnte er sich, hatte er wirklich anderes im Kopf, als sich mit irgendwelchen Frauengeschichten abzugeben, die einfach vorüber waren.

Runter, hoch, runter – und hoch. Sie hatte ihn missbraucht, fand er, hatte ihn ausgesaugt bis auf den letzten Tropfen, sich darin gebadet und ihn dann in den Müll geschmissen wie ein benutztes Kondom. Die unterkühlte Art, mit der sie mit ihm Schluss gemacht hatte, tat weh, und er wurde den Verdacht nicht los, dass die Leidenschaft vielleicht nur auf seiner Seite bestanden hatte, während sie auf eine ganz andere Art von ihrer Beziehung profitierte. Er fühlte sich schmutzig, das beschrieb seinen derzeitigen Gefühlszustand am besten. Schmutzig war er, leer und emotional gestört, und mit moralischen Bauchschmerzen noch dazu. Ein paar Mal hatte er sich gehen lassen, hatte Dinge gesagt, die er jetzt bereute. Er wusste genau, wie impulsiv er sein konnte, aber trotzdem bekam er sich oft nicht unter Kontrolle. Dabei hatte er nur die Mauer aus Kälte durchdringen wollen, auf die er bei ihrem letzten Zusammensein gestoßen war. Hatte sich erklären wollen.

Wenn er ihr wenigstens zuvorgekommen wäre. Er konnte es äußerst schlecht ertragen, wenn man ihm den Stuhl vor die Tür setzte. Die negativen Erfahrungen unterhöhlten sein Selbstwertgefühl, durchsäuerten seine Leidenschaft, vor der er sich mittlerweile selbst ekelte. Er musste sie unbedingt loswerden, musste die angestaute Spannung in andere Bahnen umlenken.

Also hatte er diese zwanzig Kilo an den Multitrainer gehängt und genoss es, wie das Gewicht seinem Körper zusetzte, besonders den Oberschenkeln, aber auch den Schultern, trotz des Schaumstoffpolsters, das er dazwischengelegt hatte, damit die Stange nicht allzu sehr ins Fleisch schnitt. Dabei hätte sie sich den Auftritt sparen können, ein einziges Wort hätte genügt, und er hätte sich zurückgezogen, das hätte sie eigentlich wissen müssen. Aber nein, sie hatte die Kälte gewählt, war frostig und unbarmherzig gewesen, wie zur Strafe, dass er ihr und ihren billigen Tricks auf den Leim gegangen war. Hatte es vermieden, ihm in die Augen zu schauen oder gar ihn zu berühren, und dabei ein Gesicht gemacht wie jemand, der eine halbtote Ratte mit einer Zange anpackt, um sie draußen vor dem Haus in die Mülltonne zu werfen. Runter, hoch, und runter, und wieder hoch. Und dann die Stange wieder an den Haken. Die dumme Sau. Bestimmt hatte sie schon einen anderen. Todsicher.

Und als er da neben dem Gerät stand, mit brennendem Schmerz in den Schultern und einem Zittern in den Oberschenkelmuskeln, sah er sie plötzlich hinter sich im Spiegel, in ihrem schwarzen Sportanzug mit den violetten Einsätzen an der Seite, demselben, den sie im Sommer immer beim Joggen trug, und den er ihr mehr als einmal von ihrem schweißnassen, erschöpften Körper geschält hatte. Als er sich zu ihr umdrehte, fiel ihm auf, dass sie feuerrot im Gesicht war.

»Hallo«, begrüßte er sie zögernd und mit leicht zusammengezogenen Brauen.

»Hallo, Schatz«, sagte sie in so zärtlichem Ton, dass er erschrak. Keine Spur von der Unterkühltheit, auf die er gefasst gewesen war, nein, sie lächelte ein strahlendes, fast aufreizendes Lächeln, war die Selbstsicherheit in Person.

»Na? Jetzt wirst du sicher gleich sagen, was alle sagen, oder?«, sagte sie. Jetzt geht sie aber wirklich zu weit, dachte er, weil er annahm, dass sie auf ihre Männergeschichten anspielte, und ihm das auch noch ganz unverblümt unter die Nase rieb. Dass alle Männer gleich reagierten und dasselbe sagten, wenn sie mit ihnen Schluss machte.

»Falls du es noch nicht mitbekommen hast: Uns ist kürzlich das Haus abgebrannt«, erzählte sie so beiläufig und leichtherzig, als ginge es um irgendein alltägliches Missgeschick.

»Äh ... ich ... das tut mir leid«, murmelte Sveinbjörn. »Doch, das tut mir wirklich leid für euch.«

»Bist du sicher?«, gab sie zurück, und jetzt hatte ihre Stimme unter dem Zuckerguss einen scharfen Unterton.

»Wie? Was meinst ... du?«, stotterte er verwirrt. »Natürlich bin ich sicher. Das ist ja entsetzlich ... euer schönes Haus.« Und dann tauchte, aus heiterem Himmel und völlig gegen seinen Willen, ihr Schlafzimmer mit dem breiten, bequemen Ehebett vor seinen Augen auf.

»Ich meine doch nur. Weil du mir bei unserem letzten Treffen prophezeit hast, ich würde es noch bereuen, dass ich so gemein zu dir war. Und, ist es jetzt so weit? Werde ich es jetzt bereuen?« Ihre Stimme schlängelte sich im Schmeichelton an ihn heran, aber als ihm klar wurde, dass sie innerlich brodelte und vor Wut kaum wusste, was sie sagte, lief ihm ein eisiger Schauer den Rücken herunter. »War ich denn wirklich *soooo* gemein zu dir?«

»Hugrún, hör zu«, stieß er leise hervor. Seine Stimme zitterte, und er musste sich zusammenreißen, sich nicht umzudrehen. Warum war er auch so spät dran? Aber vielleicht umso besser – unter den gegebenen Umständen zumindest. Sie waren fast die Einzigen im Studio. »Ich hab zwar keine Ahnung, wovon du sprichst, ich ... wusste ja nicht mal, dass du wieder im Land bist! Und wegen neulich ... ich hab das nicht so gemeint ... Mir tut es unglaublich leid, was euch zugestoßen ist, wirklich, ich weiß gar nicht, was ich sagen soll ... Du müsstest doch wissen, dass ich ...«

»Mach dir wegen mir mal keine Gedanken, ich komme schon klar.« Hugrún lächelte vom einen Ohr zum anderen, ein zuckersüßes, hinterhältiges Lächeln. »Vielleicht gibt es ja noch andere, die etwas zu bereuen haben.«

Damit verschwand sie im Umkleideraum. Sveinbjörn stand noch immer neben den Gewichten, holte ein paar Mal tief Luft und versuchte, sein Entsetzen in Grenzen zu halten. Schwindel und Augenflimmern ließen nicht lange auf sich warten. Er hatte den untrüglichen Verdacht, dass er einen gravierenden Fehler begangen hatte, einen äußerst gravierenden. Der Bewegungsdrang war ihm gründlich vergangen, aber eine Weile drückte er sich noch draußen vor dem Eingang herum wie ein geprügelter Hund, bis er sich endlich hinein und unter die Dusche schleppte, mit bleischweren Gliedern und frustriert bis in die letzte Faser seines Körpers.

Es war wohl kaum ein Zufall, dachte er, während der heiße Strahl auf ihn herunterprasselte, dass sie ausgerechnet diesen Ort als Schauplatz für ihren perfiden Angriff gewählt hatte. Das kleine Sportstudio, das diese Bezeichnung kaum verdiente, war eigentlich »ihr Ort« gewesen, dort hatten sie den Grundstein zu jener Art von Beziehung gelegt, die von seiner Seite aus so nie geplant gewesen war. Im Lauf der Jahre hatte er eine unüberwindliche Abneigung entwickelt, mit der Frau eines Freundes oder Bekannten etwas anzufangen. Hinterherschauen war das eine, das tat er bei fast jeder Frau, sofern sie ein Minimum an sexueller Anziehung zu bieten hatte, das war fast schon ein Reflex bei ihm. Aber sobald es sich um eine Frau handelte, die er kannte, gingen bei ihm sofort die Warnlichter an und bewahrten ihn davor, auf Signale zu reagieren, die unter normalen Umständen das Tier in ihm geweckt hätten. Auch bei Hugrún war es zuerst so gewesen; er war sich von Anfang an bewusst gewesen, was für eine dämliche Idee es war, mit der Ehefrau seines Nachbarn zu flirten, aber sie sah einfach so verdammt gut aus. Er hätte sie unentwegt anstarren können, wie sie sich bewegte, und das hatte er dann auch getan, während sie gemeinsam im Studio schwitzten. Das Hinterteil dieser Frau war schlichtweg unwiderstehlich. Und natürlich war ihr das nicht verborgen geblieben; manchmal kam ihm der Verdacht, dass sie einfach die Gelegenheit für eine Affäre genutzt und ihn in die Falle gelockt hatte, mit ihren hautengen, schwarz glänzenden Sportleggins, die am Hintern so sexy einschnitten. Auf jeden Fall hatte sie sein Interesse von Anfang an bemerkt. Er erinnerte sich noch genau an ihre wohldosierten

Blicke über die Schulter – und ebenso an ihr anschließendes vieldeutiges Lächeln, wenn sie ihn ganz offensichtlich beim Starren erwischt hatte. Doch den Gedanken, dass sie ihn vorsätzlich in ihre Fänge gelockt hatte, konnte er nur schwer ertragen und vermied es, ihn zu Ende zu denken.

Er versuchte krampfhaft, nicht nach rechts oder links zu blicken, während er im Vorraum in seine Schuhe stieg und mit steifen Schritten zu seinem goldmetallicfarbenen Jeep hinausging.

Zwanzig Minuten später war es ihm gelungen, seiner Bank einen Kurzzeitkredit abzuringen. Mehr als eine halbe Million war zwar nicht drin gewesen, aber für den Betrag, den zurückzuzahlen er sich gestern schließlich bereit erklärt hatte, würde es reichen. Heute war ein neuer Tag, und was morgen war, lag sowieso im Reich der Träume – oder der Alpträume, je nachdem.

Er hatte gerade aufgelegt, als sein Sohn Oddur hereintrampelte.

»Hast du mal Geld für mich?«, fragte er ohne Einleitung.

»Wie oft soll ich dir noch sagen, du sollst gefälligst anklopfen, wenn du hier ins Büro reinkommst. Oder vorher anrufen.«

»Wie denn, ohne Guthaben«, konterte Oddur vorlaut und warf, wie immer wenn man ihn zurechtwies, den massigen Kopf zur Seite, so dass ihm seine wirre Mähne ins Gesicht fiel, schwarz und fettglänzend. »Was ist jetzt, hast du Geld?«

»Eigentlich nicht«, antwortete Sveinbjörn wahrheitsgemäß: Auch sein Privatkonto war bis an den Rand des Dispokredits überzogen, jetzt waren es nur noch die Kreditkarten, die alles in Gang hielten, knapp innerhalb der zulässigen privaten Gesamtverschuldung. Nur gut, dass es damit bald ein Ende hatte.

»Wie viel brauchst du?«

»Nicht viel. Zehntausend oder so.«

»Wozu?«

»Halt so. Unten an der Tankstelle Kekse kaufen und so was.«

»Ziemlich teure Kekse. Hat das nicht ein paar Tage Zeit?«

»Die Kekse?«

»Kekse kannst du auch bei deiner Mutter kriegen.«

»Auch anderes Zeug. Cornflakes und so. Und für die Videothek.«

»Hmmm«, machte Sveinbjörn und versuchte, nicht zu auffällig auf die Wampe seines Sohnes zu starren. Der Junge brauchte ganz dringend mehr Bewegung, um sich fit zu halten, genau wie er selber auch. Aber der Bengel dachte nicht daran. Sveinbjörn hatte Oddur ein Jahresabo für das Sportstudio spendiert, aber er wusste genau, dass der Kerl nie hinging. Stattdessen hing er stundenlang allein in seinem Zimmer herum und glotzte miserable Filme, stopfte nebenher ungesundes Zeug in sich hinein und trank Unmengen Limo und Cola. Mit Zucker, versteht sich.

»Ich werde nachher versuchen, dir was zu überweisen«, sagte er.

»Okay«, antwortete Oddur, leer und ausdruckslos wie immer. Er wirkte oft so stumpf, der Junge, dass es unmöglich war, aus seinem Tonfall irgendwelche Gefühle herauszulesen. Wie immer, wenn er mit seinem Sohn direkt zu tun hatte, wurde Sveinbjörn nervös, und er beschloss – und das nicht zum ersten Mal –, endlich etwas zu unternehmen, die Beziehung zu Oddur zu beleben und zu intensivieren. Der Weg zur Hölle ist mit guten Vorsätzen gepflastert, dachte er, doch dann schob er diese Lebensweisheit mit einem entsprechenden Grinsen sofort wieder von sich. Zuerst musste er die akute Durststrecke überstehen und wieder festen Boden unter die Füße kriegen. Und sich wieder eine sichere Basis schaffen. Dann würde er alles aufarbeiten, was er in seinem Leben immer wieder auf die lange Bank geschoben hatte.

16 Smári hatte bei Þorsteinn angerufen und mit ihm ein Treffen vereinbart, das im Haus von dessen Schwager stattfinden sollte, wo die Familie einstweilen untergekommen war. Um den Termin schien es aber ein Missverständnis gegeben zu haben. Ein schlaksiges, schüchternes Mädchen knapp vor dem Konfirmationsalter erschien im Türspalt und zuckte erschreckt zurück, als sie nach Þorsteinn fragten. Daraufhin übernahm Valdimar kurzerhand das Kommando, was Smári, wie er erstaunt bemerkte, ihm erleichtert überließ.

»Dann sei so lieb und bring uns zu deinem Vater«, sagte er so gutmütig wie möglich, um die Kleine nicht noch mehr zu verschrecken. Doch bei ihr schien das den entgegengesetzten Effekt zu haben, denn sie wich entsetzt zurück wie vor einem stadtbekannten Kinderschänder. Valdimar presste die Lippen zusammen und warf der Kleinen einen strengen Blick zu, die daraufhin mit weit aufgerissenen Augen ins Haus zurücktrippelte. Smári war schon drauf und dran, seine Schuhe auszuziehen, doch Valdimar machte eine abwehrende Handbewegung, bevor er selber in seinen schweren Bergstiefeln hinter dem Nesthäkchen ins Haus stapfte.

Sie durchquerten eine geräumige Diele und einen langen Flur, vorbei an einem Anbau, in dem ein anderes Mädchen, mit Schmollmund, Fransenhaarschnitt und Kopfhörern auf den Ohren, Kaugummi kauend von einem Flachbildschirm aufschaute. Von dort ging es in ein geräumiges Wohnzimmer, das an einer Seite in einen Wintergarten überging. Dicker Schnee bedeckte das Glasdach, und außen an den Seitenwänden türmten sich hohe Schneewehen auf. Die schüchterne Kleine öffnete die Tür nach draußen und rief auf die schneefreie Holzveranda hinaus: »Papa! Hier sind zwei Männer, die dich sprechen wollen!«

Dann huschte sie wieder zurück ins Haus, ohne eine Reaktion von draußen abzuwarten. Valdimar warf Smári einen verunsicherten Blick zu, in der Hoffnung, irgendeine Regieanweisung zu bekommen, aber der Wachtmeister zuckte nur mit den Schultern und wusste offenbar auch nicht viel mehr. Also stieg Valdimar beherzt hinaus auf die Veranda, und Smári trottete hinterher.

Der Heiße Pott auf der Veranda war ein komplett anderes Kaliber als alle Whirlpools, die Valdimar bisher gesehen hatte. Nicht unbedingt von den Abmessungen her, das Becken hatte vielleicht drei Meter im Durchmesser, eher war es die luxuriöse Anlage, die ihm die Sprache verschlug. Das Erste, was ihm ins Auge sprang, war ein riesiger Flachbildschirm, auf dem ein *Sky-Channel*-Reporter mit ernster Miene von einer Massenkatastrophe oder einem Kriegsschauplatz berichtete. Der Ton kam aus zwei integrierten Lautsprechern, die an der Vorderseite des Geräts hervorragten wie die Frontscheinwerfer eines Rennwagens. Das Wasser im Pool sprudelte und schäumte, als hätte man Seifenpulver hineingeschüttet, und am vorderen Beckenrand lehnte ein spärlich behaarter und sonnenverbrannter Hinterkopf, gesäumt von einem dichten, aschblonden Haarkranz. Der Mann riss sich vom internationalen Weltgeschehen los und drehte sich nach den beiden um.

»Guten Tag, Þorsteinn«, sagte Smári verlegen. »Und ... ein gutes neues Jahr noch. Auch wenn es für Sie ja leider nicht allzu gut angefangen hat.«

Der Mann ließ diese Begrüßung unkommentiert.

»Sind Sie der aus Reykjavík?«, wandte er sich an Valdimar.

»Ja. Valdimar Eggertsson mein Name.«

Der Mann beugte sich nach vorne und drückte einen Knopf an der Einfassung, um die Sprudeldüse auszuschalten, dann streckte er den Arm über den Beckenrand und reichte Valdimar die Hand.

»Þorsteinn Einarsson.«

Valdimar erwiderte den nassen Händedruck und hätte sich gerne die Hand am Hosenbein abgewischt, hielt sich aber im letzten Moment zurück. Mit feuchten Händen hatte er ein Problem, selbst wenn die Hygieneverhältnisse, so wie hier, völlig unbedenklich waren. Dann ließ sich der Mann wieder in den Pool gleiten und stellte den Fernseher aus. Smári würdigte ihn keines Blickes.

»Also, was ist? Gibt es Neuigkeiten?«, fragte Þorsteinn. Er war ein groß gewachsener, breitschultriger Mann mit kräftigen Oberarmen und fleischigen Händen. Sein Oberkörper war ebenfalls muskulös und überall dicht behaart, ein Bauchansatz zeichnete sich zwar ab, hielt sich aber in Grenzen. Er trug eine rote, schlabberig geschnittene Badehose mit orangefarbenen Streifen an der Seite, den Rest des Körpers zierte eine gleichmäßige Urlaubsbräune.

»Bisher noch nicht«, antwortete Smári.

Valdimar hatte wenig Lust, noch länger wie ein untertäniger Lakai am Thron dieses selbst ernannten Sonnenkönigs herumzustehen, der sich in seinem neumodischen Hightech-Palast die Ehre gab.

»Entschuldigen Sie die Störung, ich wusste nicht, dass Sie im Pool sitzen. Wir warten solange drinnen«, sagte er und griff nach der Tür zurück in den Wintergarten. Smári folgte wortlos. Im Anbau hingen die beiden Mädchen, die schlaksige und die mit der Fransenfrisur, noch immer vor dem Computer und schauten verlegen weg, als Valdimar im Vorbeigehen hinsah.

Sie gingen denselben Weg zurück, den sie gekommen waren. Valdimar bezog innen neben der Haustür Position, Smári steuerte auf einen Telefonsessel mit angeschraubtem Klapptischchen zu, der neben der Tür zur Diele stand, konnte sich dann aber nicht entschließen, darauf Platz zu nehmen, also standen sie beide da und warteten schweigend, Valdimar mit verschränkten Armen. Schließlich erschien Þorsteinn, nun in einer grauen Hose, einem blütenweißen Hemd aus edlem Material und himmelblauer Krawatte. Er sah aus wie ein Politiker auf einem Wahlplakat. Oder sahen Kapitäne auf Landgang heutzutage so aus? Valdimar bezweifelte das stark, aber dann fiel ihm ein, dass dieser spezielle Kapitän möglicherweise bei dem Brand seine gesamte Garderobe verloren hatte und nichts mehr besaß außer seiner Strandbekleidung und ein paar Maßanzügen. Þorsteinn bat sie ins Wohnzimmer, wo sie unter dem Gemälde von einem isländischen Torfgehöft in einer Berglandschaft Platz nahmen; der Kapitän selbst setzte sich in den Sessel gegenüber.

»Es ist sicher ein schwerer Schlag, von heute auf morgen seine gesamte Habe zu verlieren«, begann Valdimar, als sie Platz genommen hatten, aber Þorsteinn schien für einen Austausch auf dieser Ebene wenig Sinn zu haben.

»Sie gehen also von Brandstiftung aus?«, entgegnete er knapp, fast feindselig.

»Ja, so viel ist sicher. Traurig, aber wahr.«

»Und Sie haben noch keinerlei Hinweise, wer es gewesen sein könnte?«

»Nein, bisher nicht.«

»Soll das heißen, Sie haben nicht mal eine Idee?«

»Nein, nicht mal das. Sehen Sie, grundsätzlich kommt bei einer solchen Sachlage zweierlei in Frage: Entweder es handelt sich um die Tat eines Geisteskranken, und in diesem Fall ist es vollkommen vom Zufall abhängig, wo der Brandstifter zuschlägt, und es gäbe auch nichts, wodurch Sie zur Aufklärung beitragen könnten. Ihr Haus hätte dann einfach zufällig in der Schusslinie gelegen, um es mal so auszudrücken, zumal es leer stand. Die andere Möglichkeit ist, dass ein Feuer gezielt und aus einem ganz bestimmten Grund gelegt wird, sei es, um einem der Hausbewohner irgendetwas heimzuzahlen, oder aus anderen, nicht selten finanziellen Motiven, wie zum Beispiel Versicherungsbetrug.«

Þorsteinn stand die Missbilligung förmlich ins Gesicht geschrieben, deshalb schob Valdimar schnell hinterher: »Ich behaupte keineswegs, dass es in Ihrem Fall so war oder dass wir irgendeinen konkreten Verdacht in dieser Richtung verfolgen, das war wie gesagt bloß eine ganz allgemeine Aussage.«

»Wir haben bereits eine Kopie der Versicherungspolice anfertigen lassen«, schaltete sich jetzt Smári ein, was Valdimar mit einem strengen Seitenblick quittierte.

»Jaja, selbstverständlich sind wir hinreichend versichert. Aber wenn es daran irgendwelche Zweifel geben sollte, bitte schön«, sagte Þorsteinn in beleidigtem Ton. »Vielleicht sollten Sie Ihre Aufmerksamkeit aber eher in eine andere Richtung lenken. Wenn Sie mich fragen«, fügte er mit wichtiger Miene hinzu.

»Ach ja?«, fragte Valdimar erstaunt. »Es gibt Ihrer Meinung nach also jemanden, der Anlass oder Interesse daran gehabt haben könnte, Ihr Haus anzuzünden?«

Valdimar beobachtete, wie sich auf Þorsteinns Gesicht ein merkwürdiger Zug, eine Mischung aus Wut und Angst ausbreitete. Er versuchte, mit dem Mann Blickkontakt herzustellen, aber ohne Erfolg. Þorsteinn starrte plötzlich angestrengt aus dem Fenster. Unter den Achselhöhlen des Kapitäns begannen sich große Schweißflecken auf dem weißen Hemd abzuzeichnen.

Dann drehte sich Þorsteinn wieder zu den Polizeibeamten um, warf Smári einen scharfen Blick zu und richtete das Wort schließlich direkt an Valdimar.

»Dürfte ich mit Ihnen ein paar Worte unter vier Augen wechseln?«

Die beiden Polizeibeamten starrten schweigend auf den Kapitän.

»Hmm, ich weiß nicht, ob …«, sagte Valdimar zögernd.

»Ist in Ordnung«, sagte Smári eilfertig, »dann gehe ich schon mal. Gar kein Problem!« Er klang beinahe schuldbewusst. Valdimar sah ihn überrascht an. Was war hier eigentlich los?

»Vertraulichkeit kann ich Ihnen aber nicht garantieren«, sagte er dann zu Þorsteinn.

»Das müssen Sie selber wissen«, gab dieser knapp zurück.

Einen Augenblick später war Smári ohne einen Abschiedsgruß durch die Vordertür verschwunden.

Þorsteinn stand auf und schloss die Tür zum Flur, bevor er sich wieder in seinem Sessel niederließ und die Handflächen aufeinanderpresste. Der große Mann bebte innerlich vor Nervosität.

»Hören Sie zu. Was ich nämlich glaube, ist, dass Sveinbjörn Karlsson, mein Nachbar, den Brand in unserem Haus gelegt hat. Aus Rache, weil ich ihm in Aussicht gestellt hatte, mit einer beträchtlichen Geldsumme in seine Firma einzusteigen, und dann im letzten Moment alles rückgängig gemacht habe«, sprudelte es aus ihm heraus. Valdimar wartete auf weitere Ausführungen, aber der Wortschwall schien schon wieder versiegt.

»Könnten Sie das etwas genauer erläutern? Was ist das für ein Unternehmen, was hat Sie dazu veranlasst, in diese Firma zu investieren, und wie kam es, dass Sie davon wieder Abstand genommen haben?«

»Also, er betreibt eine Parkettfabrik. Eine Art Pilotprojekt, erst der zweite Versuch dieser Art hierzulande und in vieler Hinsicht auch ein durchaus vielversprechendes Konzept. Sveinbjörns Ehefrau stammt hier aus der Gegend; sie ist mit meiner Frau sehr gut befreundet, und als er beschlossen hat, diese Firma zu gründen, hat er sich für Seyðisfjörður als Standort entschieden«, erklärte Þorsteinn. »Im Prinzip eine prima Sache, wenn Sie mich fragen. Aber die Geschäfte liefen nicht immer gut, es ging auf und ab, und mittlerweile hat er sich in eine ziemliche Sackgasse hineinmanövriert. Und da ich ein recht gut situierter Mann bin, hatten wir wie gesagt erwogen, ob ich nicht als Teilhaber einsteigen sollte. Aber dann habe ich den Plan, das war erst neulich, kurz vor Weihnachten, in letzter Minute aufgegeben. Die ganze Sache war mir einfach zu riskant, ich meine, wenn es wirklich hart auf hart käme, und so habe ich ihm gesagt, er müsse leider eine andere Lösung finden. Sveinbjörn hat mir das sehr übel genommen, und nun erzählt mir meine Frau, er hätte ihr gegenüber irgendwelche Drohungen ausgesprochen. Er soll gesagt haben, wir würden es noch bereuen, dass wir so mit ihm umgesprungen seien, oder etwas in der Richtung. Ich nehme an, dass er kurz vor dem Bankrott steht, und auch sonst scheint er sich in letzter Zeit nicht besonders gut im Griff zu haben. Deshalb halte ich es für keinesfalls abwegig, dass er plötzlich einfach rotgesehen hat und auf die perfide Idee verfallen ist, sich auf diese niederträchtige Art an uns zu rächen.«

»Wie lange ist es her, dass er diese ... Drohungen ausgesprochen haben soll?«

»Das muss irgendwann kurz vor unserem Abflug auf die Kanaren gewesen sein.«

»Und warum hat er das nicht direkt mit Ihnen besprochen?«

»Ich weiß nicht. Ich habe erst vor kurzem davon erfahren. Soweit ich weiß, haben sich die beiden zufällig getroffen.«

»Zu Ihnen hat er also nie etwas Derartiges gesagt?«

»Seitdem feststeht, dass aus unserer geplanten Zusammenarbeit nichts wird, habe ich eigentlich jeden Kontakt zu ihm abgebrochen. Ich konnte die Art, wie er auf meine Absage reagiert hat, schlecht ertragen und hatte keine Lust, mir seine

Argumentationen anzuhören. Natürlich will ich ihn hier nicht bezichtigen, dass er tatsächlich diesen verhängnisvollen Schritt getan hat, aber wie gesagt, er ist der Einzige, bei dem ich mir so etwas durchaus vorstellen könnte. Nicht zuletzt deswegen, weil …«

»Ja?«, fragte Valdimar ungeduldig. »Weil was …?«

»Sehen Sie, wir sind Nachbarn. Unsere Häuser stehen direkt nebeneinander. Und wie mir jemand erzählt hat, der in der Brandnacht dabei war, ist er offenbar gesehen worden, wie er bei sich zu Hause gemütlich rauchend am Fenster saß und in aller Seelenruhe zugeschaut hat, wie das Haus abgebrannt ist!«, sagte Þorsteinn mit vor Wut bebender Stimme. Dann entstand eine kurze Pause.

»Ah ja. Ich werde mir den Mann mal vornehmen«, sagte Valdimar schließlich. »Und warum sollte Smári bei diesem Gespräch nicht dabei sein?«

»Richtig, das können Sie natürlich nicht wissen.«

»Was kann ich nicht wissen?«

»Sveinbjörn ist Smáris Schwager, er ist mit Smáris Schwester Stella verheiratet. Schließt das Smári eigentlich nicht von vornherein von der Ermittlung in dieser Angelegenheit aus?«

»Das überlassen Sie vielleicht lieber uns«, gab Valdimar schroff zurück. Das fehlte gerade noch, dass nun auch irgendwelche Geldangelegenheiten mit im Spiel waren und die ganze Sache noch komplizierter machten.

17 Urður saß immer an genau derselben Stelle auf genau derselben Bank, ob sie nun allein in der Kirche war oder in einem gut besuchten Gottesdienst saß, so dass es ihr manchmal fast so vorkam, als ob dieser Platz sie ausgesucht hatte und nicht umgekehrt. Bei seiner ersten Messe hatte Aðalsteinn sie gebeten, ganz vorne zu sitzen, und sie hatte ihm den Wunsch auch erfüllt, aber dann war sie mit den Jungen ein paar Reihen weiter nach hinten gezogen, auf die rechte Seite in der Mitte, und das war zu ihrem Platz geworden. In der Erinnerung kam es ihr vor, als sei an dieser Stelle immer ein Sonnenstrahl hereingefallen, aber auf jeden Fall war sie sicher, dass Gott sie eingeladen hatte, genau dort Platz zu nehmen. Dort hatte sie gute und dankbare Stunden verbracht, aber auch schwere und traurige. Niemals traf sie eine wichtige Entscheidung, ohne hier vorher eine Weile in sich zu gehen. Hier war ihr heiliger Flecken Erde, hier drang sie vor zu den Wurzeln ihrer Existenz und zu Gott.

Sie hatte den Tag damit begonnen, an ihrer Übersetzung zu arbeiten, deren Abgabetermin beim Verlag näher rückte, aber aus irgendeinem Grund fiel es ihr in letzter Zeit immer schwerer, den Wörtern und den Inhalten nachzuspüren. In ihrem Kopf schien alles durcheinanderzuwirbeln, sie suchte krampfhaft nach Bodenhaftung und innerer Ruhe, aber der Lärm in ihrer Seele drohte alles andere zu übertönen.

Dort saß sie also, an ihrem heiligen Fleckchen, und sinnierte. Sie versuchte Dankbarkeit zu empfinden für alles, was ihr im Leben zuteil geworden war, für die Rolle, die man ihr zugedacht hatte.

Sie hatte es nicht leicht gehabt als Zugezogene in diesem kleinen Ort, und auch nach all den Jahren hatte Urður das Gefühl, dass sie noch immer genau das war: eine Zugezogene. Aber sie wusste sehr wohl, dass das ganz allein ihre eigene Schuld war. Leute, die lange nach ihr gekommen waren, hatten sich längst ins Dorfleben integriert und sich ihre kleine Nische in der Gesellschaft geschaffen, sogar die Ausländer. Davon abgesehen hatte Urður den Verdacht, dass viele der Dorfbewohner der Meinung waren, dass sie sich gerne aufs hohe Ross setzte und sich für etwas Besseres hielt. Dabei war das ganz und gar nicht der Fall. Sie legte ihr Herz nun mal nicht jedem x-Beliebigen zu Füßen – vielleicht weil sie befürchtete, man würde darauf herumtrampeln. Sie war zu allen freundlich und zuvorkommend, hielt aber immer einen gewissen Abstand, und demzufolge gab es auch niemanden in der Stadt, bei dem sie sich hätte ausweinen können. Mittlerweile war nicht einmal Aðalsteinn mehr in der Lage, ihr den Seelenbeistand zu geben, den er sogar wildfremden Menschen zuteil werden ließ. Sie dachte an ihr morgendliches Abschiedsritual. Er war wie immer gegen halb neun aus dem Haus gegangen, sie hatte wie immer seinen Hemdkragen glattgestrichen, und er hatte wie immer tadellos ausgesehen.

»Tschüs, Schatz«, hatte er gesagt, sein glatt rasiertes Kinn an ihre Wange gelegt und die Andeutung eines Kusses neben ihrem Ohr in die Luft gehaucht, dann war er hinausgegangen und die Tür war mit einem lauten Knall hinter ihm ins Schloss gefallen. Wie jedes Mal verursachte ihr das dumpfe Geräusch dieser Haustür ein beklemmendes Gefühl. Im alten Haus hatte man die Vordertür mit einem Ruck hinter sich zuziehen müssen, und beim Einrasten hatte man nur ein leises Klicken gehört. Heute vermisste sie dieses Geräusch, das ihr damals unerträglich durchdringend erschienen war, damals, nachdem die Trauer bei ihr an die Tür geklopft hatte.

Urður war so erzogen, ihre Gefühle nicht offen zur Schau zu stellen. Sie war eine Nachzüglerin gewesen, das Kind eines frommen Ehepaars aus Sandgerði, und ihre Mutter war schon auf die fünfzig zugegangen, als sich um ihre Taille noch einmal Rundungen abzeichneten. Urður war zehn gewesen, als ihr Bruder, fünfzehn Jahre älter, auf See ertrank. Sie würde nie vergessen, wie ihre Mutter den toten Sohn im offenen Sarg noch einmal küsste, ohne dabei eine einzige Träne zu vergießen. »Es hätte nicht viel gefehlt und ich wäre in Tränen ausgebrochen«, hatte die alte Frau tags darauf ihrer Schwester in Amerika am Telefon erzählt. Auch diese Worte ihrer Mutter würde Urður nie vergessen, am wenigsten jetzt, wo sie selbst das Schicksal ereilt hatte, ihr Kind beerdigen zu müssen. Auch sie hatte bei der Beerdigung nicht geweint, aber nicht, weil sie sich beherrscht hätte, sondern weil sie wie betäubt gewesen war, starr und festgefroren in einem Alptraum, aus dem sie in ihrem tiefsten Inneren noch immer hoffte zu erwachen.

Und damit hatte sie endgültig die Chance verspielt, sich auf eine natürliche Art und Weise in ihre Umwelt einzupassen. Nun saß sie hinter einer unsichtbaren Mauer aus Mitgefühl und mystischer Berührungsangst: denn das Unglück ist bekanntlich ansteckend. Sie hatte die anderen nicht an sich herangelassen, als sich ihr die Gelegenheit dazu bot, und jetzt war es zu spät. Genauso gut hätte sie aussätzig oder aidskrank sein können, das hätte sie kaum mehr isoliert. Es ergab sich von selbst, dass sie damals auch ihre Stelle als Grundschullehrerin aufgab, eine Arbeit, der sie sich plötzlich nicht mehr gewachsen fühlte, obwohl diese Tätigkeit sie bis dahin mit Freude und Befriedigung erfüllt hatte. Zu dieser Zeit herrschte Lehrermangel, und der Rektor hatte immer wieder bei ihr nachgefragt, wann sie wieder in den Schuldienst zurückkäme, aber im Stillen wusste sie genau, dass das nie mehr geschehen würde. Das Übersetzen lag ihr jetzt mehr, es war eine einsame Tätigkeit, und sie hatte ein so unendliches Bedürfnis nach dem Alleinsein und schätzte es, sich ihre Zeit selbst einzuteilen.

Aðalsteinn dagegen schien diese Art von Isolation im Ort nicht zu fürchten. Gewiss hatte Urður in seinem Seelenleben Anzeichen einer wachsenden Ruhelosigkeit bemerkt, aber das hatte nie seine Fähigkeit beeinträchtigt, sich selbst und anderen mit einer gewissen Leichtigkeit zu begegnen, eine Eigenschaft, die, wie Urður fand, manchmal geradezu an Oberflächlichkeit grenzte. Oder – und das wagte sie kaum vor sich selbst zuzugeben – Heuchelei. Nicht einmal der Hausbrand hatte es geschafft, ihn auf Dauer aus dem Takt zu bringen, auch wenn es ihm natürlich nahegegangen war, sein gesamtes persönliches Hab und Gut zu verlieren.

Damals war sie wie selbstverständlich davon ausgegangen, dass sie das Unglück zum Anlass nehmen würden, aus der Stadt wegzuziehen, denn jetzt gab es fast nichts mehr, was sie noch mit diesem Ort verband. Aber er hatte für solche Vorschläge wenig übrig gehabt, wollte seine Stelle nicht aufgeben, ohne dass etwas Neues in Aussicht war. Pfarrstellen würden einem schließlich nicht hinterhergeworfen, deswegen war er dafür, erst einmal abzuwarten und die Lage zu beobachten. Ganz begraben hatte er seine Zukunftsträume also offenbar noch nicht.

Plötzlich fiel ihr ein, dass sie vergessen hatte, die Wäsche aufzuhängen. Ragnars schwarze Kleidungsstücke lagen seit gestern geschleudert in der Trommel. Jetzt würde sie das Zeug wahrscheinlich bügeln müssen, dachte sie, als ob sie das besondere Überwindung kostete. Oft hatte sie das Gefühl, dass diese ganzen schwarzen Klamotten nur so trieften von den gottlosen Gedanken ihres Sohnes und von der abscheulichen Musik, in der er seine Seele ertränkte. Einige seiner T-Shirts verkündeten die Gottlosigkeit sogar offen auf der Vorderseite, lesbar für jeden, der es auf sich nahm, die Buchstaben zu entziffern. Am widerlichsten fand Urður zwei zusammengehörige Shirts, beide mit dem Schriftzug *Satan is my lord and master*. Ursprünglich hatte Ragnar nur eins von der Sorte besessen, und sie hatte sich nicht dazu überwinden können, es zu waschen, sondern es irgendwann mit anderem Unrat in der Mülltonne verschwinden lassen, in der Hoffnung, Ragnar würde es nicht bemerken. Es war ja nicht so, dass der Junge nichts anzuziehen hatte. Aber Ragnar hatte offensichtlich einen sehr genauen Überblick über seinen Kleiderschrank, und knapp zwei Wochen später kam er in genau dem gleichen Shirt wieder an – und ein zweites in Reserve hatte er gleich mitbesorgt. Da hatte Urður den Kampf aufgegeben, wenn auch nicht ganz: Von nun an weigerte sie sich, Ragnars Garderobe zusammen mit der übrigen Wäsche zu waschen. Ihr geheimer, kleiner Sieg, dachte sie, als sie aus der Kirche ins Freie trat. Ihre Stunde der Besinnung war vorbei, ohne dass sie etwas von der inneren Ruhe gefunden hätte, die sie so dringend brauchte. Außerdem musste sie unbedingt nach Hause und Ragnar wecken, damit er nicht auch noch das letzte Restchen Grips verpennte, das sich vielleicht noch irgendwo in seinen Gehirnwindungen versteckte.

Ihrer Meinung nach nahm Aðalsteinn das mit den Klamotten und der Musik viel zu gelassen hin, er brummte höchstens etwas von altersbedingt und dass es nur den umgekehrten Effekt hätte, wenn man dem Jungen da Vorschriften machte. Aber sie fühlte sich persönlich gekränkt, mehr noch, in der Öffentlichkeit bloßgestellt und erniedrigt: Wenn der Sohn des Pfarrers in einem solchen Aufzug durch den Ort läuft, wirft das unweigerlich auch ein gewisses Licht auf seine Eltern – und zwar ein ganz besonders grelles. Das hatte sie dem Jungen versucht klarzumachen, aber der hatte nur mit den Schultern gezuckt und gekontert, dass sie über seine Kleiderwahl nicht mehr zu bestimmen habe, damit werde sie sich abfinden müssen. Dann könne er seine Sachen bitte schön auch selber waschen, hätte sie ihm am liebsten entgegengeschleudert, hielt sich aber zurück. Sie wusste genau, dass er dann eben vor Dreck starrend herumlaufen würde.

Als sie nach Hause kam, ging sie zuallererst in die Waschküche. Die Wäsche auf der Leine war längst trocken, genau wie sie erwartet hatte. Andererseits wusste man zu dieser Jahreszeit ja nie. In der Waschküche war es oft eisig kalt und die Luft so feucht, dass die Wäsche tagelang nicht trocken wurde. Aðalsteinn hatte lange für die Anschaffung eines Trockners plädiert, aber Urður hatte ihn jedes Mal mit einem missbilligenden Blick gestraft, bis er wegschaute und das Thema wechselte. Jetzt schnüffelte sie an der dunkelgrauen Fleecejacke auf der hintersten Leine, konnte aber keinen Geruch feststellen.

18 Die Parkettfabrik war in einer lang gestreckten Lagerhalle am äußersten Ortsrand untergebracht. Die Seitenwände waren aus grünem, geriffeltem Aluminium, in das anstelle von Fenstern in regelmäßigen Abständen durchsichtige Kunststoffplatten eingelassen waren; die Vorderseite war eine weiß gestrichene Betonwand mit einer Holztür in der Mitte und erinnerte eher an die Hauptgeschäftsstelle einer Bank in Reykjavík als an ein mittelständisches Unternehmen draußen auf dem Land. Der Parkplatz war nicht geräumt, aber Smári lenkte den Dienstwagen fachmännisch durch eine Schneeverwehung, und die beiden Polizeibeamten konnten ungehindert aussteigen.

Sie betraten einen gekachelten Vorraum, von dem linker Hand eine Tür mit der Aufschrift »Empfang« abging, die in ein geräumiges Büro führte. Darin war zwar nirgends ein Empfangsschalter zu sehen, dafür aber zwei Schreibtische, jeder mit einem Flachbildschirm und dem zugehörigen Laptop darunter, sowie ein großer Drucker oder Kopierer, der zwischen den beiden Rechnern aufgestellt war. Am Arbeitsplatz auf der Fensterseite saß eine groß gewachsene, dunkelhaarige Frau in den Dreißigern, die neugierig durch ihr grellviolettes Brillengestell herüberäugte, als die beiden hereinkamen.

»Hallo Smári«, sagte sie. Der Wachtmeister grüßte zurück, verzichtete aber darauf, seinen Kollegen vorzustellen. Die Frau musterte Valdimar interessiert und nickte kurz in seine Richtung, und er gab die Geste zurück.

»Was kann ich für euch tun?«, fragte sie schließlich.

»Wir würden gerne mal mit Sveinbjörn sprechen«, begann Valdimar sachlich. Da sie nicht zu erkennen gegeben hatten, dass sie in Dienstangelegenheiten hier waren, lag etwas leicht Verschwörerisches über ihrem Besuch, so als seien sie in geheimer Mission unterwegs. Die Wahrheit war dagegen, dass Þorsteinns Verdächtigungen auf Valdimar nicht besonders überzeugend gewirkt hatten. Trotzdem musste er der Sache natürlich nachgehen und herausfinden, was dahintersteckte.

»Sveinbjörn ist in der Werkhalle. Wollen Sie ihn nicht einfach dort abfangen? Du kennst dich hier ja aus«, fügte sie an Smári gewandt hinzu. Dieser nickte bestätigend und wandte sich zur Tür. Valdimar blieb unschlüssig stehen. Die Frau stand auf, ging zu dem Drucker oder Kopierer hinüber, nahm ein paar Blätter aus dem Papierauswurf und überflog die ersten Zeilen. Sie trug schwarze, eng anliegende Jeans und einen schwarzen, grob gestrickten Wollpullover mit einem goldumfassten Lochmuster über den Schultern. Valdimar starrte sie unverhohlen an, als sie sich wieder zu ihm umdrehte und ihn mit einem ironischen Lächeln streifte, bevor sie zu ihrem Arbeitsplatz zurückging. Er spürte, wie er rot anlief.

Smári stand im Eingang zur eigentlichen Werkhalle und hielt ihm die Tür auf. Valdimar hatte aus irgendeinem Grund erwartet, dass die Fabrik aus einem einzigen Raum bestand, aber das schien nicht der Fall zu sein. Ein dumpfes Dröhnen erfüllte den Raum, unterbrochen vom durchdringenden Kreischen mehrerer Maschinensägen oder ähnlicher Gerätschaften, die irgendwo in der Halle vor sich hin lärmten. Der Geruch von frisch gesägtem Holz lag in der Luft, war aber nicht so beherrschend, wie Valdimar erwartet hatte. Sie standen in einem zugigen Durchgang, in dem sich links und rechts an den Wänden

Holzplanken bis unter die Decke stapelten. An der hinteren Wand befand sich eine große Tür, daneben parkte ein kleiner gelber Gabelstapler, allem Anschein nach funkelnagelneu. Smári drehte sich um und ging in diese Richtung.

»Das hier ist alles noch ungetrocknet«, erläuterte er, während sie an den Holzstapeln entlangliefen. »Und die Trockenkammern sind da drüben«, fügte er hinzu und deutete ans andere Ende der Halle. Valdimar nickte geistesabwesend. Er hatte keinerlei Einblick in die Arbeitsabläufe, die hier vor sich gingen, und verspürte auch nicht das geringste Interesse, das zu ändern. Sie passierten eine weitere Tür und betraten einen Raum, höchstwahrscheinlich die eigentliche Werkhalle. Hier waren etwa zehn Männer an einer Art Förderband mit allen möglichen Maschinen und Werkzeugen beschäftigt, alle in blauen Arbeitsoveralls. An einem der Geräte standen zwei Männer untätig herum, während ein dritter auf allen vieren darunter herumkroch. Smári, der eine Weile zögernd an der Tür gestanden und in den Raum geblickt hatte, gab Valdimar jetzt ein Zeichen, ihm zu folgen. Als sie bei dem kleinen Grüppchen anlangten, hievte sich der Mann, der die Maschine von unten inspiziert hatte, gerade wieder auf die Füße.

»Verdammter Mist. Da werden wir wohl beim Hersteller Bescheid sagen müssen«, sagte er zu den anderen, dann entdeckte er Smári und nickte kurz in seine Richtung. »Ich hab leider im Moment überhaupt keine Zeit für ein Schwätzchen, Smári«, brüllte er durch den Maschinenlärm. »Wir haben hier gerade ein kleines Problem.«

Sveinbjörn war mittelgroß, schlank und mit elastischen Bewegungen; über der hohen Stirn wich der Haaransatz in tiefen Geheimratsecken zurück, und sein aschblonder Bürstenschnitt war oben bereits sichtbar ausgedünnt. Die vollen, geschwungenen Lippen und die Lachfältchen um die Mundwinkel gaben seinem Gesicht einen genießerischen Zug, und das leicht schelmische Blitzen in seinen Augen schien in seiner

Natur zu liegen. Im Moment jedoch wirkte der Mann fahrig und nervös.

Smári räusperte sich umständlich, aber Sveinbjörn schien das nicht zu bemerken und war drauf und dran, sich davonzumachen.

»Valdimar Eggertsson mein Name«, brüllte Valdimar ihm ins Ohr. »Kriminalpolizei Reykjavík.« Der Firmenchef zuckte zusammen und schaute verunsichert in Smáris Richtung.

»Wir müssten uns mal mit Ihnen unterhalten.«

»Unterhalten? Aber selbstverständlich. Wir haben hier sowieso gerade … Am besten gehen wir in den Konferenzraum«, schlug Sveinbjörn vor. »Ich ruf später mal bei denen drüben in den Staaten an, dann sehen wir weiter«, rief er den Arbeitern zu.

Ohne sich nach dem Grund des Besuchs zu erkundigen, stieg er aus seinem Overall, hängte ihn an den Haken neben der Tür und marschierte den beiden voraus, zurück durch die Halle bis in den gekachelten Vorraum. Von dort gelangte man über einen kurzen Flur in ein kleines Konferenzzimmer mit einem ovalen Besprechungstisch und acht Stühlen. Das nachlassende Tageslicht wurde von schweren Samtstores vor den beiden Fenstern ausgesperrt, der Fabrikdirektor schaltete einen dezenten Deckenfluter über dem Konferenztisch ein und bat die beiden, Platz zu nehmen. Selbst ließ er sich am spitzen Ende der eiförmigen Tischplatte nieder, vielleicht, um die Überlegenheit des Firmenchefs zu signalisieren, auch wenn es sich nicht um ein Geschäftsmeeting handelte.

»Was führt Sie ausgerechnet zu mir?«, fragte er mit belegter Stimme. »Sollten Sie nicht lieber Brandstifter und Schwerverbrecher jagen?«

»Genau das tun wir gerade«, gab Valdimar mit ernster Miene zurück. »Und zwar haben wir einen Hinweis darauf, dass Sie möglicherweise mit dem Hausbrand am letzten Samstag in Verbindung stehen könnten.«

»Wie? Womit soll ich in Verbindung stehen? Was für ein himmelschreiender Unsinn! Ein Hinweis? Ach ja, und von wem? Was wird hier überhaupt gespielt? Lassen Sie sich wirklich zum Narren halten?«

Auf Sveinbjörns Gesicht hatten sich während dieses Ausbruchs rote Flecken gebildet, und seine Augen waren fast schwarz vor Wut.

»Und von dir, Smári, hätte ich das am allerwenigsten erwartet!«

»Moment mal«, wies Valdimar ihn scharf zurecht. »Würden Sie bitte beim Thema bleiben. Wir sind nicht zu unserem Vergnügen hier.«

Er versuchte, Sveinbjörn mit einem möglichst stechenden Blick zu fixieren, aber von der Angst, die der Firmendirektor vorhin ausgestrahlt hatte, war nichts mehr zu spüren. Entweder war er an der Brandstiftung tatsächlich absolut unschuldig, oder er hatte sich erfolgreich eingeredet, dass die Sache niemals ans Licht kommen würde.

»Das ist einfach so unglaublich lächerlich«, sagte er, jetzt eine Spur ruhiger. Dann brach er unvermittelt in schallendes Gelächter aus, das genauso plötzlich wieder verstummte. »Was ist das denn nun für ein Hinweis, von dem Sie eben sprachen?«, fragte er, an Valdimar gewandt. Dieser blieb stumm. »War es Hugrún?«, bohrte er weiter. »In diesem Fall darf ich Sie darauf hinweisen, dass die Frau sich zurzeit leider überhaupt nicht im Griff hat.«

Smári setzte zu einem Kommentar an, aber Valdimar bedeutete ihm mit einer warnenden Handbewegung, zu schweigen.

»Ach ja?«, sagte er neutral. Sveinbjörn hockte mit finsterem Gesicht in seinem Chefsessel und starrte vor sich ins Leere.

»Hugrún hat manchmal ziemlich abstruse Ideen«, sagte Sveinbjörn schließlich. »Erst heute Morgen habe ich sie getroffen, da hat sie mir wieder irgendeinen verworrenen Mist vor die Füße gekippt. Ich hatte nicht die leiseste Ahnung, wovon sie sprach. Dass ich mich für irgendwas rächen würde, oder so ähnlich.«

»Könnte es sein, dass sie von Geldangelegenheiten gesprochen hat?«, fragte Valdimar knapp. Smári rutschte nervös auf seinem Stuhl hin und her.

»Geldangelegenheiten?«, wiederholte Sveinbjörn mechanisch. Allmählich gewann er seine Fassung zurück und schlüpfte wieder in die Rolle des selbstbewussten Firmenchefs. »Ach so, ich weiß, was Sie meinen. Es mag sein, dass Þorsteinn sich mir gegenüber vielleicht nicht hundertprozentig korrekt verhalten hat. Aber das ist letztendlich seine Sache. Im Prinzip hat er einfach eine geschäftliche Entscheidung getroffen, die ich akzeptieren muss. Ich käme niemals auf die Idee, mich für so etwas zu rächen. Schon gar nicht auf so abscheuliche Weise, jemandem das Dach über dem Kopf anzuzünden.«

»Waren Sie am Samstagabend zu Hause?«

»Ja, war ich.«

»Auch nicht zwischendurch mal kurz weg?«

»Nicht, dass ich mich erinnern könnte.«

»Nun wohnen Sie ja direkt im Nachbarhaus. Ist Ihnen an diesem Abend nicht zufällig eine ungewöhnliche Menschenansammlung aufgefallen?«

»Eigentlich nicht.«

»Oder vielleicht Bruch- und Splittergeräusche oder etwas Ähnliches?«

»Tut mir leid. Nicht, bevor das Feuer tatsächlich ausgebrochen war. Erst dann habe ich gehört, wie Fensterscheiben geplatzt sind, und zwar mehr als einmal.«

»Haben Sie den Brand vom eigenen Wohnzimmerfenster aus mitverfolgt?«

»Ja.«

»Und die gute Aussicht offenbar sehr genossen. Zumindest haben Sie dabei gemütlich eine gequalmt.«

»Ja, ich habe mir eine Zigarre angesteckt, das ist richtig. Ich war etwas angespannt und musste mich beruhigen, verstehen Sie. Stellen Sie sich vor, wenn der Wind gedreht hätte.«

»Wann genau haben Sie das Feuer bemerkt?«

»Erst, als die Feuerwehr da war.«

»Hätte man nicht erwarten können, dass Sie das Feuer als Erster bemerken würden? Wo Sie doch in Ihrem Wohnzimmer einen so komfortablen Ausguck hatten?«

»Eigentlich war ich die meiste Zeit drüben vor dem Fernseher.«

»Kann Stella das bezeugen?«, klinkte sich Smári jetzt wieder ein. Valdimar strafte ihn mit einem ungehaltenen Seitenblick.

»Meine Frau hat für Spielfilme im Fernsehen nicht allzu viel übrig«, antwortete Sveinbjörn. »Wahrscheinlich war sie schon ins Bett gegangen und hat in Zeitschriften geblättert, oder etwas in der Richtung.«

»Gibt es in diesem Haushalt sonst noch jemanden, der an diesem Abend vielleicht mit Ihnen vor dem Fernseher gesessen hat?«

»Die Kinder haben beide ihre eigenen, sehr guten Fernseher«, sagte Sveinbjörn und klang, als müsse er sich dafür rechtfertigen. »Die suchen sich ihr Programm selber aus und gucken meist bei sich im Zimmer. Ich könnte noch nicht mal sagen, ob sie an diesem Abend zu Hause waren oder nicht.«

Valdimar nickte.

»Wissen Sie, ich hatte schon das eine oder andere intus, schließlich war Samstagabend. Außerdem hat unsere neue Heimkino-Anlage ein so professionelles Soundsystem, dass ich drinnen im Fernsehzimmer wohl kaum irgendwas von außen mitbekommen hätte.«

»Und Sie sind sich ganz sicher, dass Sie nicht in der Werbepause mal eben rausgegangen sind, um bei Ihrem Nachbarn Feuer zu legen? Genügend Mut hatten Sie sich ja angetrunken.«

»Wie kommen Sie eigentlich dazu, mir so etwas anzuhängen? Ist es jetzt schon verdächtig, Fernsehen zu gucken und dabei Alkohol zu konsumieren?«

»Nein, nein, eine reine Routinefrage«, schickte Valdimar schnell hinterher und musste sich eingestehen, dass er von den Vorurteilen, auf die Sveinbjörn da anspielte, auch nicht ganz frei war. Danach waren alle Versuche, dem Mann weitere Informationen zu entlocken, erfolglos. Es gelang ihm noch nicht einmal, ihn erneut aus der Ruhe zu bringen.

Auf dem Weg zum Wagen kam Valdimar nicht umhin, noch einmal in das erleuchtete Bürofenster hineinzuschielen, aber die Frau mit dem wohlgeformten Hinterteil saß nicht mehr an ihrem Platz. Er seufzte und schüttelte über sich selber den Kopf, dann schloss er den Wagen auf und stieg ein.

19 »Und wie geht es dir jetzt?«, erkundigte sich Aðalsteinn. Er hatte Drífa gebeten, nach der Mittagspause bei ihm im Büro vorbeizuschauen, denn es lag ihm aufrichtig am Herzen, wie sie zurechtkam.

»Ich bin eigentlich immer noch wie betäubt«, antwortete Drífa, und genauso sah sie auch aus; wie betäubt saß sie ihm auf einem der beiden blauen Stühle in seinem Seelsorger-Eckchen gegenüber. Draußen hing ein düsterer Himmel schwer über den weißen Berghängen und dem schwarzen Streifen des Fjords. »Aber ich bin auch wütend. Ich hasse ihn, diesen miesen, verdammten Idioten, der so was macht.«

»Sei vorsichtig mit deinem Hass«, sagte er, lehnte sich nach vorne und strich ihr mit den Fingerspitzen leicht über beide Handrücken, die auf den Armlehnen ruhten. »Du weißt ja, wenn der Hass sich erst einmal in unserer Seele eingenistet hat, wird er sie von innen zerfressen, bis sie zerfällt wie ein verfaulter Apfel.«

»Ich kann das aber nicht so einfach verzeihen.«

»Das ist eine ganz natürliche Reaktion. Aber negative Gedanken können auch großen Schaden anrichten. Auch diese Brandstiftung ist sicher aus menschenverachtenden Gedanken und tiefer Verzweiflung hervorgegangen.«

»Das Mitleid überlass ich anderen. Ich hab keins. Nicht mit jemand, der meine Katze umgebracht hat!«, stieß sie hervor.

»Wir wollen Gott danken, dass keine Menschen zu Schaden gekommen sind. Ich sage nicht, dass das Leben einer Katze wertlos ist, aber letztendlich ist es doch das Menschenleben, worauf es ankommt«, sagte er, und in seine sanfte Stimme mischte sich ein schuldbewusster Unterton. Mit heimlicher Befriedigung bemerkte er, wie sich Drífas Augen mit Tränen füllten.

»Du brauchst gar nicht erst auf Baldur anzuspielen. Ich denke sowieso ständig an ihn.«

Aðalsteinn spürte, wie sich bei ihm ein Schweißausbruch anbahnte. »Auch der Trauer darfst du dich nicht so einfach hingeben«, fuhr er tapfer fort. »Die Trauer kann uns fast genauso gründlich zersetzen wie der Hass. Du bist jung und solltest das Leben genießen, das Gott dir geschenkt hat. Das ist das Beste, was du zu Baldurs Gedenken tun kannst.«

»Ja.«

»Wir sind das, was wir denken«, sagte er dann. »Auch wenn wir vielleicht glauben, dass wir jedes beliebige Gefühl in uns zulassen dürfen, das sich uns gerade aufdrängt. Aber unsere Gefühle und Gedanken beeinflussen nicht nur uns selber, sondern auch alle, mit denen wir zu tun haben, deshalb tragen wir nicht nur die Verantwortung für uns selbst, sondern auch für unsere Mitmenschen – für unsere Eltern, Geschwister, Freunde und Verwandten. Diese Beziehungen sind wertvoll und müssen gepflegt werden, damit sie nicht brüchig werden und zerbrechen. Jede kleinste Brücke, die uns mit unseren Mitmenschen verbindet, ist wichtig und gerade in schweren Zeiten dringend notwendig.«

»Da bin ich anderer Meinung. Wenn man für alles und jeden in der Welt Verantwortung übernehmen wollte, würde man doch zusammenbrechen. Ich habe jedenfalls keine Lust, mit meinen Eltern auf den Schultern durchs Leben zu stolpern. Letztendlich ist doch jeder nur für sich selbst verantwortlich.«

»Ich weiß, *jeder gegen jeden*. Das mag die einfachste Regel im menschlichen Miteinander sein, aber nicht unbedingt die beste«, sagte Aðalsteinn freundlich, aber bestimmt.

»Mein Therapeut sagt, ich muss lernen, andere ihre Entscheidungen selbst treffen zu lassen, alles andere wäre ungesund. Dass weder mir selbst noch den anderen damit gedient wäre, wenn ich mir ständig fremde Verantwortungen auflade.«

»Ja, grundsätzlich ist das sicher richtig«, räumte der Pfarrer zögernd ein. »Solange man darauf achtet, die Kontakte nach außen nicht abreißen zu lassen. Im Gegenteil, man muss sie hegen und pflegen, wie kleine Setzlinge.«

»Und wenn man Angst hat, in einem Dschungel von Setzlingen zu ersticken?«

»Dann muss man versuchen, den Dschungel zu entwirren, ohne die Pflänzchen zu beschädigen.«

»Aber wenn der Dschungel lieber beschädigt werden will, als sich entwirren zu lassen?«

Hierauf antwortete der Pfarrer nicht, sondern kam auf eine andere Bemerkung von ihr zurück.

»Du gehst also zu einem Therapeuten?«

»Ja«, antwortete das Mädchen verlegen.

»Wegen ... der Sache mit Baldur?«

»Unter anderem.«

»Du weißt, dass weder ich noch Urður noch irgendwer sonst dir die Schuld daran geben, was passiert ist. Wenn sich jemand Vorwürfe zu machen hat, dann sind wir das, und nicht du.«

»Das ist es ja gerade: Alle machen sich Vorwürfe! Ob ihr das seid oder ich, das eine ist nicht besser als das andere. Und außerdem wirst du dich damit abfinden müssen, dass dieses Letzte, was Baldur getan hat, vielleicht nicht das Einzige in seinem Leben war, das ... nicht in Ordnung war.«

»So, hast du das alles bei deinem Therapeuten rausgefunden?«, fragte Aðalsteinn, allmählich etwas unwillig.

»Zum Teil. Vieles war mir selber schon lange bewusst, aber nach seinem Tod war das alles bedeutungslos geworden.«

»Und jetzt hat es wieder eine Bedeutung bekommen?«

»Nein, nicht wirklich. Aber es ist besser, endlich mal durchzusteigen, anstatt die ganze Geschichte dauernd zu verdrängen.«

»Jetzt bin ich aber doch neugierig, wie du dir vielleicht denken kannst.«

»Ach, ich weiß nicht«, sagte Drífa zögernd, dann verstummte sie.

»Nein, natürlich nicht«, antwortete der Pfarrer, um sie nicht unter Druck zu setzen, aber er hatte schroffer geklungen, als er beabsichtigt hatte. Ihm war überhaupt nicht wohl in seiner Haut.

»Es ist einfach so schwer, darüber zu sprechen. Und ganz besonders mit dir.«

»Das verstehe ich sehr gut. Mach dir keine Gedanken deswegen«, unterbrach er sie.

»Aber eine Sache gibt es doch, die ich dir sagen muss«, fuhr Drífa fort. Sie erhob sich von dem blauen Stuhl und ging zum Fenster hinüber. In diesem Moment fiel ihm der Pullover ins Auge, den sie trug. Urður hatte ihn gestrickt und ihn Drífa zum Geburtstag geschenkt, kurz bevor es zwischen ihr und Baldur auseinanderging. Der Junge hatte sich das viel mehr zu Herzen genommen, als er sich hatte anmerken lassen. Er, der mit seinem sonnigen Gemüt alle Herzen erwärmt hatte. Diese und andere Klischees, die Pfarrer Aðalsteinn in seinen Grabreden so leicht über die Lippen gingen, hätten auch auf seinen Sohn zugetroffen. Dieser hübsche Junge, der in seinem neuen Auto auf den Bergrücken über der Stadt gefahren war, den Schlauch vom Staubsauger seiner Mutter am Auspuffrohr festgeklebt und das andere Ende durch den Fensterschlitz ins Wageninnere gesteckt hatte, nachdem er die Fensteröffnung rundherum mit Schaumstoff abgedichtet hatte, damit keine frische Luft hereinkam. Jedes Mal, wenn Aðalsteinn versuchte, sich die letzten Minuten seines Sohnes vorzustellen, in denen er mit dieser Konstruktion gekämpft hatte, begann sich vor Übelkeit alles vor seinen Augen zu drehen. Um seinen Alltag bewältigen zu können, um im Laden Milch für den Kaffee im Büro zu besorgen oder seine Predigt über die Dämmerung der Seele auszuarbeiten, dazu musste er den Gedanken an dieses silbrige, mehrfach um das rostbraune Auspuffrohr gewickelte Isolierband einfach weit von sich schieben.

Diese verbannten Gedanken waren wie ein böser Fluch und hatten ihn auch jetzt wieder eingeholt, als sein Blick auf den hellgrauen Pullover mit den zwei eingestrickten roten Kreuzen auf dem Rücken fiel. Und wie Brechreiz stieg es auch jetzt wieder in ihm hoch, das Bedürfnis anderen beizustehen, sich im Leid der anderen zu verlieren.

»Eins muss ich dir aber trotzdem noch sagen«, setzte Drífa noch einmal an. »Etwas Unangenehmes.«

»So?«, krächzte Aðalsteinn und räusperte sich, um seiner Stimme wieder Ton zu geben.

»Als ich mit Baldur Schluss gemacht habe ...«

»Ja?«

»... war das, weil er mich betrogen hatte. Ganz gemein und hintenrum betrogen hat er mich.«

»Was?«, entfuhr es Aðalsteinn. »Das glaube ich einfach nicht!«

»Es stimmt aber«, gab sie zurück und brach in Tränen aus. Aðalsteinn wollte zu ihr hinübergehen und ihr tröstend die Hand auf die Schulter legen, aber sein Körper war plötzlich schwer wie Blei, so dass er weder von seinem Stuhl aufstehen noch seinen Arm heben konnte. Sie wandte sich zu ihm um und sah ihn einen Moment an, wie er in sich zusammengesackt auf seinem Stuhl hockte und ihrem Blick auswich. Dann stand sie auf, ging an ihm vorbei und verließ eilig das Zimmer.

»Nein, das glaube ...«, ächzte der Pfarrer. Aber es war zu spät.

20 Drífa ging mit zügigen Schritten aus dem Pfarrhaus. Hätte sie bleiben und die Sache durchziehen sollen? Vielleicht ja, obwohl ihr Therapeut jetzt mit ihrem Verhalten sicher äußerst zufrieden wäre. Immerhin hatte sie es geschafft, dem Heiligenbild, das es zu zertrümmern galt, den ersten winzigen Sprung zu verpassen, und zwar nicht nur um ihrer selbst willen. Auch für den armen Ragnar zum Beispiel, der bei der Götzenverehrung, die in dieser Familie betrieben wurde, doch früher oder später ausrasten musste. Still und zurückhaltend war der Junge ja immer gewesen, hatte im Schatten des großen Bruders gestanden, zu dessen Lebzeiten schon, und jetzt umso mehr. Seine Reaktion war vielleicht etwas extrem, aber Drífa konnte das gut nachfühlen, auch wenn sie mittlerweile kaum noch Kontakt zu ihm bekam.

Mit einer abwehrenden Handbewegung und einem selbstmitleidigen Lächeln lehnte sie das Mitfahrangebot der Nachbarin ab, die in ihrem goldmetallicfarbenen Jeep an ihr vorbeirollte und fragend die Augenbrauen hob. Nein, Drífa musste jetzt mit sich und ihren Gedanken alleine sein. Würde sie jemals wieder frei und ungezwungen bei Baldurs Eltern ein und aus gehen können? Urður war, wie sie war, aber ihre Fürsorge drückte ihr schlicht und einfach die Luft ab. Aðalsteinn dagegen verstand es vorzüglich, einem ein schlechtes Gewissen einzureden, und sei es nur dafür, dass man einfach man selbst war. Sie würde dafür sorgen, dass sie ihm nicht noch einmal zu einem Gespräch unter vier Augen ins Netz ging. Er schien eine geheimnisvolle Macht über sie auszuüben, und der musste sie entkommen. Drífa war fest entschlossen, sich aus dem Gefängnis ihrer Selbstvorwürfe zu befreien, auch wenn es sicher seine Zeit dauern würde, den Bann endgültig zu durchbrechen. Und obwohl der Schock und der Kummer über den Hausbrand noch immer tief saßen, hatte sie dem Unglück bereits eine positive Seite abgewonnen: Mit dem Haus hatte das Feuer auch die Kulisse zu ihrer gemeinsamen Geschichte mehr oder weniger ausgelöscht, das Bett, in dem sie ineinander verschlungen gelegen und sich gegenseitig die Haare zerwühlt hatten, den Spiegel, vor dem sie sich geschminkt und zurechtgemacht hatte, damit er sie hübsch fand, das Digitalfoto aus dem Farbdrucker, das sie am Tag der Beerdigung unter den Rahmen einer alten Grafik aus Omas Kellerbeständen geklemmt und es später nicht fertiggebracht hatte, es dort wieder wegzunehmen. An jedem einzelnen Tag war irgendetwas Derartiges vorgekommen und hatte ihre Lebensfreude erstickt. Aber vielleicht war jetzt ja endlich Schluss damit.

Sie hatte keine Lust, direkt dorthin zu gehen, wo sie im Moment wohnten, und wollte auch sonst möglichst niemanden treffen. Eigentlich konnte sie überhaupt nirgends mehr hin. Wem immer sie begegnete, würde sich zu dem äußern wollen, was passiert war, würde ihr sein Mitgefühl ausdrücken. Das ertrug sie im Moment einfach nicht, sie konnte sich nicht einmal dazu überwinden, sich bei ihren Freundinnen auszuheulen.

Als sie am *Café Restaurant Alda* vorbeikam, schielte sie im Vorübergehen kurz ins Fenster, ging dann aber schnell weiter, als ihr einfiel, dass eine ihrer Schulfreundinnen zurzeit dort bediente. Hinter der Theke war gerade niemand zu sehen gewesen, und drinnen im Café schienen nur ein oder zwei Tische besetzt; trotzdem war das *Alda* für sie verbotenes Terrain.

Sie eilte weiter und überquerte die Brücke, ohne auch nur den Kopf in Richtung Supermarkt zu wenden. Da drinnen war sie erst recht ausgeliefert, und sie hatte weder das Bedürfnis, sich neugierigen Blicken auszusetzen und so den Aufhänger für ein Gespräch zu bieten, noch wollte sie ständig wegschauen und sich verstecken müssen, als wäre sie auf der Flucht. Heute jedenfalls hatte sie Glück und konnte ihren Weg unbehelligt fortsetzen.

Sie war schon fast in Höhe der Musikschule, als plötzlich ein Sturm aufkam und kurz darauf ein dichter Hagelschauer einsetzte. Die Hagelkörner waren von der größeren Sorte und die Windböen peitschten so gewaltig, dass ihr Gesicht vor Schmerz und Kälte brannte. Dann rissen die Wolken auf, und auf der anderen Seite des Fjords leuchtete ein Stück strahlend blauer Himmel, das Wetter spielte völlig verrückt. Plötzlich fiel ihr ein, dass sie noch immer den Schlüssel zur Musikschule in der Tasche trug, den man ihr vor Weihnachten anvertraut hatte, damit sie hier das Klavier benutzen und für das Adventskonzert üben konnte.

Die letzten Schritte bis zum Schulgebäude rannte sie, so schnell sie konnte, erleichtert, dem Unwetter entkommen zu sein. Was für ein Tag, dachte Drífa, während sie sich ans Klavier setzte. Und noch nicht mal drei Uhr. Sie holte tief Luft und verschränkte ihre Finger, dann dehnte sie die Handflächen nach außen, bis es in den Gelenken knackte, und begann eine Scarlatti-Sonate.

Sie konzentrierte sich ganz auf ihr Musikstück, heftete den Blick auf die Noten und genoss es, ihre Finger unter Kontrolle zu haben, ohne daraufschauen zu müssen. Wenn das Leben doch genauso wäre, dachte sie, wenn man es einfach genau nach Noten abspielen könnte. Stattdessen musste man von einem Tag zum nächsten improvisieren, musste ständig versuchen, sich mit Taktsprüngen, Tonartwechseln oder den eigenwilligsten Schlenkern in der Melodieführung aus irgendwelchen Schwierigkeiten zu lavieren, und dabei nach außen das Gesicht wahren und so tun, als sei alles in bester Ordnung.

Ihre Eltern hatten am Morgen, als die Schwestern noch im Bett lagen, eine lautstarke Auseinandersetzung gehabt, und jetzt bedauerte sie, dass sie sich nicht die Zeit genommen hatte, zu lauschen, bevor sie aus ihrem Zimmer geschlurft war und den Streit mit ihrer Anwesenheit beendet hatte, übernächtigt und in übelster Laune.

Als sie am Frühstückstisch auftauchte, hatte sich ihr Vater sofort nach draußen in den Jacuzzi verzogen, ihre Mutter hockte zusammengesunken am Küchentisch und war kaum ansprechbar.

»Was ist denn los, Mama?«, hatte sie gefragt.

»Unser Haus ...«, kam es heiser. »Alles zerstört.«

Drífa setzte sich neben sie und legte ihrer Mutter den Arm um die Schultern. Ihr Körper fühlte sich hart und steif an, und sie sah aus, als hätte sie seit gestern mindestens zehn Kilo zugenommen. Drífa tat es gut, so dicht neben ihrer Mutter zu sitzen, aber die Nähe war nicht von Dauer.

»Mein Gehirn funktioniert nicht so wie bei anderen Leuten«, begann Hugrún, und Drífa spürte, wie ihr Herz einen Schlag aussetzte. »Und nun werde ich wohl auch bald keine richtige Frau mehr sein.«

»Was für ein Unsinn!«, beeilte sie sich zu versichern. »Du siehst gut aus, Mama!«, fügte sie hinzu, doch es klang nicht sehr überzeugend.

»Meinst du das ernst?«, seufzte sie, und ein Schimmer ihrer alten Ausstrahlung huschte über ihr Gesicht. Doch sofort hatten ihre pechschwarzen Gedanken sie wieder eingeholt. »Nein, das nehm ich dir nicht ab.«

»Ist irgendwas nicht in Ordnung, Mama?«

»In Ordnung? Überhaupt nichts ist in Ordnung. Alles zerfällt, alles liegt in Scherben. Und ich, wer bin ich? Ein Niemand. Ich bin nicht mehr ich selbst.«

»Sag so was nicht, Mama«, sagte Drífa in beruhigendem Ton. »Wir hören nie auf, wir selbst zu sein. Auch dann nicht, wenn wir …«, doch dann brach sie mitten im Satz ab. So hatte sie ihre Mutter noch nie erlebt.

»Ich schon. Kaum bin ich allein, weiß ich nicht mehr, wer ich bin. Habe überhaupt keine eigene Persönlichkeit mehr. Löse mich in Luft auf und verschwinde. Ich brauche nur einen Moment mit mir allein zu sein, und ich spüre mich selbst nicht mehr. Alles, was mich einmal ausgemacht hat, hier drinnen, ist nicht mehr da.«

»Mama, jetzt hör mir mal gut zu: Wenn überhaupt jemand eine Persönlichkeit hat, dann du«, sagte Drífa in ihrer Verzweiflung.

»Das ist genau mein Problem«, jammerte Hugrún weiter, als hätte sie Drífas Worte gar nicht gehört. »Ich weiß überhaupt nicht, wie ich mich eigentlich fühlen soll, so als müsste ich das erst beschließen. Oder jemand anders müsste das für mich tun. Aber dein Vater ist ständig auf See. Das kann ja auf Dauer nicht funktionieren.«

»Jetzt reiß dich mal zusammen, Mama. Hat Papa dir eine Szene gemacht? Wegen was denn? Und wieso jetzt?«

»Wäre ihm jedenfalls nicht zu verdenken. Der Ärmste. Dabei weiß er das Schlimmste ja noch gar nicht.«

»Mama! Jetzt hör endlich mit diesem Schwachsinn auf!«, rief Drífa erschrocken. Sie spürte den beinahe unüberwindlichen Drang, aufzuspringen und aus der Küche zu stürzen, aber die Angst, dass jemand von den anderen hereinschauen könnte, bevor ihre Mutter sich halbwegs gefangen hatte, war stärker.

»Das Schlimmste ist, dass ich es nicht mal bereue. Das ist das Schlimmste. Ich bin mir sicher, ich würde genau dasselbe jederzeit wieder tun. Eben weil ich nicht weiß, wie ich mich fühlen soll.«

»Mama, um Himmels willen, jetzt beruhige dich doch endlich!« Drífa fühlte sich, als wühlten sich kleine Tiere, Ratten vielleicht, durch ihre Kleider, um sich in der Haut an ihrem Bauch festzubeißen. »Ich glaube, Silla ist wach.«

»Sag mir einfach, wie ich sein soll«, bat Hugrún. »Ich hab damit kein Problem. Ich brauche nur ein klares Signal, dann komme ich klar.«

»Sei wie immer. Sei stark«, sagte Drífa, und im Stillen ergänzte sie: »Sei unbequem! Egoistisch! Unerträglich! Sei einfach du selbst!« Aber laut sagte sie: »Spiel das Spiel mit, spiel deine Rolle im großen Theater, wie alle anderen.«

Hugrún starrte sie an, überrascht und verwirrt, als hätte man sie gerade aus dem Tiefschlaf gerissen.

»Theater? Würde dir das denn gefallen?«

»Ja. Sehr gut sogar.«

»Gut, ich werde mein Bestes versuchen«, schloss Hugrún und sah Drífa ins Gesicht. Plötzlich musste sie losprusten. »Wirklich kaum zu glauben: Was für ein Ratschlag, und dazu von der eigenen Tochter! Theater spielen! Aber warum eigentlich nicht?«

Drífa hatte ebenfalls grinsen müssen, erleichtert über den unerwarteten Stimmungsumschwung, der ihr offenbar die Gewitterwolken aus dem Kopf vertrieben hatte. Jetzt stand das Gespräch vom Morgen plötzlich wieder lebhaft vor ihr, und die Worte ihrer Mutter mischten sich verworren und finster in Scarlattis Klaviersonate Nummer sechsundvierzig.

21 Die Lichterketten in den Fenstern entlang des Haf-narvegur waren die einzige Beleuchtung in dieser aus-gestorbenen Geschäftsstraße entlang der Hafenmauer, und Smári fand, dass sie die Trostlosigkeit dieser Straße noch verstärkten – die dunklen, leeren Räume in den Gebäuden wirkten umso geisterhafter, auch wenn man mit der Weih-nachtsdekoration sicherlich etwas anderes bezweckt hatte. Die kleine Polizeidienststelle war noch der gastlichste Ort in dieser zugigen Einöde, dachte er, während er den Wagen auf dem Parkplatz davor abstellte, nachdem er seine allabendliche, wie immer ereignislose Kontrollfahrt absolviert hatte: einmal längs und einmal quer durch den Ort, jeweils hin und zurück.

Im zweiten Stock der Polizeiwache, wo man Valdimar für die Zeit seiner Ermittlungen ein Büro zur Verfügung gestellt hatte, brannte noch Licht. Sicher saß er gerade an seinem Protokoll, schließlich musste alles genauestens dokumentiert werden. Smári fragte sich, was Valdimar in dieses Protokoll wohl alles hineinschrieb und ob er das Machwerk jemals zu lesen bekäme.

Überhaupt war bei ihm zurzeit so vieles in der Schwebe, selbst die Arbeit, die immer eine feste Größe in seinem Leben gewesen war, hatte eine bedenkliche Richtung eingeschlagen. Sein Schwager Sveinbjörn war mit schwerwiegenden Anschul-digungen konfrontiert, und wie Stella das aufnehmen würde, blieb abzuwarten. Sie, die in Sachen Diskretion ja selbst nicht gerade eine Heilige war, wie würde sie reagieren, wenn ihre engsten Angehörigen in die Schusslinie des Kleinstadtgeredes gerieten? Was, wenn an Þorsteinns Beschuldigungen tatsächlich etwas dran war? Natürlich hoffte Smári inständig, dass das nicht der Fall war, aber er konnte den Eindruck nicht verdrängen, dass Sveinbjörns Verhalten heute alles andere als normal gewesen war. Zuerst hatte sein Schwager sich wie ein Lamm auf dem Weg zur Schlachtbank benommen, und dann hatte er sich plötzlich furchtbar aufgespielt und alles erbittert abgestritten. Wovor hatte er Angst? Und sollte er, Smári, Valdimar vielleicht wissen lassen, wie er die Situation erlebt hatte? Auf all das fiel ihm keine befriedigende Antwort ein, und das beunruhigte ihn.

Zu allem Überfluss war da dieser äußerst befremdliche Blick, den Sveinbjörn ihm zugeworfen hatte, als Valdimar schon aus dem Zimmer gegangen war – vielleicht eine stumme Bitte, Stella gegenüber nichts von dieser Unterredung zu erwähnen?

Aber genau da lag der Hase im Pfeffer. Smári hätte wetten können: Schon jetzt wusste die halbe Stadt, dass der Kommissar aus Reykjavík, der hier dem Brandstifter auf der Spur war, auch Sveinbjörn in die Mangel genommen hatte, und es war nur eine Frage der Zeit, bis die Gerüchteküche in Gang gesetzt war und ihr Übriges tat. Was hatte Sveinbjörn zum Beispiel Kolbrún erzählt? Sie hatte sich sicher nach dem Anlass dieser Unterredung erkundigt. Und dann war es nicht auszuschließen, dass auch Þorsteinn selbst die Geschichte jedem x-Beliebigen auf die Nase band. Und Hugrún hatte da sowieso keine Hemmungen.

Falls Sveinbjörn vorhatte, die Sache seiner Familie gegenüber zu verschweigen, könnte Stella bald so ähnlich dastehen wie er selbst damals, als Lilja ihm davongelaufen war – jeder im Dorf hatte gewusst, was los war, nur er nicht. Im Nachhinein war das ein mieses Gefühl gewesen, so als wäre man tagelang mit einem widerlichen Hautausschlag herumgelaufen und hätte es nicht gemerkt.

Smári stieg aus dem Auto. Der scharfe Wind fegte Schnee und Eis unter den Kragen seiner Dienstjacke. Es war gerade erst fünf, aber die Dämmerung hatte schon lange eingesetzt; eigentlich schien es den ganzen Tag über nicht richtig hell geworden zu sein. Wurde es hier überhaupt jemals hell? Das Schneetreiben bildete in der Dunkelheit gelbe Lichtkreise um die Straßenlaternen entlang des Hafnarvegur. Schwerfällig stapfte er über den Gehweg und ging hinein. Während er die Tür zum Vorzimmer öffnete, zog Gylfi gerade das Internetkabel aus dem Rechner, Smári las es in seinem schuldbewussten Blick. Es hätte ihm nicht gleichgültiger sein können. Er nickte kurz in Richtung des Kollegen, schlurfte in sein Büro, schloss die Tür hinter sich und ließ sich auf seinen Drehstuhl fallen. Mit einer mechanischen Bewegung griff er nach der Maus, um den Bildschirm zu aktivieren. Wenn er irgendwo auf der Welt einen Zufluchtsort hatte, dann war das hier. Als hätte Smári ein geheimes Zeichen in die Dunkelheit geschickt, klingelte in diesem Moment sein Telefon. Er nahm ab.

»Polizeidienststelle, Smári Jósepsson.«

»Hallo, Smári!«

Unverkennbar die Stimme seiner Schwester. Sein Herz setzte einen Schlag aus.

»Hallo Stella. Ich wollte dich auch gerade anrufen.«

»Soso«, sagte sie, dann kam sie ohne Umschweife auf den Grund ihres Anrufs zu sprechen. »Hör mal zu, Smári, ich mach mir wirklich Sorgen wegen Bóas.«

»Bóas? Wieso, was ist denn mit ihm?«

»Du lebst wohl hinterm Mond, mein Lieber«, sagte Stella in wichtigem Tonfall und schien vor Mitteilungsbedürfnis fast zu platzen. »Alle glauben, dass es Bóas war.«

»Es? Was?«, stotterte Smári verwirrt. Vor seinen Augen begann sich alles zu drehen, und er hatte einen Metallgeschmack im Mund. »Von was redest du überhaupt?«

»Na, das, worüber alle reden natürlich. Was dachtest du denn, Mann? Das geht doch gerade wie ein Lauffeuer durch die ganze Stadt, dass Bóas das Feuer bei Þorsteinn und seiner Familie gelegt haben soll.«

»Wie bitte? Warum in aller Welt sollte denn ausgerechnet Bóas so was tun?«, fragte Smári fassungslos. Sein Herz raste.

»Darüber hab ich nichts gehört. Aber anscheinend hat er ein paar äußerst merkwürdige Andeutungen fallen lassen. Dass er etwas vorhätte, wonach hier im Ort nichts mehr so wäre wie vorher, oder so was in der Art. Unsere Sigrún ist ganz verängstigt deswegen, sie hat gehört, dass er mit allen möglichen Drohungen um sich wirft. Sie sagt, die Leute hätten inzwischen regelrecht Angst vor ihm! Und jetzt glauben sie zu wissen, was Sache ist. Ich hatte ihn für heute Abend eingeladen, zu uns zum Essen rüberzukommen – hast du heute eigentlich schon was vor? –, und jetzt habe ich keine Ahnung, ob ich dem armen Jungen noch in die Augen sehen kann.«

»Jetzt pass mal auf, Stella«, begann Smári und merkte, dass er während ihres letzten Wortschwalls völlig vergessen hatte zu atmen, »das ist purer Unsinn. Hör nicht hin, was auch immer dir die Leute auf die Nase binden. Ich kenne doch meinen Bóas, und ich weiß genau, dass er so was nie im Leben tun würde. Und du solltest das auch wissen.«

»Bist du sicher, dass du ihn wirklich so gut kennst? Versteh mich nicht falsch, ich selber behaupte nicht, dass er irgendwas in der Richtung angestellt hätte. Ich gebe hiermit nur an dich weiter, was hier überall im Dorf geredet wird. Und es sind die Jugendlichen, die das verbreiten, das ist das Schlimme daran. Du kannst dir vorstellen, wie Bóas sich jetzt fühlt, ob nun was dran ist oder nicht.«

»Jetzt sag mir mal genau, von wem du das hast und was man dir im Einzelnen erzählt hat.«

»Von Sigrún. Wollte ich dir ja gerade sagen.«

»Dann lass mich bitte mal mit ihr reden.«

»Mit Sigrún? Nein, die kriegst du garantiert nicht dazu, darüber irgendeine Auskunft zu geben. Auch ich musste ihr jedes Wort einzeln aus der Nase ziehen.«

»Hol sie wenigstens mal ans Telefon.«

»Nein, Smári! Lass bitte das Mädchen in Frieden, ja?«

»Ich muss aber mit ihr sprechen, als Polizist und auch als Vater. Ich muss wissen, was in dieser Stadt vor sich geht, und wenn ich dafür meinen eigenen Sohn ins Verhör nehmen muss, egal, was die Leute reden.«

Stella schnaubte geräuschvoll in den Hörer, doch dann ging sie und holte ihre Tochter.

»Ja?«, sagte eine dünne, schüchterne Mädchenstimme. Smári versuchte, beruhigend zu klingen.

»Guten Tag, Sigrún. Ich würde dich gern ein bisschen genauer befragen über das, was deine Mutter mir eben gesagt hat.«

»Ähh … ja?«, sagte sie unsicher, als wüsste sie überhaupt nicht, worum es ging.

»Du hast ihr offenbar erzählt, dass ein paar Leute hier im Ort Bóas für den Brandstifter halten.«

»Nein, na ja … nur … weil es doch heißt, dass es einer von den Jugendlichen war, und …«

»Ja?«, sagte Smári ermunternd.

»Und jetzt sind natürlich alle am Rätseln, wer von den Kids das sein könnte, und manche glauben eben, dass es Bóas war, weil … weil er doch immer gesagt hat, dass er ein ganz großes Ding vorhat. Bloß deswegen, ehrlich! Bóas ist voll in Ordnung. Ich meine, niemand hat was gegen ihn!«, rief sie, unerwartet heftig.

»Und alle Jugendlichen hier im Ort haben das mitbekommen?«

»Na ja – jedenfalls einige. Aber das heißt noch lange nicht, dass das alle glauben!«

»Fallen dir noch andere ein, die für so etwas in Frage kämen?«

»Hhm, ich weiß nicht.«

Smári spürte, dass er hier im Moment nicht weiterkam.

»Dann gib mir doch bitte noch mal deine Mutter.«

»Okay«, sagte die Kleine, und im Hörer wurde es still.

»Ach, Smári, ist das nicht furchtbar?«, meldete sich einen Augenblick später Stellas Stimme zurück.

»Doch, natürlich. Aber du wirst sehen, das wird sich alles aufklären. Mach dir keine Sorgen. Allerdings gibt es da noch was anderes, was ich dir sagen muss. Etwas Unangenehmes.«

»So?« Stella atmete ein paar Mal tief ein und aus, während Smári versuchte, das in Worte zu fassen, was er glaubte, ihr sagen zu müssen.

»Hast du von Sveinbjörn heute schon was gehört?«

»Von Sveinbjörn? Warum fragst du?«

»Þorsteinn verdächtigt ihn, das Feuer bei ihm gelegt zu haben.«

Stella schnappte hörbar nach Luft, dann wurde es in der Leitung totenstill. Smári fuhr fort.

»Ich weiß, das ist eine ziemlich absurde Verleumdung, aber sie ist, wie gesagt, so geäußert worden.«

»Und warum?«

»Geldangelegenheiten. Du erinnerst dich, Þorsteinn wollte doch mal in die Parkettfabrik einsteigen. Du weißt schon, diese Geschichte.«

»Du lieber Himmel!«

Plötzlich bereute er, dass er das ausgerechnet jetzt zur Sprache gebracht hatte, das hätte gut auch noch bis morgen Zeit gehabt. Aber so musste es wie ein alberner Schlagabtausch rüberkommen, als ob er das Thema nur dazu benutzt hätte, um Stellas Bemerkungen über Bóas etwas entgegenzusetzen. Wenn das Ganze nicht so verdammt ernst wäre, dachte er, könnte man fast darüber lachen: dass hier zwei Personen verdächtigt wurden, von denen nicht nur die eine, sondern gleich alle beide zur engsten Familie desjenigen Mannes gehörten, der den Fall aufzuklären hatte. War das nicht mal wieder ein plastisches Beispiel für den grotesken Arbeitsalltag eines Dorfpolizisten?

»Ich wollte nur, dass du das weißt. Offiziell darf über diese Sache natürlich kein Sterbenswörtchen nach außen sickern. Soll heißen: Dieses Gespräch zwischen uns hat nie stattgefunden. Okay?«

Hierauf gab Stella keine Antwort, aber die Atemzüge im Hörer klangen jetzt schwer und stockend.

22 Valdimar war in einem kleinen, adretten Haus untergekommen, schätzungsweise hundert Meter vom Haupteingang des Hotels entfernt. Das Zimmer war gepflegt, aber nicht übertrieben elegant, das Bett bequem, aber nicht zu weich, der Strahl aus dem Duschkopf breit und kräftig, wie ein Platzregen in einem heißen Land. Er war müde nach einem langen Arbeitstag, drehte den Heißwasserhahn bis zum Anschlag auf und genoss es, wie sich das Brennen auf seiner Haut langsam der Schmerzgrenze näherte. Das Rauschen des Wassers übertönte das scharfe Heulen des Windes vor dem Fenster. Nach zwei kürzeren Hagelschauern am Nachmittag hatte es um die Abendessenszeit angefangen, massiv zu schneien. Der Sturm hatte ständig zugenommen, und das Schneetreiben war immer dichter geworden, mittlerweile tobte draußen ein Unwetter der wüstesten Sorte.

Als er sich zwischen den Beinen einseifte, musste er wieder an die Frau im Büro der Parkettfabrik denken, und bevor er seine Fantasien zügeln konnte, hatte er einen Steifen. Von sich selbst und seinem Körper angewidert stieg er aus der engen Duschkabine, griff nach dem großen, flauschigen Badehandtuch und begann sich wütend zu frottieren, rieb und rubbelte und schonte weder Haut noch Haar.

Es ging auf ein Uhr zu. Valdimar schlug den Überwurf vom Federbett zurück und setzte sich auf die Bettkante, wohlig erschöpft nach der heißen Dusche. Sobald sich sein Schwanz wieder im Normalzustand befand, wollte er den Blick aus dem Mansardenfenster erkunden, doch bevor er durchs Zimmer ging, schaltete er noch das Licht aus, um sich nicht splitternackt und für jeden auf der Straße sichtbar am beleuchteten Fenster zu präsentieren.

Wie tausende verrückt gewordene Schmetterlinge, dachte Valdimar, während er, auf die Fensterbank gestützt, ins Flockengewirbel starrte. Plötzlich stellte er sich vor, Wind und Schnee wären ihm vollkommen unbekannte und fremde Phänomene – dann wäre ihm auch das Verhalten von Schneeflocken völlig unerklärlich und würde zu allerlei falschen und abwegigen Interpretationen führen. Verfügte man dagegen über ein Minimum an Weltwissen, war an diesem wilden Tanz weißer Punkte überhaupt nichts Geheimnisvolles. Verbarg sich hier nicht eine grundsätzliche Lebensweisheit?

Es war lange her, dass er bei schwerem Unwetter draußen gewesen war, obwohl er das früher immer sehr genossen hatte. Doch jetzt kamen lange verschüttete Jugenderinnerungen an eine solche Sturmnacht wieder hoch. Was damals gewütet hatte, war kein Sturm gewesen, sondern ein ausgewachsener Orkan. Die Polizei hatte eine Unwetterwarnung herausgegeben und dringend geraten, das Haus nicht zu verlassen. Aber der junge Valdimar hatte die Warnungen buchstäblich in den Wind geschlagen und sich genüsslich in den Kampf mit dem Unwetter gestürzt. Die Sturmböen hatten ihn hin- und hergeworfen, und einmal hatte es ihn sogar vom Boden weggerissen und ein Stück durch die Luft geschleudert wie eine Maus in einem Kindertheater, bevor er unsanft in einem Gebüsch gelandet war.

Er hatte das damals gebraucht, das Gefühl, sich gegen die Naturgewalten aufzulehnen und dabei nicht aufzugeben. Es war das Jahr gewesen, in dem seine Mutter starb, und nun erlebte er das alles plötzlich noch einmal, den Kick des Abenteuers, das leicht schuldbewusste Kribbeln von damals, wenn er sich an einem Samstagabend ins Unwetter hinausstahl – weg von dem versoffenen, ungerechten Vater und der überempfindlichen Schwester, und schließlich das Triumphgefühl, das ihn beim Nachhausekommen durchströmte. Enorm heldenhaft war er sich vorgekommen – keine Dachplatte im Tiefflug hatte ihm den Kopf abgetrennt, kein durch die Luft wirbelndes Auto hatte ihn zermalmt. Noch heute erinnerte er sich mit Stolz an diese Zeit, doch heute, als Erwachsener, wusste er auch, wie dumm es von ihm gewesen war, sich unnötig solchen Gefahren auszusetzen und seinem Vater und seiner Schwester dadurch Sorgen zu bereiten. Im Nachhinein betrachtet war es nichts als Feigheit gewesen, die ihn dazu gebracht hatte, sich dauernd aus seinem Elternhaus zu verdrücken, dem einzigen Ort, wo er gebraucht wurde. Wie hatte sich zum Beispiel Birna damals gefühlt? Hatte sie es mitbekommen, dass er hinausging und sich draußen durchs Unwetter kämpfte? Wahrer Heldenmut wäre es gewesen, sich mit seiner Schwester hinzusetzen, sie zu fragen, wie es ihr ging, und ihr in Ruhe zuzuhören. Und dann mit seinem Vater offen über alles zu reden, was ihn beschäftigte, anstatt einen derartigen Groll gegen ihn anzustauen. Nein, sich den Naturgewalten entgegenzustellen, dem Wetter zu trotzen und Berggipfel zu bezwingen, all das war im Grunde ein Kinderspiel gewesen gegen die einzig wirkliche Heldentat: als Mensch seinen Mann zu stehen, als Sohn, als Bruder, oder als Freund – falls man Freunde hatte.

Der Junge, der sich damals in den Sturm hinausschlich, war ein Einzelgänger ohne Freunde gewesen. Valdimar war ein zufriedenes, lebhaftes Kind gewesen, war gerne mit anderen Kindern herumgetollt und hatte ständig irgendwelchen Schabernack ausgeheckt. Wann hatte sich das geändert? Natürlich war es ein harter Schlag für ihn gewesen, seine Mutter zu verlieren, aber tief im Inneren wusste er, dass seine Veranlagung zum Einzelgänger sich schon viel früher abgezeichnet hatte.

Er war damals gewissermaßen an seinen Altersgenossen vorbeigewachsen und steckte mit seinem frühreifen Körper in einer Phase, die er nicht verstand und mit der er nicht umgehen konnte, während seine Schulkameraden sich auf andere Weise von ihm wegentwickelten, besonders sein bester Freund Jonni. Diese Freundschaft hatte an einem Sommertag in einem der alten Wassertanks oben auf dem Öskjuhlíð ihr Ende gefunden, als Jonni eine Tube Klebstoff und eine Plastiktüte aus der Tasche gezogen und ihn mit provozierendem Grinsen zu einer Runde Schnüffeln eingeladen hatte. Valdimar hatte geglaubt, dass sie sich dort oben wie immer mit irgendwelchen Echo-Experimenten die Zeit vertreiben würden. Aber seit ihrem letzten Treffen war Jonni stark unter den Einfluss seines älteren Bruders und dessen Clique geraten, unter einen sehr nachhaltigen Einfluss, wie sich herausstellen sollte, denn von da an hatte er unwiderruflich eine Drogenkarriere eingeschlagen, mit Brennivín als Grundnahrungsmittel und Amphetaminen als letzter Konsequenz.

Valdimar war in einem cannabisverräucherten Wohnzimmer aufgewachsen, sein Vater hatte aus seiner liberalen Einstellung zum Drogenkonsum nie einen Hehl gemacht und gönnte sich bis heute regelmäßig sein Gras, nachdem er in jüngeren Jahren, wie er selbst behauptete, die ganze Palette durchprobiert hatte. Valdimar dagegen empfand Widerwillen gegen alles, was auf irgendeine Weise das Bewusstsein beeinflusste – das war seine Reaktion darauf.

Deshalb überlegte er nicht lange, als sein Freund ihm den Leim und die Tüte unter die Nase hielt. Er hatte sogar versucht, Jonni ins Gewissen zu reden, aber der hatte ihn bloß ausgelacht und als Feigling bezeichnet, als *sissy*, wie er sich ausgedrückt hatte. Valdimar hatte ihn dort zurückgelassen, mit leerem Blick an einen der Wassertanks gelehnt. Zum Abschied hatte er noch eine seiner Plastiktüten aufgeblasen und zum Platzen gebracht – Jonni hatte eine ganze Rolle davon

dabei –, dann sah er bei ihren Interessen keine weiteren Über-
schneidungspunkte mehr und trottete mit einem bitteren Ge-
schmack im Mund davon.

Jahre später hatte Jonni dann die Gewohnheit entwickelt,
spätabends bei Valdimar anzurufen, was jedes Mal ein intensi-
ves Gespräch von mindestens ein oder zwei Stunden bedeutete,
mit ermüdenden Wiederholungen und unbehaglichen Pausen.
Jetzt hatte er schon lange nichts mehr von sich hören lassen,
fiel Valdimar auf. Was sprach dagegen, sich selbst wieder einmal bei ihm zu melden oder sogar vorbeizuschauen, in der
Hoffnung, seinen Jugendfreund in einem ansprechbaren Zustand vorzufinden?

Während Valdimar sich diesen Erinnerungen hingab und ohne
dass er es zunächst bewusst wahrnahm, hatte sich draußen
im Schneetreiben ein schwacher Schimmer, ein merkwürdiges
Flackern abgezeichnet. Und während ihm allmählich aufging,
dass da etwas nicht stimmte, bogen auch schon die Löschfahr-
zeuge der Feuerwehr mit Höchstgeschwindigkeit und Blaulicht
in die Hauptstraße ein.

»Verdammte Scheiße!«, brüllte er und machte eine Art
Hechtsprung auf den Stuhl neben dem Bett zu, auf dem seine Kleider ordentlich gefaltet und gestapelt lagen. Im selben
Augenblick klingelte sein Handy. Er hastete zur Zimmertür,
wo seine Jacke an der Hakenleiste auf einem Bügel hing, und
wühlte in der Tasche nach dem Telefon.

»Valdimar«, meldete er sich knapp.

»Du hast mich also angelogen«, hörte er eine bekannte
Stimme am anderen Ende. Ohne zu antworten drückte er auf
»Beenden« und zog sich weiter an. Er war so geistesgegenwär-
tig gewesen, den blauen Schneeoverall seiner Polizeiuniform
einzupacken, obwohl er in der Hektik des Aufbruchs dann beinahe doch noch ohne ihn aus der Tür gerannt war. Aber jetzt,
wo er die Dienstkleidung schon mal mitgeschleppt hatte, dach-

te er, die Hand schon an der Türklinke, wäre es äußerst dumm von ihm, nicht auch davon Gebrauch zu machen. Er kehrte um und zog die Schuhe wieder aus. Wieder meldete sich das Handy, diesmal ließ er es klingeln, stieg in den Schneeanzug und dann in die Schuhe, schlüpfte aus der Tür und hastete die Treppe hinunter.

Als er die Haustür aufriss und die Treppenstufen vor dem Eingang hinunterrannte, glaubte er zunächst an eine Halluzination. Durch das Schneetreiben erkannte er undeutlich die Umrisse der Parkettfabrik. Feuerzungen fraßen sich am Dachfirst entlang wie eine makabere Weihnachtsdekoration. Davor, mitten auf der Straße, stand eine schmächtige menschliche Gestalt im Flockengestöber. Sie steckte in einer weißen Kutte, die oben in eine spitz zulaufende Kapuze überging und dadurch an ein Ku-Klux-Klan-Gewand erinnerte. Die Gestalt kehrte ihm den Rücken zu. Valdimar sprang mit einem Satz die Treppe hinunter und stapfte auf die merkwürdige Erscheinung zu.

»Was geht hier eigentlich vor«, brüllte er, packte beherzt zu und bekam einen sehnigen Unterarm zu fassen.

Die Gestalt fuhr herum, und hinter den Sehschlitzen eines Bettlakens blitzten weit aufgerissene, starr blickende Augen hervor, davor ein ungelenk gezeichneter Totenkopf, mit Filzstift auf ein Bettlaken geschmiert.

»Ich glaube, da hat jemand Feuer gelegt«, antwortete eine dünne Mädchenstimme und deutete mit ausgestrecktem Zeigefinger die Straße entlang. Valdimar folgte unwillkürlich ihrer Geste, von hier aus hatte man die Fabrik direkt im Blick.

»Was machst du hier draußen, und was soll dieser Aufzug?«, schrie er sie an.

»Lassen Sie mich gefälligst los!«, rief das Mädchen und versuchte, sich zu befreien. Valdimar lockerte seinen Griff, bekam stattdessen ihre Kapuze zu fassen und riss ihr die Kopfbedeckung herunter, worauf sie entsetzt zur Seite sprang. Valdimar prägte sich ihre Gesichtszüge ein, dann ließ er den Stoff los und rannte die Straße hinunter auf das brennende Gebäude zu. Er selbst war ohne Mütze unterwegs, sein Haar war noch feucht vom Duschen, und nach kurzer Zeit war seine Kopfhaut vor Kälte fast taub.

*

»Allmächtiger Himmel! Der hat ja wirklich nicht lange gefackelt! Verdammter ...«, murmelte sie bitter und starrte auf den fernen Feuerschein, der durch das Schneetreiben flackerte und wieder verschwand.

»Urður, Liebling. Bitte!«, sagte Pfarrer Aðalsteinn und zögerte einen winzigen Moment, bevor er ihr den Arm um die Schultern legte.

»Gott muss sich etwas gedacht haben bei dem Ganzen hier«, flüsterte sie angsterfüllt.

»Gott weiß, was er tut, darauf kannst du dich verlassen«, sagte der Pfarrer leise. »Aber die Wahnsinnstaten eines Brandstifters darfst du ihm nicht anlasten.«

»Du glaubst also, es war derselbe wie beim letzten Mal?«, fragte sie leise.

»Das halte ich für nicht unwahrscheinlich«, antwortete der Pfarrer im gleichen besänftigenden Tonfall, und aus seiner Stimme klangen Lebensklugheit und Verständnis. Urður war erstaunt über sich, denn das Gefühl, das sich jetzt in ihr ausbreitete, war am ehesten mit Hass zu vergleichen.

»Sveinbjörn?« Aus dem Tiefschlaf gerissen meldete er sich so knapp und undeutlich, dass die beiden Silben seines Namens zu einem einzigen unverständlichen Krächzer verschmolzen. Das Handy hatte auf dem Tisch direkt neben der Couch gelegen, so dass er den Anruf schon beim zweiten Klingeln angenommen hatte. *Nummer unterdrückt*, meldete das Display.

»Die Fabrik brennt. Sie sollten schleunigst runterfahren und nachsehen.«

Die heisere Männerstimme, die da in den Hörer zischte, konnte er nicht einordnen. Oder hatte sie vielleicht doch etwas Bekanntes?

»Was? Wer ist da, bitte?«

Der Mann am Telefon schnaubte leise.

»Ich sagte: Die Fabrik brennt. Los, beeilen Sie sich!«

»Soll das ein schlechter Witz sein, oder was?«, knurrte Sveinbjörn.

»Machen Sie, dass Sie dorthin kommen«, sagte der Heisere, dann war die Verbindung weg.

Als Sveinbjörn sich vom Wohnzimmersofa erhob, wo er am Abend eingenickt war, wurde ihm schwarz vor den Augen, und seine Glieder schmerzten. Plötzlich schien alles um ihn herum in sich zusammenzustürzen.

Vom Wohnzimmerfenster aus war die Parkettfabrik nicht zu sehen, also stieg er, nur im Hemd und ohne Schuhe, auf den beheizten Treppenvorbau am Eingang hinaus und war augenblicklich bis auf die Knochen durchgefroren. Drinnen im Haus klingelte wieder das Telefon. Das Werkgebäude selbst konnte er nicht erkennen, aber über den Häusern hing eine Rauchwolke, die von einem Feuerschein und Blaulicht erhellt wurde. Die Szenerie hatte etwas Unwirkliches, aber aus einem merkwürdigen Grund war er gar nicht sonderlich überrascht, vielmehr hatte er das Gefühl, das alles genau so schon einmal erlebt zu haben, vielleicht im Traum oder auf einer anderen Bewusstseinsebene. Besser konnte er es im Moment nicht analysieren.

»Tja, das war's dann wohl«, stieß er laut hervor, während er wieder ins Haus zurückging, um sich etwas überzuziehen, das ihn vor Kälte, Wind und Schneesturm schützen würde.

In der Diele kam ihm Stella entgegen, mit weit aufgerissenen Augen und dem Telefon in der Hand.

*

Auf den ersten Blick erschien Valdimar der Schauplatz nicht ganz so schrecklich, wie er befürchtet hatte. Sicher, aus dem Dachfirst züngelten noch immer die Flammen, aber die Feuerwehrleute gingen zügig und konzentriert vor, und inmitten des tosenden Sturmgeheuls wirkte es, als arbeiteten die Männer stumm und lautlos vor sich hin: Drei hielten schwere Löschschläuche und richteten einen kräftigen, gebogenen Wasserstrahl in den brennenden Dachstuhl, die übrigen liefen geschäftig hin und her, nur zwei standen etwas abseits, steckten die Köpfe zusammen und tuschelten, begleitet von langsamen und, wie es schien, nachdrücklichen Gesten. Sie sahen aus wie Regisseur und Choreograph, die am Bühnenrand die Aufstellung der Tänzer diskutieren. Einer der beiden machte eine Handbewegung, die Valdimar irgendwie vertraut vorkam, und als er im selben Moment den Polizeidienstwagen auf dem Platz hinter der Werkhalle entdeckte, ging ihm auf, dass es Smári war, mit Feuerwehrhelm und in wasserdichter Schutzkleidung. Valdimar ging zu den Männern hinüber.

»Ich würde nicht noch näher rangehen!«, rief Smáris Gesprächspartner gerade, während Valdimar auf sie zulief. »Zu riskant!«

Der Mann war die Ruhe selbst.

»Solange keine Menschen in Gefahr sind«, brüllte er und warf einen kurzen Blick über die Schulter auf Valdimar, der sich unwillkürlich ebenfalls umdrehte und einen silbergrauen Jeep bemerkte, der gerade hinter ihm an der Bordsteinkante bremste. »Da kommt Sveinbjörn«, sagte der Mann und stapfte zu dem Jeep hinüber. Als sich Valdimar wieder umdrehte, hob Smári zur Begrüßung die Hand. Er machte ein besorgtes Gesicht und starrte angestrengt in die weiße Dunkelheit.

»Verflucht noch mal«, rief Smári. »Was ist denn das für 'ne Maskerade!« Dann ließ er Valdimar stehen und eilte davon. Valdimar sah ihm hinterher und beobachtete verblüfft, wie eine Gestalt im feuerroten Glitzeranzug mit Kapuze und daran befestigten roten Leuchthörnern dem Wachtmeister entgegenstakste und ihm etwas zurief, was Valdimar nicht verstand. Hinter dem im Teufelskostüm folgten ein Jugendlicher in einem Bäckeranzug und ein großes, knochig gebautes Mädchen in goldenem Minirock und Glitzerstrumpfhosen. Sie war schrill geschminkt und musste sich ihre wilde Mähne aus Korkenzieherlocken immer wieder an den Kopf pressen, damit sie ihr nicht davonflog. Immer mehr Leute strömten herbei, und Smári versuchte, den Menschenauflauf mit Zurufen und ausgebreiteten Armen in Schach zu halten. Valdimar trat näher heran, um das seltsame Treiben genauer zu verfolgen.

»Hört mal her, Leute«, brüllte Smári in die Menge, »seid so gut und geht nach Hause! Das hier kann jeden Moment in die Luft fliegen!«, und wie zur Bekräftigung tönte aus dem Inneren des Gebäudes ein hohler Knall.

»Wow«, kommentierte das Mädchen im Goldmini mit tiefer Männerstimme, was der Verwunderung über ihre knochigen Knie ein Ende setzte. War diesen Partykids denn nicht kalt?, fragte sich Valdimar.

»Ihr verzieht euch jetzt auf der Stelle, oder ich lass euch einsperren und von euren Eltern abholen! Und ich mein's ernst!«, brüllte Smári und fuhr so heftig herum, dass er beinahe mit Valdimar zusammengestoßen wäre. »Kostümfest im *Herðubreið*!«, rief er ihm erklärend zu.

In den brennenden Werkhallen hörte man weitere Explosionen, die Feuerwehrleute wichen zögernd zurück, auch die an den Löschschläuchen. Der Wasserstrahl war jetzt steil nach oben gerichtet, so dass das Wasser auf den brennenden Dachfirst herunterregnete. Irgendwo zersplitterte etwas, und dann stürzte das Dach krachend in sich zusammen. Die Flammen loderten himmelhoch, und Funken und Rauch quollen durch das riesige Loch ins Freie wie aus einem dämonischen Hexenkessel, dann wurden sie draußen vom Unwetter zerstäubt und fortgerissen. Valdimar hörte im Hintergrund ein paar junge Mädchen kreischen.

Im Gefolge eines Feuerwehrmanns, der ihm sofort entgegengelaufen war, wohl derjenige, der die Löscharbeiten beaufsichtigte, trat Sveinbjörn näher an die brennenden Hallen heran. Die beiden Männer blieben nur ein paar Schritte von Valdimar entfernt mit ernstem Gesicht stehen, und der Brandobermeister redete auf den Firmenchef ein, den Mund dicht an seinem Ohr, während dieser schwieg und hin und wieder nickte. Valdimar betrachtete Sveinbjörn dort im Schein der brennenden Fabrik, die buschigen Augenbrauen, den schief verkniffenen Mund. Der Feuerwehrmeister legte ihm die Hand auf die Schulter, dann ging er hinüber und sagte etwas zu zwei seiner Leute, die daraufhin den Schlauch weiter abrollten und den Strahl auf eine etwas abseits gelegene Gerätehalle richteten. Die Löscharbeiten gingen weiter, aber der Kampf um die Parkettfabrik war längst verloren.

MITTWOCH

23 »Immerhin hätte alles noch viel schlimmer ausgehen können!«

»Nein, es ist einfach ... eine furchtbare Katastrophe.«

Vom ersten Augenblick an galt der Brand in der Parkettfabrik als von Menschenhand verursacht. Es gab unzählige offene Fragen, und so lag es nahe, zunächst den Haupteigentümer und Geschäftsführer der Firma zu vernehmen, Sveinbjörn Karlsson, der jetzt Valdimar und Smári in dessen Büro gegenübersaß. Die Geschehnisse der Nacht hatten an Sveinbjörn sichtliche Spuren hinterlassen. Die Mundpartie war zu einer verbitterten Grimasse erstarrt, seine rechte Augenbraue war tief herabgezogen und verdeckte fast das Auge, und die linke, an der er nervös herumrieb, war hochgezogen bis unter den Haaransatz.

»Auf eins sollte ich vielleicht gleich vorneweg hinweisen: Obwohl die Ermittlungen noch nicht angelaufen sind, gehen wir im vorliegenden Fall mit einiger Sicherheit von Brandstiftung aus«, begann Smári.

»Ja, was anderes hatte ich auch nicht erwartet«, sagte Sveinbjörn tonlos.

»Zuerst mal würden wir mit dir gern ein bisschen über die Feuersicherheit in der Fabrik reden.«

»Das kann ich mir denken.«

»Welche Feuerschutzmaßnahmen gab es, kannst du das

etwas näher beschreiben?«, fuhr Smári fort. Er hatte auf dem Schreibtischstuhl in seinem Büro Platz genommen, sein Schwager saß ihm gegenüber, etwas tiefer, und zwischen ihnen war die Schreibtischplatte. Valdimar saß seitlich von den beiden, zwischen Fenster und Tisch eingekeilt, und hörte mit finsterem, beunruhigendem Blick zu. Sie hatten sich vorher abgesprochen: Zunächst sollte Smári das Wort führen, später würde dann Valdimar übernehmen.

»Die Brandschutzanlage müsste eigentlich ausreichend gewesen sein. Auch wenn sie offenbar nicht so funktioniert hat, wie sie es hätte tun sollen.«

Die grelle Deckenbeleuchtung schien von oben durch sein dünnes Haupthaar, so dass unter den spärlichen Stoppeln hindurch die Kopfhaut glänzte. Valdimar räusperte sich an seinem Fensterplatz.

»Kannst du das ein wenig genauer beschreiben?«, fragte Smári.

»In der Werkhalle gab es ein Rauchmeldesystem und eine Sprinkleranlage«, begann Sveinbjörn. »Aber der Sprinkler war seit einiger Zeit defekt, so bedauerlich das ist.«

»Wann hat die Anlage zuletzt planmäßig funktioniert?«

»Na ja, das sind jetzt immerhin schon zwei, drei Monate her.«

»Und wie hat sich das bemerkbar gemacht?«

»An der Steuerzentrale hat ein Signallämpchen geblinkt. Um anzuzeigen, dass irgendetwas nicht in Ordnung war.«

»Und?«

»Ja, wir haben das System damals auch überprüft und versucht, die Störung zu lokalisieren. Und dabei stellte sich heraus, dass die Sprinklerköpfe als solche einwandfrei funktionierten – es kam bloß kein Wasser.«

»Aha. Und dann? Wurde das nicht repariert?«

»Das stand schon lange an.«

»Und weshalb hat man sich nicht gleich darum gekümmert?«, fragte Smári, konnte sich die Antwort aber bereits denken.

»Dazu war einfach kein Geld da. Meinen Leuten ihren Lohn auszuzahlen kam bei mir schon immer zuerst.« Sveinbjörn war in die Verteidigung gegangen. »Dann haben wir jemanden aus Egilsstaðir kommen lassen, der hat sich die Sache angeschaut, konnte den Fehler aber auch nicht finden. Der nächste Schritt war, den Kundendienst der Herstellerfirma zu bestellen. Was wir natürlich ebenfalls getan haben. Aber die Garantie war längst abgelaufen, und so mussten wir für alles selbst aufkommen.«

»Soso. Und was war mit dem Rauchmeldesystem? Das ist ja nun letzte Nacht auch nicht angesprungen. Hätte die Anlage nicht einen Warnton auslösen sollen, sowohl vor Ort als auch auf der Feuerwache?«

»Ich versteh es ja selber nicht.«

»Waren die Rauchmelder intakt?«

»Zumindest haben sie funktioniert. In den letzten Monaten sind sie ab und zu von selbst losgegangen und haben blinden Alarm ausgelöst, wie dir nicht entgangen sein dürfte.«

»Ja, ich meine mich zu erinnern. War das aufgrund eines Defekts?«

»Nein, ganz bestimmt nicht. Das System ist einfach hochsensibel.«

»Und wann ist das zum letzten Mal passiert?«

»Das muss gestern gewesen sein.«

»Was habt ihr in solchen Fällen gemacht?«

»Die ganze Anlage ausgeschaltet, nachdem wir uns vergewissert hatten, dass wirklich nirgends im Gebäude ein Feuer war.«

»Könnte es sein, dass man versäumt hat, die Anlage danach wieder einzuschalten?«

»Nein.«

»Und was ist mit der Einbruchsicherheit?«

»Die Alarmanlage müsste ebenfalls einwandfrei funktionieren.«

»War sie gestern Abend eingeschaltet?«

Sveinbjörn holte tief Luft.

»Hör zu. Wie ich dir wohl kaum zu erzählen brauche, ist in den gesamten fünf Jahren, seitdem diese Fabrik besteht, nicht ein einziges Mal versucht worden, bei uns einzubrechen. Was nicht verwunderlich ist – es befindet sich ja nie Bargeld im Gebäude, wir betreiben schließlich keinen Einzelhandel. Beziehungsweise haben keinen betrieben. Das Einzige, was man hätte klauen können, waren ein paar Computer.«

»Mit anderen Worten: Die Alarmanlage war gestern Abend also nicht eingeschaltet?«

»Ich kann es einfach nicht hundertprozentig genau sagen. Ich selbst war der Letzte, der gestern das Gebäude verlassen hat, und es ist durchaus schon vorgekommen, dass ich beim Weggehen vergessen hatte, das System einzuschalten. Kolbrún war in diesem Punkt viel gewissenhafter, wenn sie als Letzte nach Hause ging.«

»Und du kannst dich wirklich nicht erinnern, ob du's eingeschaltet hast oder nicht?«

»Nein. Ich bin mir einfach nicht sicher. Leider.«

»*Leider* reicht hier leider nicht!«, klinkte sich jetzt Valdimar ein. »Wann haben Sie die Fabrik verlassen?« Smári lehnte sich auf seinem Stuhl zurück und verschränkte die Hände über der Brust.

»Das war so gegen halb sieben.«

»Kann das jemand bestätigen?«

»Ja, meine Familie. Kurz vor sieben war ich zum Abendessen zu Hause und bin auch danach nicht noch mal weg.«

»Wir werden das, wie alles andere, nachprüfen. Und was ist mit den Versicherungen? Wurden die genauso leger gehandhabt wie die Brandschutzmaßnahmen?«, fragte der Kommissar barsch.

»Nein. Wollt ihr mir das jetzt wirklich auch noch anhängen? Ihr seid doch nicht ganz bei Trost«, stöhnte Sveinbjörn und musterte den angereisten Kommissar mit Todesverachtung.

»Das geht überhaupt nicht gegen Sie persönlich, das kann ich Ihnen versichern«, antwortete Valdimar ruhig. »Und ich glaube, auch Smári ist die ganze Geschichte äußerst unangenehm. Aber die Sache ist nun einmal die, dass jemand Ihre Fabrik angezündet hat und dass wir hier sind, um herauszufinden, wer das war. Haben Sie selbst irgendeine Idee, wer so was getan haben könnte?«

Sveinbjörn atmete schwer, einen Moment lang schien er etwas Bedeutungsvolles und Dramatisches sagen zu wollen, aber im nächsten Augenblick sackte er wieder völlig in sich zusammen und starrte kopfschüttelnd auf die Schreibtischplatte. Konnte es sein, dass der Mann Angst hatte?, schoss es Smári durch den Kopf. Und wenn ja, vor was?

»Nun gut. Aber Sie wollten mir eigentlich was über die Versicherungen erzählen«, fuhr Valdimar fort.

»Kolbrún hat da einen viel besseren Überblick und hat immer gewissenhaft darüber gewacht, dass nichts in Verzug geriet – wie bei allem anderen auch. Die Zahlungen an die Versicherung hatten bei ihr sogar besonderen Vorrang.«

»Der bestehende Versicherungsschutz dürfte also ausreichen, um den Schaden zu decken?«, bohrte Valdimar weiter.

»Hätte er zumindest – vorausgesetzt, alle Sicherheitsmaßnahmen wären intakt gewesen. Im Moment habe ich leider keine Ahnung, wie es damit aussieht«, sagte Sveinbjörn heiser. »Nicht die leiseste, wirklich«, wiederholte er bitter mit einem verkniffenen Blick auf Valdimar. Sein rechtes Auge funkelte unter der herabhängenden Augenbraue hervor, und im linken saß die Pupille klein und stechend in einer wässrig blauen Iris.

»Na, dann werden wir das eben herausfinden«, gab Valdimar zurück. »Bei welcher Gesellschaft sind Sie versichert?«

Nach einem halbstündigen, äußerst zähen Verhör schickten sie Sveinbjörn nach draußen in die grauviolette Dämmerung. Valdimar hatte ihn angewiesen, die Stadt nicht zu verlassen, was der Fabrikdirektor mit einem verächtlichen Schnauben quittierte. Smári begleitete ihn hinaus und versuchte, etwas Aufmunterndes zu sagen, aber Sveinbjörn stürmte aus der Tür und gab ihm keinerlei Gelegenheit zu einem weiteren Kommentar.

Im Ort würde bald die Hölle los sein. Zusätzlich zu den Technikern von der Spurensicherung waren noch zwei weitere Beamte von der Kripo Reykjavík nach Osten unterwegs – im Auto, denn der Flugverkehr lag komplett darnieder. Die Abteilung für Wirtschaftskriminalität prüfte bereits alle offiziell zugänglichen Informationen, denn durch einen interessanten Zufall war auch die digital verwaltete Buchhaltung erhalten geblieben: Kolbrún hatte den Laptop mit allem Pipapo am Abend des Brandes mit nach Hause genommen. Valdimar wollte sich gerade dorthin auf den Weg machen, um die Daten zu kopieren, und Smári blieb unterdessen in seinem Büro und überdachte die nächsten Schritte.

Es bestand kein Zweifel, dass die Fabrik vor dem finanziellen Abgrund gestanden hatte, und alles deutete darauf hin, dass das Unternehmen geradewegs auf den Bankrott zusteuerte, allenfalls mit einem Zahlungsaufschub als kurzem Zwischenstopp. Und zwei Konkurrenzunternehmen aus der Holzbranche saßen offenbar auch schon in den Startlöchern und konnten es kaum erwarten, sich die Konkursmasse der Firma für ein paar Peanuts unter den Nagel zu reißen.

Aber die alles entscheidende Frage war natürlich, ob Sveinbjörn selbst die Hand im Spiel hatte. Immerhin war sein Name im Zusammenhang mit der anderen Brandstiftung mehrmals gefallen, und dort gab es außer ihm ohnehin keine weiteren Verdächtigen. Und es bestand auch kein Zweifel daran, dass diesmal irgendjemand alles darangesetzt hatte, die Auswirkungen des Feuers so gravierend wie möglich ausfallen zu lassen: Die Sprinkleranlage war defekt, das Brandmeldesystem offenbar abgeschaltet, und Sveinbjörn selbst hatte ja so gut wie zugegeben, dass auch die Einbruchsicherung nicht aktiv gewesen war. Und aller Wahrscheinlichkeit nach hatten auch noch zwei Feuerschutztüren offen gestanden. Aber nichts davon war für sich genommen direkt kriminell, und Smári fragte sich, ob auf Sveinbjörn überhaupt jemals ein Verdacht gefallen wäre, hätte Þorsteinn ihn nicht ausdrücklich angeschwärzt.

Davon abgesehen hatte Valdimar jene beunruhigende Theorie ins Spiel gebracht, dass es hier jemand von Anfang an auf die Parkettfabrik abgesehen hatte, und dass der andere Brand nur inszeniert worden war, um den Eindruck zu erwecken, ein wild gewordener Brandstifter treibe in der Stadt sein Unwesen. In diesem Fall wären die Begleitumstände für Sveinbjörn natürlich extrem ungünstig, denn dann hätte er auch gleich genau demjenigen Mann das Dach über dem Kopf angezündet, an dem er sich sowieso hatte rächen wollen.

Smári gab auf solche wilden Spekulationen nicht viel. Seiner Meinung nach war sein Schwager unschuldig wie ein Lamm, schien in seiner momentanen Lage aber unfähig zu sein, die Ermittlungen in eine andere Richtung zu lenken. Der einzige Hinweis, der den Verdacht von Sveinbjörn hätte ablenken können, war dieses absurde Gerücht über Bóas, das Smári beschlossen hatte, Valdimar gegenüber zu verschweigen. Er hatte versucht, sich den Jungen vorzustellen, wie er draußen herumschlich, mit Benzinkanister und Streichholzschachtel, aber das Bild wollte einfach nicht zusammenpassen. Trotzdem lag es auf der Hand, dass sein Sohn ihm etwas verheimlichte, und er musste so schnell wie möglich dahinterkommen, was das war. Es war also sicher keine vertane Zeit, wenn er für heute Feierabend machte, nach Hause fuhr und den Jungen ins Gebet nahm.

24 Urður fühlte sich, als sei ihr Kopf ein dunkles Loch. Sie hatte in der schwachen Hoffnung gelebt, nun endlich wieder Licht in ihre Seele hereinlassen und die Schatten vertreiben zu können, jetzt, wo die Tage bald wieder länger wurden. Aber das Feuer vom Vorabend hatte sie in ihre düstersten Gedanken zurückgeworfen. Sie hatte sofort gewusst, dass es Brandstiftung war. Schon als sie von ferne den Feuerschein durch das Schneetreiben sah und noch bevor sie wusste, um welches Haus es sich handelte, war sie davon überzeugt gewesen. Jemand hatte das Feuer missbraucht, diese reinigende Naturgewalt, die Macht besaß, die Welt zu erleuchten, aber auch alles zu zerstören, was alt und trüb und hinderlich war. Diese Macht war nun zum unheilbringenden Werkzeug in den Händen eines kaltblütigen Zerstörers geworden. Sie glaubte zu wissen, was den Brandstifter zu seiner Tat getrieben hatte, und sie verachtete ihn aus tiefster Seele. Plötzlich kam ihr die Idee, der Polizei zu erzählen, was sie in der Brandnacht gesehen hatte – ein Gedanke, bei dem die tiefschwarzen Wogen wieder haushoch über ihr zusammenschlugen. Wer gab ihr, von allen Sündern der Welt, das Recht, darüber zu urteilen, wie andere mit Recht und Unrecht umgingen? Zumal sie nicht den kleinsten Beweis in der Hand hatte. Sie hatte diese verlorene Seele, die sich da am Geräteschuppen zu schaffen machte, ja nicht einmal von vorne gesehen, auch wenn sie zu wissen glaubte, wer es war. Nein, es war sicher besser, den Mund zu halten, sagte sie sich jetzt schon zum zwanzigsten Mal, ein Gedanke, der bei ihr mittlerweile fast automatisch ablief und von dem sie sich früher oder später losreißen müsste.

Sie setzte sich ans Fenster und starrte in die undurchdringliche Wand aus weißen Flocken. Der Schnee war so rein, doch auch er war eine Kulisse für schmutzige Gedanken, war von sündiger Hand besudelt. In diesem Moment ging ihr auf, dass sie noch keine einzige Kerze angezündet hatte, obwohl es auf zehn Uhr zuging und sich irgendwo hinter der Schneewand bald ein fahler Schimmer Tageslicht abzeichnen würde. Normalerweise huschte sie gleich morgens, barfuß und noch im Nachthemd, in die Küche und stellte eine brennende Kerze ins Fenster – es war das Erste, was sie morgens tat in dieser dunklen Jahreszeit. Aber jetzt war es, als hätte der vermaledeite Brandstifter auch diese heilige Handlung beschmutzt, schon beim Aufwachen hatte er sie mit seiner bösen, egoistischen Anwesenheit erstickt.

Sie sprang auf und lief zur Kommode hinüber. Die langen schwedischen Zündhölzer lagen an ihrem Platz in der obersten Schublade. Sie öffnete die Schachtel, nahm ein Streichholz heraus und riss es an, während sie zum Fenster hinüberging. Dort hielt sie die Flamme wie immer zuerst an die mittlere Kerze des fünfarmigen Leuchters. In diesem Augenblick entdeckte sie vor dem Fenster eine dunkle Gestalt, die unbeweglich im Schnee stand und zu ihr heraufschaute. Urður schrak zusammen, ließ beinahe das Streichholz fallen und hatte, bevor ihr die Flamme ausging, nur drei der fünf Kerzen angezündet. Das war kein gutes Vorzeichen. Dennoch ließ sie es dabei bewenden und blieb regungslos am Fenster stehen. Sie ließ die Arme schlaff herabfallen und beobachtete, das Gesicht vom Schein der drei Kerzenflammen beleuchtet, den Beobachter vor dem Fenster, dem offenbar gerade aufging, dass die helle Winternacht ihm keinerlei Sichtschutz bot, und der sich daraufhin eilends um die

Straßenecke davonmachte. Es war Valdimar, der Kommissar; sie hatte ihn an seinen linkischen Bewegungen wiedererkannt. Im Schein der nächsten Straßenlaterne sah sie, dass er eine rotschwarz gemusterte Mütze trug, die ihm nicht besonders gut stand. Einen Moment war sie versucht, ihm hinterherzulaufen, ihm von der nächtlichen Aktion mit dem Benzinkanister zu erzählen, ihm den Schneeanzug zu beschreiben, den sie glaubte wiederzuerkennen, ihm die Tür zu zeigen, durch die die Benzinkanistergestalt hineingehuscht war. Im Grunde genommen war das fast selbstverständlich, aber andererseits auch wieder nicht. Sie konnte sich nicht einfach auf diese Art in das Spiel einmischen. Dieser Valdimar musste eben sehen, wie er alleine zurechtkam.

»Na, über was grübelst du so angestrengt nach, mein Liebling?«

Sie hatte nicht bemerkt, dass er hereingekommen war, denn sonst schaltete er, wo immer er ging und stand, das Licht an. Aðalsteinn war ein Mann des Lichts – des elektrischen Lichts. Er kam zu ihr hinüber, berührte sie aber nicht, und sie spürte genau, dass ihm der Mut dazu fehlte.

»Eigentlich über nichts Bestimmtes.«

»Du wirkst so niedergeschlagen.«

»Ach.«

»Ganz anders als vorgestern.«

In seiner Stimme lag ein sinnlicher, begehrlicher Ton, der sie abstieß. Bei der Vorstellung, dass er ein Teil von sich in sie hineingezwängt hatte, wurde ihr kotzübel.

»Seitdem ist vieles anders geworden.«

»Was denn zum Beispiel?«

»Ach, vielleicht ist es nur der Winter, der mir zu schaffen macht«, antwortete sie unbestimmt. »Und der Brandstifter.«

»Ja. Mit dem sind wir wohl leider noch nicht fertig.«

»Wer weiß. Vielleicht hat er ja jetzt erreicht, was er wollte, dieser Unhold.«

»Was meinst du denn damit, Liebes? Was wollte er denn erreichen, der Brandstifter?«

»Der Kommissar aus Reykjavík nimmt an, dass unser Haus auch angezündet worden ist. Dass es eben kein Unglücksfall war.«

»Was sagst du da?«, rief Aðalsteinn bestürzt. »Wann hat er das denn gesagt?«

»Vorgestern. Als er hier ankam.«

»Und warum hast du mir davon nichts erzählt?«

»Das sind bloß Vermutungen. Ich wollte dich mit solchen Nebensächlichkeiten nicht beunruhigen.«

»Allmächtiger Himmel! Das kann der Mann doch nicht im Ernst gemeint haben! Was für eine furchtbare Vorstellung … dass jemand hier aus dem Ort … nein, ich weigere mich ganz einfach, das zu glauben! Es sind ja auch nur Vermutungen, wie du schon sagtest. Als ob es nicht schon reicht, dass dieser Brandstifter *einer* Familie hier in der Stadt das Dach über dem Kopf abgebrannt hat. Da braucht man sich selber nicht auch noch auf die Liste zu setzen.«

Sie nahm ein zweites Streichholz aus der Schachtel und zündete die letzten beiden Kerzen an. War das nicht wieder typisch für Aðalsteinn, die Tatsachen, denen er ungern ins Auge sah, einfach zu verleugnen? Typisch, wie er diese Vorstellung zurückwies, sie in ein paar dahingeworfene Phrasen kleidete, um sie auch ja nicht an sich heranzulassen.

»Ich kann gut verstehen, dass du dir Sorgen machst«, fuhr er fort, ohne darauf zu achten, ob sie ihm überhaupt zuhörte. »Wahrscheinlich gibt er tatsächlich keine Ruhe, bis ihm das Handwerk gelegt wird. Aber ist es nicht genau das, was solche Menschen im Grunde wollen? Nun ja, ich bin sicher, irgendjemand hier im Ort hat die nötigen Informationen, um ihm auf die Spur zu kommen. Vielleicht sollte ich ja die Gelegenheit nutzen und die Sache am Sonntag im Gottesdienst erwähnen, die Gemeinde bitten, die Augen offen zu halten?«

»Das ist keine schlechte Idee, Schatz«, sagte Urður versöhnlich.

»Nein, das ist vielleicht wirklich keine schlechte Idee«, wiederholte Pfarrer Aðalsteinn nachdenklich.

25 Valdimar kratzte den Schnee aus dem Türfalz und zog die Tür der kleinen Polizeistation ins Schloss, jener Polizeistation, die urplötzlich zum Mittelpunkt der Verbrechensaufklärung geworden war. Dann stapfte er hinaus in die weiße Winterwelt. Obwohl sich das Wetter allmählich beruhigte, hatte der Niederschlag nicht nachgelassen. Irgendwo hinter den Bergen schimmerte etwas, das entfernt an Tageslicht erinnerte, ansonsten war es noch stockdunkel. In diesem Moment wurde ihm klar, dass er seit seiner Fahrt über die Hochebene keinen Sonnenstrahl mehr gesehen hatte.

Der Brandgeruch vom Abend zuvor hing noch in seinen Kleidern, und seine Kopfhaut brannte wie Feuer, so als hätte die Kälte sich unter die Haut gefressen und sich dort eingenistet, um demnächst zum Großangriff gegen das gesamte Nervensystem überzugehen. Die junge Dänin hatte Valdimar erlaubt, in der Fundsachenkiste des Hotels zu wühlen, wo er eine rote, fleecegefütterte Wollmütze mit schwarzem, an ein Labyrinth erinnerndem Muster ausgegraben hatte. Am Eingang war ihm der Hoteldirektor entgegengekommen, ein schlaksiger junger Mann mit glatten schwarzen Haaren und flackerndem Blick, der die Mütze offenbar wiedererkannte und sie ihm nur sehr ungern überlassen wollte. Schließlich musste Valdimar hoch und heilig versprechen, damit keinesfalls die Stadt zu verlassen, denn der Besitzer, ein Stammgast des Hotels, wurde in Kürze erwartet. Es war eine warme, grundsolide Kopfbedeckung, aber trotzdem hatte Valdimar das Gefühl, mit einem Eisbeutel auf dem Kopf herumzulaufen.

Bis zum Haus von Kolbrún waren es nur ein paar Schritte, und Valdimar beschloss, zu Fuß zu gehen. Das Dorf war hübsch und weihnachtlich, dick verschneit und von zahllosen Lichterketten in mattes Licht getaucht. Der Schnee erstickte jedes Geräusch, und die beschauliche Stille stand in krassem Gegensatz zu der Hässlichkeit, die sich durch die Seele des Brandstifters fressen musste. Auf der Hochebene war mittlerweile kein Weiterkommen mehr, und der Flugverkehr in Egilsstaðir war komplett eingestellt, aber Valdimar empfand die Isolation keineswegs als unangenehm. Der Gang durch die Winterkälte tat ihm gut, und anders als vor der zweiten Brandkatastrophe war er nun recht zuversichtlich, dem Täter bald auf die Spur zu kommen. Er hatte die unbestimmte Ahnung, dass die Parkettfabrik nicht rein zufällig den Flammen zum Opfer gefallen war. Außerdem war Haflíði mit einem weiteren Beamten auf dem Weg nach Osten, und obwohl er auch mit Smári ausgezeichnet zurechtkam, war die Aussicht, demnächst diesen alten Hasen an seiner Seite zu haben, doch äußerst beruhigend.

Vor der Tankstelle direkt neben der Polizeiwache war eine Frau in einem Schneeanzug mit Schneeschippen beschäftigt. Valdimar beneidete sie um diese Tätigkeit, diese einfache Aufgabe, bei der man sich abreagieren konnte und die danach abgeschlossen war. Er legte den Kopf in den Nacken und schaute in das feine Flockengeriesel.

Einer plötzlichen Idee folgend ging er zu der Frau hinüber, die sich daraufhin aufrichtete und ihn ansah. Sie war zwischen dreißig und vierzig, mit hellblondem Haar und herben Gesichtszügen. Valdimar grüßte, sie erwiderte den Gruß.

»Betreiben Sie diese Tankstelle?«

»Ja, sozusagen. Margrét.«

»Valdimar Eggertsson mein Name. Kriminalkommissar.

Mein Kollege Smári hatte Sie vor ein paar Tagen zum Verkauf von Benzin in Kanistern befragt. Jetzt hätte ich gern gewusst, ob es da in den letzten Tagen vielleicht weiteren Absatz gegeben hat. Ich meine, nachdem Sie mit Smári gesprochen haben.«

»Hauptsächlich sind das die Motorschlittenbesitzer, die Benzin in Kanistern verlangen. Und Leute, die einen Jeep fahren.«

»Natürlich. Und haben solche Kunden seit diesem Gespräch bei Ihnen Benzin gekauft?«

»Mir ist nichts Verdächtiges aufgefallen.«

»Hat jetzt jemand seitdem Benzin im Kanister gekauft oder nicht?«

Die Frau kratzte mit der Schneeschippe über den Asphalt, als könne sie es kaum erwarten, sich wieder in ihre Räumarbeiten zu stürzen.

»Ja, also … rein zufällig hat Þorsteinn Einarsson vorgestern hier Benzin geholt, drei große Blechkanister voll. Sie sind sich sogar in der Tür begegnet, Smári und er.«

»Tatsächlich.«

»Wollen Sie Þorsteinn irgendwas anhängen?«

»Ich will niemandem irgendwas anhängen, aber ich werde das im Hinterkopf behalten. Gibt es sonst noch etwas, das Ihnen dazu einfällt?«

»Nein. Außer an Þorsteinn habe ich kein Benzin im Kanister verkauft.«

»Ah ja. Dann danke ich Ihnen schön für die Auskunft«, sagte Valdimar. Er hatte mehr erfahren, als er erhofft hatte.

»Nichts zu danken«, antwortete die Frau und machte sich wieder über ihre Schneeschippe her.

Kolbrún wohnte in einem kleinen Holzhaus direkt am Berghang; es war ein Ortsteil, in dem größtenteils neuere Häuser standen. Valdimar hatte mit einer leichten Wehmut festgestellt, dass dieses Haus groß genug war, um eine ganze Familie zu beherbergen, und sich dann dafür verflucht, dass diese Wehmut einem gewissen Kribbeln Platz gemacht hatte, als er das kleine, handgeschriebene Schild hinter der Scheibe in der Eingangstür entdeckte, auf dem oben Kolbrúns voller Name und darunter »Þórdís« zu lesen war. Daraus schloss er, dass sie das Haus allein mit ihrer Tochter bewohnte.

Da er keine Türklingel finden konnte, klopfte er ein paar Mal gegen die Scheibe des viergeteilten Fensterchens. Darauf öffnete sich die Tür, und eine Woge von Kaffeeduft schlug ihm entgegen.

»Guten Tag. Valdimar mein Name. Wir hatten uns gestern schon einmal getroffen.«

»Richtig, ich erinnere mich«, antwortete Kolbrún. »Kommen Sie doch rein.«

Er trat ein, stieg aus den Schuhen und folgte ihr ins Haus. Sie trug ein Kleid oder vielleicht eher eine Art lange Bluse aus hellem, fließendem Stoff mit einer Goldstickerei, deren Stil Valdimar als orientalisch bezeichnet hätte. Dazu trug sie hautfarbene Strumpfhosen und darüber ein Paar grüne Wollsocken, die ihr bis knapp über die Knöchel reichten.

»Das Kleid stammt aus Afrika, falls Sie sich das gerade gefragt haben sollten«, sagte sie spitz.

»Tja, solche exotischen Kleidungsstücke erwartet man hier in diesem Winkel der Erde ja nicht unbedingt«, antwortete er verlegen und nahm die rote Strickmütze ab.

»N-nein«, sagte sie zögernd. »Aber seitdem wir dieses indische Geschäft hier im Ort haben, muss man auf so einiges gefasst sein«, erklärte sie und bedeutete ihm mit einer einladenden Handbewegung, auf dem Wohnzimmersofa Platz zu nehmen.

Valdimar nickte und setzte sich, sie blieb stehen. Er hätte sie gerne gefragt, ob sie selbst schon in Afrika gewesen sei, wusste aber, dass er die Gelegenheit dazu gerade verpasst hatte.

»Was für ein Glück, dass Sie die ganze Buchhaltung mit nach Hause genommen hatten!«, sagte er stattdessen.

»Kann man wohl sagen«, brummte sie, und ihr Gesicht verdüsterte sich. »Ich kann es immer noch kaum fassen, dass die Fabrik wirklich abgebrannt ist. Ich verstehe das einfach nicht. Wer könnte so was getan haben?«

»Das ist die große Frage. Und auch für Sie persönlich ist das ja ein schwerer Schlag: Immerhin sind Sie jetzt arbeitslos.«

»Nun, das wäre sowieso irgendwann passiert.«

»Was meinen Sie damit?«

»Wussten Sie nicht, dass der Firma das Wasser bis zum Hals stand?«

»Doch, den Eindruck hatte ich selber auch. War die Lage denn so ernst?«

»Es sah nicht allzu rosig aus.«

»Erzählen Sie mir doch noch etwas mehr über diese Fabrik.«

»Wollen Sie Kaffee, bevor Sie anfangen, mich zu löchern?«

»Kaffee wäre prima. Schon der Duft bei Ihnen ist unwiderstehlich!«

Sie ging ohne Hast aus dem Zimmer, und Valdimar blieb allein in dem geschmackvoll eingerichteten Wohnzimmer zurück. Alles hier war feminin, fand er. Das Sofa hatte einen flauschigen Bezug in Hellbeige, an der Wand daneben hing ein Gemälde, das zwei rötliche Figuren zeigte, die auf großen schwarzen Kugeln balancierten. An der gegenüberliegenden Wand neben dem Fenster hing die Schwarz-Weiß-Fotografie eines drei- oder vierjährigen Mädchens, das Seifenblasen in die Luft pustete, Kolbrúns Tochter, nahm Valdimar an. In dem kleinen, weiß gestrichenen Holzschränkchen mit den Glastüren standen Weinkelche und Schnapsgläser, exakt nach Größe geordnet, und auf einem geschnitzten Wandbord mit Spitzenborte waren kleine, elegante Ziergegenstände aufgestellt.

Jetzt erschien Kolbrún wieder im Zimmer und brachte auf

einem Tablett zwei Tassen, außen schwarz und innen rot, Milchkännchen und Zuckerdose im selben Stil und eine Kaffeekanne aus glänzendem Edelstahl. Sie setzte alles auf dem Wohnzimmertisch ab, einer ovalen Glasplatte mit Bambusfüßen, und ließ sich im Sessel schräg gegenüber von Valdimar nieder.

»Bitte sehr«, sagte sie und goss den Kaffee in die Tassen.

»Vielen Dank, sehr nett«, sagte er verbindlich, und während er seinen Notizblock hervorholte, trafen sich für einen Moment ihre Blicke.

»Arbeiten Sie schon lange für dieses Unternehmen?«

»Von Anfang an. Ich bin mit Stella, Sveinbjörns Frau, verwandt, daher kannte Sveinbjörn mich sowieso. Und als er vor fünf Jahren die Firma gründete, hat er mich gleich für die Bereiche Buchhaltung und Kundenbetreuung eingestellt. Und die Finanzen habe ich dann nach und nach auch übernommen.«

»Wie kommt es denn, dass sich ein Holzverarbeitungsbetrieb ausgerechnet hier in dieser Gegend ansiedelt? Ist ja als Standort nicht unbedingt das Nächstliegende, so abgelegen und weit weg von der großen Holzindustrie.«

»Es schien kein schlechtes Konzept – als Gegengewicht zu den Großunternehmen. Mit diesem Argument hat Sveinbjörn damals auch einiges an Fördergeldern und Krediten bekommen, um das Ganze auf die Beine zu stellen.«

»Ist der Inlandsmarkt denn so groß, dass Sveinbjörn diese Erwartungen hätte erfüllen können?«

»Genau genommen waren gut drei Viertel der Produktion für den Export bestimmt.«

»Tatsächlich. War das klug?«

»Das haben wir zumindest damals gedacht. Hier können wir wenigstens die Trockenkammern mit umweltfreundlicher Energie betreiben, und das Rohmaterial muss sowieso von dort herangeschafft werden, wo es Holz gibt.«

»Aus dem Wäldchen bei Hallormsstaðir vielleicht?«

»Nein, nein. Wir haben unser Holz von Anfang an aus dem Ausland eingeführt.«

»Was?«

»Ich kann mir denken, dass Ihnen das merkwürdig vorkommt, aber so funktioniert die moderne Wirtschaft nun mal.«

»So besonders gut funktioniert hat sie in diesem Fall ja offensichtlich nicht.«

»Nein. Zum Teil war das auf die hohen Importkosten zurückzuführen, aber da haben auch noch ein paar andere Faktoren mit hineingespielt. Wir mussten in den vergangenen zwei Jahren ein paar teure Kurzzeitkredite aufnehmen, um den Betrieb überhaupt über Wasser zu halten – in der Hoffnung auf bessere Zeiten.«

»Kommt mir bekannt vor. Und von da an ist es bergab gegangen, sagen Sie?«

»Ja. Wir brauchten unbedingt einen weiteren Teilhaber mit neuem Kapital. Eine Zeitlang sah es so aus, als wollte Þorsteinn Einarsson bei uns einsteigen, aber dann hat er sich wieder zurückgezogen. Das war jetzt erst, kurz vor Weihnachten.«

»Ja, richtig«, sagte Valdimar gespannt. »Ist für diesen Sinneswandel jemals eine Erklärung bekannt geworden?«

»Nein. Keine offizielle zumindest.«

»Sondern?«, hakte er nach. Kolbrún nahm einen Schluck von ihrem Kaffee, den sie bisher kaum angerührt hatte, strich sich über die linke Augenbraue und seufzte tief.

»Ich kann es Ihnen ja eigentlich erzählen. Irgendwann kommen Sie sowieso dahinter. Also: Ich kann zwar nichts beschwören, nehme aber stark an, dass diese Entscheidung etwas damit zu tun hat, dass Sveinbjörn und Hugrún, Þorsteinns Frau, ein Verhältnis hatten. Was aber, soweit ich weiß, mittlerweile beendet ist.«

»Das pfeifen hier im Ort wohl schon die Spatzen von den Dächern, was?«

»Es ist schwer, hier etwas auf Dauer geheim zu halten. Besonders …«

Kolbrún druckste herum. Valdimar hob erstaunt die Augenbrauen.

»Hugrún ist ein bisschen speziell«, sagte sie schließlich. »Ohne sie verurteilen zu wollen – obwohl ich natürlich gewissermaßen durchaus über sie urteile, indem ich Ihnen das hier erzähle –, ich finde die Art, wie sie mit ihrer Familie umgeht, nicht in Ordnung. Sveinbjörn war nämlich keineswegs der Erste, müssen Sie wissen. Mit Männern war sie schon immer schnell bei der Hand, besonders die Zugereisten hat sie sich gerne an Land gezogen. Fremde, die nur vorübergehend hier Station machen. Und damit meine ich keine Seeleute oder irgendwelche Arbeiter aus der Fischfabrik, sondern gebildete, gutsituierte Männer, die es aus dem einen oder anderen Grund in unsere Stadt verschlägt. Einer war zum Beispiel ein Künstler, der sich hier ein Haus gekauft hat, ein anderer war Ingenieur. Verstehen Sie, was ich meine?«

»Und das weiß also die ganze Stadt.«

»Nun ja, die meisten ahnen es wohl zumindest. Das geht ja nun auch schon lange genug so.«

»Wie lange genau?«

»Fast seit Beginn ihrer Ehe. Böse Zungen behaupten sogar, die jüngere Tochter sei von einem anderen, angeblich sieht sie dem Architekten ähnlich, der das Haus entworfen hat.«

»Haben Sie denn mit Sveinbjörn darüber schon mal gesprochen?«

»Offen nie. Aber angedeutet habe ich so einiges. Verstehen Sie? Þorsteinn sollte uns vor dem sicheren Ruin bewahren, aber Sveinbjörn hatte nichts Besseres zu tun, als mit Þorsteinns Frau rumzumachen. Ich fand das unter diesen Umständen so erbärmlich, dass ich irgendwann den Mund nicht mehr halten konnte und ein paar spitze Bemerkungen fallen ließ.«

»Und wie hat er reagiert?«

»Es war ihm natürlich furchtbar peinlich, und er hat beteuert, die Geschichte sei so gut wie vorbei, ich solle nicht weiter darüber nachdenken. Aber geändert hat sich natürlich überhaupt nichts!«

Kolbrún hatte sich in Fahrt geredet, die Sache schien ihr wirklich nahezugehen, vielleicht aufgrund ihrer nahen Verwandtschaft zu Stella.

»Und Sie glauben, Þorsteinn ist dahintergekommen und hat daraufhin sein Angebot zurückgezogen?«

»Sehr gut möglich. Es sei denn, es war Sveinbjörn, der den Schlusspunkt gesetzt hat, und Hugrún hat das nicht verkraftet und ihren Mann dazu gebracht, seine Pläne umzuschmeißen.«

»Verstehe. Und was ist mit … Stella? Hat sie denn von der Affäre gewusst?«

»Jedenfalls nicht von mir. Wir haben über die Geschichte nie gesprochen.«

»Jaja, verstehe«, brummte Valdimar. Diese Hintergründe ließen Þorsteinns Anschuldigungen gegen Sveinbjörn zweifellos in einem neuen Licht erscheinen, ohne direkt etwas zu beweisen oder zu widerlegen. »Können Sie mir noch etwas mehr über den Stand der Dinge innerhalb der Firma in den letzten Monaten erzählen? Hatte Sveinbjörn die Hoffnung bereits aufgegeben, den Bankrott noch abwenden zu können?«

»Überhaupt nicht, ganz im Gegenteil. Angeblich wollte er demnächst die ganz große Wunderheilung aus dem Ärmel ziehen, irgendeinen mysteriösen Investor, der angeblich mit seinem Riesenkapital schon an der nächsten Ecke stand und nur darauf wartete, unsere finanziellen Engpässe ein für alle Mal aus der Welt zu schaffen.«

»So? Aber wer das sein sollte, wissen Sie nicht?«

»Nein, keine Ahnung. Sveinbjörn wollte damit nicht rausrücken, wir haben erst vorgestern darüber gesprochen.«

»Ist ja interessant. Finanzielle Engpässe aus der Welt schaffen«, murmelte Valdimar zu sich selbst. »Wie viel Zeit blieb Ihnen denn noch?«

»Nicht viel. Wir standen wie gesagt kurz vor dem Aus. Wie aus der Buchhaltung ziemlich eindeutig hervorgeht.«

»War das ein Zufall, dass Sie die Daten hier zu Hause hatten?«

»Ja. Obwohl das durchaus öfters vorkam.«

»Können Sie sich vorstellen, dass es jemandem, zum Beispiel Sveinbjörn, ganz gut in den Kram gepasst hätte, wenn die Buchhaltung verlorengegangen wäre?«

»An dieser Buchhaltung ist eigentlich nichts Außergewöhnliches. Wenn es so wäre, hätte ich da größtenteils selbst die Finger im Spiel. Und dann säßen wir wohl nicht hier«, sagte sie tonlos.

Valdimar starrte in seine Tasse; er hatte vergessen, sich Milch zu nehmen, und mittlerweile war es wohl zu spät und der Kaffee kalt. Er bereute es, nicht erst in Ruhe ein paar Schlucke genommen zu haben, bevor er in dieses unangenehme Verhör eingestiegen war.

»Sie müssen entschuldigen, dass ich so auf diesen Details herumreite. Das gehört nun mal zu meinem Job, verstehen Sie.«

»Ach, bin ich jetzt auch schon verdächtig, oder was?«, fuhr sie ihn an.

»Darauf sollte ich jetzt vielleicht lieber nicht antworten. Aber ... nein, ich verdächtige Sie keineswegs«, sagte er und sah ihr kurz ins Gesicht.

»Gut zu wissen«, sagte sie spitz. »Sie scheinen ja fest davon überzeugt, dass der arme Sveinbjörn etwas mit dieser grauenhaften Geschichte zu tun hat. Deshalb will ich hier ausdrücklich betonen, dass ich das für ziemlich ausgeschlossen halte.«

»So, sind Sie sich da sicher?« Valdimar schaute ihr fest in die Augen. Sie wich seinem Blick aus, bevor sie antwortete.

»Todsicher. Er hat seine Fehler, und das sind nicht wenige. Er ist ein Draufgänger, er liebt das Risiko, im Beruf wie im Privatleben. Aber er ist kein ... Verbrecher.«

»Aber wäre nicht gerade das ein klassisches Zeichen von Draufgängertum? Den Laden einfach selber abzufackeln und es drauf ankommen zu lassen, ob man ungestraft damit durchkommt? Um dann noch mal ganz von vorne anzufangen?«

»Er hat sich damals totgeschuftet, um die Fabrik aus dem Nichts aufzubauen. Ich weiß nicht, ob Sie sich überhaupt bewusstmachen, was für ein deprimierendes Ende das ist, für alle, die in der Firma gearbeitet haben.«

»Ein Bankrott hätte für ihn natürlich viel gravierendere Folgen gehabt als für Sie und die anderen Angestellten und hätte ihn leicht zu dieser Verzweiflungstat treiben können – um seinen Privatbesitz zu retten zum Beispiel«, gab Valdimar zu bedenken.

»Genau das hab ich ihm nahegelegt, sich von seinem Haus zu trennen und das Geld in die Firma zu pumpen«, sagte sie.

»Ja. Ich hoffe, die Jungs von der Abteilung für Wirtschaftskriminalität werden uns da bald zu mehr Klarheit verhelfen. Ich werde dort auf jeden Fall um bevorzugte Behandlung bitten.«

»Ja, tun Sie das unbedingt«, sagte sie tonlos. »Ich glaube nicht, dass man uns da irgendwas anhängen kann.«

»Das ist schön zu hören. Könnte ich jetzt vielleicht diese Daten sehen?«

»Hier ist der Computer. Nehmen Sie ihn einfach mit«, sagte sie, griff auf die kleine Ablage unter dem Couchtisch und zog eine gepolsterte Laptop-Tasche hervor. »Ich hab ihn seit gestern nicht mehr angerührt. Alles ist eindeutig beschriftet, es dürfte also kein Problem sein, sich zurechtzufinden.«

»Das ist beruhigend zu hören«, antwortete er, obwohl er sich im Stillen schon darauf gefreut hatte, mit ihr zusammen vor dem Bildschirm zu sitzen und sich zeigen zu lassen, wo die Dateien zu finden waren.

Beim Aufstehen stieß er mit dem Knie gegen die Tischplatte, konnte die Kaffeetasse gerade noch vor dem Umkippen retten und verhindern, dass die braune Brühe über den roten Tassenrand schwappte.

26 »Ist das wahr, Sveinbjörn?«

»Ja. Natürlich ist das wahr. Sonst würdest du nicht fragen.«

Die Feuerwehrleute hatten ihre Arbeit beendet und waren gerade weg, nicht ohne ihn eindringlich davor gewarnt zu haben, das Betriebsgelände zu betreten, es sei denn in Begleitung erfahrener Fachleute und mit der entsprechenden Ausrüstung. Aber er hatte der Versuchung nicht widerstanden, die Brandruine zog ihn wie ein Magnet in ihren Bann. Wie in Trance war er zwischen den verkohlten Stapeln im Sägewerk und den schwarz verbrannten, bereits verpackten Parkettlamellen in der Lagerhalle herumgeirrt; manches war nur noch Asche, war im Grunde gar nicht mehr vorhanden, wie zum Beispiel die teuersten Parketthölzer ganz hinten in der Ecke; die Sendung, von der er bis zuletzt gehofft hatte, sie sei verschont geblieben. Er konnte sich das alles überhaupt nicht erklären, hätte nie gedacht, dass diese harten Hölzer so sang- und klanglos in Rauch aufgehen würden. Konnte es sein, dass jemand die Stapel ohne sein Wissen versetzt hatte? Er stand fassungslos vor der abscheulichen Zerstörung, die sich ihm im grellen Scheinwerferlicht präsentierte, als er plötzlich den Wagen seiner Frau draußen auf dem Parkplatz hörte. Stella hielt direkt neben seinem Jeep, stieg auf die Hupe und wartete, bis er stinkwütend herausgeschossen kam.

Auch Stella selbst war in einer äußerst merkwürdigen Verfassung, wie schon am Abend zuvor. Da hatte sie sich bitter beklagt, der Betrieb würde sie beide noch zugrunde richten, und, wenn er sich recht erinnerte, noch draufgesetzt, ihretwegen könne die Fabrik ruhig der nächsten Brandstiftung zum Opfer fallen. Normalerweise schenkte er ihren Schimpftiraden wenig Beachtung, aber in letzter Zeit lag in ihren Worten ein bleischwerer Ernst, dem er sich nicht entziehen konnte, auch jetzt nicht, als sie ihn anwies, sich neben ihn zu setzen und mit ihr zu reden. Hinzu kam, dass sie ihn – mit einer beunruhigenden Gelassenheit – darauf hinwies, wenn er diese paar Minuten nicht erübrigen könne, brauche er sich zu Hause gar nicht mehr blicken zu lassen. Also ließ er sich neben sie auf den Beifahrersitz fallen – er konnte sich nicht erinnern, dort schon einmal gesessen zu haben, außer vielleicht in vollkommen fahruntüchtigem Zustand – und fragte schwach, ob die Angelegenheit wirklich nicht bis zum nächsten Morgen Zeit hätte. Sie machte sich gar nicht erst die Mühe zu antworten, sondern stellte ihn, vor Wut schäumend, wie er sie noch nie zuvor erlebt hatte, unverzüglich zur Rede.

Ja, durch irgendeinen verdammten Zufall war Stella ihnen auf die Schliche gekommen. Er nahm die Wollmütze vom Kopf, und plötzlich wurde ihm bewusst, wie klein und eng so ein Yaris doch war.

»Eins hätte ich doch gern gewusst«, sagte sie jetzt in sanftem Ton, als ob sie sich nach einer Nebensache erkundigte, die ihr gerade zufällig eingefallen war. »Wie hast du es eigentlich geschafft, so zu tun, als ob nichts wäre? Mir vor dem Einschlafen einen Kuss zu geben? Mit mir die Reisepläne für die nächsten Sommerferien zu besprechen? Kannst du mir das vielleicht erklären?«

»Für mich hatte das eine mit dem anderen nie etwas zu tun, es waren ganz einfach zwei vollkommen getrennte Bereiche in meinem Leben«, erklärte Sveinbjörn und holte tief Luft, in der Hoffnung, das Zentnergewicht loszuwerden, das ihm die Luft abdrückte. »Muss ich das jetzt hier wirklich im Einzelnen erläutern?«

»Sie ist nicht die Erste, oder?«

Ihre Bestimmtheit irritierte ihn, immerhin so lange, bis die Gelegenheit verpasst war, diese Anschuldigung grundsätzlich von sich zu weisen.

»Es ist nichts gelaufen, was wirklich der Rede wert gewesen wäre. Auch wenn ich nicht abstreiten kann, dass ich in den letzten Jahren ein paar Mal auf Abwege geraten bin. Aber das waren nichts als Unfälle, kleine Missgeschicke. Die ich hinterher immer bereut habe«, fügte er hinzu und glaubte es beinahe selber.

Die Wahrheit war dagegen die, dass er seine Eskapaden immer sehr genoss und sich einredete, sie als Ventil auch dringend zu brauchen. Und der Zusatz »in den letzten Jahren« war besonders unverfroren und diente nur dazu, unbequemen Fragen zuvorzukommen. Die Jahre, die die Familie in Schweden verbracht hatte, waren heilige Erde, die er so lange wie möglich rein halten wollte, anstatt sie mit sinnlosen und überflüssigen Geständnissen zu entweihen: über irgendwelche Arbeitsprojekte mit alten Schulkameradinnen, die nicht selten aus dem Ruder gelaufen waren, Thekenbekanntschaften, die sich in der Abgeschiedenheit von Privatwohnungen fortgesetzt hatten, und nicht zuletzt die Blicke in Bussen und Straßenbahnen, denen er unbedingt nachgehen musste. Oft steckte nichts als pure Neugier dahinter, er wollte nur testen, ob er, der zweifache Vater, noch über einen konkurrenzfähigen Marktwert verfügte. Jeder Erfolg auf diesem Gebiet war ein Kick, der sein Ego aufpolierte, ein kleiner Sieg im großen Lebenspoker.

Was er bei diesem Spiel völlig ausblendete, war die Möglichkeit, zurückgewiesen zu werden. So etwas nahm er sich schon lange nicht mehr zu Herzen. Und der Gedanke, dass man ihm auf die Schliche kommen könnte und dann die Hölle los wäre, war bei diesen heimlichen Schäferstündchen nur noch ein zusätzlicher Nervenkitzel. Bis jetzt war das nie schiefgegangen, also hatte er auch nichts zu bereuen. Außer vielleicht, dass er Hugrún ins Netz gegangen war, die ihn, wie er fand, nur verarscht hatte. Warum hatte er nicht einfach seine Leidenschaft gestillt und ihr dann gleich wieder den Laufpass gegeben? Es gab so viel, was gegen eine Daueraffäre sprach, dass es sich nicht einmal lohnte, die Argumente einzeln aufzuzählen. Aber er hatte gespürt, dass sie ihn begehrte, und da konnte er nie einfach nein sagen. Und nun war es ausgerechnet sie, die ihn zu Fall gebracht hatte.

»Und ich hatte immer geglaubt, dass ich eine gute Ehe führe«, sagte sie und starrte ihn mit aufgerissenen Augen an.

»Unsere Ehe *ist* gut. Du bist meine Frau, und daran will ich absolut nichts ändern. Am allerwenigsten jetzt.«

»Das hättest du dir vielleicht etwas früher überlegen sollen. Bevor du ...«

»Ich habe dir doch gesagt, das sind zwei völlig getrennte Bereiche in meinem Kopf. Ich kann schwören, dass diese zwei, drei oder vielleicht auch vier kleinen Unfälle, die mir unterlaufen sind, an meinen Gefühlen für dich nicht das Geringste geändert haben. Und Hugrún schon mal gar nicht. Ich wollte dieses unsägliche Abenteuer mit ihr sowieso nie so weit kommen lassen, aber an irgendwas muss ich da hängen geblieben sein. Von meiner Seite aus wäre schon längst Schluss.«

Auch das war eine Halbwahrheit. Natürlich waren ihm solche Überlegungen hin und wieder durch den Kopf gegangen, und gewiss wäre er niemals auf die Idee gekommen, Stella zu verlassen und mit Hugrún zusammenzuziehen, oder etwas in der Art. Aber das Risiko war mittlerweile zur Sucht geworden, und nachdem er mit seinem dreisten Spiel schon seit Monaten unbehelligt davonkam, war daraus die geradezu abergläubische Gewissheit geworden, dass ihm nichts passieren konnte. Er sah sich als jemanden, der einfach Glück im Spiel hatte –

mehr als in der Liebe. Er strich über die Wollmütze auf seinem Schoß, und irgendwo tief drinnen spürte er das Bedürfnis nach etwas Weichem ...

»Die ganze Stadt hat es gewusst, nur ich nicht. Ist dir überhaupt klar, wie erniedrigend das für mich ist? Alle meine Freundinnen ...«

»Wer hat dir das denn erzählt, und wann?«

»Spielt das jetzt noch eine Rolle?«

»Ich habe mich nur gerade gefragt, wer dieses perfekte Timing hingekriegt hat, und wie.«

»Ich weiß es schon eine ganze Weile.«

»So?«, fragte er, und eine unberechtigte Wut stieg in ihm auf. »Und warum bringst du das erst jetzt zur Sprache?«

»Ich finde es einfach ziemlich verletzend, wie du deine Prioritäten setzt. Über deine Fabrik heulst du Rotz und Wasser, während dir deine Familie gerade mal so viel wert ist, dass du sie beinahe gegen diese ... Schlampe eingetauscht hättest.«

»Also, sie ist vielleicht nicht direkt eine ...«, protestierte er lahm, obwohl er im Grunde derselben Meinung war.

»Nicht? Kaum war der Reiz des Neuen verflogen, hat sie dich doch wie einen ausgelutschten Kaugummi in den Straßengraben gespuckt! Was hast du denn auch erwartet?«

»Du scheinst ja genauestens im Bilde zu sein.«

»Ja, ich weiß zumindest mehr, als mir lieb ist.«

»Wer hat ...?«

»Na, wer wohl.«

»Himmelherrgott. Wann hat sie mit dir geredet?«

»Kurz *bevor* sie dich absenviert und sich dann in aller Seelenruhe ihren Weihnachtsvorbereitungen gewidmet hat. Dich während dieser Zeit zu beobachten war übrigens ein hochinteressantes Lehrstück.«

»Sie ist völlig durchgedreht. Kapierst du nicht, was sie damit bezwecken wollte?«

»Durchgedreht mag sie sein, und ich kenne sie nun lange genug, um zu wissen, was man bei ihr zu erwarten hat. Aber dich kenne ich anscheinend nicht lange genug, um das zu wissen. Von dir hätte ich das nicht erwartet. Auf dich hatte ich mich bisher immer verlassen.«

»Du weißt doch, wie wir Männer sind.«

»Sollte man zumindest meinen, ja. Ich interessiere mich schließlich für andere Menschen. Aber in deinem Fall war ich offenbar mit Blindheit geschlagen.«

»Verzeih mir!«, stieß er in einem Anflug spontaner Aufrichtigkeit hervor.

Der Gesichtsausdruck, mit dem sie ihn nun musterte, war ihm vollkommen fremd. Um ihre Mundwinkel zogen sich feine Lachfalten, die er bisher nie entdeckt hatte und die sich offenbar erst abzeichneten, wenn sie den Mund zusammenkniff.

»Falls ich dir verzeihe, dann nicht etwa, weil du mich darum bittest, sondern weil ich es selbst will. Verstehst du, was ich meine?«

»Ich glaube schon«, sagte er unsicher.

»Ich organisiere mein Leben selbst und habe keine Lust, mir irgendeine Rolle aufzwängen zu lassen, die mir nicht passt.«

»Verstehe«, murmelte er, obwohl er sich da nicht ganz sicher war.

»Und genauso wenig habe ich Lust, mich demütigen und zum Narren halten zu lassen. Zu wissen, dass die ganze Stadt hinter meinem Rücken über mich lacht.«

»Natürlich nicht.«

»Dann spiele ich lieber die andere Rolle. Obwohl mir auch die nicht besonders liegt.«

»Ja.«

»Nicht dass du glaubst, ich hätte dir schon verziehen. Aber ich werde es versuchen. Nicht zuletzt den Kindern zuliebe. Verstehst du, worauf ich raus will?«, fragte sie und suchte seinen Blick.

»Ja.« Plötzlich fühlte er sich leer und hohl, ein Gefühl, das er von lange zurückliegenden Pokerpartien kannte. Stella ließ den Motor an.

»Ich hab da drin noch was zu erledigen.«

Stella nickte, mit feuerroten Flecken im Gesicht, aber entschlossener Miene. Sobald Sveinbjörn ausgestiegen war, atmete er ruhiger. Jetzt würde vielleicht auch dieser Tag endlich ruhiger werden. Obwohl man sich darauf wohl lieber nicht verlassen sollte.

27 Pfarrer Aðalsteinn bereute zutiefst, dass er sich am Abend zuvor nicht in das Unwetter hinausgewagt hatte, um bei der Tragödie anwesend zu sein. War das nicht seine Aufgabe? Immer öfter musste er sich zusammenreißen, musste sich ausdrücklich daran erinnern, dass es da draußen Leute gab, die ihn brauchten. Auch wenn diese auf seinen Beistand oft keinen besonderen Wert legten.

Seit Gott aufgehört hatte, ein Fels in der Brandung seines Lebens zu sein, fiel Aðalsteinn der Kontakt zu anderen Menschen schwer. Er hatte kein Problem, Mitgefühl und Anteilnahme aufzubringen – das Leiden anderer ging ihm heute näher als je zuvor –, doch seine Fähigkeit, Trost und Beistand zu spenden, war im gleichen Maße zusehends geschwunden. Was immer er sagte, es klang hohl und aufgesetzt, er war ein scheinheiliger Schmarotzer, diese unbequeme Tatsache ließ sich wohl nicht länger leugnen. Rein praktisch gesehen bestand jedoch kein Zweifel daran, dass seine Worte und seine Anwesenheit einen positiven Einfluss hatten – trotz allem. Diese Gewissheit gab ihm die Kraft, nicht aufzugeben.

Diese Gedanken beschäftigten Aðalsteinn, während er in seinem weißen Jeep auf dem Weg zu Sveinbjörn und Stella durch den Schnee pflügte. Entschlossen öffnete er das Gartentörchen und stapfte durch den Vorgarten, doch bevor er klopfte, hielt er einen Moment inne, bis der Wirrwarr in seinem Kopf sich etwas gelegt hatte. Deshalb schrak er zusammen, als die Tür aufgerissen wurde und ein schlaksiger Halbwüchsiger im Türrahmen erschien, der genauso verblüfft wirkte wie er selbst. Der Junge hatte schwarze, riemenlose Clogs an den Füßen, und obwohl er auf dem Weg hinaus in das frostige Schneetreiben war – Aðalsteinn selbst war mit seinem dicken Wintermantel und der Wollmütze gut eingepackt –, trug er nichts weiter als ein schwarzes kurzärmeliges T-Shirt, auf der Brust prangte die hingekritzelte Karikatur eines struppigen Wesens unbestimmbaren Geschlechts. Das Gesicht erinnerte Aðalsteinn stark an die Leiche eines Schwerkranken, den er als junger Pfarrer beerdigt hatte, nur dass diese Fratze hier dem Betrachter mit bluttriefendem Gebiss entgegengrinste. Untertitelt war diese Scheußlichkeit mit dem Schriftzug: *To kill is why I live.*

Der Junge fand als Erster die Sprache wieder.

»Hallo, Papa«, sagte er mechanisch, ohne ihn anzublicken.

»Ach, Ragnar, du! Musst du unbedingt in diesem Aufzug herumlaufen?«

»Ja«, antwortete der Junge tonlos und glotzte ihn maskenhaft an. »Tschüs.«

Dann machte er sich davon und ließ die Haustür weit offen.

»Wo willst du hin?«, rief Aðalsteinn ihm nach, doch im selben Augenblick ging ihm auf, wie überflüssig die Frage war, da der Junge ihm sowieso nicht zuhörte.

»Hallo?«, sagte der Pfarrer laut, während er in die Diele trat und die Haustür hinter sich zuzog, die wie immer unverschlossen gewesen war. »Hallo? Ist jemand zu Hause?«, rief er nochmals und bückte sich, um die Schnürsenkel seiner Stiefel aufzufummeln. »Stella? Sveinbjörn?« Er ging noch ein paar Schritte weiter, nun zögernd und unsicher. War es möglich, dass Ragnar ganz allein in dem leeren Haus zugange gewesen war? Und wenn ja, was hatte der Bengel da zu schaffen gehabt? Die Familien hatten nicht näher miteinander zu tun, Aðalsteinn konnte sich auch kaum vorstellen, dass Ragnar mit Stella oder Sveinbjörn etwas zu besprechen hatte, und soweit er wusste, war er auch mit Oddur, deren Sohn, nicht näher befreundet. Es wäre ja auch noch schöner, wenn sein Sohn mit dem verstocktesten und merkwürdigsten Jungen der ganzen Stadt angebandelt hätte! Aðalsteinn stieg unruhig von einem bestrumpften Fuß auf den anderen, als hinter ihm plötzlich die Haustür geöffnet wurde und Stella hereinkam, und im Nachhinein erinnerte er sich vage, dass er die Bremsen eines Autos vor dem Haus gehört hatte.

Stella schrak sichtlich zusammen, als sie ihn dort entdeckte, aber er tat, als sei daran nichts Besonderes.

»Ach, gut, dich zu sehen! Ich hatte gedacht, ihr seid zu Hause«, begrüßte er sie, ohne ein Wort über Ragnar zu verlieren. »Ich wollte euch mein Mitgefühl ausdrücken in dieser schweren Stunde!«, sagte er, wobei er mechanisch in die Schublade seiner Standardfloskeln griff, die er für solche Gelegenheiten parat hatte. »Wenn es irgendetwas gibt, das ich für euch tun kann, dann werde ich natürlich nicht zögern, alles zu tun, was in meiner Macht steht«, fuhr er fort, seine Klischeesätze aneinanderzureihen.

»Jaja, ich danke dir, Aðalsteinn«, sagte Stella, aber sie wirkte gar nicht sonderlich erschüttert, auch wenn ihr Gesicht glühte, ob vor Kälte oder vor Aufregung. »Solange niemand zu Schaden gekommen ist, wollen wir uns glücklich schätzen.«

»Da hast du recht, Stella. Gut, dass du die Geschichte so gelassen aufnimmst und dich auf die positiven Seiten besinnst«, sagte er freundlich und stellte zu seinem Erschrecken fest, dass ihn diese Reaktion ein wenig enttäuschte. Dann bemerkte er, dass Stella verstohlen über seine Schulter ins Wohnzimmer schielte, und als er sich umdrehte und ihrem Blick folgte, fiel ihm die Wanduhr ins Auge. Es war kurz vor drei, die Dämmerung würde jederzeit hereinbrechen.

»Darf ich dir Kaffee anbieten?«, fragte sie und war schon auf dem Weg in die Küche, ohne seine Antwort abzuwarten.

»Ja, gerne.«

»Und wie hat Sveinbjörn das alles aufgenommen?«, erkundigte er sich, nachdem sie die Kaffeemaschine in Gang gesetzt und die Tassen aus dem Schrank genommen hatte.

»Nicht besonders gut«, sagte sie und setzte sich ihm gegenüber an den Küchentisch. »Heute Nacht war er natürlich völlig am Boden zerstört. Und dass er heute Morgen dann auch noch erfuhr, dass die Polizei ihn verdächtigt, selber die Hand im Spiel zu haben, hat es auch nicht besser gemacht.«

»Was hast du gerade gesagt?« Aðalsteinn horchte auf. »Das können sie doch nicht im Ernst gemeint haben. Warum in aller Welt sollte er denn …?«

Sie zuckte mit den Schultern.

»Sicher, die Firma war pleite, und dieses Parkettabenteuer war vielleicht sowieso von Anfang an eine ziemliche Schnapsidee. Und es hätte Schlimmeres passieren können als das – zumindest, wenn die Versicherungen den Schaden decken, falls du weißt, was ich meine.«

»Ja schon. Aber trotzdem!«, warf Aðalsteinn entrüstet ein. »Das bedeutet noch lange nicht, dass …«

»Natürlich hat er nichts dergleichen getan«, unterbrach sie ihn. »Aber an und für sich ist daran, dass die Polizei den Fall auch unter diesem Aspekt untersucht, noch nichts Außergewöhnliches. Das würde ich wahrscheinlich genauso machen.«

»Und was ist jetzt mit Þorsteinns Haus?«

»Ach, keine Ahnung«, antwortete sie und schien für diesen Punkt erstaunlich wenig Interesse aufzubringen. Im Hintergrund fing die Kaffeemaschine an zu blubbern. Stella stand auf, holte die Kanne und schenkte ein. »Gott sei Dank kann ich ihm ein sicheres Alibi geben. Oddur war gestern Nacht auf diesem Kostümfest, und ich bin aufgeblieben, um auf ihn zu warten. Ich kann also hundertprozentig bezeugen, dass er die ganze Zeit über das Haus nicht verlassen hat, bis die Fabrik in Flammen stand. Ich bin sogar auf der Wache vorbeigefahren, wollte nur mal hören, was Smári dazu zu sagen hat, aber der war gerade unterwegs. Die werden mir doch hoffentlich glauben? Ich meine, obwohl ich Sveinbjörns Ehefrau bin, oder?«, sagte sie, und nun lag ein besorgter Ton in ihrer Stimme. »Bei Smári habe ich da keine Bedenken. Aber was dieser Kommissar aus Reykjavík dazu sagt, ist eine andere Frage.«

»Der wird deine Aussage sicher sehr ernst nehmen«, sagte Aðalsteinn beschwichtigend. »Wir wollen hoffen, dass das ausreicht.«

»Wie meinst du das denn?«

»Nun ja, rein theoretisch könnte man ja behaupten, dass er dazu gar nicht unbedingt am Ort gewesen sein muss.«

»Wieso?«

»Ach nichts. Vergiss es einfach, Stella.«

»Nein. Ich will wissen, wie du das gemeint hast.«

»Also gut. Ein Außenstehender hätte dort erst einbrechen müssen, um ein solches Zerstörungswerk in Gang zu setzen, für Sveinbjörn dagegen wäre es ein Leichtes gewesen, den Ausbruch des Feuers durch irgendeinen technischen Kniff zu verzögern. Theoretisch könnten sie ihm etwas in dieser Richtung unterstellen«, schloss Aðalsteinn. »Was nicht heißen muss, dass sie das auch tun.«

»Verflucht«, seufzte sie. »An so was hab ich natürlich nicht gedacht. Ehrlich gesagt bin ich heilfroh, dass diese elende Fabrik jetzt in Schutt und Asche liegt. Das hätte gerade noch gefehlt, dass sie uns jetzt im Nachhinein noch mit ins Verderben zieht.«

»Aber Stella!« Aðalsteinn konnte nur mit Mühe verbergen, wie erschrocken und zugleich verärgert er war über diese zynische Art, mit der sie auf die Brandkatastrophe reagierte.

»Es ist aber so. Ich hatte allen Ernstes gehofft, dass dieser Brandstifter so nett wäre, die Sache für uns zu erledigen«, sagte Stella bitter, doch dann fiel ihre Stimme mit einem Mal in sich zusammen, und ihre Lippen zitterten. Aðalsteinn wurde es plötzlich weich ums Herz, und er legte ihr unwillkürlich den Arm um die Schultern.

»Ich fand einfach, er hatte es nicht besser verdient«, flüsterte sie. »Für diese unselige Fabrik wäre er ans Ende der Welt gegangen. Es gab nichts, was er für die Firma nicht auf sich genommen hätte. Seine Familie dagegen schien ihm überhaupt nichts zu bedeuten. Wir waren ihm anscheinend scheißegal.«

»Meine liebe Stella, das stimmt doch gar nicht. Und Sveinbjörn wird aus dieser bitteren Erfahrung eine Lehre ziehen, er wird lernen, das zu schätzen, was im Leben zählt. Ich werde mal mit ihm reden. Ich hatte ja keine Ahnung, wie schlimm die Dinge bei euch standen. Wo ist er überhaupt?«

»Zuletzt habe ich ihn unten bei den Fabrikhallen gesehen. Nehme an, da ist er immer noch und jammert seinen Hölzchen nach. Ach, hallo Oddur!«, unterbrach sie sich plötzlich, und ihre Stimme bekam gleich einen anderen, munteren Ton. »Na, schon wach?«

Aðalsteinn drehte sich um und erblickte Oddur, der im offenen Durchgang zum Flur lehnte, die zerzausten lackschwarzen Locken fielen ihm in die Stirn und verdeckten seine Augen, und der arrogante Schmollmund wirkte, als ob er es als persönliche Beleidigung empfand, einen Gast in seiner Küche vorzufinden. Immerhin wohnt er hier, erinnerte sich der Pfarrer. Der Junge hatte keinen Mucks von sich gegeben, deshalb war es gut möglich, dass er sich schon eine ganze Weile draußen auf dem Gang herumgedrückt und ihr Gespräch mit angehört hatte. »Wir alle sind gestern erst spät ins Bett gekommen«, erklärte Stella.

»Kein Wunder. Hallo, Oddur!«

»Hast du was zu essen da, Mama?«, fragte der Junge, ohne auf Aðalsteinns Begrüßung zu reagieren.

»Ich werd dann mal wieder aufbrechen«, sagte er, schlürfte die letzten Tropfen aus seiner Tasse und stand auf.

Aðalsteinn blieb noch ein paar Minuten in seinem Jeep sitzen, in seinem Kopf schwirrten unausgegorene Gedankenfetzen herum, aber als er kurz darauf sein Büro betrat, hatte er, wie er fand, eine vorzügliche Idee. Hatte die Kirche nicht die Aufgabe, die Menschen einander näherzubringen, sie daran zu erinnern, dass alle Menschen Brüder und Schwestern sind? Niemand ist eine Insel, hatte das nicht mal irgendwer gesagt, obwohl ihm im Moment nicht einfiel, wo er das gelesen hatte. Unser Hoffen und Sehnen und unsere Ängste, überlegte er, richten sich doch letztendlich alle auf ein und dasselbe, und der tiefste innere Kern des Menschen ist bei uns allen gleich. Gewiss, die Brandkatastrophen hier im Ort waren verheerend, aber konnten sie nicht auch etwas Positives bewirken? Die Dorfbewohner lehren, zusammenzuhalten? Gar nicht unbedingt gegen den unseligen Täter, den es zu diesem Verbrechen getrieben hatte, nein, gegen den Schrecken selbst, gegen die Tragödie, die über diese kleine Dorfgemeinschaft hereingebrochen war. Und war es nicht gerade in schweren Zeiten Aufgabe und Pflicht der Kirche, das Denken und Tun der Menschen in die richtigen Bahnen zu lenken? Wie es schien, wurde auch seine neue Idee bereits in die richtige Bahn gelenkt.

Die Gemeindeverwaltung tat sich zunächst schwer damit, man wies dort auf das Unwetter und die unpassierbaren Hochlandstraßen hin und schlug vor, lieber bis zum Sonntag zu warten, dann führte man die nicht zu leugnende Unwirtschaftlichkeit ins Feld, alle öffentliche Arbeit in der Stadt ruhen zu lassen, und sei es nur für eine Stunde. Doch da gab Pfarrer Aðalsteinn dem Bürgermeister zu bedenken, dass die Gemeinde gerade mit gutem Beispiel vorangehen müsse, damit sich auch andere Arbeitgeber anschlossen, und dass es am wirkungsvollsten sei, wenn die Angestellten das als Teil ihrer Arbeitszeit betrachteten, als Unterbrechung der Alltagsroutine, andernfalls würden die Leute einfach nach Hause gehen. Aber wenn ab vier Uhr ohnehin alles geschlossen wäre, würde man sicher einen Großteil der Einwohner zusammenbekommen: Die Kirche würde aus allen Nähten platzen, wenn die gesamte Stadt sich dort zu einer Gedenkstunde versammelte. Aðalsteinn sah alles schon genau vor sich: ein unvergesslicher Augenblick, der alle tief berühren würde. Und die Presse wäre natürlich auch zur Stelle; man müsste dort nur Bescheid geben.

Worte und Bilder schwirrten ihm durch den Kopf, und schon war er dabei, die Ansprache zu verfassen, die er halten würde, ganze Absätze strömten fix und fertig formuliert direkt in den Telefonhörer – und im gleichen Moment sah er sie auch schon über den Bildschirm flimmern und im *Morgunblaðið* abgedruckt … Schließlich war auch der Bürgermeister überzeugt, er hatte nur etwas Bedenkzeit gebraucht.

Nachdem diese wichtige Hürde genommen war, rief er zu Hause an, um mit Urður die weitere Organisation zu besprechen. Es gab viel zu tun, und die Zeit war äußerst knapp.

»Hallo?«, meldete sich Urður verwaschen am anderen Ende. Für einen kurzen Moment sah Aðalsteinn seine Luftschlösser in sich zusammenfallen, hatte sich aber sofort wieder unter Kontrolle und begann sogleich, ihr seinen Plan auseinanderzusetzen.

»Hallo Schatz. Ich würde dir gern von einer Idee erzählen, die mir gerade kam, du weißt schon, das Thema von heute Morgen: dass man die Kirchenbesucher mobilisieren müsste, sich gegen diesen Brandstifter zu verbünden. Also pass auf: Ich werde versuchen, jeden, der Stiefel und Handschuhe besitzt, morgen Nachmittag in die Kirche zu bekommen, zu einer gemeinsamen Gebets- und Feierstunde – und Krisensitzung.«

Seine Stimme vibrierte geradezu vor Optimismus, so als hätte er eine sensationelle Freudenbotschaft zu verkünden. Als Urður nicht gleich antwortete, zügelte er seine Euphorie und fuhr in gemäßigterem Ton fort: »Wir werden der Zerstörung mit geistlicher Erbauung entgegentreten. Wir werden vereint sein in Gott.«

»Ein schöner Gedanke, Aðalsteinn«, antwortete sie schließlich, noch immer gedämpft, aber spürbar erleichtert, dass er sich für die richtigen Konsequenzen entschieden hatte. »Aber ist das nicht ein bisschen kurzfristig?«

»Wir müssen das Eisen schmieden, solange es heiß ist!«, rief er beschwörend. »Wann, wenn nicht jetzt? Jetzt schlagen unsere Herzen im Takt. Vielleicht ist die Gelegenheit schon in ein paar Tagen unwiederbringlich verspielt!«

»Du scheinst ja alles schon genau durchdacht zu haben«, sagte sie. Wenigstens konnte er sich darauf verlassen, dass sie ihn mit diesen Worten nicht zum Narren hielt, denn das war einer der großen Pluspunkte seiner Ehefrau: Sie besaß keinerlei Sinn für Ironie. Wenn Urður ihm zur Seite stand, würden sie die Sache schon schultern. Die Zeit war zwar verdammt knapp, aber das konnte manchmal ja auch von Vorteil sein.

»Ich helfe dir. Sag mir nur, was ich tun soll.«

Er spürte eine wohlige Wärme durch seinen Körper rieseln. Ihre Worte erinnerten ihn an alte Zeiten, als Urður und er noch auf der gleichen Wellenlänge waren und sie zusammen – am liebsten im Bett – oft bis tief in die Nacht theologische Streitfragen erörtert hatten. War das nicht unbezahlbar – nicht nur Ideen mit Hand und Fuß zu haben, sondern dazu auch die Gewissheit, dass es einen anderen Menschen gab, der an einen glaubte und alles, was man tat, bedingungslos unterstützte?

28 »Wann bist du wieder in der Stadt?«

»Das wird wohl noch eine Weile dauern. Hast du's nicht in den Nachrichten mitgekriegt? Gestern Nacht haben sie hier eine Fabrik abgefackelt. Hafliði, mein Kollege, ist schon auf dem Weg hierher, mit noch einem anderen aus der Abteilung.«

»*Jesses*! Auch das noch!«, fauchte Elma, und ihre Stimme klang dunkel vor Wut. »Kannst du diesem Hafliði nicht sagen, er soll sich da ausnahmsweise mal alleine drum kümmern?«

»Warum sollte ich das?«

»Ich hab Angst. Mir geht's schlecht. Kannst du mir nicht Heroin besorgen?«

»Bist du jetzt komplett durchgedreht?«

»Nein. Ich brauche bloß irgendwas Starkes. Jedenfalls stärker als das, was sie mir hier geben. Liegt bei euch auf dem Revier das Dope nicht haufenweise rum, das ganze Zeug, was ihr immer sicherstellt? Da muss es doch möglich sein, ein paar Gramm abzuzweigen, so als Lockmittel, um Informanten zu bestechen. Dafür kriegst du dann auch von mir diverse Infos – über alle, die ich kenne!«, sagte sie. Ihr bitterer Sarkasmus ging ihm unendlich auf die Nerven.

»So etwas machen wir nicht«, entgegnete er steif. »Du scheinst ja jede Menge Kleinganoven zu kennen.«

»Das war bloß ein dummer Witz. Mann, bist du schwer von

Begriff! Ich würde niemals Heroin nehmen. Außer«, setzte sie mit einem kurzen, hohlen Lachen hinzu, »im Angesicht des Todes. Ach, übrigens. Kann es sein, dass ich dir indirekt erlaubt habe, aus meinem Leben zu verschwinden und nie wiederzukommen? Ich meine mich dunkel zu erinnern ...«

»Du hast was in der Richtung gesagt, ja.«

»Vergiss es. Ich werde dich niemals gehen lassen.«

»Soso.«

»Dann wäre das ja geklärt. Gut, wenn man die Dinge beim Namen nennen kann. Das ist einer deiner größten Pluspunkte. Dass man mit dir Tacheles reden kann.«

Valdimar schwieg. Bei Elma wusste er einfach nie, woran er war. Sobald er auf irgendetwas reagierte, was sie gesagt oder getan hatte, war sie schon wieder ganz woanders. Das irritierte und verunsicherte ihn selbst in ihren schönsten gemeinsamen Stunden.

Einmal war er nach einem langen und ermüdenden Arbeitstag mit ihr verabredet gewesen. Als er kam, saß sie am Tisch und starrte auf eine Riesenportion Kartoffelchips, die sie, nachdem sie den Packungsinhalt in eine Schale gefüllt hatte, anscheinend nicht angerührt hatte. Es war halb acht, und er hatte mit ihr essen gehen wollen. Sie schien in einer merkwürdigen Verfassung, fast wie weggetreten. Zur Sicherheit schnupperte er, aber von einer Alkoholfahne war nichts zu merken. Sie verschwand im Bad, kam kurz darauf perfekt geschminkt zurück, riss die Tür zum Schlafzimmer auf und brach in Tränen aus, heulte, bis ihr das Mascara in schwarzen Sturzbächen über die Wangen lief.

»Mir passt überhaupt nichts mehr!«, schluchzte sie. »In meinem Kleiderschrank ist nicht ein einziges Stück, in dem ich mich guten Gewissens vor die Haustür wagen könnte!«

»Hör doch auf mit diesem Unfug«, tadelte er sie arglos. »Du bist gertenschlank!«

»Schlank? Ich sehe aus wie ein Skelett, du Idiot! Alle meine Kleider schlottern nur so an mir herum. Dieser verfluchte Krebs frisst alles an mir weg, was mich zur Frau macht.«

Valdimar hatte sie wie betäubt angestarrt, ohne zu verstehen, wovon sie sprach.

Plötzlich versiegten ihre Tränen, und ihr Geschluchze wurde zu einem schrillen Wiehern.

»Du siehst unglaublich dämlich aus, Valdimar, wie du so dastehst und glotzt. Wie eine Figur in so einem russischen Pantomimentheater. Wie irgend so ein Loser, der seinen Mantel verloren hat! Kannst du mich nicht ein bisschen trösten?«, sagte sie dann und lehnte sich an seine Schulter. Er hatte den Arm um sie gelegt und dabei versucht, nicht an die aufgelöste Wimperntusche zu denken, mit der sie ihn wahrscheinlich gerade überall beschmierte, aber wenigstens war er nicht unwillkürlich zurückgewichen, um sein Hemd zu retten.

»Ich krieg jeden Moment meine Tage, weißt du«, sagte sie, wie zur Erklärung.

»Oh, entschuldige!« Er nahm seine Hand von ihrem Hintern.

»Mann, Valdimar«, seufzte sie. »Du bist so unwiderstehlich doof!« Und damit hatte sie seine Hand genommen und wieder an Ort und Stelle platziert.

Während diese Erinnerungen aus der Versenkung auftauchten, hatte er verpasst, was Elma zuletzt gesagt hatte. Etwas, auf das er hätte antworten sollen.

»Hallo? Bist du noch dran?«

»Ich muss eigentlich los. Hab noch mit jemand einen Termin. Wir sprechen uns noch mal heute Abend.«

»Soso, was macht dich da so sicher?«, gab sie schnippisch zurück, dann legte sie ohne Abschiedsgruß auf.

29 »Sie war schon immer ein Kapitel für sich, deine Mutter«, sagte die alte Frau mit einer wegwerfenden Handbewegung, als wolle sie eine lästige Fliege verscheuchen. »Aber mittlerweile hat sie, glaube ich, ihre Trümpfe endgültig verspielt.«

Ein altbekanntes Gefühl holte Drífa ein und deckte sie zu wie eine schwere Hülle. Schon als kleines Mädchen hatte sie verstanden, dass ihre Mutter und ihre Großmutter nicht allzu gut miteinander auskamen, die alte Frau trat ihrer Tochter mit einem ständigen unterschwelligen Groll entgegen, und die Tochter provozierte ihre Mutter dafür mit einer Mischung aus sarkastischem Schweigen und falschen Bemerkungen zum richtigen Zeitpunkt. Drífa fand das bedrückend, in anderen Familien gab es so etwas nicht.

»Daran ist einzig und allein ihr Vater schuld! Erlingur hat ihr einfach viel zu viel durchgehen lassen!« Die Großmutter war wieder bei ihrem Lieblingsthema gelandet. »Fährt zu allen erdenklichen Zeiten mit ihr nach Reykjavík runter, um ihr Abendkleider und ich weiß nicht was sonst noch alles zu kaufen. ›Schließlich ist sie ja mein einziges Töchterchen‹, hat er immer gesagt. Während er ihre Brüder in den Schulferien regelmäßig zum Arbeiten geschickt hat, über Weihnachten, zu Ostern und natürlich im Sommer, oft sogar an den Wochenenden. Seiner Meinung nach würde das den Jungs nur guttun.

Aber für sie galt das natürlich nicht – kein Wunder, dass ihr das zu Kopf gestiegen ist. Deshalb ist sie heute so ein Biest, meine Hugrún, traurig, aber wahr. Du weißt ja noch, wie sie auf Gran Canaria mit deinem Großvater umgesprungen ist.«

Drífa schluckte und hatte einen Riesenkloß im Hals. Sie mochte ihre Oma gern, aber dieses Gerede konnte sie auf den Tod nicht ausstehen. Und den Vorfall am Silvesterabend hatte sie etwas anders in Erinnerung.

Das Silvesterdinner hatten sie in der Cafeteria des Hotels eingenommen, mitten unter deutschen Touristen. Die anderen Isländer hatten offenbar beschlossen, sich zur Feier des Tages etwas Edleres zu leisten, was sich im Nachhinein als die vernünftigste Entscheidung erwies, da das Kantinenessen kaum als appetitlich zu bezeichnen war und auch die Atmosphäre dort sehr zu wünschen übrigließ. Der Speisesaal war voller kreischender Kleinkinder, so dass man kaum sein eigenes Wort verstand, und das Unterhaltungsprogramm, das fast ausschließlich auf Deutsch stattfand, wurde von Grölen und dröhnendem Gelächter untermalt. Am Ende jeder Nummer versuchte der Moderator zu übersetzen und die Pointe auf Englisch zusammenzufassen, aber Þorsteinn und seine Familie hatten – ob ihnen nun die Sprachkenntnisse fehlten oder der Sinn für deutschen Humor – die Darbietungen in beiden Sprachen mit unbewegten Mienen an sich vorüberziehen lassen. Lustig hatte es keiner von ihnen gefunden. Man hatte ihnen erlaubt, vier benachbarte Tische zusammenzurücken, an denen sich auch die einzigen anderen Vertreter der isländischen Fraktion, ein älteres Ehepaar aus Hafnarfjörður, zu ihnen gesellten: er ein alter Seemann, dem ständig sein Gebiss herausfiel, worauf er es mit einer geübten Bewegung der Zungenspitze wieder an die richtige Stelle brachte. Drífa, die ihm direkt gegenübersaß, kämpfte mit Übelkeit. Genau wie seine Frau, eine Vogelscheuche mit stechendem Blick, sagte er den ganzen Abend kein Wort.

Nach dem Dessert hatten sie die Gelegenheit genutzt, aus dem Speisesaal zu verschwinden und sich alle in die Ferienwohnung der Sippenältesten, Erlingur und Ása, gezwängt, wo genug Alkohol jeder Art vorrätig war, zum Teil in Form einiger Flaschen Champagner, die gut gekühlt auf das neue Jahr warteten. Opa Erlingur hatte schon den ganzen Abend dem Likör zugesprochen und sich dabei nicht sonderlich im Zaum gehalten, und als es auf Mitternacht zuging, saß er glucksend mit einer Champagnerflasche auf dem Schoß in seinem Rollstuhl und grinste vor sich hin. Er hatte die Weckfunktion seiner Armbanduhr auf Punkt zwölf gestellt, und als die Uhr lospiepste, fing er an, die Flasche wie wild zu schütteln, so wie er es wohl einmal im Fernsehen bei der Siegerehrung nach einem Formel-1-Rennen gesehen hatte. Wie zu erwarten schoss der Korken mit gewaltigem Knall aus der Flasche, woraufhin der Alte den Daumen auf die Öffnung hielt und munter weiterschüttelte, so dass der Champagner in einer flächendeckenden Sprühwolke über die versammelte Mannschaft niederging. Drífa und ihre Mutter, die direkt daneben standen, bekamen eine besonders großzügige Ladung ab. Drífa kreischte und hielt sich schützend die Hände vors Gesicht, und Hugrún brach in ein heiseres Gebrüll aus. Im ersten Moment hatte Drífa das für pure Albernheit gehalten, aber Hugrún schrie und schrie und hörte überhaupt nicht mehr auf, als würde sie gerade mindestens vergewaltigt, triefnass, mit weit aufgerissenem Mund, die Arme steif an ihren Körper gepresst. Alle hörten auf zu lachen, nur Erlingur nicht. Auf dem Parkplatz neben dem Hotel wurde jetzt ein Feuerwerk veranstaltet, die Knallerei drang durch die offene Tür, so dass man drinnen kaum ein Wort verstand.

»Du Widerling! Immer musst du alles übertreiben!«, kreischte Hugrún.

»Hat jemand Lust auf Schokolade?«, krähte Oma Ása, aber keiner nahm Notiz von ihr.

»Tschulljung!«, hickste Opa Erlingur und tat erstaunt.

»Du Scheusal!«, zeterte Hugrún. »Widerlicher, alter Sack!«
»Hugrún!«, zischte Ása entsetzt.

Daraufhin war Hugrún an ihr vorbei aus dem Zimmer gestürzt und in die Dunkelheit hinausgerannt.

»Ach Rúna«, seufzte Þorsteinn entnervt, stand widerwillig auf und trottete ihr nach. Drífa starrte den beiden fassungslos hinterher.

»Will jemand Schokolade und Kekse?«, fragte Ása noch einmal. Und auf einmal waren alle ganz wild auf Schokolade, aber der Abend war nicht mehr zu retten, auch dann nicht, als Hugrún und Þorsteinn nach zwanzig Minuten zurückkamen und sie, neu geschminkt und in frischen Kleidern, schnurstracks zu ihrem Vater hinüberging, der in seinem Rollstuhl vor sich hin brummelte und in sein leeres Champagnerglas starrte, und ihn versöhnlich auf die Glatze küsste.

Drífa sah ihrer Großmutter sofort an, dass sie nicht vorhatte, ihrer Tochter zu verzeihen, »mit ihrem armen, behinderten Vater so umzuspringen, und das an einem der höchsten Feiertage des Jahres!« Erlingur hingegen war ein friedfertiger Mensch, der das mit dem Champagner längst bereute. Drífa hatte ihm beschwichtigend zugeredet, er solle die Sache einfach vergessen, auch wenn ihr das selber nicht leichtgefallen war.

Im Nachhinein kam es ihr vor, als hätte das Unglück schon an jenem Abend seine Schatten vorausgeworfen, irgendetwas war schon in dieser ersten Nacht des Jahres aus dem Ruder gelaufen. Als Hugrún wieder auf der Bildfläche erschienen war, hatte sie sich über die herrische Art der alten Dame furchtbar aufgeregt und ihre Stinklaune dann an allen Anwesenden ausgelassen außer an ihr. Für den Rest des Urlaubs war sie verschlossen, unleidlich und unberechenbar gewesen. Unter normalen Umständen wäre das Familienleben spätestens bei der Heimkehr nach Island von selbst wieder in seine gewöhnlichen Bahnen zurückgekehrt. Aber nun gab es keine gewöhnlichen

Bahnen mehr, in die es hätte zurückkehren können, das Haus war unbewohnbar, alles war in Auflösung und im Zerfall. Drífa wünschte sich sehnlichst, Oma Ása wäre auf Gran Canaria bei den anderen geblieben, ihre Anwesenheit übte einen unguten Einfluss aus. Sie waren einander fremd geworden, schweigsam und verbittert. Drífa begann, sich um ihre Mutter ernsthafte Sorgen zu machen, und auch ihr Vater, dem es normalerweise gelang, sie zu besänftigen oder zumindest ihren extremen Ausbrüchen die Spitze zu nehmen, schien von der lähmenden Bitterkeit angesteckt, die die Atemluft zwischen ihnen vergiftete. Drífa hatte jeglichen Kontakt zu ihm verloren.

So etwas gab es in anderen Familien nicht. Zumindest nicht in normalen Familien.

30 »Was willst du eigentlich andeuten, Papa?«

»Ich will überhaupt nichts andeuten. Aber hier im Ort erzählen die Leute so einiges über dich, und ich will endlich wissen, was Sache ist«, antwortete Smári. Er wünschte, sie könnten ruhig miteinander reden, anstatt, wie so oft, in diesem sinnlosen Hickhack zu enden, das zu nichts führte.

»Nichts ist los. Kein Pups. Was für Leute sollen das denn sein?«, gab Bóas zurück, und seine Augen blitzten aggressiv. »Die sollten mal lieber die Klappe halten, anstatt Lügengeschichten zu verbreiten.«

»Was hast du mit dem Haushaltsgeld gemacht, das du aus dem Krug in der Küche stibitzt hast?«

Bóas schwieg und schaute weg.

»Was hat denn das damit zu tun?«

»Antworte mir bitte.«

»Darf man vielleicht noch ab und zu 'n kleines bisschen Privatleben haben?«

»Wenn irgendwas in deinem Privatleben zigtausend Kronen kostet, findest du nicht, dass ich dann das Recht habe, mal nachzuhaken?«

»Falls du denkst, ich hätte davon Dope gekauft oder so was, liegst du leider vollkommen daneben.«

»Na, gut zu wissen. Du hast also nicht angefangen, mit irgendwelchem Zeug rumzumachen. Oder?«

»Nein«, sagte Bóas und sah geflissentlich an seinem Vater vorbei.

»Dann stimmt es also doch«, murmelte Smári und musste sich beherrschen, um seinem Sohn nicht spontan eine Ohrfeige zu verpassen. »Wie lange geht das schon?«

»Wie lange geht was? Sag mal, spinnst du? Ich hab mit so was nichts zu tun! Wenn ich jemals eine Kippe angerührt haben sollte, die ein anderes Aroma hatte als der Tabak, den du ständig qualmst, dann ist das ganz allein meine Sache. Ich hab mir noch nie im Leben Drogen besorgt, weder aus der Haushaltskasse noch von irgendwelchem anderen Geld. Du solltest dich lieber mal um deine eigenen Geheimnisse kümmern!«, gab Bóas feindselig zurück und starrte angestrengt auf seine Handflächen.

»Und was für Geheimnisse sollen das sein, bitte schön?«, fauchte Smári.

»Ach, vergiss es.«

»Den Teufel werd ich! Glaubst du, ich lass mir das von dir gefallen? Dass du dich hier in Andeutungen ergehst und so tust, als hättest du irgendwas gegen mich in der Hand, nur um mich zum Schweigen zu bringen?«, schnaubte Smári und kam sich vor wie ein Topf blubbernder Hafergrütze kurz vor dem Überkochen. »Ab jetzt antwortest du gefälligst nur noch, wenn du gefragt wirst, kapiert? Sonst wirst du dir bald selber leidtun.«

»Dich nur zu kennen, würde manchem schon reichen«, murmelte der Junge und duckte sich, als ob er eine Abreibung erwartete – oder aber Anlauf nehmen und auf seinen Vater losgehen wollte.

»Wovon redest du überhaupt, du … Früchtchen?«, stieß Smári gepresst hervor. Er war aufgesprungen und fuchtelte, ohne dass es ihm bewusst war, mit der geballten Faust vor Bóas' Gesicht herum.

»Na los, schlag mich. Das kannst du doch so gut.«

Smári ließ seine Faust sinken. Das Unbehaglichste an der ganzen Situation war, dass Bóas ihm noch immer nicht in die Augen gesehen hatte. »Hab ich dich jemals geschlagen?«, sagte er schließlich. Der Junge antwortete nicht, sondern saß stumm und mit hängenden Schultern auf der Bettkante und starrte auf den grünkarierten Bezug seines Schlafsofas. »Ich werde ja noch fragen dürfen, was du mit dem Geld gemacht hast!«, setzte Smári wieder an und versuchte, seinen Zorn einigermaßen im Zaum zu halten.

»Ich hab's doch komplett zurückgezahlt, Mann«, sagte Bóas trotzig. »Die Kohle ist längst wieder an Ort und Stelle. Und jetzt muss ich los. Hatte den Jungs von der Baufirma versprochen, noch mal mit anzupacken.«

»Warum kannst du mir nicht einfach sagen, wie's ist? Du spiegelst mir immer noch vor, alles wäre in bester Ordnung, dabei wissen wir doch beide, dass das nicht stimmt.«

»Kannst du mir nicht ausnahmsweise mal vertrauen?«

»Da bin ich mir nicht so sicher ...«, sagte Smári düster. »In der Stadt geht das Gerücht um, du seist der Brandstifter. Der, der sich vorgenommen hat, diese Stadt unbewohnbar zu machen ...« Der Wachtmeister sah seinem Sohn fest in die Augen, und zu seinem Erschrecken brach der Junge plötzlich in ein schrilles Gelächter aus, freudlos und hart.

»Schön, dass du darüber lachen kannst. Ich kann das nämlich nicht.«

»Manche Leute haben einfach zu viel freie Zeit«, sagte er spöttisch. »Da kann man nichts machen. Und mir ist es auch scheißegal.«

»Hast du eine Ahnung, wer das in Umlauf gebracht haben könnte?«

»Ja, ich weiß genau, von wem das kommt, und warum«, sagte Bóas. »Aber ich hab jetzt keine Lust, das näher zu diskutieren«, fügte er schnell hinzu, als er sah, dass sein Vater bereits Luft holte, um genau das zu tun.

»Und du bittest *mich*, *dir* zu vertrauen«, sagte Smári stattdessen, doch dann besann er sich und wechselte blitzschnell
das Register.

»Wo warst du gestern Abend?«

»Ist das jetzt ein scheiß Verhör, oder was?«, gab der Junge
zurück und schaute seinem Vater zum ersten Mal direkt ins
Gesicht, wenn auch nur für einen winzigen Augenblick.

»Nein, ich frage bloß als besorgter Vater.«

»Glaubst du das denn auch? Dass ich der Brandstifter bin?«
Die störrische Auflehnung in seiner Stimme war in ungläubiges
Staunen umgeschlagen. Smári zögerte lange mit seiner Antwort, dann stieß er umso hastiger hervor: »Nein, nein. Überhaupt nicht.«

Bóas starrte wieder auf den Boden, und Smári hätte ihn am
liebsten unter dem Kinn gepackt, ihn geschüttelt und gezwungen, ihm in die Augen zu sehen, eine alte Erziehungsmaßnah-
me aus der Zeit, als Bóas ein kleiner Junge war: Nicht den
Saft auf den Boden schütten, nicht mit Steinen werfen, nicht
die anderen Kinder hauen, hörst du wohl auf, lass das, Finger
weg, nein! Plötzlich war das Gefühl von damals wieder da:
Er hatte versucht, den Jungen zu erziehen, aber irgendwann
war ihm das aus den Händen geglitten und er hatte ihn immer
öfter sich selbst überlassen. Nur manchmal hatte er, aus heiterem Himmel und ohne ersichtlichen Grund, eine Stinkwut auf
ihn bekommen, hatte ihn angebrüllt und weggejagt oder ihn
in sein Zimmer eingesperrt. Er sah es plötzlich glasklar vor
sich, er, mit brennender Zunge vom heißen Whisky, während
der arme Bóas von innen gegen seine Zimmertür trat und an
die Wände trommelte. Wie alt mochte der Kleine da gewesen
sein? Sechs, sieben vielleicht. Ein mutterloses, unglückliches
Kind, das seinen Papa trotz allem unendlich verehrte. Smári hatte ihn enttäuscht, und er enttäuschte ihn bis heute, er
zwang ihn dazu, ihm zu vertrauen, als ob das überhaupt noch
möglich wäre, aber gleichzeitig unterstellte er ihm das Aller-

schlimmste, aus dem einfachen Grund, weil er seinen Sohn überhaupt nicht kannte. Bei dieser Erkenntnis flammte eine ganz andere Wut in ihm auf: die Wut auf sich selbst und seine eigene Dummheit.

»Du warst doch auf diesem Kostümfest, oder?«, fragte er seinen Sohn.

»Ja«, war die knappe Antwort.

»Und was weiter? Wie war's?«

»Ganz okay.«

»Waren viele dort?«

»Ja. Also doch ein Verhör.«

»Nein, ich brauche deine Hilfe. Und zwar, ehrlich gesagt, ziemlich dringend. Also, wer war auf dieser Party?«

»Alle waren da. Alle aus den oberen Klassen.«

»Fällt dir jemand ein, der nicht da war?«

»Nee. Nicht spontan. Aber ein paar haben ihre Masken nicht abgenommen.«

»Wer zum Beispiel?«

»Na ja … Also einer war da, der war als Tod verkleidet. Mit Sense und so.«

»So? Und du hast keine Idee, wer das gewesen sein könnte?«

»Nee … Ich hatte erst auf Ragnar getippt. Du weißt schon … der Sohn vom Pfarrer. Der ist 'n bisschen schräg drauf.«

»Und was war dann? Warum sind alle plötzlich raus auf die Straße gerannt?«

»Ich meine, einer von uns wollte kurz raus, eine rauchen, und der kam sofort wieder rein und hat gebrüllt, die Fabrik brennt. Und dann sind wir einfach raus. Ich glaube nicht, dass da ein bestimmter Plan oder so dahinter war.«

Bóas war immer noch auf Kollisionskurs, gab seine Sturheit aber allmählich auf. Smári legte eine kurze Pause ein, bevor er ihn sich erneut zur Brust nahm.

»Man hat mir erzählt, du würdest große Reden schwingen

über ein Riesending, das du angeblich planst. Gibt's da vielleicht was, das du mir schon lange erzählen wolltest?«

Bóas sah kurz auf und schien etwas sagen zu wollen, das er dann aber offenbar nicht über die Lippen bekam, und schaute gleich wieder nach unten.

Smári saß mit dem halben Hintern auf der Fensterbank und beobachtete Bóas, der mit dem Rücken gegen ein dickes Sitzpolster gelehnt auf dem Boden hockte, die Knie bis unter das Kinn gezogen, und nervös die Fransen einer zusammengefalteten Wolldecke zwischen den Fingerspitzen drehte. In der einen Socke war ein großes Loch.

»Wolltest du mir nicht was sagen?«

»Das mit dem Maskenball hab ich dir doch grade erzählt.«

»Stimmt auch wieder«, sagte Smári matt. »Als was bist du eigentlich gegangen?« Die Frage war Smári erst in diesem Moment eingefallen. Bóas verdrehte die Augen.

»Ich hab schnell irgendwas zusammengefummelt …«, sagte er ausweichend.

»Anscheinend willst du das genauso wenig diskutieren wie diverses anderes.«

»Als Teufel. Du hast mich doch angebrüllt!«, erklärte der Junge.

»Ach, du warst das! Ich hab dich überhaupt nicht erkannt, Teufel noch mal!«, rief Smári, und während er über seine Wortwahl grinsen musste, bemerkte er, dass auch über das Gesicht seines Sohnes so etwas wie ein Lächeln huschte. Wie lange war es wohl her, dass er und Bóas zuletzt gemeinsam gelacht hatten? Es schien Jahre zurückzuliegen.

31 In der Einfahrt vor dem verbrannten Haus stand ein blauer Müllcontainer, aus dem ein verkohltes Ledersofa herausragte. Die beiden schwarz klaffenden leeren Fensteröffnungen hatte man seit Valdimars letztem Besuch mit Plastikfolie abgeklebt. Ein schnurrbärtiger Mann erschien im Türrahmen und wuchtete eine Schubkarre voller Bücher vor sich her, die obersten waren unverkennbar, schwarze Buchrücken mit Goldprägung, der Einband mit einem unregelmäßigen schwarz-weißen Streifenmuster.

»Oje, musste der gute Laxness auch dran glauben?«, wandte sich Valdimar an den Mann.

»Ja, leider. Völlig durchweicht, der Ärmste. Keine Sprengkraft mehr – kein Wunder, wenn das Pulver nass geworden ist«, kalauerte er, während er die Schubkarre die Rampe aus schräg gelegten Planken hochstemmte, um den Inhalt in den Container zu kippen. Aus dem Inneren des Hauses hörte man geschäftigen Arbeitslärm.

»Ich hätte gerne mal mit Þorsteinn gesprochen«, sagte der Kommissar.

»Der ist irgendwo da drinnen. Gehen Sie doch einfach rein.«

Valdimar befolgte den Rat des Mannes und betrat das Haus. Durch eine weitere Türöffnung, gleich rechts neben der Haustür, sah er Bóas, Smáris Sohn, der mit einer Flasche Malzbier vor sich am Küchentisch hockte. Für einen Moment sah es so aus, als ob der Junge aufspringen und die Flucht ergreifen wollte, doch dann ließ er sich schlaff auf seinen Stuhl zurückfallen. Valdimar nickte ihm im Vorbeigehen zu, dann ging er dem Ursprung des Gehämmers nach.

Im Schlafzimmer traf er schließlich auf Þorsteinn, der eifrig mit einem Stemmeisen hantierte und dabei war, die Reste eines kleinen eingebauten Kleiderschranks zu zerhacken. Dabei warf er verkohlte Spanplatten und rußige Leisten zusammen mit Überresten von Kleidungsstücken auf einen großen Haufen neben der Tür. Auch hier hatte man das Fenster inzwischen mit Plastikfolie abgeklebt.

»Guten Tag, Þorsteinn.«

»Ach, Sie sind's«, schnaufte Þorsteinn leicht außer Atem. »Kriminalpolizei, hab ich recht? Hätte Sie fast nicht erkannt, mit dem Kopfputz.«

Valdimar grinste, ließ aber die Mütze an ihrem Platz. Als sich in seiner Hosentasche das Handy meldete, schaltete er es aus, ohne zu antworten.

»Gibt's was Bestimmtes?«, fragte Þorsteinn.

»Eine Kleinigkeit, ja«, antwortete Valdimar schnell. »Es geht um das Feuer gestern Nacht.«

»So?«

»Ich hatte mich hier unten an der Tankstelle nach losem Verkauf von Kraftstoff erkundigt, und nach dem, was man mir sagte, sind Sie der Einzige, der in den letzten Tagen dort Benzin in Kanistern abgenommen hat.«

»Ja also, ich … Moment mal, unterstellen Sie mir jetzt vielleicht, ich hätte gestern Nacht die gute alte Parkettfabrik abgefackelt?«

»Keineswegs«, erwiderte Valdimar ruhig. »Lediglich ein Detail, das ich abklopfen muss. Sie sind doch sicher so freundlich, mir zu erzählen, was Sie mit diesem Benzin gemacht haben.«

»Selbstverständlich. Trotzdem verstehe ich nicht ganz, warum die unten an der Tankstelle mich jetzt unbedingt in diese Brandstifter-Geschichte mit reinziehen müssen.˚ Ich habe bei denen schon oft Benzin in Kanistern gekauft.«

Valdimar gab dazu keinen Kommentar ab, stattdessen fixierte er Þorsteinn so lange, bis dieser irritiert wegsah.

»Ich nehme an, Sie haben dieses Benzin bisher nicht verbraucht?«, fragte er schließlich.

»Nein, noch nicht. Aber das Fahrwetter kann jeden Moment wieder besser werden«, erklärte Þorsteinn. »Ich wollte demnächst eine kleine Motorschlittentour machen, hier oben am Bergkamm zwischen Seyðisfjörður und dem Loðmundarfjörður. Und dafür will ich gerüstet sein, um dann, wenn es heller wird, sofort loslegen zu können. Kann nichts schaden, sich aufzuraffen und die Seele draußen in der Natur mal so richtig auszulüften, oder? Nach all dem, was in letzter Zeit hier gelaufen ist.«

»Hervorragende Idee«, bestätigte Valdimar. »Und wo haben Sie die Kanister jetzt?«

»Draußen im Geräteschuppen. Warten Sie, ich zeig's Ihnen.«

Valdimar ging hinter Þorsteinn in die Küche; in der Ecke an der hinteren Wand führte eine Tür in eine kleine Speisekammer, und von dort ging es direkt in den Schuppen hinaus. Die graue Metalltür quietschte beim Öffnen.

»Wenigstens der Schuppen scheint ja ziemlich glimpflich davongekommen zu sein!«, bemerkte Valdimar höflich, während sie in den Anbau hinübergingen.

»Ja, sozusagen«, brummte Þorsteinn mürrisch. »Da stehen sie«, sagte er dann, nachdem er die Tür aufgestemmt und Licht gemacht hatte. Entlang der Decke ging eine Reihe länglicher Neonröhren an, das Licht flackerte, bis schließlich alle gleichmäßig leuchteten. Draußen vor dem Eingang stand ein glänzendes, grün-schwarzes Schneemobil der Marke *Arctic Cat*, allem Anschein nach funkelnagelneu. Quer über der metallicgrünen Vorderhaube, direkt unter den Scheinwerfern, prangte in zierlich schräg geneigten, schwarzen Klebebuchstaben der Schriftzug *Högninn*, »Der Kater«.

»Benutzen Sie dieses Fahrzeug regelmäßig?«

»Allerdings, was glauben Sie denn? Ich bin damit schon ganz schön rumgekommen.«

»Allein?«, erkundigte sich Valdimar, eher interessehalber.

»Nein, meistens mit ein paar Kumpels. Hier ist übrigens das Benzin«, setzte Þorsteinn hinzu und zeigte auf drei orangefarbene Behälter, die unter einem Tisch an der gegenüberliegenden Schuppenwand aufgereiht waren.

»Der hier ist nur gut halb voll. Haben Sie den beim letzten Mal so zurückgelassen?«, fragte Valdimar, nachdem er den Kanister kurz angehoben hatte.

»Was? Nein, als ich sie hier abgestellt habe, waren sie alle voll«, antwortete Þorsteinn stirnrunzelnd. »Ich kann Ihnen versichern, dass … Ich hab sie seitdem nicht angerührt!« Seine Stimme nahm einen beschwörenden Ton an, als seien seine Worte Gesetz und er selbst in dieser Sache die ultimative Instanz. »Außerdem kann hier jeder, der will, beliebig ein und aus gehen.«

Valdimars Augenbrauen zuckten.

»Da vorne die Tür, die führt nach draußen«, erklärte Þorsteinn und ging hinüber, wie um seine Worte durch konkrete Anschauung zu untermauern. Valdimar folgte ihm.

»Ist diese Tür normalerweise verschlossen?«

»Nein, eigentlich nicht«, räumte Þorsteinn mit verlegenem Mundwinkelzucken ein. »Das heißt, doch, aber einer der Schlüssel hängt hier draußen an einem Nagel. Hier unter der Dachrinne.«

»Wissen das viele?«

»Ja, ich denke schon. Das war schon immer so. Und bis jetzt habe ich auch noch nie befürchten müssen, dass jemand hier unbefugterweise reinschleicht.«

»Fällt Ihnen vielleicht trotzdem jemand ein, dem Sie das zutrauen würden?«

»Hmm, ja«, begann Þorsteinn und zögerte. »Ich brauche Sie wohl kaum daran zu erinnern, dass Sveinbjörn hier direkt nebenan wohnt. In dieser Hinsicht hätte unser Haus also sozusagen am Weg gelegen – um es mal so auszudrücken. Was nicht heißen soll, dass ich ihn hiermit irgendwie speziell belasten will.«

»Soso. Bei unserem letzten Gespräch ist Ihnen das aber nicht sonderlich schwergefallen.«

»Ja. Mag sein, dass ich da etwas voreilig war. Oder ...«

»Immerhin schienen Sie sich in Ihrem Verdacht ziemlich sicher.«

»Nun ja, ich hab nun mal keine besonders gute Meinung von dem Mann. Dem Kerl ist so ziemlich alles zuzutrauen. Aber ...«

»Das war eine ziemlich gravierende Anschuldigung«, unterbrach ihn Valdimar. »Die vielleicht auf bestimmte Hintergründe zurückgeht, die Sie mir bisher verschwiegen haben?«

»Das ist vollkommen aus der Luft gegriffen! Fällt die Polizei jetzt schon auf den billigsten Dorfklatsch herein ...?«, polterte Þorsteinn, mittlerweile feuerrot im Gesicht.

»Was meinen Sie damit?«, fragte Valdimar knapp.

»Sie wissen sehr gut, was ich meine! Sonst würden Sie sich nicht in diesen abscheulichen Andeutungen ergehen.«

»Genauso abscheulich, wie Ihrem Nachbarn eine Brandstiftung anzuhängen, die sich auf eine derart windige Grundlage stützt, dass Sie Ihre Meinung inzwischen schon selber revidiert haben?«

»Wer sagt denn, dass ich meine Meinung geändert habe? Sie haben mich doch gezielt danach gefragt – und ich habe nur nach bestem Wissen geantwortet.«

»Na schön, wenn Sie meinen. Dann schließen wir den Schuppen jetzt mal gut zu, und der Schlüssel bleibt vorerst in meiner Verwahrung. Ich werde ihn auf Fingerabdrücke untersuchen lassen, und die Kanister ebenso«, verkündete Valdimar. »Auch wenn ich wenig Hoffnung habe, dass das etwas bringt«, murmelte er zum Schluss, mehr zu sich selber als zu dem wutschnaubenden Kapitän.

»Wir dürfen den Schuppen also in der Zwischenzeit nicht betreten, oder was?«

Valdimar zögerte.

»Ist das denn unbedingt notwendig?«

»Der Anschluss für die Energieversorgung ist hier draußen. Bis jetzt sind die Stromleitungen im Haus noch alle tot.«

»Verstehe. Na gut, meinetwegen.«

32

»Ist alles verbrannt?«

»Ja.«

»Weißt du was, Sveinbjörn? Dein Traum wird wahr. Dein Alptraum. Ich hab da ein paar erstklassige Typen bestellt, die werden dich abwickeln. *The killer awoke at dawn, he put his boots on* ... Und die Jungs sind auch schon ganz in der Nähe, hab gerade mit ihnen geredet. *Love is in the air* ... Die warten nur noch auf ein Zeichen von mir. Ich werd ihnen sagen, sie sollen sich schön Zeit lassen. Das werden die sich nicht zweimal sagen lassen, die Tausendsassas. *Smile, and the world smiles back at you* ... Und zwar sehr bald, mein Freund. *In a big way* ...«

»Mann, hör auf, Snorri. Das war nicht meine Schuld, kapier das doch endlich.«

»Nicht meine Schuld? Die letzten Worte des Wikingers, wie es so schön heißt. Aber ich kann mir nun mal nicht leisten, mich von so einem Ostküstendeppen verarschen zu lassen. Sorry.«

»Ostküstendepp?«

»›Nebel über den Ostfjorden‹ und Hum-ta-ta und so, du Parkettheini. Lass Weib und Kinder zurück, krall dir deinen Privatjet und mach dich vom Acker, Mann. Bevor meine Jungs dich besuchen kommen und dich zum Kaffee einladen. Schwarz und ohne Zucker. Kanisterweise. Das sind launische Kollegen. Die könnten auch auf die Idee verfallen, gleich deine ganze

Familie zu 'ner Zeitreise einzuladen, wenn sie entsprechend drauf sind. *Stairway to heaven* sozusagen. Beziehungsweise *Highway to hell*. Du hast 'ne halbe Stunde, um dir ein Ticket zu organisieren, dann sag ich *Go*. Denk an deine Gören.« Snorris Stimme im Hörer triefte vor Widerwärtigkeit. Plötzlich kroch in Sveinbjörn die Wut hoch.

»Weißt du was?«, sagte er. »Ich hab das alles längst der Polizei gesteckt. Dieses Gespräch wird aufgezeichnet. Na, wie findest du das?«

»Die Nacht hat tausend Augen. Okay, das mit der halben Stunde nehm ich zurück«, schnarrte Snorri ins Telefon und legte auf.

Ein paar Minuten später saß Sveinbjörn wie gelähmt und mit schmerzender Brust im Zimmer, da klingelte es an der Haustür. Irgendwo im Haus schrammte ein Stuhl über den Fußboden. Sveinbjörn sprang hastig auf.

»Ich geh schon!«, rief er. »Ist für mich!«

Irgendetwas an Snorri Shit und seinen nebulösen Drohungen hatte seine Wirkung auf Sveinbjörn nicht verfehlt, denn als er jetzt die Haustür einen Spaltbreit öffnete, war er auf das Schlimmste gefasst. Eine dick verschneite menschliche Gestalt drängte sich an ihm vorbei ins Haus, und Sveinbjörn war drauf und dran, den Eindringling mit einem wohl platzierten Kinnhaken daran zu hindern, aber irgendetwas hielt ihn im letzten Moment davon ab. Vielleicht war es das völlige Ausbleiben einer Schreckreaktion bei dem Besucher, der die Tür hinter sich ins Schloss geworfen hatte und sich jetzt auf der Fußmatte den Schnee von Stiefeln und Kleidern klopfte.

»So ein Sauwetter!«, schimpfte eine vertraute Stimme, und Sveinbjörn spürte, wie seine Muskeln sich einer nach dem anderen entspannten. Ich Idiot, dachte er und schüttelte im Stillen den Kopf.

»Kolbrún! Was machst du denn hier?«, fragte er heiser.

»Hast du Kaffee da?«, entgegnete sie kurz und bündig,

nachdem sie die Kapuze abgestreift und das schwarze Haar zurechtgeschüttelt hatte. »Ach, hallo Stella!«, rief sie dann, nun in hörbar wärmerem Tonfall, über Sveinbjörns Schulter hinweg. Als er sich unwillkürlich umdrehte, sah er nicht nur Stella, die in der Tür zum Esszimmer lehnte und den Gruß erwiderte, sondern auch Oddur, der hinter ihr im Zimmer herumlungerte, aber sofort verschwand, als er sah, dass sein Vater ihn bemerkt hatte.

»Äh … natürlich, klar kannst du eine Tasse Kaffee haben«, antwortete Sveinbjörn zögernd. Er hatte keinerlei Bedürfnis, sich eine von Kolbrúns Nörgeltiraden anzuhören, zu der sie offensichtlich bereits ansetzte.

»Ich muss dir deinen Mann mal für ein Weilchen entführen«, sagte sie dann, an Stella gewandt. »Mit ihm unter vier Augen reden.«

»Hallo, meine Liebe«, antwortete Stella. »Da gibt es nicht viel zu entführen. Er redet sowieso fast nur noch mit sich selbst. Vielleicht schaffst du es ja, ihn etwas aufzuheitern.«

Kolbrún lächelte kühl.

»Da will ich nichts versprechen«, sagte sie, während sie sich aus ihrem blauen Schneeoverall schälte. Darunter trug sie schwarze, weit geschnittene Cordhosen und einen quergestreiften Pullover in Orange, Schwarz und Rot. Über ihrer Schulter hing eine schwarze, rechteckige Ledertasche. Du lieber Himmel, dachte Sveinbjörn, den Computer hat sie auch noch mit hierher geschleppt!

Etwas verunsichert ging er vor Kolbrún die Treppe hinauf und betrat sein Arbeitszimmer. Er konnte sich beim besten Willen nicht vorstellen, was sie nun von ihm wollte.

Der Grund des Besuchs klärte sich jedoch sofort. Kolbrún wartete nicht einmal, bis er ihr einen Stuhl anbot, sondern drehte unverzüglich die Schultertasche um und kippte den Inhalt vor ihm auf den Tisch: vier luftdicht in Plastikfolie eingeschweißte Päckchen mit weißem Pulver.

»Und was zum Teufel ist das?«, fauchte sie zwischen den Zähnen.

Wie betäubt starrte er auf die weißen Tütchen vor sich auf der Tischplatte, dann blickte er auf und sah Kolbrún, die den Blick nicht von ihm gewandt hatte, verwirrt ins Gesicht.

»Das ist … Kokain, nehme ich mal an«, sagte er schließlich, noch verwirrter. »Aber wie … Warum hast du …?«

In diesem Moment klingelte es an der Haustür, zum zweiten Mal an diesem Abend. Sveinbjörn fixierte Kolbrún mit einem kurzen, durchdringenden Blick, dann raffte er die Päckchen hastig zusammen und eilte in Richtung Tür. Kolbrún sprang ihm in den Weg und packte ihn blitzschnell am Unterarm.

»Lass dir bloß nicht einfallen …!«, sagte sie drohend.

»Na los, dann verpfeif mich doch. Steck's deinem Kommissar, in den du so verknallt bist!« Er machte einen Versuch, sich aus ihrem Griff zu befreien, doch sie hielt seinen Arm eisern umklammert, und Brachialgewalt wollte er nicht anwenden. »Aber lass mich erst los, damit ich uns das Leben retten kann. Lass los!«, wiederholte er mit Nachdruck. Seine irrationale Angst hatte ihn wieder eingeholt, in seinem Kopf schwirrten Horrorstorys von Entführungen, Foltermethoden und verriegelten Kofferräumen.

Sie blickte ihn mit zornfunkelnden Augen an, doch dann lockerte sie ihren Griff. Er ließ sie stehen, stolperte die Treppenstufen hinunter und prallte an der Esszimmertür fast mit Oddur zusammen, den er im Vorbeihasten an den Schultern packte, beiseiteschob und weiter in Richtung Haustür eilte. Wieder schrillte die Türklingel. Er steckte den Kopf in die Garderobe, eine kleine abgetrennte Nische direkt neben der Gästetoilette, riss dort eine indianische Häkeltasche vom Haken, die Stella einmal auf einem Straßenmarkt in Kopenhagen einer Peruanerin abgekauft hatte, und stopfte die Kokainpäckchen kurzerhand in dieses seltsam adäquate Behältnis. Dann ging er mit entschlossenen Schritten an die Tür und bereitete sich, während er den schweren Riegel beiseiteschob, darauf vor, dem mysteriösen Drogenboss die Ware auszuhändigen. Doch als die Tür sich öffnete, stand Kriminalkommissar Valdimar Eggertsson vor ihm. Zum zweiten Mal innerhalb weniger Minuten fand Sveinbjörn keine Worte.

Der Kommissar warf einen misstrauischen Blick auf die gehäkelte Inkatasche, die Sveinbjörn ihm so angestrengt durch den Türspalt entgegenstreckte, woraufhin dieser sie schnell nach hinten über die Schulter warf und sie unauffällig an seiner Hüfte baumeln ließ.

»Ich war zufällig in der Nähe«, sagte Valdimar.

»Okay«, antwortete Sveinbjörn, und seine Stimme bebte vor Erregung, so dass er schon befürchtete, der Kommissar könnte das als Zeichen allzu großer Wiedersehensfreude missdeuten. Deshalb räusperte er sich gründlich und gab sich ungehalten über die späte Störung. »Ja bitte? Gibt es was Bestimmtes?«

»Ja, also ich habe mir gerade die Benzinkanister angesehen, die Þorsteinn drüben in seinem Schuppen aufbewahrt«, erklärte Valdimar und deutete mit einer vagen Kopfbewegung auf die Garage zwischen den beiden Häusern. »Und dabei fiel mir auf, dass einer der Kanister nur noch gut halb voll ist. Da muss jemand mindestens ein paar Liter entnommen haben. Und angesichts der momentanen Sachlage hielt ich es für naheliegend, bei Ihnen nachzufragen, ob Sie oder jemand in Ihrem Haushalt möglicherweise … ob Ihnen vielleicht irgendwelche ungewöhnlichen Vorkommnisse oder unbefugte Personen in Ihrem Garten aufgefallen sind.«

»Wollen Sie etwa damit sagen, ich hätte dieses Benzin abgezapft?«, erwiderte Sveinbjörn und versuchte, sich in die Entrüstung hineinzusteigern, von der er annahm, dass der Kommissar sie in einer solchen Situation erwartete. Aber heraus kam bloß ein gequetschtes, nicht sehr überzeugendes Fiepen, das auch dem Kommissar nur ein müdes Schulterzucken entlockte.

»Das ist natürlich eine Möglichkeit«, sagte er. »Aber ich nehme nicht an, dass Sie vorhatten, mir das auf die Nase zu binden.«

»Selbstverständlich waren Leute im Haus zugange, die dort zu tun haben. Die Brüder von der Baufirma zum Beispiel, und Bóas, der Sohn vom Wachtmeister. Und noch ein paar Handwerker. Die sind natürlich im Haus ein und aus gegangen und durch den Garten gestapft. Andere Personen hab ich nicht bemerkt.«

»Hmm, verstehe«, brummte Valdimar.

»Wollten Sie sonst noch was wissen?«, fragte Sveinbjörn nervös. Er schauderte bei der Vorstellung, Kolbrún könnte durch die Küchentür hinausgeschlichen sein, um das Gespräch zu belauschen, bevor er die Gelegenheit hatte, ihr die Hintergründe zu erklären. Wie auch immer er das anstellen würde.

»Nein, da Sie ja anscheinend gerade so beschäftigt sind, will ich nicht länger stören. Aber vielleicht wären Sie so nett und würden Kolbrún ausrichten, dass ich sie morgen gerne mal sprechen würde, um ein paar Dinge in puncto Buchhaltung mit ihr zu klären«, erwiderte Valdimar, und Sveinbjörn beobachtete, wie sein Blick an Kolbrúns hohen schwarzen Lederstiefeln hängen blieb, die sie dort auf dem Dielenboden achtlos von den Füßen gestreift hatte. Gut möglich, dass der Kommissar sie auf dem Weg zum Haus gesehen hatte und es ihm verdächtig vorgekommen war, dass sie um diese Zeit noch bei ihrem Chef an der Haustür aufkreuzte, überlegte er. Bei diesem Gedanken zitterte er erneut, und der Kommissar maß ihn mit forschendem Blick, bevor er sich zum Gehen wandte.

»In was für ein Schlamassel hast du uns da eigentlich reinlaviert?«, fauchte Kolbrún ihm entgegen, als er die Tür zum Arbeitszimmer öffnete. Sie stand mitten im Zimmer, offenbar war sie in der Zwischenzeit dort unruhig hin- und herstolziert. Sveinbjörn dankte seinem Schöpfer, dass Valdimar nicht verlangt hatte, mit hineinkommen zu dürfen. Er sperrte die Tür hinter sich zu, zog unauffällig den Schlüssel ab und steckte ihn ein.

»Ich habe bloß versucht, die Firma zu retten«, murmelte er.

»Indem du die Kids hier in der Stadt mit Gift versorgst?«, schrie ihn Kolbrún entgeistert an. Sveinbjörn legte den Finger auf die Lippen. »Mir ist es scheißegal, ob mich jemand hört!«, schimpfte sie weiter, aber immerhin hatte sie die Lautstärke jetzt etwas heruntergefahren.

»Das hier ist nicht für die Kids in der Stadt«, zischte er zurück, kniff die Brauen zusammen und reckte sich zu voller Größe auf, in dem Versuch, seine Autorität wiederherzustellen. Der Versuch misslang.

»Na prima. Dann ist ja alles in Butter!«, schrillte sie, nun wieder in voller Lautstärke. Es klopfte an der Tür, von außen wurde die Klinke heruntergedrückt. Stella. Sveinbjörn wechselte seine Strategie.

»Die werden uns alle kaltmachen«, flüsterte er in fast flehendem Ton.

»Sveinbjörn, ist alles in Ordnung?«, fragte Stella draußen auf dem Flur.

»Wärst du so lieb und würdest Kolbrún einen Kaffee bringen?«, rief Sveinbjörn durch die geschlossene Tür. »Cappuccino aus der Espressomaschine!«, fügte er hinzu, damit sie lange genug wegblieb. Das Gerät wurde nur selten benutzt, und wenn man es dann anwarf, dauerte es immer seine Zeit, bis es seine Betriebstemperatur erreicht hatte. Stella brummelte etwas Unverständliches vor der Tür, dann entfernten sich ihre Schritte.

»Was hast du dir eigentlich dabei gedacht, dich auf so eine gottverdammte Scheiße einzulassen?«, fragte Kolbrún empört und beleidigt. Sveinbjörn atmete auf. Das klang schon besser.

»Und was machen diese Päckchen bei dir?«, stellte er die Gegenfrage, jedoch zurückhaltend genug, um sie nicht gleich wieder zu verärgern. »Ich hatte gedacht, das Zeug wäre zusammen mit allem anderen von den Flammen verzehrt worden.«

»Dein Nachbar Þorsteinn kam mit einer dringenden Eilbestellung zu mir, und wir hatten nichts mehr am Lager. Also habe ich kurzerhand was von der Lieferung abgezweigt, die wir schon nach Norwegen verkauft hatten. Die Baufirma-Brüder haben die Stapel dann rübergebracht.«

»Ohne mich zu fragen? Sag mal, was fällt dir eigentlich ein! Bist du komplett verrückt geworden?«, schnaubte er.

»Sveinbjörn, pass auf! Sonst kriegst du gleich links und rechts eine gescheuert!«, schrie sie ihn an. »Du spinnst doch«, sagte sie dann etwas ruhiger und musterte ihn mit ungläubigem Blick. »Þorsteinn hatte bei mir angerufen, und da zwischen euch beiden ja nicht gerade eitel Sonnenschein herrschte, hab ich die Sache selbst in die Hand genommen. Wie so einiges andere auch.«

»Und dann?«, fragte er matt.

»Heute sind die Jungs dann mit diesen Tütchen bei mir aufgetaucht, verdächtig genug sehen sie ja aus. Das da hätten sie zwischen den Parkettbrettern gefunden, ob das vielleicht in die Lieferung nach Norwegen mit hineingehört hätte?«

»Und, was dann? Kam den beiden das nicht auch sonderbar vor?«

»Na ja, doof sind die nicht. Trotzdem haben sie keine Miene verzogen, höflich wie sie sind. Von Rechts wegen hätte ich die Jungs damit schnurstracks zur Polizei schicken sollen. Und dass ich stattdessen zu dir komme, ist ein Vertrauensbeweis, den du eigentlich überhaupt nicht verdient hast. Wenn ich das nicht melde, mache ich mich im Grunde genommen doch mitschuldig.«

Sveinbjörn überlegte blitzschnell, ob er ihr etwas anbieten sollte, damit sie die Klappe hielt, verwarf den Gedanken aber gleich wieder, nicht, weil es ihm peinlich gewesen wäre,

sondern weil sie so etwas garantiert in den falschen Hals bekommen würde.

»Verrat mir bloß eins: Wozu in aller Welt verschickst du
Kokain nach Norwegen?«

»Das ist 'ne Geschichte für sich.«

»Dann erzähl sie mir.«

Und er begann zu erzählen, wobei er sorgfältig darauf achtete,
die für Kolbrún gedachte Version entsprechend zu frisieren und
alles wegzulassen, was ihn selbst in einem zu grellen und wenig
schmeichelhaften Licht erscheinen ließ. Alles hatte, soweit er
sich erinnerte, in einem Kellerzimmer im Hlíðar-Viertel begonnen, wo er mit ein paar Kumpels unter Lachanfällen und
heftigen Übelkeitsattacken seinen ersten Joint geraucht hatte.
Ein paar Monate später war er dazu übergegangen, für diese
Freunde im Gegenzug Gras und Dope zu organisieren, und
schon bald war er zu einer Art Mittelsmann geworden. Und wo
er schon im Namen der anderen das Risiko auf sich nahm, verstand es sich von selbst, dass er sich auch dafür bezahlen ließ.
Dabei war er nie mehr als ein Rädchen im Getriebe in der Welt
des organisierten Drogenhandels gewesen, der auch seinerseits
wieder seine Mittelsmänner hatte – und seine Einnahmen,
manchmal so viel wie ein halber Monatslohn, plus Stoff zum
privaten Gebrauch, der aber nie außer Kontrolle geriet.

Einmal war er den Bullen ins Netz gegangen. Damals hatte
er gerade sein Studium angefangen, und da er sich weigerte,
seine Hintermänner zu verpfeifen, wurde er auch prompt ver-
knackt. Aber immerhin bekam er Bewährung, denn er war
jung und die Menge gering. Damit war dieser Lebensabschnitt
für ihn beendet, das hatte er damals beschlossen. Drogenkri-
minalität war nun mal nicht sein Ding.

Und letztes Jahr kurz vor Weihnachten hatte er dann Snorri
Shit, einen aus der alten Dealer-Clique von damals, in einer
Bar in Reykjavík wiedergetroffen. Wie aus dem Nichts war

er aufgetaucht und stand auf einmal dort an der Theke, ein Gespenst aus grauer Vorzeit, eine Spur hagerer als früher, aber ansonsten unverändert, noch immer das gleiche Grinsen um die Mundwinkel, undurchdringlich und leicht ironisch, so als wisse er etwas über sein Gegenüber, was dieser ihm eigentlich nicht unbedingt auf die Nase binden wollte. Sveinbjörn hatte versucht aus Snorri herauszubekommen, ob er noch immer in derselben Branche zugange war, aber der antwortete in seinem unnachahmlichen Orakelstil, der mit den Jahren allenfalls noch ausgefeilter geworden war. Im Schlepptau hatte er ein Mädchen mit Schlafzimmerblick, jung, aber nicht jung genug, um seine Tochter sein zu können. Sveinbjörn wiederum, der keinerlei Grund sah, aus seinem Berufsleben einen Hehl zu machen, hatte in diesem Zusammenhang auch erwähnt, dass seine Firma in Geldschwierigkeiten war.

Kaum zwei Wochen später rief Snorri bei ihm an. Seine Metaphorik war so fein verästelt, dass Sveinbjörn nur mit Mühe erahnte, worum es überhaupt ging. Jedenfalls hatten sie sich zu seinem nächsten Aufenthalt in Reykjavík verabredet, und da hatte der Gauner ihm ein Angebot gemacht, das abzulehnen er sich – nach langem Hin- und Herüberlegen und während die Schuldenfalle immer mehr zuschnappte – nicht leisten konnte.

Das Rohmaterial, das die Fabrik bezog, war Holz, ungesägt, ungehobelt und ungetrocknet. Die Zollkontrollen in Seyðisfjörður waren bei solcher Importware äußerst leger und umfassten allenfalls gelegentliche Stichproben, um zu prüfen, ob sich zwischen den Holzpaletten irgendetwas befand, was da nicht hingehörte. Das war alles.

Sveinbjörn schloss also einen Vertrag mit einem Materiallieferanten in Südamerika, der auf den Vertrieb besonders edler Harthölzer spezialisiert war. Er hatte keine Ahnung, ob diese Gewährsleute am anderen Ende überhaupt wussten, was Sache war, und wollte es auch gar nicht so genau wissen. Südamerika. Sveinbjörn selbst übernahm es, die speziell markierten Holzblöcke zu zerlegen und die Kokainpäckchen aus den dafür angelegten Hohlräumen zu entfernen. Snorri hatte ihm glaubhaft versichert, dass kein Drogenspürhund der Welt diese Einlagerungen jemals erschnüffeln könnte, dazu sei der Eigengeruch der Hölzer viel zu intensiv.

Also hatte Sveinbjörn sich abends nach Betriebsschluss noch in den Werkhallen herumgetrieben, um die Packstücke zu entkernen und später die Lieferungen versandfertig zu machen. Da er von Anfang an kein Problem damit gehabt hatte, auch mal selbst in der Fabrik mit anzupacken, kam das niemandem verdächtig vor. Außerdem gehörten südamerikanische Harthölzer zu seinen erklärten Liebhabereien, und denen hatte er sich verschrieben bis zum bitteren Ende.

Die Rechnung war aufgegangen, das Geschäft florierte, und schon bald hatte Snorri sich einen Geschäftspartner in Norwegen an Land gezogen, da er auch sein Stück vom Kuchen abhaben wollte. Was durchaus Sinn machte, wie er fand, denn da Sveinbjörn ohnehin ins Ausland exportierte, brauchten sie nichts weiter zu tun als diese Lieferungen ebenfalls mit einer kostbaren Dreingabe anzureichern, und fertig. Während die gewöhnlichen Bauerntrampel das Dope von Norwegen hierher schmuggelten, wären sie so clever, so hatte Snorri ihm wichtigtuerisch erklärt, es genau umgekehrt zu machen – und deshalb würde die Sache auch garantiert nie auffliegen. *Break on through to the other side* sozusagen. Und nun hatte die erste Norwegenladung gerade versandfertig im Lager bereitgelegen – und war dort ein Raub der Flammen geworden. Hatte Sveinbjörn zumindest angenommen.

»Die Firma stand buchstäblich am Rande des Abgrunds, wie du selbst am besten wissen solltest«, meinte er erklärend zu Kolbrún. »Und ich hielt das für die einzige Chance, den Bankrott noch abzuwenden.«

»Ich hätte gleich drauf kommen müssen, dass an diesem

Norwegen-Vertrag was faul war. Du wolltest da von heute auf morgen einen Kunden aus dem Hut gezaubert haben, ganz ohne Werbung und Marketing«, erwiderte sie vorwurfsvoll. »Und dann dieser geheimnisvolle Investor, den du so großartig angekündigt hast – war das dieser fiese Giftmischer?«

»Er hatte mir einen Vorschuss versprochen, um das Unternehmen aus dem Sumpf zu ziehen – und dabei sich selbst den Fortbestand unseres Arrangements zu sichern. Das hat sich jetzt natürlich in Rauch aufgelöst. Wie der ganze Rest«, fügte er trübsinnig hinzu. »Der unterstellt mir wahrscheinlich, ich hätte die Fabrik angezündet, um mir das verdammte Pulver selbst unter den Nagel zu reißen. Jetzt behauptet er jedenfalls, dass er irgendwelche Ganoven hierher bestellt hat, um mich zu vermöbeln, wenn nicht Schlimmeres. Und vorhin, als die Türklingel ging, dachte ich schon, jetzt wär's so weit. Aber dann war es nur dein Freund, der Bulle. Er hat mir übrigens Grüße an dich aufgetragen, ich soll dir ausrichten, er will dich morgen in Sachen Buchhaltung sprechen.«

»Hattest du denn ganz vergessen, dass alle Hochlandstraßen schon seit gestern komplett unpassierbar sind?«

Sveinbjörn schwieg einen Augenblick.

»Ich war eben nervös und habe in dem Moment nicht unbedingt logisch gedacht. Trotzdem ist nicht auszuschließen, dass der Kerl uns gefährlich werden könnte.«

»Soll das heißen, du hast dieses verdammte Dope noch?«

»Äh, ja. Warum fragst du?«

»Dann sollten wir es umgehend beim Kommissar abliefern.«

»Spinnst du jetzt total? Und wie bitte schön soll ich dem das erklären?«

»Okay. Dann schütten wir es halt ins Klo.«

»Kommt erst recht nicht in Frage. Glaubst du, ich habe Lust, Kleinholz aus mir machen zu lassen?«

»Sei nicht so kindisch. Der wollte dich doch bloß einschüchtern. Und das hat ja offensichtlich auch funktioniert. Wozu sollte er dich auch vertrimmen lassen? Das Einzige, womit du dem Typen im Moment dienen kannst, ist die Klappe zu halten. Und Gewaltandrohung ist bekanntlich der sicherste Weg, das zu gewährleisten.«

»Er hat mir angedroht, die würden mich und meine Familie kaltmachen, falls ich mich nicht gleich selbst umbringen würde.«

»Wenn es ihm damit ernst gewesen wäre, hätte er das ganz sicher nicht gesagt«, sagte Kolbrún in bestimmtem Ton. Von ihrer Seite war die Sache damit ausdiskutiert. »Gib mir jetzt das verfluchte Kokain«, sagte sie zum Schluss. »Sonst geh ich zur Polizei. Und *ich* jedenfalls meine es ernst.«

Sveinbjörn schloss die Augen und stieß den Atem zwischen seinen wulstigen Lippen hervor. Offenbar hatte die ganze restliche Welt einhellig beschlossen, ihn mit den verschiedensten Drohungen in die Enge zu treiben. Womit hatte er das nur verdient?

33 Nachdem Sveinbjörn wieder im Haus verschwunden war, blieb Valdimar noch einen Moment in der Nische zwischen Haustür und Garagenwand stehen und nickte zufrieden. Durch das geschlossene Fenster drang gedämpftes Stimmengewirr, ein heftiges Wortgefecht, doch verstehen konnte er nichts. Es war logisch, dass die beiden sich jetzt, wo ihr gemeinsamer Arbeitsplatz in Schutt und Asche lag, in privater Umgebung treffen mussten, und natürlich hatten sie auch gerade jetzt viel zu besprechen, der Direktor und seine Buchhalterin und Finanzbeauftragte. Allerdings hatte sich Sveinbjörn selbst gerade ziemlich merkwürdig verhalten, mit diesem albernen Hippiebeutel, hinter dem er sich verschanzt hatte wie hinter einem Schutzschild oder einem Talisman gegen böse Mächte. Und nun flogen da drinnen die Fetzen. Valdimar hätte viel darum gegeben, in diesem Moment dort oben Mäuschen spielen zu dürfen.

Es stürmte. Er beschloss, als Nächstes das Haus anzusteuern, in dem Þorsteinn zurzeit wohnte, um dieser Hugrún genauer auf den Zahn zu fühlen. Außerdem war es schon ziemlich spät, fiel ihm auf, während er sich durch das dichter werdende Schneetreiben kämpfte.

Er nahm die Wollmütze ab, bevor er auf den Klingelknopf drückte. Wie ein demütiger Bettler, schoss es ihm durch den Kopf, und er setzte die Kappe unwillig wieder auf.

Das Mädchen mit dem Fransenhaarschnitt, das er von seinem letzten Besuch bereits kannte, riss erschreckt die Augen auf, als er dort auf der Türschwelle auftauchte. Dann wirbelte die Kleine blitzschnell herum und schoss ins Haus zurück, als wäre der Teufel hinter ihr her. Valdimar war leicht verunsichert; er verstand wenig vom Verhalten weiblicher Teenager, aber dieses Benehmen schien ihm doch sehr sonderbar, wie eigentlich das ganze Mädchen überhaupt. Mit ihren schwarzen Balken unter den Augen und dem maskenhaft weiß geschminkten Gesicht erinnerte sie an eine Untote oder an einen Vampir aus einem alten Schwarzweißfilm. Für einen Moment sah Valdimar sie vor sich, in einem Sarg liegend, mit geschlossenen Lidern und auf der Brust verschränkten Armen, doch dann verbat er sich solchen Unfug und versuchte sich auf die Situation zu konzentrieren.

Feiner Pulverschnee wirbelte im Lichtkegel der Außenbeleuchtung, die so grell war, dass er die Augen schließen musste, während er dort etwas verloren vor der offenen Haustür stand und von einem Fuß auf den anderen trat. Nach ein paar Minuten erschien ein anderes Mädchen in der Tür, ein paar Jahre älter als das erste, mit schulterlangem, blondem, leicht gewelltem Haar. Sie war klein und wendig und hatte einen empfindsamen Zug um den Mund.

»Guten Abend.«

»Einen schönen guten Abend. Ist Hugrún zu Hause?«

»Ihr Name bitte?«

Ein Windstoß fegte über das Dach und wehte Valdimar eine feine Schneewolke ins Gesicht. Das rot gemusterte Mützenetwas saß jetzt todsicher schief oder verkehrt herum auf seinem Kopf und raubte ihm das letzte Selbstvertrauen. Er zückte seine Dienstmarke und hielt sie dem Mädchen hin.

»Ich heiße Valdimar Eggertsson. Von der Kriminalpolizei.«

»Oh. Meine Mutter ist gerade im Bad.«

»Was hatte deine Schwester denn eben?«

»Sigrún? Die ist eigentlich gar nicht meine Schwester. Na ja, sie ist halt ziemlich schüchtern, und zurzeit auch ein bisschen abgedreht.«

»Und du bist also Drífa?«

»Woher wissen Sie das?«, fragte sie misstrauisch.

»Dein Name ist gerade heute erst gefallen.«

»Was? Wer hat denn von mir geredet?«

»Ich darf doch reinkommen und drinnen auf deine Mutter warten?«, fragte Valdimar, ohne auf ihre Frage einzugehen.

»Mein Vater ist nicht zu Hause.«

»Ich weiß, ich habe ihn gerade getroffen.«

»Hat er über mich gesprochen?«, wollte Drífa wissen, während sie ihm die Haustür aufhielt. Valdimar trat in die Diele und zog schnell die Mütze vom Kopf.

»Nein, gar nicht. Um genau zu sein war es Urður, die dich erwähnt hat. Als Freundin ihres Sohnes.«

»Was hatten Sie denn mit ihr zu bereden?«, erkundigte sich Drífa schüchtern. »Sind Sie denn nicht wegen der Brandstiftungen hier?«

»Das Haus von Urður und Aðalsteinn hat ja auch gebrannt. Das muss nicht unbedingt ein purer Zufall sein.«

»Sie meinen ...?«

Valdimar zuckte mit den Schultern.

»Sie glauben also, dass es jemand gezielt auf uns abgesehen hat?«, fragte das Mädchen zitternd und bekam Tränen in die Augen.

»Wie meinst du das denn?«, fragte Valdimar vorsichtig.

»Wenn einer bei uns zu Hause Feuer legt, und bei meinem Ex-Freund genauso, und dann brennt auch noch die Fabrik ab, die unserem Nachbarn gehört, das ist doch ziemlich verdächtig, oder?«

»Wie du weißt, hat dein Vater ja seine eigene Theorie dazu, wer euer Haus angezündet hat.«

»Das hat ihm alles meine Mutter eingeredet. Ich glaube nicht, dass da was dran ist.«

»Du findest es also wahrscheinlicher, dass jemand euch und alle, die mit euch zu tun haben, systematisch verfolgt?«

»Weiß man's? Ich habe jedenfalls Angst. Ich habe lange versucht, diese Gedanken zu verdrängen, und jetzt kommen Sie und sagen so was. Sehen Sie denn nicht das Muster dahinter? Erst brennt es bei uns, und dann bei anderen, die alle auf irgendeine Art direkt mit uns zu tun haben.«

Valdimar seufzte.

»Ich bin eigentlich gekommen, damit du mir ein bisschen über deine Beziehung zu Baldur erzählst. Können wir uns hier irgendwo ungestört unterhalten?«

»Wir könnten ins Gartenhäuschen rübergehen.«

»In Ordnung.«

Sie gingen denselben Weg wie bei seinem letzten Besuch in diesem Haus. Drífa schloss die Gartenhütte auf, die Kälte schlug ihnen entgegen wie eine eiskalte Wand. Sie machte Licht, nahm zwei Wolldecken von einer Kleiderstange neben der Tür, reichte ihm eine davon, wickelte sich in die andere und kauerte sich auf einem gestreiften Sofa zusammen. Der Kommissar griff nach dem Überwurf und setzte sich auf einen gepolsterten Stuhl Drífa gegenüber. Dann kam er umgehend zur Sache.

»Wart ihr lange zusammen?«

»Ja«, sagte sie unbeteiligt. »Seitdem wir vierzehn waren.«

»Entschuldige die Frage, aber warum ist die Beziehung auseinandergegangen?«

»Weiß ich nicht.«

»Wer von euch beiden hat Schluss gemacht?«

»Ich.«

»Und du hast keine Ahnung warum?«

»Doch, eigentlich schon.«

»War ein anderer oder eine andere im Spiel?«

»Nein.«

»Was genau ist denn passiert? Es tut mir wirklich leid, wenn ich dir da vielleicht zu nahe trete. Aber du hast ja selbst die Möglichkeit ins Spiel gebracht, dass jemand es gezielt auf dich und deine Familie abgesehen haben könnte. Und so ganz ohne Grund wirst du das nicht gesagt haben, nehme ich an. Könnte es nicht zum Beispiel sein, dass es da jemanden gab, der ein Auge auf dich geworfen hatte?«

»Darüber will ich nicht reden.«

»Ich muss aber leider darauf bestehen. Also: Weshalb hast du dich von Baldur getrennt?«

»Er hat mit meiner Mutter geflirtet!«, stieß das Mädchen hervor und zog die Wolldecke bis zum Haaransatz. Valdimar suchte nach Worten, während er stumm auf die Gestalt unter dem karierten Wollstoff starrte.

»Und … wann war das?«, erkundigte er sich zögernd. »Ist das nur einmal vorgekommen, oder …«

»Ist einmal nicht genug?«, krächzte sie gedämpft unter der Decke.

»Und deine Mutter hat dir das erzählt?«

»Ja.«

»Und was, glaubst du, hat er sich dabei gedacht?«

»Woher soll ich das denn verdammt noch mal wissen? Vielleicht stand er ja auf ältere Frauen, was weiß ich!«

»Hätte er sich nicht ausrechnen können, dass das bei deiner Mutter nicht besonders gut ankommt?«, fragte Valdimar weiter, zusehends verwirrt.

»Warum fragen Sie mich das alles? Gehen Sie und reden Sie mit dem Kreuz auf seinem Grab. Ich kann doch nicht wissen, was damals in ihm vorging.«

In diesem Moment öffnete sich die Verbindungstür zum Wohnhaus; eine Frau erschien im Durchgang und musterte die Szene. Sie trug einen pinkfarbenen oder hellroten Bademantel, hatte ein weißes Handtuch um den Kopf geschlungen und verströmte einen warmen, frisch gebadeten Duft.

»Ich hatte gesehen, dass hier draußen noch Licht war. Du hast Besuch, Drífa?«

»Hallo Mama«, antwortete das Mädchen. »Das ist ... also, er ist von der Kriminalpolizei. Wollte mit mir reden wegen, du weißt schon, wegen unserem Haus«, begann sie nervös und warf einen bittenden Blick zu Valdimar hinüber, der ihre Worte mit einem wohlwollenden Kopfnicken absegnete.

»Eigentlich wollte ich mit Ihnen sprechen. Deshalb bin ich hier. Sie sind Hugrún, nicht wahr?«

»Äh, ja. Aber ich würde mir gerne zuerst etwas anziehen, wenn Sie erlauben. Sie wissen, dass wir nicht im Land waren, als unser Haus abgebrannt ist?«

»Jaja«, sagte Valdimar und versuchte angestrengt, nicht auf ihre nackten Zehen zu blicken. Aber rot lackierte Zehennägel waren nun mal ein klassischer Hingucker.

34 »Was würdest du sagen, Mama, wenn rauskäme, dass ich die ganzen Häuser angezündet hab?«

Urður musterte ihren Sohn und fragte sich wie so oft, von welchem Stern dieser Junge eigentlich kam. Er war ihr so fremd geworden, dass sie jedes Mal irritiert zusammenzuckte, wenn er sie mit »Mama« anredete. Im Übrigen tat er das äußerst selten, normalerweise mogelte er sich irgendwie daran vorbei. Das dichte, schwarz gefärbte Haar fiel ihm ins Gesicht und verdeckte seine Pupillen, so dass es fast unmöglich war, Blickkontakt zu ihm zu bekommen, selbst wenn er von sich aus versucht hätte, ihr in die Augen zu sehen, was aber ebenfalls äußerst selten vorkam. Und wie immer verspürte sie diese diffuse und natürlich völlig ungerechtfertigte Wut, wenn ihr Blick auf den Ring fiel, der sich da mitten durch seine Oberlippe bohrte, Wut über diese Missachtung und Entstellung des Körpers, der doch ein Geschenk Gottes war.

Sicher, ihre Reaktion war unverzeihlich, und wie immer lag ihr das schlechte Gewissen sofort bleischwer im Magen. Eilfertig goss sie ihm ein Glas Milch ein und stellte es ihm hin. Er hatte nichts zu Abend gegessen, genauso wenig wie an den Tagen zuvor, und sie war froh, wenn er sich überhaupt dazu herabließ, in der Küche vorbeizuschauen und sich eine kleine Erfrischung abzuholen, so wie jetzt. Er setzte das Glas an, nahm einen gierigen Zug und stellte es fast leer wieder ab.

»Ich glaube, ich würde versuchen dich zu verstehen und dir zu verzeihen«, antwortete sie abwartend. »Warum fragst du, Ragnar?«

»Ach, bloß so. Hatte nur überlegt, wie Eltern auf ... auf so was eigentlich reagieren.«

»Gibt es nicht genauso viele verschiedene Reaktionen, wie es Eltern gibt? Trotzdem bin ich mir sicher, dass die meisten Eltern das sehr ernst nehmen, wenn ihre Kinder etwas tun, was im Widerspruch zu ihren eigenen Normen und Lebensansichten steht.«

Ragnar schnaubte verächtlich.

»Was du meinst, ist Manipulation. Das ist was anderes.«

»Das mag sein. Aber von einer üblen Gesinnung bis zu bösen Taten ist es manchmal nur ein kurzer Schritt. Ist dir nicht klar, dass dein Vater und ich uns schreckliche Sorgen um dich machen?«

»Sorgensorgensorgen. Scheiß ich drauf. Würdet ihr mich verpfeifen, wenn ihr wüsstet, dass ich es war?«

»Das ist nicht leicht zu beantworten. Ja, vielleicht würde ich das. Dir zuliebe. Um dir zu helfen, damit aufzuhören.«

»Und wenn du wüsstest, dass ich längst aufgehört hätte und auch nie wieder anfangen würde?«

»Du stellst ganz schön komplizierte Fragen. Ich würde dein schlechtes Gewissen für eine ausreichende Strafe halten.«

»Und wenn ich überhaupt kein Gewissen hätte?«

»Doch, du hast ein Gewissen. Und wenn du dir noch so viel Mühe gibst, uns das Gegenteil weiszumachen. Sonst würde dir dieses Thema nicht solches Kopfzerbrechen bereiten. Ich glaube nämlich, dass man das Gewissen in diesem Punkt nicht unterschätzen darf. Gewissensbisse waren schon immer die härteste Strafe.«

Ragnar schüttelte den Kopf und schnaubte wieder, als wolle er seine Verachtung für diese Rolle des Gewissens unterstreichen.

»Warum beschäftigt dich das denn so, mein Lieber?«

»Weiß ich auch nicht so genau. Vielleicht bin ich der Brandstifter, vielleicht auch nicht. Vielleicht weiß ich, wer's war, vielleicht auch nicht. Vielleicht weiß ich selber nicht, was ich eigentlich weiß.«

Urður sah ihren Sohn prüfend an.

»Ich verstehe nicht, worauf du eigentlich raus willst. Wenn du was weißt, musst du zur Polizei gehen. Egal, um wen es geht. Hörst du? Ganz egal, um wen.«

Als sie das sagte, spürte Urður ein beängstigendes Ziehen in der Brust, auch wenn sie nichts als leere Phrasen aneinanderreihte.

»Egal? Auch wenn es um mich selber geht? Meinst du das? Und wenn ich bezweifle, ob das überhaupt für irgendjemanden gut wäre, was dann? Wenn ich annehme, dass das für alle, die mit drinhängen, sogar ziemlich fatal wäre? Was dann?«

Urður wusste genau, wie schwierig es war, mit Ragnar sachlich zu argumentieren. Schon von klein auf hatte er es verstanden, jede Diskussion in ein waberndes dialektisches Konstrukt zu verwandeln, in dem eine Hypothese sich an die nächste reihte und keine Frage sich befriedigend beantworten ließ. Er würde keinen schlechten Theologen abgeben, dachte sie, sollte er sich wider Erwarten dazu entschließen, in die Fußstapfen seiner Eltern zu treten.

Damals, als sich diese Neigung herauskristallisierte, hatte Urður sich nie die Mühe gemacht, Ragnars rhetorischen Drahtseilakten bis ans Ende zu folgen, irgendwann hatte sie ihn immer gestrandet zurückgelassen, festgefahren und hoffnungslos verstrickt in seinen eigenen Spitzfindigkeiten, und unerreichbar für alle um ihn herum. Jetzt machte sie einen neuen Versuch.

»Ist vielleicht irgendwas nicht in Ordnung, Ragnar-Schatz?«

»Bei mir? Doch, klar. Alles paletti. Warum?«

»Du stellst so merkwürdige Fragen. Als ob du was auf dem Herzen hättest.«

»Wenn ich was auf dem Herzen habe, ist das allein meine Sache.«

»Es kann aber sehr erleichternd sein, seine Sorgen mit anderen zu teilen.«

»Teilst du deine Sorgen vielleicht mit mir? Du schleichst doch nur durch die Gegend und führst Selbstgespräche, als wärst du geisteskrank oder so was.«

Urður starrte ihren Sohn sprachlos an. Das fehlte noch. Die Vorstellung, ihre Sorgen diesem ledergewandeten, klapperdürren Teenager mit seinen schwarz umrandeten Augen und seinem metallgespickten Milchgesicht anzuvertrauen, hatte in der Tat etwas Skurriles. Aber anstatt zu grinsen, kämpfte sie mit den Tränen.

35 Drífa war ohne weitere Erklärungen irgendwo drinnen im Haus verschwunden und hatte Valdimar allein in der Kälte zurückgelassen. Er spürte, wie die Unruhe sich in ihm ausbreitete – und zwar auf Kosten der Konzentration. Hugrún hatte versprochen, in ein paar Minuten zurück zu sein, aber allmählich beschlich den Kommissar das Gefühl, dass er seine Zeit in dieser weißen Schneehöhle, unter dem dick verschneiten Glasdach dieses Wintergartens, umsonst vertat. Außerdem schien sich ein neues Unwetter zusammenzubrauen, dem Sturm nach zu urteilen jedenfalls, der draußen um die Hausecken pfiff. Sollte er die Frau nicht besser morgen aufs Revier bestellen und sich einfach nach Hause verkrümeln? Irgendwas ganz anderes machen, sich Bewegung verschaffen zum Beispiel? Plötzlich hatte er den wahnsinnigen Drang, schwimmen zu gehen. Konnte er es sich leisten, seinen Nerven eine kurze Auszeit zu gönnen, indem er dafür seine Muskeln herausforderte? Ob hier wohl noch irgendwo ein Schwimmbad offen hatte? Unwahrscheinlich.

Das Telefonat mit Elma beschäftigte ihn noch immer und weckte in ihm einen äußerst unbehaglichen Verdacht. Die Vorstellung, dass sie diesen Klinikaufenthalt vielleicht nicht überleben würde, ließ ihn erschaudern, und wenn er den Gedanken weiterspann, schnürte ihm die Angst die Kehle zu. Er gestand sich nur ungern ein, dass er weniger den Verlust als solchen fürchtete als gewisse Erinnerungen an den Tod seiner Mutter, die sich damals unauslöschlich in sein Bewusstsein eingebrannt hatten und nun wieder auflebten. Worte wie »Aufbahrung« schossen ihm durch den Kopf, und plötzlich war es, als würden ihm seine Kleider zu eng. So etwas konnte er im Moment wirklich am allerwenigsten gebrauchen, dachte er und verspürte plötzlich den absurden Drang, sich nicht nur alle Klamotten, sondern auch die Haut vom Leib zu reißen, die vor Spannung jeden Moment zu explodieren drohte. Beerdigungen waren nicht viel besser. Gewiss, sie waren als feierliche Abschiedszeremonie gedacht, die den Leuten helfen sollte, sich mit dem Tod des geliebten Menschen abzufinden. Aber für ihn war jede Trauerfeier eine einzige Qual, ganz gleich, wie gut er die verstorbene Person gekannt hatte, ob sie in gesegnetem Alter entschlafen oder von einem viel zu frühen Tod ereilt worden war. Und diesmal kamen noch seine Selbstvorwürfe hinzu. Dabei hatte er eigentlich keinen Grund zu klagen. Warum konnte er sich nicht einfach zusammenreißen und seiner Arbeit nachgehen wie jeder normale Mensch, anstatt ständig zu jammern und genüsslich seine Problemchen zu kultivieren? Und bei Elma sah es schließlich gar nicht so schlecht aus, die Ärzte hatten von guten Heilungschancen gesprochen, und die Chemotherapie hatte sie auch fast überstanden. Valdimar schälte sich aus seiner Wolldecke und wollte gerade gehen – aber zu spät.

Denn jetzt erschien eine andere Frau in der Tür – so hatte es zumindest den Anschein – sie trug einen langen schwarzen Rock und eine eng anliegende Wolljacke mit dezentem, in dunklen Erdtönen gehaltenem Muster, und hatte nichts mehr von der koketten Leichtlebigkeit ihrer Vorgängerin im rosa Bademantel. Stattdessen strahlte sie eine verhaltene Traurigkeit aus, und erst als sie sanft lächelte, war sie wieder dieselbe Frau.

»Möchten Sie nicht hereinkommen?«

Er folgte Hugrún ins Haus und betrat ein Wohnzimmer, das

nur von zwei matten Wandlämpchen und einer mächtigen, gerade angezündeten Kerze auf dem Esstisch beleuchtet war.

»Es ist ganz einfach entsetzlich«, seufzte sie, während sie sich mit untergeschlagenen Beinen auf dem Sofa niederließ. Die Körperhaltung verlieh ihr etwas Mädchenhaftes. »So schlimm war es noch nie«, fügte sie hinzu.

Valdimar nickte mitfühlend und versuchte zu erraten, ob sie damit wohl ihren eigenen Verlust meinte, die Brandkatastrophe vom Vorabend, oder ob sie einfach über das Wetter schimpfte. Aber was es auch war, es hielt sie offenbar nicht davon ab, ihn mit allen erdenklichen Mitteln um den Finger zu wickeln. Unter normalen Umständen wäre er mit einer solchen Situation sicher souveräner umgegangen. Aber jetzt befürchtete er, dass er wieder einmal gezwungen sein könnte, die Mauern des zivilisierten Miteinanders einzureißen und mit dreckigen Schuhen durch das Privatleben fremder Leute zu trampeln. Aber schließlich biss er die Zähne zusammen und ließ den Dingen ihren Lauf.

»Sie verzeihen, dass ich sofort zur Sache komme. Ihr Mann hat uns gestern anvertraut, dass er Sveinbjörn Karlsson verdächtigt, den Brand in Ihrem Haus gelegt zu haben. Sind Sie da derselben Meinung?«

Hugrún starrte eine Weile stumm vor sich in die Dunkelheit, als müsse sie sich ihre Antwort erst sorgfältig zurechtlegen, während der Kerzenschein ein flackerndes Schattenmuster auf ihr Gesicht zeichnete.

»Ja, dieser Verdacht war mir selbst auch schon gekommen. Ich fand, dass einiges stark darauf hindeutete.«

»Ich nehme an, damit beziehen Sie sich auf Ihre Affäre mit Sveinbjörn, die Sie beendeten, und auf die anschließenden Unstimmigkeiten zwischen ihm und Þorsteinn über dessen geplanten Einstieg in die Parkettfabrik?«, fragte Valdimar bemüht leger, konnte aber ebendiese Bemühtheit nicht ganz verbergen.

»Soso, da haben Sie also die Oberklatschweiber der Stadt

konsultiert. Oder war es vielleicht Stella persönlich, die Sie mit Informationen versorgt hat?«, entgegnete Hugrún und lächelte herablassend.

»Das spielt hier keine Rolle. Sveinbjörn hat jedenfalls nichts abgestritten«, log Valdimar routiniert.

»Nun ja. Warum auch.«

»Wir werden Ihren Verdacht vor diesem Hintergrund betrachten. Zumindest, solange uns keine konkreten Beweismomente vorliegen, die ihn erhärten. Möchten Sie hierzu noch etwas ergänzen?«

»Wohl eher nicht. Sie würden es ja doch nur vor Ihrem sogenannten ›Hintergrund‹ betrachten«, gab sie schnippisch zurück.

»Sie glauben also nach wie vor, dass Sveinbjörn Ihr Haus angezündet hat?«

»Ich weiß nur, dass er eine Heidenangst davor hatte, seine Fabrik zu verlieren, dass er sich von Þorsteinn betrogen fühlte und der Meinung war, ich stecke dahinter.«

»Und, ist da etwas dran?«

»Selbstverständlich nicht.«

»Immerhin kam Þorsteinns Rückzieher direkt nachdem er von Ihrer Beziehung zu Sveinbjörn erfahren hatte, oder nicht?«

»Gerüchte über mich oder andere haben meinen Mann noch nie interessiert. Und in seinen Entscheidungen lässt er sich davon erst recht nicht beeinflussen, und von billigem Dorftratsch schon mal gar nicht.«

»Ihr Mann behauptet, Sveinbjörn habe Ihnen gegenüber gewisse Drohungen ausgesprochen.«

»Ja. Das kann man wohl nicht anders sagen.«

»Und worin bestanden diese Drohungen?«

»Das hat er nicht genau ausgeführt. Aber zumindest ging daraus hervor, dass Sveinbjörn offenbar vorhat, uns etwas Schreckliches anzutun.«

»Was genau hat er denn gesagt?«

»Dass wir es noch bereuen würden, so mit ihm umgegangen zu sein. Oder so ähnlich.«

Valdimar ließ den Satz eine Weile auf sich wirken, bevor er fortfuhr.

»Davon abgesehen untersuchen wir übrigens gerade, ob diesen Brandstiftungen nicht eine längere Vorgeschichte vorausgegangen sein könnte. Und da denken wir natürlich zuallererst an das Haus der Pfarrersleute, das im letzten Jahr abgebrannt ist.«

»Dieses ›wir‹, sind das Sie und Smári?«, wollte Hugrún wissen und bekam plötzlich einen leicht verbissenen Zug um den Mund.

Valdimar gab keine Antwort, denn in Wirklichkeit hatte er diesen Teil der Recherchen ganz alleine angezettelt. »Können Sie mir etwas über Baldur, den Pfarrerssohn, erzählen?«

»Aber Baldur war doch schon tot, als das Haus gebrannt hat!«

»Sehr richtig. Sie haben ihn wohl ziemlich gut gekannt?«

»Ja, das kann man sagen. Er war zu dieser Zeit ja mit unserer Tochter liiert«, murmelte sie, »deshalb ging er hier natürlich mehr oder weniger ein und aus.« Ihr Gesicht verfinsterte sich, und nun verschränkte sie die Arme über der Brust. »Was haben diese Brandstiftungen denn überhaupt mit Baldur zu tun? Sie wissen doch, dass er sich … das Leben genommen hat, oder nicht? Glauben Sie wirklich, dass jemand das Feuer damals mutwillig gelegt hat? Das ist doch abwegig!«

»Können Sie mir sagen, wie es zur Trennung zwischen Baldur und Drífa kam?«

»Was? Nein. Das müssen Sie Drífa schon selber fragen. Ich habe Baldur immer sehr gemocht. Er war so ein netter Junge.«

»Könnte es sein, dass zwischen Ihnen und Baldur etwas vorgefallen war, das zu dieser Trennung beigetragen hat?«

»Gütiger Himmel!«, rief Hugrún und schlug die linke Hand vors Gesicht, der rechte Arm blieb starr vor ihrer Brust, wie um sich vor einem drohenden Angriff zu schützen.

»Hat Drífa ...? Oder ...?«

Valdimar musterte sie mit möglichst neutralem Blick und schwieg.

»Das wäre eine maßlose Übertreibung, dass ...«

Valdimar hob die Augenbrauen.

»Sie wissen doch, wie diese Jugendlichen sind«, sagte sie. »Baldur kam hier vorbei, es war ein Samstagabend, Drífa war nicht zu Hause. Vielleicht hatte er was getrunken, vielleicht auch nicht, und irgendwann hat er den Bogen dann einfach überspannt. Natürlich habe ich mit Drífa später darüber geredet. Sie hat die Sache auch gewiss sehr ernst genommen. Trotzdem hätte sie Ihnen das nicht erzählen sollen. Das hat damit nichts zu tun.«

»Ich muss gestehen, ich weiß im Moment nicht, wovon Sie reden. Was ist denn passiert, und inwiefern hat Baldur den Bogen überspannt?«

»Nun ja, seine Ausdrucksweise wurde etwas anzüglich. Nicht, dass er mich direkt belästigt hätte«, schob sie eilig hinterher. »Aber ich fand es trotzdem unangemessen, mir mit solchen Sprüchen zu kommen.«

»Wo war Drífa?«

»Mein Mann war mit den beiden Mädchen rüber nach Egilsstaðir gefahren, und da waren sie wohl irgendwo hängen geblieben.«

»Was genau hat Baldur denn zu Ihnen gesagt?«

»Ach, so was Ähnliches wie ›Ich kann an einem Samstagabend einfach nicht ohne Frau‹«, stieß sie leise hervor und starrte mit düsterem Blick zum Fenster hinaus. Draußen tobte der Schneesturm, und von irgendwo aus der Dunkelheit drang ein dumpfer Lärm, wie wenn ein Stein und ein schwerer Gegenstand zusammentreffen.

»Und dann?«, fragte Valdimar und lehnte sich über den Tisch, um sie besser verstehen zu können, wobei er die Kerzenflamme, die schon die ganze Zeit unruhig geflackert hatte, versehentlich ausblies.

»Reicht das denn nicht? Sie wissen doch wohl, was er mit ›ohne Frau‹ meinte: keine Frau fürs Bett. Und das zu mir. Finden Sie das vielleicht passend?«

Der aufdringliche Shampooduft, der ihren feuchten Haaren entströmte, vermischte sich mit der Rauchfahne der erloschenen Kerze und biss Valdimar unangenehm in der Nase. Er richtete sich auf. »Und Sie haben das als Aufforderung interpretiert, an diesem Abend für Ihre Tochter einzuspringen?«

»Allmächtiger, nein! Davon war ich weit entfernt! Dass Sie auch nur auf die Idee kommen, mir so etwas zu unterstellen!«

»Ihre Tochter hat aber so etwas angedeutet.«

»Du lieber Himmel, das ist ja entsetzlich. Da hat sie mich offenbar gründlich missverstanden.«

»Missverstanden?«

»Ja, missverstanden. Ich weiß nicht mehr genau, was ich damals zu ihr gesagt habe. Oder vielleicht habe *ich* auch *ihn* missverstanden, wer weiß. Ich habe das dann sehr bald wieder verdrängt. Wer weiß, was er ihr erzählt hat. Irgendwas Abwegiges, wovon ich nichts wusste. Mir jedenfalls wäre so etwas nicht mal im Traum eingefallen, nie und nimmer!«

»Und wie haben Sie auf diese Bemerkung reagiert?«

»Ich ... ich glaube, ich habe ihn einfach gebeten, zu gehen. Wie ich schon sagte, halte ich nicht viel von solchem Geschwätz.«

Valdimar wusste nicht, was er von der ganzen Geschichte halten sollte. Die Frau, die ihm dort im Halbdunkel gegenübersaß, holte tief Luft, dann atmete sie leicht stockend wieder aus.

36 Unzählige lose Enden, die ihr im Kopf herumschwirrten, unzählige Wege, auf denen man nicht weit kam. Und die wenigen, die befahrbar waren, führten in die falsche Richtung.

Urður wünschte sich nichts sehnlicher, als sich einfach hinlegen und ausruhen zu können, ein ganzes Jahr, eine ganze Ewigkeit. Dennoch hatte sie wenig Hoffnung, in der Nacht auch nur ein Auge zutun zu können. Wozu war sie überhaupt noch am Leben? Warum war sie nicht tot? Wie sie es verdient hätte. Irgendeinen Sinn musste das doch haben. Oder konnte es sein, dass man sie in diese Stadt geschickt hatte, in dieses Land, auf diesen mysteriösen Planeten, ohne dass damit auch nur das Geringste bezweckt werden sollte? Sie wandte sich an Gott, den treuen Freund, der bis jetzt immer zu ihr gehalten hatte, doch zurück bekam sie nichts als herausforderndes, drängendes Schweigen. Gerade jetzt, wo sie nichts nötiger gebraucht hätte als ein Zeichen, einen Wegweiser durch die Einöde. Sie sah den Tod direkt vor sich, mit offenen Armen wie eine Trost spendende Mutter. Aber bevor sie sich seiner Gnade hingeben durfte, musste sie hier ihre Pflicht und Schuldigkeit erfüllen. Würde sie diese Schulden jemals begleichen können? Immer neue Aufgaben prasselten auf sie herab, noch bevor sie auch nur einen Bruchteil dessen gelöst hatte, was ihr am heißesten auf den Nägeln brannte. Das musste aufhören. Wo war Aðalsteinn? Sie dachte an die Alkoholfahne, damals, an jenem unheilvollen Abend, der nun so weit weg schien, dass sie nicht sicher war, ob sie das alles nur geträumt hatte. Und auch jetzt kämpfte sie wieder mit der Übelkeit, die sie so gern ein für alle Mal aus ihrem Empfinden verbannt hätte. Hatte der arme Mann nicht einfach ein wärmendes Schlückchen gebraucht?

Sie umschlich das Telefon wie eine giftige Heilpflanze, ein rot glühendes Kreuz, das ihre Handfläche versengen und ihrer Seele auf ewig das Brandmal der Gerechtigkeit einbrennen würde.

Plötzlich sah sie das Gesicht ihrer Mutter vor sich, als sie erklärt hatte, sie werde Theologie studieren. Das ungläubige Staunen, das dann in eine Art Groll umgeschlagen war, mit einem seltsam missgünstigen, fast rachsüchtigen Unterton. Da hatte Urður sich wieder genauso gefühlt wie damals als kleines Mädchen, wenn sie etwas ausgefressen hatte und von der Mutter mit dem Lineal eins auf die Finger bekam. Auch ihr Großvater war schon Pfarrer gewesen, ein Mann, den eine Aura von Güte und Heiligkeit umschwebte und den in den Erzählungen der Mutter eine fast übernatürliche Schönheit auszeichnete, bis hin zu seinen letzten, würdevollen Schritten, die unter dem schwarzen, elegant geschwungenen Wagen endeten, der ihn auf einer unübersichtlichen Bergkuppe aus dem Leben befördert hatte. Und nun hatte Urður, die unbegabte Enkelin, gewagt, es ihm nachzutun. Unter der stummen Missbilligung ihrer Mutter war sie fast zusammengebrochen, obwohl sie von vornherein gewusst hatte, dass nichts anderes zu erwarten war.

Warum kamen diese Erinnerungen ausgerechnet jetzt wieder an die Oberfläche, wo sie so etwas am allerwenigsten brauchen konnte? Am liebsten hätte sie ihre Mutter unverzüglich angerufen und ihr bittere Vorwürfe gemacht, dass sie nie an sie geglaubt hatte. Aber die Mutter war längst tot.

Sie nahm das schnurlose Telefon aus seiner Halterung und tippte die Nummer der Polizei. Sie hatte kein Zeichen erhalten, musste alle ihre Entscheidungen alleine treffen, allein gelassen von dem Gott, der bisher jeden ihrer Schritte begleitet und sie hierher geführt hatte, wo sie heute stand.

»Polizeistation, Gylfi?«, meldete sich eine Stimme am anderen Ende.

»Hallo Gylfi. Hier ist Urður, die Frau von Pfarrer Aðalsteinn.«

Sie war die einzige Frau im Ort, die diesen Vornamen trug. Wieso meldete sie sich dann mit dem Namen ihres Mannes? Außerdem kannte Gylfi sie sowieso, schließlich war er Mitglied im Kirchengemeinderat.

»Guten Tag, Urður. Was kann ich für dich tun?«

Das war eine gute Frage.

»Ich … wollte eigentlich was mit Smári besprechen«, sagte sie und hätte am liebsten sofort wieder aufgelegt. Dieses Thema anzuschneiden und in Worte zu fassen fiel ihr so unsagbar schwer. Wer gab ihr das Recht, ihren Nächsten zu beschuldigen? Den sie doch lieben sollte wie sich selbst? Und den sie in Wirklichkeit hasste wie sonst nichts auf der Welt. Wie sich selbst. Und verschiedene andere auch. Im Grunde war das alles ein und dasselbe. Sie vermisste ihren Sohn, und sie wollte am liebsten sterben.

»Willst du ihn nicht einfach zu Hause anrufen? Oder geht es um etwas Geschäftliches?«

»Nein, ich versuche es morgen wieder. Falls es dann nicht schon zu spät ist.«

»Zu spät? Also, wenn es irgendwas gibt, was ich tun kann …«, erkundigte sich Gylfi besorgt. Ihr Wohlergehen schien ihm aufrichtig am Herzen zu liegen. Guter, rechtschaffener Gylfi.

»Ich dank dir«, sagte sie herzlich. »Aber ich werde mir schon irgendwie zu helfen wissen.«

»Wie du meinst, Urður.«

Der fürsorgliche Ton in seiner Stimme war ein solches Zeichen. Menschen wie Gylfi waren ein Licht in der Finsternis.

37 Valdimar war fast am Verhungern. Er hatte vergessen, sich etwas zum Abendessen zu besorgen, aber zum Glück hatte wenigstens der Tankstellenkiosk noch offen, wo er nun ein Sandwich mit Roastbeef und Remoulade, eine Flasche Malzbier und ein Päckchen Trockenfisch erstand. Mit diesem Notproviant ausgerüstet pflügte er durch das undurchdringliche Schneetreiben zurück ins Hotel.

Das Sandwich enttäuschte ihn auf der ganzen Linie: Die Brotscheiben waren ausgetrocknet, das Fleisch pappig und die Röstzwiebeln aufgeweicht. Er kippte das Malzbier hinterher und stopfte sich einen Bissen Fisch in den Mund, kaute eine Weile darauf herum, dann stand er auf und spie die zähe Pampe ins Klo. Er hatte jeglichen Appetit verloren. Er setzte sich auf die Bettkante, die so hoch war, dass seine Füße kaum auf den Fußboden reichten. Für eine Sekunde überlegte er, Elma anzurufen, doch schon die bloße Vorstellung schnürte ihm die Luft ab. Einer spontanen Idee folgend tippte er stattdessen die Nummer seiner Schwester Birta ein.

»Ja … hallo?« Ihre Stimme klang ungewöhnlich dumpf. »Bist du nicht …?«

»Doch, ich bin in Seyðisfjörður«, antwortete er und bemühte sich, möglichst munter zu klingen. »Wir schneien gerade ein hier. Ist auch kaum jemand draußen unterwegs – höchstens ein paar Brandstifter.«

»Ja, in den Nachrichten kam ein paar Mal was davon. Dich haben sie übrigens auch zitiert.«

»Jaja, ich weiß. Sonst alles in Ordnung?«

»Ähhh ... ja. Doch, doch«, antwortete sie. Es klang nicht sehr überzeugend.

»Ist Ívar zu Hause?«

»Er ist beim Squashspielen.«

»Was, um die Zeit?«, fragte Valdimar ungläubig.

»Ja. Macht er oft«, sagte sie vage. Valdimar war sich nicht sicher, ob der Satz schon zu Ende war oder nicht. Er spürte, dass ihr irgendetwas zu schaffen machte, und überlegte, ob das wohl etwas mit ihm zu tun hatte, mit seinem eigenen, unsteten Lebensstil.

»Ist irgendwas?«, erkundigte er sich vorsichtig. Allzu indiskret wollte er sie nicht löchern. Sie schwieg.

»Scheiße, ich wusste es! Dem schlag ich ...!«, stieß er hervor und hatte plötzlich eine Stinkwut.

»Sei nicht albern. Ich sag doch, er ist beim Squash, das ist alles.«

»Und sonst?«

Sie antwortete nicht gleich, so dass er schon glaubte, sie habe die eigentliche Frage vergessen. Endlich meldete sie sich wieder zu Wort.

»Ich hatte gestern so einen komischen Traum.«

»So? Was hast du denn geträumt?«

»Ich hab geträumt, dass ich gehängt werden sollte. Ich und noch jemand. Da waren zwei von diesen Schlingen, die baumelten da schon fix und fertig und schienen förmlich auf uns zu warten. Nur ein Galgen war nirgends zu sehen, und eigentlich auch kein Henker. Es war eher wie bei uns zu Hause, Papa und Mama waren da, und einer von den beiden sagte, man könnte nicht sicher sein, ob das da an dem Strick auch ein echter Henkersknoten wäre. Und der andere, der mit mir gehenkt werden sollte, bat Mama, bei ihm den Knoten zu checken, ob es auch der richtige wäre, und wenn nicht, einen neuen zu knüpfen.«

»Dieser andere war nicht zufällig ich?«

»Hmmm … ich erinnere mich nur noch undeutlich. Jedenfalls war der Knoten nicht so, wie er sein sollte, und Mama brachte das in Ordnung. Und dann wurde dieser Mann gehängt, einfach so, ratzfatz, ohne dass irgendjemand was dabei gefunden hätte, nicht mal er selber. Nein, du warst es nicht, da bin ich sicher. Du würdest dich niemals so einfach hinrichten lassen. Nicht mal im Traum.«

»Das will ich hoffen.«

»Na ja, jedenfalls … ich hatte meinen Knoten nicht nachprüfen lassen, fand es wohl nicht der Mühe wert, aber dann dachte ich … dass es vielleicht doch besser wäre, wenn Mama auch bei mir nachsehen würde, ob alles okay wäre. Und das tat sie auch, und da war mein Knoten tatsächlich falsch, und Mama machte ihn auf und band ihn so, wie es sich gehörte. Und dann wurde mir die Schlinge um den Hals gelegt und zugezogen, ich weiß nicht mehr, von wem. In diesem Moment ging mir schließlich auf, dass ich überhaupt noch nicht bereit war, zu sterben, und dass ich auf gar keinen Fall gehenkt werden wollte. Und dann schaffte ich es irgendwie, meine Hinrichtung hinauszuzögern, indem ich einfach mein Leben nacherzählte, haarklein, bis in alle Einzelheiten. Auf die Art hab ich Zeit rausgeschlagen, verstehst du? Und ich war immer noch mittendrin, als ich aufwachte.«

»Und wie würdest du diesen Traum deuten?«, fragte Valdimar ziemlich verwirrt.

»Keine Ahnung.«

»Denkst du noch oft an Mama?«

Das Schweigen in der Leitung rauschte wie ein altes Radio. Valdimar fand es beunruhigend, dass er seine Schwester nicht atmen hörte. Es schien ihm wie eine halbe Ewigkeit, bis sie endlich antwortete.

»Ja, das tue ich. Früher hab ich immer gedacht, es wäre … meine Schuld, dass sie sich umgebracht hat.«

»Wie, deine Schuld? Das musst du mir genauer erklären.«

»Na ja, ich war überzeugt, dass sie das nie getan hätte, wenn ich … anders gewesen wäre, so, wie sie mich haben wollte. Ich musste sie also schwer enttäuscht haben.«

»Und wie siehst du das jetzt?«

»Heute weiß ich natürlich, dass das Blödsinn ist. Aber ganz bin ich die Vorstellung nie losgeworden. Ich kämpfe immer noch oft mit dem Gefühl, dass ich was falsch gemacht habe. Wenn du schon fragst.«

»Und ich habe dich immer für so ausgeglichen und gesund gehalten. Und glücklich und froh.«

»Das bin ich auch. Unter anderem. Zumindest glücklich. Oft auch froh. Aber ich kenne eben auch die andere, die depressive Seite in mir. Manchmal krieg ich solche Anwandlungen. Besonders, seitdem die Kinder da sind. Ich mach mir ständig die größten Sorgen um sie, vollkommen unbegründet, geradezu krankhaft ist das. Dann läuft so ein … so ein komisches Gespräch in meinem Kopf ab, und immer endet es damit, dass ich erfahre, eines meiner Kinder müsste sterben. Und dann werde ich gezwungen, von Gott oder irgendeiner höheren Macht, selbst zu wählen, welches der beiden sterben muss und welches am Leben bleiben darf. Weiter als bis dort kommt das Gespräch natürlich nie, denn eine solche Entscheidung zu treffen ist ja völlig unmöglich. Aber die Fantasiestimme hat immer das letzte Wort, und bevor ich sie endlich zum Schweigen bringen kann, droht sie mir, wenn ich mich nicht entscheiden könnte, würden eben beide Kinder sterben. Und ich bin vor Angst schweißgebadet und versuche krampfhaft, an etwas anderes zu denken. Sei ehrlich, Eili: Ist das nicht abartig?«

Birta war die Einzige, die sich herausnehmen durfte, Valdimar mit seinem alten Spitznamen, der Kurzform seines ursprünglichen Taufnamens, anzureden.

»Und weiter? Sprichst du mit Ívar über so was?«

»Ja-a, schon«, sagte sie gedehnt. »Bis zu einem gewissen Grad. Er ist sehr verständnisvoll. Will, dass ich zum Psychologen gehe.«

»Vielleicht keine so schlechte Idee«, antwortete Valdimar und empfand eine heimliche Genugtuung darüber, dass sie ihm anscheinend doch noch mehr anvertraute als ihrem Mann. Als sie Kinder gewesen waren, hatte Valdimar es sich zur Aufgabe gemacht, seine Schwester stets zu beschützen. Über diese Rolle hatte er sich definiert und konnte sich bis heute nicht ganz von ihr trennen. Aber die Ängste, die Birta momentan zu schaffen machten, waren allein in ihr selbst verankert, tief drinnen, wo auch er keinen Zutritt hatte, dachte er, und seine Ohnmacht wurde ihm schmerzlich bewusst.

Doch als er das Thema wechselte und sie anfingen, über die Kinder zu plaudern, besserte sich Birtas Laune schnell.

Eine Stunde später sah Valdimar zu seinem Handy, das drüben auf dem Schreibtisch lag. Ein Blinksignal meldete einen Anruf, der lautlos vonstattengegangen wäre, hätte der Vibrationsalarm nicht auf dem polierten Holz der Tischplatte ein lautes Brummen erzeugt. Kurz darauf schob sich das Gerät über die Tischkante und fiel zu Boden, wodurch das Brummen in ein leuchtendes Schnarren überging, so lange, bis Valdimar sich widerwillig aus seinem Sessel hievte, die drei Schritte zum Schreibtisch schlurfte und das Telefon aufhob. Er brauchte erst gar nicht auf das Display zu schauen. Wozu hatte er sich die Mühe gemacht, die Stummschaltung zu aktivieren? Anstatt das Ding ganz auszuschalten und es in seiner Jacke an der Stuhllehne zu verstauen, wo der Anruf völlig unbemerkt an ihm vorübergegangen wäre. Es wäre so einfach gewesen.

Er holte tief Luft, blies die Backen auf und ließ die Luft dann langsam durch die gespitzten Lippen wieder entweichen. Setzte das Telefon ans Ohr und antwortete.

»Guten Abend, Elma.«

»Na? Väterchen Frost, wie geht's? Hast du schon 'ne Neue? Irgendein Landmädel, schön drall und rundlich, das dir sonntags Pfannkuchen macht und zum Geburtstag Sahnetorte?«

Ihre Stimme klang eigenartig hohl und leer, als ob sie direkt aus dem Grab zu ihm spräche.

»Elma, bitte …«

Valdimar spürte, wie sich der kalte Schweiß in seinen Achselhöhlen sammelte.

»Mit Kerzen drauf? Ich seh's genau vor mir: wie dein Gesicht im Kerzenschein leuchtet, während du dich über den Tisch lehnst, um sie auszublasen. Du löschst sie alle, bis auf eine, die kriegst du einfach nicht aus, du bläst und bläst, richtest deinen Atem mit aller Kraft auf diese eine Kerze. Vielleicht hat sie ja aus Versehen eine von diesen Scherzartikel-Dingern erwischt, du weißt schon, die, die sich immer wieder von selbst anzünden, immer und immer wieder. Du kapierst überhaupt nichts mehr. Die Kerze will jedenfalls nicht ausgehen, basta. Die Füllung ist aus gemischten Früchten, mit Vanillecreme vermischt und zwischen die Tortenböden gequetscht, nur die Kirschen sitzen alle obendrauf auf der Sahneschicht, weil das so dekorativ ist.«

»Lass das, Elma, hör endlich auf …!«

»Und am Abend nimmst du sie dann von hinten, zur Feier des Tages, ihr Rücken ist weiß und unberührt, wie die Sahnetorte, den hat keiner mit irgendwelchen hässlichen Graffiti verunstaltet, diesen gepflegten Landpomeranzenrücken.«

»Hör sofort mit diesem verdammten Schwachsinn auf!«

Über Elmas Schulterblätter zog sich ein großes Tattoo, ein zusammengefaltetes, schuppiges Flügelpaar. Valdimar war zu Tode erschrocken, als ihm dieses Machwerk zum ersten Mal entgegengestarrt hatte, denn sonst war sie nirgends am Körper tätowiert.

»Rate mal, wieso ich das weiß, dass du schon ein neues Opfer zum Anstarren gefunden hast«, stichelte sie. Valdimar nahm das Handy herunter und strich mit dem Daumen zögernd über den roten Auflege-Knopf. Dann presste er es wieder ans Ohr. »Weil du so unglaublich berechenbar bist. Und woher, glaubst du, weiß ich, dass deine Traumfrau von der molligeren Sorte ist? Na? Willst du noch mal raten?«

»Mollig würde ich sie nun nicht gerade nennen«, schnappte er und hatte plötzlich die Faxen gründlich dicke. Elma dagegen hatte sich inzwischen wieder etwas eingekriegt.

»Ach, hab ich etwa recht?«, fragte sie verblüfft.

»Ja und nein. Ich starre doch ständig Frauen hinterher«, sagte er provozierend.

»Und sie ist also dick.«

»Das hab ich nicht gesagt. Aber dicker als du.«

»Mein Gott. Du lässt wirklich nichts anbrennen.«

»Wäre ich mir nicht so sicher.«

»Und wie alt ist sie?«

»Vielleicht so in deinem Alter.«

»Na super«, sagte sie zufrieden und legte auf.

Nicht für alles Geld der Welt hätte Valdimar die Frage beantworten können, was eigentlich so super war.

DONNERSTAG

38 Smári schreckte verwirrt aus dem Schlaf hoch und saß kerzengerade im Bett, erst dann kam er allmählich zu sich und schaute auf die Uhr. Noch nicht einmal halb sechs. Sofort hatte er das untrügliche Gefühl, dass er alleine im Haus war. Er schlug die Decke zurück, zuckte zusammen, als seine Fußsohlen den eiskalten Schlafzimmerboden berührten, humpelte hinaus auf den Teppich im Flur, machte dort Licht und schlich sich hinüber zu Bóas' Zimmertür. Ausnahmsweise war sie einmal nicht abgeschlossen, vorsichtig öffnete er einen Spaltbreit und horchte. Nach ein paar Sekunden glaubte er, leise, regelmäßige Atemzüge zu hören. Der Junge war zu Hause.

In diesem Moment wurde ihm schlagartig bewusst, was für eine Figur er hier wohl abgeben musste: atemlos und leicht x-beinig, in Lauschposition an die Zimmertür seines Sohnes gelehnt, mit dieser unerklärlichen Wampe, die so grotesk vor ihm in den Raum ragte, und diesem Schwanz, der sich zwischen seinen Schenkeln verkroch wie ein schrumpeliges, nacktes Vogeljunges. Er warf einen kurzen Blick zu dem unverdunkelten Fenster, und obwohl er schon oft nachgeprüft hatte, dass man von der Straße aus allenfalls bis zur Taille zu sehen war, wenn man dort unter der hellen Flurbeleuchtung herumsprang, war ihm die Sache doch extrem peinlich. Er drehte sich auf der Ferse um und unterdrückte das Bedürfnis, sein ausladendes

Hinterteil mit den Handflächen zu bedecken, während er eilig zurückhastete und erleichtert durch die rettende Schlafzimmertür schlüpfte.

Er beschloss, dass es keinen Sinn hatte, sich noch einmal hinzulegen, also fing er an, seine Klamotten zusammenzusuchen: die Unterhosen von gestern – und vorgestern; Unterwäsche wechselte er höchstens zweimal pro Woche, und außerdem sahen seine Unterhosen sowieso fast alle gleich aus, zumindest die aus den zwei Vorteilspacks, die er einmal während der »Unterwäsche-Aktionswochen« im Supermarkt von Egilsstaðir zum Schnäppchenpreis erstanden hatte – vor etwa fünf Jahren. Dann die abgewetzten Cordhosen mit den durchlöcherten Taschen, er konnte sich wohl kaum etwas darauf einbilden, dafür bekannt zu sein, dass er seit Jahr und Tag in diesem Outfit herumlief, tat es aber trotzdem. Das hellblaue Hemd und die Jacke mit dem Ölfleck, der kaum auffiel. In der Sockenschublade gähnende Leere. Er machte Licht, öffnete den Kleiderschrank und begutachtete sich im Spiegel an der Innenseite der Tür. Als elegant konnte er nicht gerade durchgehen. Abgegriffen, ausgelutscht. Die Chancen, dass eine halbwegs ernst zu nehmende Frau auch nur einen einzigen Blick auf ihn verschwenden würde, gingen gegen null.

Er setzte sich auf die Bettkante und schlüpfte in die Socken von gestern, der rechte war an der Zehenspitze feucht und roch muffig, aber er konnte sich jetzt unmöglich aufraffen, unten in der Waschküche nachzusehen, ob es noch ein sauberes Paar gab. Was, davon abgesehen, ohnehin höchst unwahrscheinlich war.

Er schlich hinunter in die Küche, sah sich kurz um und begann wie von selber seine eingefahrenen Nörgeltiraden vor sich hin zu knurren. Konnte der Rotzbengel nicht mal sein benutztes Geschirr in die gottverdammte Spülmaschine stellen? Aber nein, die Teller, verschmiert und verkrustet wie sie waren, stapelten sich meterhoch in der Spüle – falls er nicht gleich alles auf dem Esstisch stehen und liegen ließ. Die Küche sah aus wie nach einem Luftangriff. Er stampfte ärgerlich mit dem Fuß, doch dann riss er sich hastig zusammen und schwieg. Diese Ausdrucksweise hatte Smári von seiner Mutter übernommen, für die jedes Zimmer *wie nach einem Luftangriff* ausgesehen hatte, das nicht *picobello* aufgeräumt war. Wollte er seinem Sohn wirklich mit solchen Moralistensprüchen kommen?

Plötzlich schien ihm das Leben geradezu aberwitzig kurz. Was immer in den nächsten Tagen geschehen würde – über kurz oder lang würde Bóas von zu Hause ausgezogen sein. Die Jahre bis dahin ließen sich wohl an einer Hand abzählen – wenn es überhaupt Jahre waren, und nicht Monate. Er wusste genau, dass er dem Jungen nur noch lästig war, spürte, wie sehr Bóas den Tag herbeisehnte, wo er ihn endlich los wäre. Mitsamt seinen geballten Fäusten und seinem *picobello*-Tantengeschwätz.

Er schob diese Gedanken von sich, rief sich stattdessen noch einmal Stellas Worte über Bóas ins Gedächtnis und verglich sie mit dem, was der Junge selbst über sich gesagt hatte. Das verschwundene Haushaltsgeld, über dessen Verbleib aus dem Jungen keine Erklärung herauszubekommen war. So viel war klar: Bóas verheimlichte ihm etwas. Was das war, musste er noch herausfinden. Ob der Junge ein ernsthaftes Verbrechen auf dem Gewissen hatte, war wiederum eine andere Frage. Die es ebenfalls zu klären galt. Wie würde er, der Polizeibeamte, wohl reagieren, wenn sich herausstellte, dass sein Sohn mit dem Gesetz in Konflikt geraten war? Er ahnte, dass die Antwort sehr einfach war. Natürlich würde er in jedem Fall erst einmal den Mund halten, anstatt den Jungen ans Messer zu liefern. Keine Frage.

Diese Erkenntnis verschaffte ihm eine gewisse Erleichterung. Nun konnte er der Wahrheit gelassener ins Auge sehen, was auch immer es war, und darauf mit der nötigen Kaltschnäuzigkeit reagieren. Er musste nur dahinterkommen, was genau der Junge ausgefressen hatte, bevor Valdimar davon Wind bekam, dass die Gerüchteküche der Stadt Bóas zum Brandstifter ernannt hatte.

39 Valdimar wachte auf und hatte sofort eine Stinklaune. Wie so oft, wenn er mitten in seinen Ermittlungen steckte, beschlich ihn das Gefühl, dass er irgendetwas vollkommen Einleuchtendes übersehen hatte, etwas, das ihn auf die richtige Spur setzen und ihm den Täter umgehend in die Hände spielen würde. Nach den Anflügen von Euphorie am Morgen zuvor hatte ihn die Winterdepression nun wieder fest im Griff. Er kämpfte gegen den Gedanken, dass er diesen Fall niemals lösen würde, dass der Brandstifter einfach keinen Fehler gemacht hatte, der es ihm ermöglicht hätte, ihn zu schnappen. Also konnte er jetzt genauso gut eine ruhige Kugel schieben und erst einmal abwarten.

Nach einer Blitzaktion unter der Dusche verließ Valdimar in Windeseile das Haus, doch bereits auf dem untersten Treppenabsatz schnitt die Kälte wie mit Messern in seine Kopfhaut. Er unterdrückte jegliche Fantasien über eine mysteriöse Krankheit, sondern stieg die Treppe brav wieder hinauf und holte seine schwarz-rote Begleiterin. Das Wetter hatte sich mittlerweile beruhigt, aber es war draußen noch stockfinster – schließlich zeigte die Uhr erst kurz nach sieben. Mittlerweile war es vollkommen windstill, hinter den Wolkenfetzen funkelten ein paar Sterne, und die Stadt lag vor ihm, weiß in weiß, genau wie die Bergkette, die am Horizont schimmerte. Nur hinter ihm ragten schwarze, schneefreie Gipfel in den Winterhimmel.

Die junge Dänin empfing ihn mit einem gewinnenden Lächeln, warmen Brötchen und dampfendem Kaffee. Das Leben schien gerade beschlossen zu haben, wieder einigermaßen erträglich zu werden, da meldete sich das Handy. Valdimar spürte, wie die Angst sich in seinem Magen zusammenballte. Wer rief ihn zu dieser unchristlichen Tageszeit an?

»Hafliði hier. Wie läuft's?«

»Vergiss es. Wann kann ich mit euch rechnen?«

»Der Flug geht um neun. Nehme an, vor elf sind wir nicht da. Hör mal, die aus der Abteilung für Wirtschaftskriminalität haben sich diese Buchhaltungsdaten angesehen, die du uns rübergeschickt hast.«

»Und? Haben sie irgendwelche Schlüsse daraus gezogen?«

»Ja. Sie sind darüber gestolpert, dass die Geschäftsbilanz in der zweiten Hälfte des letzten Jahres deutlich besser aussieht als in den Monaten davor. Dabei hätten die Probleme sich eigentlich schon damals auch in Zahlen niederschlagen müssen. Die Sollzinsen haben das Unternehmen finanziell ausgehöhlt, und es sah nicht danach aus, als ob sich die Firma aus eigener Kraft hätte regenerieren können – es sei denn, durch eine größere Fremdinvestition.«

»Sie hatten die Fühler diesbezüglich sicher schon ausgestreckt«, brummte Valdimar und starrte in seinen Kaffee, der inzwischen wohl garantiert unter die akzeptable Trinktemperatur abgekühlt war. Er hatte sich nie daran gewöhnen können, eine Mahlzeit einzunehmen und sich gleichzeitig um Geschäftsangelegenheiten zu kümmern.

»So? Weißt du da Genaueres?«

»N-nein«, antwortete Valdimar nachdenklich. Sveinbjörns äußerst merkwürdiges Benehmen am Abend zuvor fiel ihm wieder ein, dort zu Hause im Türrahmen. Während Kolbrún offenbar bei ihm drinnen im Wohnzimmer saß. Irgendwas hatten die beiden doch gerade ausgeheckt.

»Das heißt also, dein Name ist Hase?«, fragte Hafliði nach.

Mein Name ist Hase. Niemand außer Hafliði benutzte heute noch solche Ausdrücke. »Keine weiteren Verdächtigen, von Sveinbjörn mal abgesehen?«

»Nein, nicht im engeren Sinne. Trotzdem scheint es mir mittlerweile kein Zufall mehr, wo und bei wem es gebrannt hat. Es gibt da die verschiedensten Querverbindungen zwischen den Hausbesitzern und anderen Personen in deren Umfeld, unter anderem den Pfarrersleuten, deren Haus ja im letzten Jahr abgebrannt ist. Auch da hat man eine Brandstiftung bisher nie endgültig ausgeschlossen.«

»Ja, ich erinnere mich. Was für Querverbindungen denn?«

»Also: Drífa, die Tochter von Kapitän Þorsteinn, war mit dem Pfarrerssohn liiert, der sich umgebracht hatte, kurz vor dem Brand im Haus seiner Eltern. Und jetzt stellt sich heraus, dass der Besitzer der abgebrannten Fabrik ein Verhältnis mit der Frau des Kapitäns hatte. Wobei man nicht vergessen darf, dass es sich in einem so kleinen Ort genauso gut um echte Zufälle handeln kann. Deshalb habe ich mir den ersten Brand jetzt mal genauer vorgenommen. Ich möchte wissen, ob wirklich alles zusammenhängt, ob es sich tatsächlich um ein und dasselbe Verbrechen handelt.«

»Verstehe.«

»Gut, dass ihr hierher unterwegs seid. Wir brauchen dringend Verstärkung. Dann kann ich mich solange ganz auf diesen Aspekt der Geschichte konzentrieren. Jetzt um acht bin ich mit diesem Pfarrer verabredet.«

»Jaja. Du wirst das schon hinkriegen.« Im Hörer war es still, bevor Hafliði etwas stockend fortfuhr. »Wir ... wir haben hier übrigens noch Informationen vorliegen, zwei Details, die mit dem Fall in Verbindung stehen könnten, jedes auf seine Weise. Das eine ist ein Text, möglicherweise eine Nachricht des Brandstifters.«

Valdimar hatte gerade einen großen Schluck Kaffee genommen, der sich als heißer erwies, als er erwartet hatte. Er geriet ihm bei Hafliðis letzten Worten in den falschen Hals und ergoss sich daraufhin mit lautem Gepruste über das Tischtuch.

»Was hast du gesagt?«

»Þórir aus der EDV-Abteilung kam auf die Idee, einfach mal ein paar Suchbegriffe zu googeln. Könnte ja sein, dass jemand sich in irgendeinem Blog oder so über diese Brandstiftungsgeschichte auslässt. Und da ist er doch tatsächlich prompt auf einen hochinteressanten Eintrag gestoßen.«

»Aha?«

»Hast du einen Computer in Reichweite?«

»Nein, im Moment nicht«, antwortete Valdimar und suchte mit den Augen den Raum ab. »Oder … warte mal, doch!« Auf der Theke gegenüber der Kaffeemaschine hatte er einen Flachbildschirm entdeckt. Ohne lange zu überlegen ging er schnurstracks hinüber zum Tresen und schaute sich um. Die Dänin war nirgends zu sehen.

»Hallo?«

Keine Antwort. Valdimar schlüpfte kurz entschlossen hinter die Absperrung und setzte sich an den Rechner; er war eingeschaltet, und auch die Internetverbindung schien aktiv.

»Wie ist der Pfad?«

»Schau in deine Mailbox, ich hab dir gerade den Link geschickt.«

Valdimar gehorchte, und innerhalb weniger Sekunden erschien ein Eintrag auf *blogcentral.com* auf dem Bildschirm – was wohl darauf hindeutete, dass der Betreiber dieser Seiten sich außerhalb ihres polizeilichen Einflussbereiches befinden musste. Der Eintrag begann mit den Worten: »*Zuerst ist es nur ein glimmender Funke in einem halbdunklen Zimmer …*« Valdimar las den Text interessiert bis zum letzten Satz: »*… in irgendeinem Bett ein leises Stöhnen, dort hat jemand ein letztes Mal seiner Lust freien Lauf gelassen.*«

»Verdammt noch mal! Kann man das irgendwie zurückverfolgen?«

»Wir arbeiten dran. An und für sich ist an diesem Geschreibsel natürlich nichts Illegales. Aber der Text enthält gewisse Hinweise, die es rechtfertigen, die Verantwortlichen ausfindig zu machen und zur Rede zu stellen.«

»Was ist mit älteren Einträgen?«

»Das ist der einzige verfluchte Eintrag in diesem Blog.«

»Ja, das sehe ich auch gerade.«

»Schau dir mal das Datum an.«

Valdimar scrollte die Browserseite nach oben. Es dauerte ein paar Sekunden, bis er begriff, was Hafliði meinte.

»Ein Tag nach der ersten Brandstiftung. Hmm. Ich hatte gehofft, der Eintrag wäre älter.«

»Das wäre eindeutiger gewesen, klar. Aber es ist ja zunächst mal gar nicht gesagt, dass dieser Text überhaupt was mit der Angelegenheit zu tun haben muss. Allenfalls vielleicht in literarischer Hinsicht.«

»Literarisch …?«, fragte Valdimar verwirrt.

»Na ja. Das ist doch so 'ne Art … Literaturtext, oder?«

»Auf mich wirkt das eher wie die Fantasien eines Geisteskranken.«

»Was sich nicht unbedingt ausschließt.«

Auf einmal wurde Valdimar bewusst, dass die junge Dänin neben ihm stand und ihn mit hochgezogenen Brauen ansah. Hastig kramte er seine Dienstmarke aus der Jackentasche und hielt sie ihr entgegen. Sie warf einen flüchtigen Blick darauf und nickte. Der Himmel wusste, ob sie auch nur ein Wort von dem verstand, was da auf dem eingeschweißten Plastikkärtchen stand.

»Du hast doch nichts dagegen, wenn ich da dranbleibe. Ich will wissen, wer das geschrieben hat.«

»Kein Thema«, sagte Hafliði.

»Und das andere Detail?«

»Die von der Abteilung Wirtschaftskriminalität haben sich auch Sveinbjörns Kontodaten näher angesehen.«

»Hmm.«

»Von seinem Privatkonto sind regelmäßig Beträge abgebucht worden, die uns etwas stutzig gemacht haben.«

»So?«

»Zahlungen von monatlich hunderttausend Kronen.«

»Und wer ist der Zahlungsempfänger?«

Hafliði nannte einen Namen.

»Verdammt! Ich werd verrückt.«

»Du sagst es. Erzähl ich dir genauer, wenn ich komme. Bis dann.«

Valdimar erwiderte den Gruß, schloss den Browser und ging zu seinem Platz zurück. Die Kaffeeflecken auf dem Tischtuch, dieser bleibende Makel auf unschuldigem Weiß, waren ein trauriges Zeugnis menschlicher Unvollkommenheit. Gerne hätte er sich für die Schweinerei entschuldigt, aber das Mädchen mit dem dänischen Akzent war wieder hinter verschlossenen Türen verschwunden.

Pfarrer Aðalsteinn faltete die Hände auf dem Tisch wie die Karikatur eines Pfarrers, und zusammen mit seinem Ziegenbärtchen gab ihm das ein geckenhaft theatralisches Auftreten, so als ob alles, was er sagte, in Anführungszeichen stand und seine eigentliche, tiefere Bedeutung nur auf einer Ebene offenbarte, die seinem Gegenüber verschlossen war. Valdimar bekam gute Lust, ihn einmal kräftig an seinen fleischigen Ohrmuscheln zu ziehen, um ihn wenigstens einmal aus dem Gleichgewicht zu bringen, ihn aus seinen höheren Sphären herunterzuholen und dazu zu bringen, wie ein normaler Mensch zu reden.

»Gewiss, das war eine bittere Erfahrung für meine Frau und mich. Und für unseren Sohn. Dieses schreckliche Feuer. Man kann wohl behaupten, dass wir an einer Art Scheideweg standen. Auf der einen Seite Elend, Leere und Hoffnungslosigkeit. Hadern mit Gott, dass er so etwas zulassen konnte. Auf der anderen Seite trotziger, zäher Überlebenswille. Wir haben alle unser Kreuz zu tragen, aber gleichzeitig ist es unsere Aufgabe, alles daranzusetzen, nicht unter der Last zusammenzubrechen. Der Mensch hat nicht nur das Recht, das Glück zu finden, sondern gewissermaßen auch die Pflicht, es sich zu erarbeiten.«

»Hatte irgendjemand einen Schlüssel zu Ihrem Haus, während Sie verreist waren?«, fragte Valdimar, der wenig Verlangen nach einer längeren Philosophievorlesung verspürte. Die Brandursache galt nach wie vor als ungeklärt, aber das Feuer war im Erdgeschoss ausgebrochen, und einer Theorie zufolge hatte jemand eine brennende Kerze unbeaufsichtigt gelassen. Auf Einbruch schien dagegen nichts hinzudeuten.

Der Pfarrer konnte diese Litanei sicher mittlerweile im Schlaf herunterleiern, trotzdem legte er dabei die Stirn in Falten und machte lange Pausen, wohl, um den Eindruck zu vermitteln, dass er diese Informationen aus den Tiefen seines Gedächtnisses hervorgraben musste wie einen versunkenen Schatz.

»Selbstverständlich gab es Zweitschlüssel. Einer hing zum Beispiel an der Außenwand unter dem Fenster, das hinten auf den Garten hinausgeht, und Stella, die Schwester von Wachtmeister Smári, hatte auch einen. Urður hatte sie gebeten, bei uns die Blumen zu gießen, während wir fort waren.«

»Die beiden sind Freundinnen?«

»Ja, sie kennen sich schon ziemlich lange. Meine Frau und ich haben die beiden ein paar Mal zum Essen herübergebeten und waren auch selbst hin und wieder dort eingeladen. Sveinbjörn ist ein Zugezogener, genau wie wir, nur Stella ist hier im Ort geboren und aufgewachsen, und vor einigen Jahren mit Mann und Kindern hierher zurückgekehrt. Man hängt eben doch an der Scholle, wie es so schön heißt«, fügte Aðalsteinn bedeutungsschwer hinzu und versuchte mit einer winzigen Drehbewegung des Handgelenks unauffällig auf die Uhr zu sehen.

»Haben Sie noch einen Termin?«

»Sie müssen entschuldigen«, sagte der Pfarrer mit einem

verlegenen Lächeln, »ich habe für die Andacht heute Abend noch einiges vorzubereiten.«

»Verstehe. Wie viele Personen wussten von diesem Zweitschlüssel im Garten?«

»Einige. Hier im Ort schließen viele ihre Häuser grundsätzlich nicht ab, aber Urður wäre es nicht wohl dabei, deshalb war – und ist – bei uns immer abgeschlossen. Unsere Jungs haben natürlich alle naselang ihren Schlüssel vergessen, deshalb gehe ich davon aus, dass auch viele von ihren Freunden von diesem Ersatzschlüssel wussten.«

»Somit hätten sich also auch Unbefugte Zutritt verschaffen können?«

»An und für sich ja.«

»Und Ihnen ist auch nicht aufgefallen, dass etwas aus Ihrem Besitz verschwunden gewesen wäre, etwas, dessen Überreste Sie nach dem Brand sonst hätten vorfinden müssen, ein Notebook, eine Videokamera, irgendetwas in der Art?«

»Wir hatten nun wirklich anderes zu tun, als in dieser verkohlten Brandruine herumzustochern. Das Stochern und Zusammenkehren haben uns andere abgenommen, aber aufbewahrt hat man von den Überresten das Allerwenigste. Das heißt ...«, unterbrach er sich, als hätte er plötzlich Zweifel bekommen, doch dann brach er ab.

»Das heißt ... was?«, wollte Valdimar wissen.

»Ach, mir fiel nur gerade etwas ein, eine reine Nebensächlichkeit, aber ich glaube nicht, dass das für Sie von Interesse ist«, sagte er, wie um vom Thema abzulenken.

»Vielleicht sollten Sie das meiner Beurteilung überlassen«, sagte der Kommissar streng. »Nebensächlichkeiten können eine große Rolle spielen.«

»Sicher«, räumte der Pfarrer ein. »Aber sie können einen auch gehörig in die Irre führen. Ach ja – wo Sie gerade von Notebooks sprachen. Ich will das auf keinen Fall aufbauschen, aber kurz nach dem Brand hat Smári bei uns geklingelt und uns Baldurs Laptop zurückgebracht. Der war noch bei Bóas gewesen.«

»Ach ja?« Valdimar horchte auf.

»Die Sache war die: Wir waren eigentlich davon ausgegangen, dass der Computer den Flammen zum Opfer gefallen wäre wie alles andere auch. Bóas hatte anscheinend seinem Vater erzählt, dass Baldur ihm kurz bevor er starb noch seinen Rechner geliehen hätte, und ich wollte nicht widersprechen, hatte die Sache aber anders in Erinnerung. Ich erinnerte mich nämlich noch, wie ich ihn selbst in die Notebooktasche gesteckt und auf Baldurs Schreibtisch gelegt hatte, das war kurz nach seinem Freitod. Ich wollte nachsehen, ob er etwas geschrieben hatte, das uns irgendwelche Anhaltspunkte geben könnte, um besser zu begreifen, warum alles so gekommen war, verstehen Sie? Aber Bóas hatte seinem Vater, wie gesagt, etwas anderes erzählt, und Smári fand es nicht in Ordnung, dass er diesen Computer noch immer hatte. Urður rief sofort dazwischen, der Junge solle ihn doch einfach behalten, und obwohl Smári natürlich erst mal protestierte und beteuerte, wenn, dann würde er selbstverständlich dafür bezahlen, endete es schließlich damit, dass er den Rechner wieder mitnahm.«

»Und wie, glauben Sie, ist der Computer dort hingekommen?«

»Zuerst hatte ich den Verdacht, dass Ragnar ihn sich ausgeliehen hatte, aber als ich ihn darauf ansprach, wollte er davon nichts wissen. Bóas war bei uns ja sozusagen Dauergast, die Jungs waren schließlich dicke Freunde. Vielleicht wollte er den Computer einfach nicht ungenutzt herumstehen lassen, ausgeschlossen wäre es nicht.«

»Dass er ihn gestohlen hat?«

»Das haben Sie gesagt. Seinem Vater hatte er jedenfalls erzählt, er hätte ihn ausgeliehen.«

»Haben Sie denn auf dem Computer etwas Sachdienliches

gefunden? Hatte Baldur irgendwas geschrieben, das für Sie ... von Interesse war?«

»Nein, nichts. Ich wünschte, er hätte seinen düsteren Gedanken irgendwo Luft gemacht.«

»Hat er denn nicht gebloggt?«, erkundigte sich Valdimar. Diese Bemerkung über das Verarbeiten von düsteren Gedanken hatte ihn wieder an den Blog-Eintrag erinnert, seine Frühstückslektüre heute Morgen im Hotel.

»Nein, so etwas wäre ihm nie im Traum eingefallen!«, entgegnete Aðalsteinn, als habe Valdimar seinem verstorbenen Sohn gerade eine derbe Ferkelei unterstellt.

»Und Sie haben nichts davon bemerkt, dass es ihm nicht gut ging?«

»Doch, gewiss ... Aber nicht ... Er wirkte ja nicht direkt schwermütig, wissen Sie. Launenhaft vielleicht, aber nicht schwermütig. Ich habe kurz vorher noch mit ihm ... diskutiert, am Abend, bevor er ... er es getan hat. Meine Frau glaubt, dass sein Beschluss zu diesem Zeitpunkt schon feststand, oder ihm zumindest im Kopf herumgegangen ist. Aber ich bin mir da nicht sicher. Es macht mich sehr nachdenklich, dass ich nicht im Geringsten vorausgeahnt habe, was in dem Jungen vorging. Sicher, mir war klar, dass er seine Hoffnung, Drífa würde es sich noch mal anders überlegen, noch immer nicht aufgegeben hatte. Ich hatte vorsichtig versucht, ihm das auszureden, schließlich hatte sie mit mir darüber gesprochen und unmissverständlich erklärt, dass endgültig Schluss sei. Also riet ich ihm, sich lieber nicht darauf zu verlassen, dass alles wieder so würde wie bisher. Das hätte ich vielleicht besser bleiben lassen sollen.«

»Soll das heißen, Sie machen sich Vorwürfe?«

»Ich wollte einfach immer nur sein Bestes«, sagte Pfarrer Aðalsteinn mit einem Gesicht wie ein leidgeprüfter Zirkusclown und trommelte mit den Fingerspitzen nervös auf der Tischplatte herum, als hämmerte er auf einer Tastatur. In diesem Moment hatte Valdimar das Gefühl, dass es ihm endlich gelungen war, zu diesem Mann durchzudringen, seinen Eispanzer zu durchbrechen, hinter dem er sich zum Schutz vor seinem imaginären Ankläger verschanzt hatte.

40 »In diesem Haus hat man wirklich nicht eine einzige ruhige Minute!«, seufzte Þorsteinn und wischte mit dem Jackenärmel ein Guckloch in die beschlagene Scheibe. »Oder besser gesagt, in dem Haus, in dem wir gerade wohnen«, korrigierte er sich und schloss sein Lamento mit der Bemerkung: »Nicht auf Landgang, und noch nicht mal an hohen Feiertagen.«

»Es ist doch immer dasselbe mit dir!«, fauchte Hugrún. »Große Worte und nichts dahinter, du Schaumschläger!«

»Jetzt hör doch auf, Mama, bitte!«, flehte Drífa. »Müsst ihr euch unbedingt immer streiten, wenn ich dabei bin? Und du, Papa, schau mich wenigstens an, anstatt immer zum Fenster rauszufluchen. Das ist absolut unerträglich!«

»Darf ich jetzt nicht mal mehr selbst entscheiden, wo ich hinschaue?«, seufzte das Familienoberhaupt resigniert. »Schöne Weihnachtsferien sind das. Erst brennt einem das Haus über dem Kopf ab, dann rückt mir der Typ von der Kripo auf die Pelle und hält es offenbar für überhaupt nicht ausgeschlossen, dass *ich* Sveinbjörns vermaledeite Holzfabrik angesteckt hätte. Als ob *ich* nachts mit Benzinkanister und Streichhölzern durchs Dorf schleichen würde. Und dann kommt auch noch ihr und setzt mich unter moralischen Druck, um mich dazu zu bewegen, den Kerl bei der Polizei zu verpfeifen. Jetzt schon zum zweiten Mal innerhalb von ein paar Tagen!«

»Ich will dich zu überhaupt nichts bewegen«, widersprach Drífa, aber er ließ sich nicht beirren:

»Dabei will ich einfach nur … ungestört daran arbeiten, unser Zuhause wieder aufzubauen. Ist das zu viel verlangt? Die Baufirma-Brüder sind mit dem neuen Parkett schon fast fertig, und die Schränke werden geliefert, sobald die Hochebene wieder befahrbar ist. Ich will einfach das Leben weiterleben, das ich gewählt habe, und dabei etwas Neues schaffen, anstatt mich von diesem endlosen Hickhack zermürben zu lassen!«

Hugrún schnaubte verächtlich.

»Du hast überhaupt nichts gewählt, genau das ist nämlich das Problem. Stattdessen lässt du dich in süßer Ignoranz dahintreiben, du aufgeblasener Wichtigtuer! Du würdest das Leben doch nicht mal wiedererkennen, wenn man es dir mit einem Putzeimer ins Gesicht schüttet.«

»Na hör mal, mein Leben ist doch keine Spülbrühe!«, donnerte er zum Fenster hinaus. »Auch wenn da manche vielleicht anderer Meinung sind«, fügte er leise und wie zu sich selbst hinzu.

»Was soll das denn nun wieder heißen?«, fragte sie scharf und versuchte ihn dazu zu bringen, ihr in die Augen zu sehen. Er schob ihre Hand ärgerlich beiseite.

»Das soll überhaupt nichts heißen«, knurrte er. »Ich bin doch derjenige, der hier an den Pranger gestellt wird, und zwar völlig zu Unrecht. Und muss mir dazu noch die wüstesten Beschimpfungen anhören. Auch das übrigens nicht zum ersten Mal.«

Die Diskussion hatte sich in eine hoffnungslose Sackgasse manövriert, wie so oft in dieser Familie, die nicht nur kein eigenes Zuhause mehr hatte, sondern auch keinen festen Kern, keine innere Mitte mehr zu haben schien, an der man sich selbst hätte messen und ausrichten können, dachte Drífa. Wenigstens war ihre Schwester Silla noch im Bett und würde hoffentlich auch nicht aus den Federn kriechen, bevor ihre Eltern sich wieder halbwegs eingekriegt hatten.

Nach Meinung ihres Vaters hätte der Kommissar besser daran getan, Sveinbjörn selber hinsichtlich leicht entzündlicher Stoffe auf den Zahn zu fühlen, anstatt ihn, Þorsteinn, wegen ein paar Litern Benzin zu behelligen, die möglicherweise in irgendeinem Kanister fehlten, von dem niemand wusste, ob er jemals voll gewesen war. Über Sveinbjörn hatte er dagegen einige sehr interessante Informationen vorliegen, zum Beispiel, dass der Fabrikdirektor erstaunliche Vorräte an Verdünnung in seinem Lager hortete – ein Stoff, der bekanntlich mindestens genauso feuergefährlich war wie Benzin. Da stellte sich doch sehr die Frage, ob der gute Herr Kommissar seinem Beruf überhaupt gewachsen war. Ein Paar Ohren schien er nachweislich zu haben, aber was er dazwischen mit sich herumtrug, das stand wohl auf einem anderen Blatt.

Hugrún fand, man müsse diese wichtigen Informationen umgehend der Polizei mitteilen, auf Sveinbjörn sei in dieser Hinsicht schließlich kein Verlass, aber Þorsteinn wollte davon nichts wissen. Er konnte manchmal ein regelrechter Querulant sein – was Leute, die ihn nicht kannten, oft abschreckte –, aber Drífa störte sich nicht weiter daran. Verlangte man aber von ihm, dass er seinen Worten Taten folgen ließ und etwas unternahm, eine Beschwerde einreichte, seinen Nachbarn ermahnte oder klipp und klar auf den Punkt brachte, wenn etwas nicht so war, wie es sein sollte, dann verschanzte er sich für gewöhnlich hinter einem Pokerface und war nicht zuständig. So wie jetzt.

»Es ist bestimmt über ein halbes Jahr her, dass ich diese Verdünnung bei ihm in der Fabrik drüben gesehen habe. Es kann natürlich auch etwas ganz anderes gewesen sein. Mir fielen nur die riesigen Mengen auf, die Sveinbjörn davon rumstehen hatte«, sagte er verharmlosend. »Ich will damit ja auch nur veranschaulichen, mit was für lächerlichen Methoden die Kriminalpolizei offenbar arbeitet: mich wegen ein paar Tropfen Benzin so in die Mangel zu nehmen, als wäre das irgendeine verfängliche Ware, an die man auf legalem Wege nicht herankäme.«

Hugrún saß ihm gegenüber am Frühstückstisch, bohrte in der Nase und gab einen undefinierbaren Laut von sich, allzu freundlich klang er jedenfalls nicht. Drífa dankte dem Himmel, dass die Hausbesitzer, ihr Onkel, seine Familie und ihr Großvater, noch immer auf Gran Canaria waren. Diese Art von Austausch ging außerhalb der heiligen Grenzen der Kernfamilie niemanden etwas an.

»Warum verteidigst du ihn eigentlich so hartnäckig?«, wollte Hugrún wissen. »Hast du Angst, du könntest diesem Grobian zu nahe treten und seine empfindlichen Gefühle verletzen? Ist es dir denn scheißegal, dass er höchstwahrscheinlich unser Haus auf dem Gewissen hat?«

»Unfug. Da glaub ich nicht dran. Und der Kommissar übrigens auch nicht.«

Þorsteinn war ein friedfertiger Mensch, das betonte er selber oft und gern, ein Mantra der Gelassenheit, an dem er sich festhielt, wenn er glaubte, auf etwas reagieren zu müssen, aber in Wirklichkeit keine Lust hatte, sich damit zu befassen. Drífa hatte sich schon oft gefragt, warum ein derart konfliktscheuer Mensch sich ausgerechnet für einen Beruf entschieden hatte, in dem es darauf ankam, eine Mannschaft zu führen, und dazu noch auf See, wo man es oft mit schwierigen, äußerst querköpfigen Charakteren zu tun bekam. Doch nachdem sie seinen Berufsalltag als Kapitän nun schon seit Jahr und Tag miterlebte, musste sie zugeben, dass er seine Sache auf diesem Gebiet erstaunlich gut machte, so als ob eine selbstverständliche Entscheidungsgewalt und eine natürliche Autorität ihm den nötigen Auftrieb verschafften, sein Selbstvertrauen stärkten und ihn entschlossener auftreten ließen, als er im Grunde war. Auf Landgang war er ein naiver, fader Jammerlappen, aber draußen auf See wurde er zum unerbittlichen Gewaltherrscher, der auch der aufsässigsten Besatzung erbarmungslos seinen Willen aufzwang. Hin und wieder hatte er auch zu Hause gewisse Anwandlungen von Herrschsucht gezeigt und versucht, Hugrún herumzukommandieren, aber sie hatte ihn eiskalt abtropfen lassen und was immer er vorschlug oder anordnete einfach ignoriert.

Drífa hatte solche unsauberen Tricks nicht nötig. Seit frühester Kindheit hatte sie ihren Vater um den Finger wickeln können, und er hatte ihr jeden Wunsch von den Augen abgelesen. Nur den nicht, der ihr in diesen Tagen am allermeisten auf der Seele brannte: das Familienleben endlich wieder in geordnete Bahnen zurückzuführen. Sie liebte ihre Mutter, aber Hugrún mit ihrer Hemmungslosigkeit und ihren Zwängen, ihrer sprunghaften und gleichzeitig halsstarrigen Art machte allen um sie herum das Leben so viel schwerer, als es hätte sein müssen. Wenn sie sich etwas in den Kopf gesetzt hatte, war sie durch nichts in der Welt wieder davon abzubringen, und Þorsteinn ließ sich mittlerweile schon gar nicht mehr auf irgendwelche Wortgefechte mit ihr ein, fluchte allenfalls leise vor sich hin und starrte aufs Meer hinaus, so als wäre dort das wahre Leben zu finden.

Drífa konnte das einerseits gut verstehen. Das Problem war nur, dass ihre Mutter nicht immer so ein Scheusal war, wie sie es bisweilen sein konnte. Abgesehen von ihrer herzlichen Ausstrahlung, die ihr viele Türen öffnete, wenn sie nur wollte, war sie eine äußerst empfindsame Seele, die ohne ihre Mitmenschen nicht leben konnte und beim kleinsten Windhauch zusammenbrach. Alle wussten das, und jeder versuchte es zu vermeiden. Drífa war es gewöhnt, ihr durch dick und dünn zu folgen, das hatte sie getan, seit sie denken konnte. Aber in letzter Zeit, besonders seit diesem Winter, hatte sie das Gefühl, dass ihre Mutter endgültig die Kontrolle über sich und ihre Marotten verlor.

Deshalb versuchte sie jetzt, ihrem Vater in den Hintern zu treten, damit er sich endlich zusammenriss und auch hier zu Hause etwas von seinem Schneid an den Tag legte, mit dem er draußen auf hoher See doch so selbstverständlich jonglierte.

Hugrún war in ihrer Ehe nie hundertprozentig treu gewesen. Drífa hatte die diversen Seitensprünge mitbekommen, seit sie ein kleines Mädchen war. Anfangs hatte sie natürlich nicht begriffen, was da im Gange war, aber mit zunehmendem Verstand und geschickt eingesetztem Spürsinn hatte sie bald verstanden, worum es ging. Es belastete sie, aber sie konnte damit leben, hoffte einfach, dass ihre Mutter irgendwann aus diesen Mätzchen herauswachsen würde. Wenigstens war sie bei ihren Affären stets zurückhaltend vorgegangen.

Das änderte sich, als Hugrún mit Sveinbjörn anbandelte. Andere Liebhaber, von denen Drífa wusste, waren meist jünger als Hugrún gewesen und hatten nicht wirklich zum überschaubaren Kreis der Ortsbewohner gehört. Einer war Direktor der Fährgesellschaft gewesen, ein anderer ein polnischer Bauingenieur, der in Egilsstaðir Arbeit gefunden hatte. Aber sich ausgerechnet mit dem Mann aus dem Nachbarhaus einzulassen, das war einfach der pure Wahnsinn. Hugrún machte sich auch nicht mal die Mühe, die Affäre zu verheimlichen, sondern tat, als ob ihr das vollkommen schnuppe wäre. Drífa konnte sich diese Anwandlungen ihrer Mutter beim besten Willen nicht erklären.

Und jetzt, wo diese lächerliche Episode endlich ad acta gelegt war, hatte sie offenbar immer noch nicht genug: Nun setzte sie Sveinbjörn auf die Anklagebank, mit Argumenten, die wild zusammenfantasiert waren, wobei sie nicht einmal davor zurückschreckte, ihren Ehemann vor ihren Wagen zu spannen und ihn als hilflosen Spielball zwischen die Fronten zu jagen.

»Okay, ich geh dann mal!«, knurrte Hugrún, sie stand in Schaffelljacke und Pelzmütze im Flur und hatte schon die Türklinke in der Hand.

»Wo willst du hin?«, fragte Drífa besorgt.

»Du nimmst nicht den Jeep!«, bestimmte Þorsteinn lahm, was seine Frau nur mit einem weiteren Schnauben quittierte. Ein paar Sekunden später wurde draußen der Jeep angelassen und fuhr davon.

»Sie kratzt nicht mal das Eis von der Windschutzscheibe!«, seufzte Þorsteinn entnervt.

»Warum unternimmst du denn nichts, Papa?«, fragte Drífa nach einer kurzen Pause. »Das kann doch nicht ewig so weitergehen.«

»Was kann ich schon unternehmen? Ich brauche doch nur mit dem Finger auf sie zu zeigen, dann droht sie schon, mich zu verlassen. Und das willst du doch auch nicht, oder? Dann würdet ihr Mädchen schließlich mit ihr ganz alleine dasitzen.«

»Das ist ja wohl nicht dein Problem. Sie würde ganz einfach einen Rückzieher machen, sobald du sie wirklich mal beim Wort nimmst. Und davon abgesehen: Wieso sollten wir ausgerechnet bei ihr bleiben? Hast du da nicht auch ein Wörtchen mitzureden? Außerdem spielt das für mich sowieso keine große Rolle mehr, ich bin erwachsen und werde demnächst runter nach Reykjavík ziehen und was lernen. Silla wird es vielleicht noch etwas länger hier aushalten müssen, aber wenn ich sie recht verstanden habe, will sie auch so schnell wie möglich von hier weg, am liebsten mit mir zusammen.«

»Um Himmels willen, sag so was nicht! Manchmal krieg ich direkt Angst, dass unsere Familie anfängt, sich aufzulösen.«

»Die hat sich längst aufgelöst. Noch nicht gemerkt? Und das ist nicht meine und Sillas Schuld. Wir versuchen bloß, das Beste aus unserem Leben zu machen. Wir sind keine Kinder mehr, und du kannst von uns nicht erwarten, dass wir die Familie zusammenhalten. Das darfst du uns nicht auch noch auf die Schultern laden.«

»Silla ist gerade mal vierzehn.«

»Und hat ihren ersten Freund.«

»Was?«

»Ja. Mama und du, ihr habt das natürlich nicht mitgekriegt. Ich könnte mir auch denken, dass sie es so lange wie möglich vor euch geheim halten will. Vor Mama zumindest.«

»Wieso das denn?«

»Hast du vergessen, wie es damals mit Baldur gelaufen ist? Silla will bestimmt mit allen Mitteln verhindern, dass sich so etwas wiederholt.«

»Ich habe keine Ahnung, wovon du redest. Wer ist denn überhaupt dieser sogenannte Freund von Silla? Und wie alt ist er?«

»Spielt keine Rolle. Aber eins kann ich dir wohl versichern: Mama käme nie auf die Idee, dich zu verlassen. Was immer du zu ihr sagst.«

»Hör doch auf mit diesem Gerede, Drífa-Schätzchen. Ich kriege schon wieder diese furchtbaren Schmerzen in der Brust. Verflixt noch mal. Wäre kein Wunder, wenn mich demnächst der Schlag treffen würde.«

»Du willst also nichts unternehmen?«

»Was soll ich denn machen? Ich bin ein friedfertiger Mensch. Ich finde, unser Zuhause darf nicht zum Schlachtfeld werden. Du hast dich doch vorhin selber beklagt, dass wir andauernd streiten.«

»Ich hab aber nicht gesagt, dass … Ach, vergiss es.« Ihr Vater brummte erleichtert und starrte auf den Fjord hinaus. Er kann es kaum erwarten, wieder aufs Meer hinauszukommen, dachte sie. Wo alle vor ihm kuschen. Und wo er diesen endlosen Hickhack, wie er es nennt, endlich los ist.

41 Valdimar schlich mit seiner rot-schwarzen Mütze über den Ohren durch die weiß verschneiten Straßen, er war der einzige Fußgänger weit und breit – ein Weihnachtsmann, der keine Geschenke verteilte, aber dafür Angst und Schrecken im Gepäck hatte. Er hatte es nicht besonders eilig, an sein Ziel zu kommen, Smári zu treffen und sich dessen Sohn vorzuknöpfen. Warum musste er immer im Privatleben anderer Leute herumstochern und ihnen schwerwiegende Verbrechen vorwerfen?

Das Morgengrauen würde bald einsetzen, noch hing ein schwarzblauer Nachthimmel über der Stadt, aber hinter den Bergzacken im Süden zeichnete sich ein fahler Streifen ab; in dieser Dämmerstunde hatten die Lichterketten und Weihnachtsgirlanden an den Balkongeländern und Fensterbrettern ihren großen Auftritt. Die weiße Winterstimmung drückte Valdimar aufs Gemüt, längst vergessene Weihnachtserinnerungen kamen aus der Versenkung, tauchten auf wie verrottete Schleppnetze, die seit Jahrzehnten auf dem Meeresgrund vor sich hin faulten.

Er hatte nie das Stadium erreicht, in dem man seine Kindheitserinnerungen schätzen lernt; für ihn war alles Vergangene seit jeher unlösbar mit Schmerz und Verlust verbunden. Unscharfe Bilder seiner Mutter flackerten jetzt in ihm auf: seine Mutter in der Küche am Tag vor Weihnachten, das lange glatte

282

Haar, das über ihren Rücken floss, das Lächeln, mit dem sie sich zu ihm umdrehte und ihn, den Sechs- oder Siebenjährigen, bat, ihr die Haare zum Pferdeschwanz zu binden. Er war sofort feuereifrig ins Bad gerannt und hatte dort ein Haargummi hervorgekramt. Zurück in der Küche hatte er dann einen Hocker herbeigeschleppt und wollte daraufklettern, um bis zu ihr hinaufzureichen, aber sie hatte ihn lachend auf die Stirn geküsst – und sich dann selber auf den Hocker fallen lassen: etwas, worauf er nicht einmal im Traum gekommen wäre. Er hatte sich umsonst für sie abgerackert, aber anstatt ungeduldig oder ärgerlich zu werden, hatte sie seinen Irrtum mit liebevoller Nachsicht weggewischt, und die Erinnerung daran schmerzte ihn noch heute.

Und jetzt schoben sich andere Bilder dazwischen, der vernebelte Blick und der wild sprießende Schnurrbart seines Vaters, sein abwesendes Grinsen und seine grundlosen Lachanfälle. Es war sein erstes oder zweites Weihnachtsfest als alleinstehender Vater von zwei Kindern gewesen. »Eili, der heilige Eilige!«, hatte er gekalauert und auch sein Töchterchen mit Albernheiten wie »Birtalein, mein Sonnenschein!« nicht verschont. Die kleine Birta verstand natürlich überhaupt nichts, sondern krähte nur: »Bin kein Sonnenschein! Der Sonnenschein ist draußen und macht das Dunkel hell!« Und Valdimar hatte die Lippen aufeinandergepresst und gewünscht, sein Vater hätte auf das Pfeifchen, das er sich kurz zuvor auf dem Balkon genehmigt hatte, ausnahmsweise mal verzichtet.

Seltsam, dass solche grauenhaften Erinnerungen immer noch leichter zu ertragen waren als die angenehmen. Es war das Gefühl vom verlorenen Paradies, das Valdimar nicht ertrug, das Bewusstsein, dass die Welt einmal vollkommen gewesen und in festen Bahnen verlaufen war, die es nun einfach nicht mehr gab. Ein paar Jahre später hatte er dem Vater seinen Entschluss mitgeteilt, seinen Taufnamen – Eilífur – abzulegen und ab sofort den Namen seines Großvaters – Valdimar – zu tra-

gen. Damit hatte er eine Art symbolischen Schlussstrich unter
seine Kindheit gezogen, so schien es ihm heute. Und er war
sich sicher, wäre seine Mutter am Leben geblieben, er hätte
seinen Namen nie aufgegeben.

Als er die Brücke überquerte, beschloss er nachzusehen, ob
Bóas sich wie am Tag zuvor vielleicht gerade in Þorsteinns
Haus nützlich machte. Also bog er ab und nahm den Weg über
den Hang. Am besten wäre es, den Jungen mit hinunter aufs
Polizeirevier zu nehmen, um sich mit ihm dort in aller Ruhe
zu unterhalten und ihn, falls nötig, auch härter ranzunehmen.
Irgendwas war an dieser Geschichte mit dem Computer nicht
ganz sauber, möglicherweise lag hier der Schlüssel des Rätsels,
oder zumindest eine Spur, die ihn weiterbrachte. Er rief sich
noch einmal die Unterhaltung zwischen Vater und Sohn ins
Gedächtnis, dort, wo der Brandstifter sein Streichholz ange-
rissen haben musste ... Hatte der Junge nervös gewirkt? Nein,
aber es war seine unterschwellige Aggression gewesen, die
Valdimar stutzig gemacht hatte.

Bei Þorsteinn waren die Türen unverschlossen, er klopfte
und trat ein, ohne eine Reaktion abzuwarten. Das Haus war
eine geschäftige Baustelle, und man schien fieberhaft daran zu
arbeiten, die Räume so bald wie möglich wieder bewohnbar zu
machen. Der Brandgeruch war fast vollständig verflogen, die
Wände frisch geweißt, und über die Fußböden zog sich größtenteils schon das neu verlegte Parkett. Die Baufirma-Jungs
schienen sich ziemlich ins Zeug zu legen, der jüngere hockte
in der Türöffnung zur Küche und drehte gerade die letzten
Schrauben in die Schwellenleiste. Der Kommissar wünschte einen guten Morgen, worauf der Mann aufsah, sich von seiner
Arbeit erhob und mit einem höflich fragenden Blick den Gruß
erwiderte.

»Ich habe eigentlich etwas mit Bóas zu bereden. Arbeitet er
nicht hier mit Ihnen?«

»Ja, im Prinzip schon. Aber ich fürchte, vor Mittag kreuzt

der hier nicht auf.« Valdimar nickte. Schließlich waren noch Weihnachtsferien, der Junge lag also sicher ganz einfach bei sich zu Hause im Bett und schlief sich aus. Umso besser, dann würde er ihn gleich an Ort und Stelle in die Mangel nehmen, schläfrig und unvorbereitet wie er war, noch bevor er Zeit hatte, wieder irgendwelche Lügengeschichten zu konstruieren und sich aus allem herauszuwinden. Nun erschien der ältere der beiden in der Tür zum Wohnzimmer, ein groß gewachsener Mittsechziger mit Lachfältchen und dichten Haarbüscheln in den Ohrmuscheln. Der Mann grüßte mit einem freundlichen Kopfnicken. Diese Jungs waren offenbar wirklich angenehme Zeitgenossen.

»Ich hab noch so eins von der Sorte gefunden«, sagte er zu seinem Bruder und deutete auf eine flache, längliche Kartonage, die ein bisschen wie ein verpacktes Ikea-Regal aussah. »Was ist das überhaupt?«, wollte der Jüngere wissen. »Hat Kolbrún davon was erwähnt?«

»N-neeee«, gab der Ältere mit vielsagendem Grinsen zurück. »Aber sie hat gesagt, wir sollen es bei ihr abliefern, falls noch mehr davon auftauchen sollten.«

Irgendwas war hier faul. Und zwar ganz gehörig.

»Wo haben Sie das denn gefunden? Haben Sie hierzu Anweisungen von Kolbrún?«

»Hhm … ja. Das war in den Verpackungen. So ein Zeug, das sie zum Verschicken zwischen die Parkettstapel legen.«

»Entschuldigung, darf ich mal?«

Ohne eine Antwort abzuwarten, riss der Kommissar dem Mann den Karton aus der Hand, öffnete ihn und schaute hinein. Innen waren mehrere kleinere Päckchen, mehrfach mit Isolierband umwickelt. Valdimar zog einen Schlüssel aus der Tasche, riss das Paket an einem Ende auf und pulte sich durch mehrere Kartonschichten. Schließlich fielen ihm ein paar vakuumverpackte Plastiktütchen mit weißem Inhalt entgegen.

Hastig bohrte er mit dem Schlüssel ein Loch in die Folie und ließ ein paar Körnchen herausrieseln. Er schnüffelte vorsichtig, doch das Zeug war vollkommen geruchlos. Dann bohrte er Daumen und Zeigefinger durch das Loch und zerrieb etwas von dem Pulver zwischen den Fingerspitzen. Die Konsistenz war nicht ganz so, wie er erwartet hatte, aber eins stand fest: Puderzucker war das nicht.

»Verdammte, elende Scheiße!«

42 Die Organisation der großen Gedenk- und Feierstunde war trotz der widrigen Wetterlage einfacher gewesen als erwartet. Die Grundidee hatte sich allmählich verselbständigt, hatte sich verbreitet und um sich gegriffen, weiter als Aðalsteinn es sich anfangs hatte träumen lassen. Ein paar tatkräftige Frauen aus dem Kirchengemeinderat hatten ihm ihre Unterstützung angeboten, und dann hatte er natürlich Urður, die ihm mit Rat und Tat zur Seite stand – und der Erfolg war nicht ausgeblieben. Jeder einzelne Arbeitgeber der Stadt hatte seine Teilnahme zugesichert, und selbst der Ärztliche Notdienst hatte versprochen, die Belegschaft an diesem Tag auf ein Minimum herunterzufahren, damit auch von den Angestellten möglichst viele an der Andacht teilnehmen konnten.

Die Polizei würde während der Zeremonie ebenfalls Präsenz zeigen, und Aðalsteinn hatte vor, seinen Zuhörern abschließend ans Herz zu legen, sich sofort mit den Beamten in Verbindung zu setzen, sollte ihnen jemand in ihrem Umkreis verdächtig vorkommen. Man wusste nie, zu was es gut war.

Und natürlich war es auch nicht unwahrscheinlich, dass der Schuldige persönlich anwesend war. Über diese Möglichkeit hatte Aðalsteinn lange nachgedacht. Er wollte diesem unglückseligen Menschen im Namen aller Anwesenden ins Gewissen reden und versuchen, ihm die Folgen seiner Verirrungen vor Augen zu führen. Denn schließlich waren es nicht nur die Firmen und Geschäftsleute, die diese Aktion unterstützten, nein, auf die eine oder andere Art war jeder einzelne Haushalt der Stadt miteinbezogen worden. Der Gedanke war, sich die Kernfamilie, diese Grundeinheit unserer Gesellschaft, zunutze zu machen und die Jugendlichen über ihre Eltern zu erreichen.

Natürlich konnte es ebenso gut sein, dessen war sich Aðalsteinn bewusst, dass man den Missetäter nicht finden würde, schließlich hörte man oft genug von Fällen, dass ein Brandstifter wieder und wieder zuschlug und nie geschnappt wurde. Aber eins wusste er dagegen sicher: Selbst wenn das der Fall wäre, würde der einzigartige Zusammenhalt der Dorfbewohner dazu führen, dass die Untaten mit der Zeit seltener würden, anders konnte es gar nicht sein. Trotzdem wäre der Schuldige vor allen Anwesenden bloßgestellt, er würde den moralischen Druck der ganzen Stadt spüren – und würde spätestens dann von seinem zerstörerischen Tun ganz einfach ablassen. Aber wie auch immer sich der Fall als solcher entwickeln mochte – der Pfarrer war überzeugt, dass diese einmalige Feierstunde für den Zusammenhalt der Bürger von großem Nutzen sein würde, die Menschen würden enger zusammenrücken, die Gemeinsamkeit würde auf Dauer gestärkt.

Natürlich würden auch die Medien zur Stelle sein und ausführlich berichten, vier Nachrichtenteams hatten sich bereits angesagt, manche munkelten sogar etwas von internationaler Berichterstattung. Obwohl er es vermied, sich allzu sehr in diesen Gedanken zu verbeißen, glaubte er doch auch, dass ihm die Vorsehung hier den Weg geebnet und ihm geholfen hatte, in der Öffentlichkeit auf sich aufmerksam zu machen – was letztlich die Chancen auf eine Beförderung erhöhte. Denn der Traum, einmal in der Hauptstadt seine Brötchen zu verdienen, war wieder aktuell geworden, seitdem Urður ihn damit unter Druck setzte, dass sie von hier wegwollte.

Jemand war mit der Idee an ihn herangetreten, vor der

Kirchentür eines dieser riesigen Festzelte aufzuschlagen, die es in Egilsstaðir zu mieten gab, aber Aðalsteinn hatte dieses Ansinnen sofort im Keim erstickt. Dieses Zelt hatte schon bei unzähligen Flohmärkten und Straßenfesten Zuflucht vor unbeständigem Sommerwetter geboten, und Aðalsteinn wollte jegliche Assoziationen mit weltlichen Gütern und fröhlicher Geselligkeit vermeiden. Und sollte es wirklich ausgerechnet zwischen drei und vier Uhr anfangen zu schneien, wonach es im Moment nicht aussah, würde die Gemeinde das eben hinnehmen müssen, wahrscheinlich würde das die feierliche Stimmung sogar noch unterstreichen. Außerdem war geplant, vor der Kirchentür einen Halbkreis aus etwa zehn Gaslaternen aufzustellen, die Lichter würden den Menschen den Weg weisen und der Feierstunde einen würdigen Rahmen verleihen.

Er stand auf, ging an seine Regalwand und nahm ein Buch heraus, das keines war. *Geistiges für Geistliche* stand auf dem Ledereinband zu lesen. Es war ein Geschenk zum Vierzigsten gewesen. Beim Auspacken hatte er gestutzt und sich gefragt, was das nun wieder sollte. Ein theologisches Standardwerk mit einem solchen Titel? Doch als er das vermeintliche Buch aus dem ledernen Schuber zog, hielt er einen silbernen Flachmann in der Hand. Er hatte über das Wortspiel geschmunzelt und das Fläschchen dann, da er nicht davon ausging, es jemals zu benutzen, beiseitegeräumt. Doch nach dem Hausbrand war es ganz unvermittelt in einer Bücherkiste im hintersten Winkel seines Büros wieder zum Vorschein gekommen – wie eine Höllenbotschaft des leibhaftigen Versuchers. Er hatte zwar keine Ahnung, warum er es damals dort verstaut hatte, aber jetzt, wo das Ding schon mal aufgetaucht war, konnte er eigentlich auch etwas hineinfüllen, für Notfälle sozusagen. Auf diese Weise hatte er entdeckt, welch enorm beruhigende Wirkung ein guter Whisky, in Maßen genossen, auf das Nervenkostüm haben konnte. Und so hatte er sich, in vollem Bewusstsein der damit verbundenen Gefahren, dieses kleine Laster angewöhnt, und zwar ausschließlich und insbesondere, wenn er abends noch am Schreibtisch saß, und auch dann nur mit gutem Grund. Voraussetzungen, die in letzter Zeit erstaunlich häufig gegeben waren. In der Schreibtischschublade lagerten seitdem immer ein paar Schachteln Ópal-Lakritz – »das beste Mittel, so sagte man doch, um verräterische Mundgerüche zu vertuschen – und zur Sicherheit steckte er sich immer gleich zwei auf einmal in den Mund. Urður war in puncto Alkoholgenuss ja etwas engstirnig.

Nun saß Aðalsteinn an eben diesem Schreibtisch, nippte an seinem edlen *Laphroiag Single Malt* und spürte ganz deutlich die unmittelbare Anwesenheit Gottes. Das wäre wirklich das erste Mal, seit Gott die Welt erschaffen hat, murmelte er vor sich hin und musste über seine sinnige Wortwahl grinsen: Jetzt war der Alte also tatsächlich zur Stelle, jetzt, wo sein Diener endlich die Ärmel hochkrempelte. Gott steckte in den guten, selbstlosen Taten. War das nicht ein vorzüglicher Aufhänger für seine nächste Predigt, sobald das hier unter Dach und Fach war?

43 Wenn der Hass erst einmal Eingang in unsere Seele gefunden hat und sich dort einnisten kann, wird er nach und nach unsere Gefühle beherrschen. Die alltäglichsten Verrichtungen verschwinden im undurchdringlichen Nebel, bis der Hasserfüllte bereit ist, alles zu tun, um die schwelende Glut in seinem Herzen zu ersticken.

Wenn der Hass einmal die Macht übernommen hat, ist das Leben davor nur noch ein verschwommener Traum, du erinnerst dich weder an Raum noch Zeit noch daran, was dich über Wasser hielt und davor bewahrte aufzugeben.

Natürlich wirst du versuchen den Hass einzudämmen, ihn zu verdrängen, in der Hoffnung, dass die Wut irgendwann verglimmt, sich zu einer verhaltenen Bitterkeit abkühlt, sich schließlich im Nichts verliert. Aber das Verdrängen bewirkt immer das Gegenteil: Der Hass schwillt weiter an, so lange, bis er dich ganz von innen ausfüllt und sich all dein Sinnen und Streben nur noch darauf richtet, anderen Schaden zuzufügen. Und irgendwann werden diese Fantasien so böse, so grausam und verheerend, dass sie dich, wild entschlossen, zu einer Tat treiben, die als unverzeihlich gilt, die auch unverzeihlich *ist*. Doch verglichen mit den pechschwarzen Gedanken, die ihr vorausgingen, ist sie nicht einmal der Erwähnung wert.

Und schließlich siehst du nur noch einen Ausweg – dir selbst die grausamsten imaginären Strafen aufzuerlegen, die sich bald ins Unermessliche steigern, bis du jeden Tag aufs Neue den unerbittlichen Tod vor Augen hast, allein in deiner eigenen Finsternis, oder aber im Licht der Öffentlichkeit, vor aller Augen, denn wer ein so abgrundtief hässliches Schlangengezücht an seinem Busen nährt, der hat es nicht besser verdient.

Doch letztlich machen diese Fantasien alles nur noch schlimmer, der Selbstzerstörungstrieb lässt den Hass immer erbitterter lodern, du weißt das genau, aber du weißt auch, dass es nur eine einzige Rettung gibt: Liebe und Vergebung. Doch selbst die Liebe ist in verzerrter Form zum Brennstoff des Hasses geworden, und die Vergebung ist in derart weite Ferne gerückt, dass der bloße Gedanke daran genügt, die Glut des Hasses aufs Neue zu entfachen.

Doch hin und wieder gibt es Augenblicke, in denen sich der Nebel hebt und die Liebe wieder möglich erscheint. Du genießt solche Momente, wie jeder sie genießen würde, willst sie festhalten, doch sie sind in einem Atemzug vorbei. Selbst deine Hoffnungen hast du nicht mehr im Griff, so tief sind die Abgründe, in die der Hass dich versenkt, dass der schwache Schimmer, der dich da unten erreicht, wie ein boshafter Schabernack wirkt, durch den die Dunkelheit nur noch schwärzer und undurchdringlicher erscheinen will.

Und an diesem Punkt dämmert es dir, dass es jetzt nur noch eins gibt: die Flucht nach vorn – auf direktem Weg in die Finsternis hinein und von dort aus hinaus ans Licht. Indem du Ernst machst und deine Fantasien in die Tat umsetzt. Nicht die allergrausamsten, sondern die, die maßvoll und beinahe rechtmäßig erscheinen. Wer selbstgefällig und aufgeblasen auf andere herabschaut, der muss von Zeit zu Zeit daran erinnert werden, dass er das Glück nicht selbstverständlich gepachtet hat – dass auch bei ihm der Bote mit der schwarzen Maske jederzeit vor der Tür stehen kann.

44 Valdimar stolperte die steile Straße hinunter, er presste die Lippen aufeinander und steckte noch immer in seinem Schneeanzug, in dem ihm jetzt der Schweiß herunterlief, denn das Thermometer hatte einen unvermittelten Satz nach oben gemacht und zeigte Plusgrade an. Zwei Räumfahrzeuge und ein Schneepflug waren im Einsatz und blockierten ausgerechnet die Straßen, die er zu benutzen gedacht hatte. Die rote Wollmütze hatte er in die Jackentasche gestopft, und an seinem Handgelenk baumelte eine Plastiktüte, die der jüngere Baufirma-Bruder freundlicherweise für ihn aufgetrieben hatte, um ihm zu ersparen, am helllichten Tag mit einer Ladung halb aufgerissener Drogenbriefchen durch den Ort zu stiefeln.

Von Rechts wegen hätte er das Rauschgift offiziell und in Anwesenheit eines zweiten Polizeibeamten sicherstellen müssen, aber schließlich konnte er das verdammte Zeug nicht einfach so offen herumliegen lassen, also hatte er den Baufirma-Jungs das heilige Versprechen abgenommen, den Fund nötigenfalls zu bezeugen. Bei der Gelegenheit hatte er ihnen auch eingeschärft, weder Sveinbjörn noch Kolbrún etwas davon auf die Nase zu binden, doch ob sie das auch beherzigten, das konnte ihm natürlich niemand hundertprozentig garantieren.

Valdimar hatte leichte Bedenken, dass irgendein übereifriger Kollege ihm unrechtmäßigen Rauschgiftbesitz anhängen könnte, und hatte bereits erwogen, dort im Haus zu warten, bis die Verstärkung aus der Hauptstadt eintraf, war dann aber zu dem Schluss gekommen, dass das nicht viel an der Sache ändern würde. Also hatte er es mit einem Anruf in der Rauschgiftabteilung der Kripo Reykjavík bewenden lassen und war gegangen. Dort hatte man seinen Bericht allerdings nicht ohne Misstrauen aufgenommen, der diensthabende Beamte am anderen Ende hatte geklungen, als ob er Valdimar nicht wirklich abnahm, dass er das Zeug auf eigene Faust und durch einen puren Zufall entdeckt hatte. Ob er überhaupt sicher sei, dass es sich um Rauschgift handele.

»Soll ich mir mal eben 'ne Line hochziehen und dann Bescheid sagen, oder was?«, entfuhr es Valdimar. Daraufhin war es still in der Leitung.

»Okay, okay«, hatte Valdimar schließlich eingelenkt. »Kein besonders guter Witz, ich geb's zu. Entschuldigung. Ihr entscheidet, ob ihr uns noch ein paar Leute schickt oder nicht, und ich werde den Kerl schon mal in Gewahrsam nehmen und verhören, unter anderem.«

»Es bringt nichts, die Dinge zu überstürzen«, sagte der Beamte und klang so unerträglich vernünftig wie jemand, der ein weinendes Kind besänftigt. »Warte doch erst mal ab. Es hat überhaupt keinen Sinn, sich jetzt blindlings in irgendwelche Festnahmen zu stürzen. Das könnte sich auf unsere Ermittlungen in dieser Angelegenheit sogar insgesamt negativ auswirken.«

Aber Valdimar, der auf solche Argumente schon vorbereitet war, hatte keine Lust, sich von den Arbeitsprinzipien der Reykjavíker Drogenabteilung in seine Ermittlungen hineinpfuschen zu lassen.

»Wie schon gesagt«, fuhr er fort, »sind wir hier auf der Suche nach diesem Brandstifter, und das hat im Moment einfach unbedingte Priorität. Und dieses verdammte Dope scheint ja wohl auf irgendeine Art damit zusammenzuhängen, immerhin ist das Zeugs in der bewussten Parkettfabrik aufgetaucht. Deshalb werde ich jetzt zuerst einmal Sveinbjörn festnehmen – er hat todsicher von der Sache gewusst – falls er den Schmuggel nicht sogar selbst organisiert hat.«

Der Mann vom Drogendezernat seufzte entnervt und versprach, umgehend ein paar Leute rüberzuschicken. Wie es aussah, würde das Polizeiaufkommen hier im Ort bald geradezu groteske Ausmaße annehmen.

Nachdem er aufgelegt hatte, stand Valdimar noch ein paar Minuten unschlüssig in der Tür. In der momentanen Situation war es wohl nicht ratsam, zu warten, bis die Beamten aus der Stadt ihn hier abholten. Also machte er sich erneut auf den Weg hinunter ins Dorf.

Ein riesiger Jeep donnerte hinter ihm die Straße entlang, ähnlich monströs wie das Gefährt, das man ihm selbst hier zur Verfügung gestellt hatte. Er fluchte lautstark und krabbelte hastig in einen Schneehaufen am Straßenrand. Als der Wagen auf gleicher Höhe war, bremste er ab, und die Fensterscheibe wurde mit leisem Surren herabgelassen. Am Steuer saß Hugrún.

»Sind Sie auf dem Weg zur Wache?«

Valdimar sah die Frau verblüfft an. Hier in Seyðisfjörður schien es ja üblich zu sein, jeden Zentimeter mit dem Auto zurückzulegen, aber eine Mitfahrgelegenheit hatte ihm dabei bisher noch niemand angeboten. Aber die verstohlenen Blicke hinter den geschlossenen Fensterscheiben waren ihm nicht entgangen.

In diesem Fall hatte er die Frau allerdings missverstanden.

»Dürfte ich kurz mit Ihnen reden?«, fragte sie. Valdimar hielt die Tüte mit dem Koks krampfhaft umklammert, denn er hatte die abwegige Befürchtung, der Länge nach in den Schneemassen zu versinken und dabei seine Tüte zu verlieren. Er warf der Frau einen forschenden Blick zu, stapfte aus dem Schneehaufen auf die Straße zurück, ging um das Auto herum, öffnete die Tür auf der Beifahrerseite und stieg ein.

Schwere Parfümschwaden schlugen ihm entgegen und vernebelten ihm die Sinne, während der Wagen angelassen wurde und die Straße hinunterglitt, doch irgendwo unter dem betäubenden Duft nahm er einen beißenden Körpergeruch wahr. Sofort waren wieder seine alten Beklemmungsgefühle zur Stelle. Er maß Hugrún mit einem kurzen Seitenblick und stellte zu seiner Verwunderung fest, dass ihr die Tränen über das Gesicht liefen.

»Ist etwas nicht in Ordnung?«, fragte er verlegen.

»So einiges!«, antwortete sie mit einem kurzen Lachen und wischte sich, ohne zu Valdimar hinüberzublicken, mit dem Ärmel über die Augen. »Mein Mann hat eine Heidenangst vor mir, meine Kinder halten mich für durchgedreht, mein Geliebter hat mir das Dach über dem Kopf angezündet, und keiner glaubt mir mehr ein einziges Wort.«

»Und das wollten Sie mit mir besprechen?«, fragte er, als sie an der nächsten Kreuzung rechts abbog. Es war tatsächlich eine extrem kurze Fahrt gewesen, die Polizeistation war keine zweihundert Meter entfernt. Hoffentlich machte sie es kurz.

»Haben Sie Sveinbjörn allen Ernstes abgehakt?«, wollte sie wissen. Valdimar zuckte mit den Schultern.

»Wir haben überhaupt niemanden abgehakt«, antwortete er dumpf. Das war nicht gerade der beste Zeitpunkt, um dieses Thema anzuschneiden. Andere Themen übrigens auch nicht unbedingt. Hugrún bremste und fuhr auf den Parkplatz vor der Polizeistation ein.

»Der Mann hasst mich«, fing sie wieder an. »Vielleicht ist er da nicht der Einzige hier im Ort, aber er ist der Einzige, dem ich diese ganze Geschichte zutraue. Sveinbjörn ist jemand, der jede spontane Idee unverzüglich in die Tat umsetzt, und außerdem der Draufgänger *par excellence*. Ich habe lange über diese Sache nachgedacht und bin nach wie vor der Meinung, dass nur er es gewesen sein kann, der das Feuer bei uns gelegt hat. Nur so konnte er anschließend in Ruhe seine eigene Fabrik abfackeln, ohne dass der leiseste Verdacht auf ihn fiel. Und als besonderes Schmankerl konnte er dabei auch gleich noch uns eins auswischen. Sprechen Sie ihn doch mal auf die Riesenmengen Verdünner an, die er da bei sich gelagert hatte. Sie sehen doch, Motive hatte der Mann genug, und Mittel oder Gelegenheiten ebenfalls.«

Sie ließ den Wagen in die Parklücke vor der Wache rollen und stellte den Motor ab.

»Ich danke für den Hinweis«, sagte Valdimar kühl, öffnete die Tür und wollte aus dem Wagen steigen.

»Sie glauben vielleicht, Sie könnten mich einfach verurteilen. Dabei haben Sie doch keine Ahnung. Nicht die geringste!«, bellte sie ihm wütend vom Fahrersitz aus hinterher.

»Für was sollte ich Sie denn verurteilen?«, fragte Valdimar, mit einem Bein schon auf dem Parkplatz.

»Ach, hören Sie doch auf mit diesem scheinheiligen Getue!«, knurrte sie bitter. »Ich hör sie doch bis hierher, die Rädchen in Ihrem Hirn, wie sie unermüdlich arbeiten. Aber auf die Idee, dass auch ich ab und zu Gefühle habe, sind Sie natürlich nicht gekommen. Und dass vielleicht auch mir schon mal jemand übel mitgespielt haben könnte, erst recht nicht. Sie gehen wahrscheinlich davon aus, dass mir das alles nur recht geschieht.«

»Wovon reden Sie überhaupt?«

»Na, dann besten Dank fürs Zuhören!«, sagte sie mit beißendem Sarkasmus in der Stimme, legte den Rückwärtsgang ein und bohrte sich mit dem Heck des Jeeps in den nächsten Schneehaufen. Valdimar blieb nichts anderes übrig, als sich eilig aus dem Fahrzeug zu winden und die Tür hinter sich zuzuschlagen. Dann taumelte er auf den Eingang der Wache zu, schweißgebadet und mit schmerzenden Gliedern. Der Schneeanzug kratzte bei jedem Schritt.

Hinter sich hörte er, wie Hugrún das Monsterfahrzeug wendete und davonfuhr.

Als er die Tür öffnete und eintrat, war dort nichts mehr wie zuvor: Die kleine Polizeistation war voller Leute und summte wie ein Bienenschwarm, überall herrschte geschäftiger Trubel. Irgendwo dazwischen glaubte er, Haflidis Stimme herauszuhören, aber der Erste, der ihm aufgebracht gestikulierend entgegenkam, war Smári.

»Waren Sie das, der hier verbreitet, dass ich beschränkt wäre? Ich dachte eigentlich, wir würden in dieser Angelegenheit zusammenarbeiten.«

»›Eingeschränkt urteilsfähig‹ hatte ich gesagt, Smári. Das bedeutet, dass Ihre persönlichen Interessen mit denjenigen der Ermittlungen kollidieren.«

»Und was genau meinen Sie damit?«

»Gehen Sie jetzt erst mal für ein paar Tage nach Hause und ruhen Sie sich aus. Dann kommen Sie schon selber drauf.«

Die beiden Männer schauten einander für einen Moment in die Augen, Smári leichenblass und mit aufgesperrtem Mund, Valdimar mit gesenkten Brauen und verkniffener Miene. Er war es, der als Erster wegschaute.

45 Sveinbjörn empfand eine gewisse Erleichterung, als die Polizei bei ihm klingelte und ihn festnahm. So verfahren, wie die Situation mittlerweile war, konnte es kaum anders kommen, und im Grunde war es nur gut, endlich einen Schlussstrich zu ziehen und die quälende Spannung loszuwerden, die ihm wie Blei auf den Schultern und im Magen lag. Snorris Drohanrufe, so absurd und aus der Luft gegriffen sie auch immer sein mochten, hatten ihn gewissermaßen auf den Boden der Tatsachen zurückgeholt. Die Angst, durch seine eigenen dämlichen Fehlentscheidungen seine nächsten Anverwandten in Gefahr gebracht zu haben, hatte ihn daran erinnert, was im Leben wirklich zählte. Er steckte schon so lange in der Krise, dass solche Notbehelfe und Rettungsanker fast schon zur alltäglichen Routine geworden waren. Ein Großteil seiner Energie war für seine angeschlagene Firma und diese waghalsigen Dealergeschäfte mit Snorri Shit draufgegangen, den Rest hatte er in diese Frau investiert, die ihn zuerst am Schwanz um den Finger gewickelt und ihn dann in ein Elend gestürzt hatte, das er überhaupt nicht nötig hatte. Es war ihm vollkommen schleierhaft, dass er wegen dieser lächerlichen Schlampe tagelang den Tränen nah gewesen war.

Die Festnahme selbst war ziemlich ruhig vonstattengegangen, keine Handschellen, keine Gewaltanwendung, nichts dergleichen. Sveinbjörn hatte draußen ein entferntes Stimmengewirr wahrgenommen und war ans Fenster getreten, um nachzusehen. In diesem Moment kam der arme Oddur in sein Büro gestürzt, seine Ohren glühten wie Feuer, und er brachte vor Aufregung kein Wort heraus. Sveinbjörn hatte sofort die übelsten Vorahnungen bekommen und war Hals über Kopf die Treppe hinuntergerannt. Die folgenden Minuten vergingen wie in Zeitlupe, ein etwas trauriger, aber nicht unbedingt unerträglicher Traum. Unten im Flur erwartete ihn Valdimar, in Begleitung einer groß gewachsenen Frau mit hohen Wangenknochen. Der Kommissar bat ihn, mit hinunter aufs Polizeirevier zu kommen. Sveinbjörn erkundigte sich, ob dies eine Festnahme sei, was der Kommissar bejahte. Sveinbjörn nickte nur, er fragte nicht nach dem Tatverdacht. Die Brüder hatten ihn also verpfiffen. Er zog die Lederjacke über und ging nach nebenan ins Wohnzimmer, wo Oddur sich hinter dem Schrank herumdrückte, und bat ihn, seiner Mutter Bescheid zu sagen. Der Junge starrte ihn mit großen Augen an und nickte stumm. Sveinbjörn legte ihm zum Abschied die Hand auf die Schulter.

»Bis später. Heute Abend, hoffe ich.«

Sie führten ihn hinaus zu einem Jeep, der auf keinerlei Weise als Polizeifahrzeug zu erkennen war. Trotzdem ließ irgendetwas an ihren Bewegungen und ihrer ganzen Ausstrahlung unmissverständlich darauf schließen, dass er ein Verdächtiger war und gerade zum Verhör abgeführt wurde, schon allein, wie sie ihn rechts und links flankierten und ihm bedeuteten einzusteigen. Er spürte die neugierigen Blicke aus den Nachbarhäusern. Das hier würde sich in Windeseile herumsprechen. Þorsteinn und Hugrún würden sich ins Fäustchen lachen, auch wenn der Hintergrund seiner Festnahme nicht das war, was sie ihm versucht hatten, anzuhängen. Plötzlich fiel ihm der Anruf wieder ein, in der Nacht, als die Fabrik gebrannt hatte. An Þorsteinn hatte er damals gar nicht gedacht, eher an irgendeinen alkoholisierten Dorfbewohner, der ihn, sei es aus Gefälligkeit oder aus purer Bosheit, hatte herbeizitieren wollen. Doch nun, in der Erinnerung, hatte die Stimme etwas Berechnendes, als ob man ihn beobachtet, seine Reaktionen getestet und genau registriert hatte. Sollte das sein Nachbar und Nebenbuhler gewesen sein, der seinem Hass und seiner eigenen Erbärmlichkeit Luft gemacht hatte? Sveinbjörn grübelte eine Weile über diese Frage nach, doch dann riss er sich zusammen und verdrängte sie endgültig. Er würde demnächst noch über genug anderes nachzugrübeln haben.

Sveinbjörn war nicht gerade wild darauf gewesen, auf der Polizeistation seinem Schwager Smári unter die Augen zu treten, aber er hatte Glück: Als man ihn in die fensterlose Zelle führte, war Smári nirgends zu sehen. Sie hatten ihm den Gürtel abgenommen, eine lächerliche und, wie er fand, auch sehr unangenehme Maßnahme. Er hatte sofort beschlossen, alles zuzugeben, ohne jedoch Snorris Namen preiszugeben, was auch immer sie mit ihm anstellten. Auf diese Art würde doch letztlich jeder bekommen, was er wollte. So dachte er zumindest.

Und dann begann das Verhör. Valdimar selbst war gar nicht anwesend, was Sveinbjörn etwas irritierte, stattdessen waren es zwei andere, die ihn vernahmen: die junge Frau, die er von der Festnahme her kannte – Elva Arnardóttir hieß sie –, und ihr Kollege, ein Mittfünfziger mit rabenschwarzem, zurückgekämmtem Haar und einem spöttischen Zug um den Mund, der sich als Hafliði Bollasson vorstellte. Sveinbjörn versuchte, sich so kooperativ wie möglich zu geben, aber das war komplizierter als erwartet. Er kämpfte wie ein Löwe, um Kolbrún von jeglichem Verdacht zu befreien, aber das Polizistenpärchen war nicht davon abzubringen, dass sie mit ihm gemeinsame Sache machte. Die beiden glaubten ihm kein Wort und hörten nur müde lächelnd zu, während er Stein und Bein schwor, dass sie sechs Kilo reinstes Kokain einfach die Toilette runtergespült hatte.

An diesem Punkt nahm das Verhör eine unvorhergesehene und verhängnisvolle Wendung.

»Okay, genug dazu fürs Erste. Erzählen Sie uns doch lieber etwas über das Feuer in der Fabrik. Wie kam es denn, dass Sie den Brand gelegt haben, und wie sind Sie genau vorgegangen?«, fragte Elva jetzt, die ihm direkt gegenübersaß und das Verhör leitete. Sveinbjörn starrte sie verblüfft an.

»Ich habe Ihnen doch gesagt, ich habe die Fabrik nicht angezündet. Hören Sie mir denn überhaupt nicht zu? Im Gegenteil, ich habe alle Hebel in Bewegung gesetzt, um sie zu retten. Deshalb sitze ich ja jetzt hier.«

Die beiden Kripo-Beamten wechselten einen kurzen Blick. »Große Töne spucken bringt Ihnen jetzt überhaupt nichts«, sagte die Frau entnervt. »Wir haben einen Hausdurchsuchungsbefehl.«

»Bitte schön, suchen Sie«, sagte er. »Mir soll's recht sein.«

»Sie verstehen mich falsch. Unser Kollege Valdimar hat die Durchsuchung bereits durchgeführt. Und er hat in Ihrer Garage das eine oder andere entdeckt.«

Er fixierte sie grimmig, verärgert über diesen Unsinn.

Hafliði stand auf und griff nach einer großen, durchsichtigen Plastiktüte mit einem wiederverschließbaren Mechanismus an einer Seite, einer Art Reißverschluss, den er öffnete und ein tarnfarbenes Kleidungsstück herauszog. »Kommt Ihnen das bekannt vor?«, fragte er.

»Selbstverständlich«, antwortete Sveinbjörn. »Das gehört zu meiner Jagdausrüstung.«

»Können Sie diese Benzinspritzer am rechten Ärmel und hier auf der Vorderseite erklären?«

»Was? Nein. Das muss irgendwann in der Zwischenzeit passiert sein. Nein, wirklich keine Ahnung. Ich habe diese Jacke seit der Gänsejagd im letzten Herbst nicht mehr benutzt.«

»Dass ein so starker Benzingeruch noch vom Herbst stammen soll, scheint mir aber ziemlich unwahrscheinlich. Und dann haben wir hier noch diese Stiefel. Kennen Sie die auch?«, setzte der Kripo-Mann seine Befragung fort und holte eine zweite Plastiktüte hervor, diesmal mit einem Paar Schuhe.

»Ja ... doch«, antwortete Sveinbjörn. Sein Herz raste, und er fing an, sich die Augenbraue zu reiben, wie immer, wenn seine Nervosität drohte, sich ins Unerträgliche zu steigern. Doch er riss sich gleich wieder zusammen und zwang sich, die Hände ruhig zu halten. »Ja. Das sind meine Stiefel.«

»Sieht aus, als ob die auch mit Benzin bekleckert wären. Nun, die Kriminaltechniker werden das jeweils genau untersuchen. Und die werden uns dann hoffentlich sagen können, wie lange sich diese Flecken schon auf der Kleidung befinden. Und vielleicht auch, ob das an den Stiefeln da ebenfalls Benzin ist, wie wir vermuten.«

»Ich möchte wissen, was eigentlich in Ihnen vorging«, schaltete sich die Frau jetzt wieder ein. »Hängen Sie so sehr an Ihrer Jagdausrüstung, dass Sie es nicht übers Herz gebracht haben, das gute Stück zu opfern? Wenigstens die Stiefel hätten Sie abwaschen können. Auch wenn Ihnen das nicht viel genutzt hätte – zumindest Ihren guten Willen hätten Sie dadurch bewiesen.«

»Ich würde gern mit einem Anwalt sprechen«, sagte Sveinbjörn, der dieses Angebot zunächst abgelehnt hatte, um die Prozedur so schnell wie möglich abzuwickeln. »Ich halte diese Beweismaterialien für gefälscht, um mir das Ganze in die Schuhe zu schieben.«

»Selbstverständlich haben Sie Anspruch auf Rechtsbeistand«, versicherte Hafliði. »Und in Bezug auf die gefälschten Beweise möchte ich nur darauf hinweisen, dass die Kleidungsstücke, wenn wir wirklich etwas daran manipuliert hätten, jetzt sicher noch feucht wären.«

»Dann war das eben dieser Valdimar, Ihr Kollege. Der hätte genug Zeit gehabt, um ... oder Þorsteinn ... nein, Hugrún, die hätte ohne weiteres ... ja, ihr wäre so was durchaus zuzutrauen.«

»Tja, da käme wohl so manch einer in Frage«, sagte Elva spöttisch. »Sollen wir Ihnen nun einen Anwalt besorgen, oder wollen Sie sich selbst darum kümmern?«

»Vielleicht jemand hier aus dem Landkreis?«, schlug Hafliði vor. »Das könnte die Sache unter Umständen beschleunigen. Auch Sie dürften daran interessiert sein, die Angelegenheit nicht auf die lange Bank zu schieben.«

Diese Worte trafen Sveinbjörn wie ein Sandsack gegen die Schläfe. Den beiden war es also ernst. Jetzt stand er unter Tatverdacht. Irgendjemand hatte ihn ganz hundsgemein hintergangen. Aber wer? Und warum?

46 Als Kolbrún die Tür öffnete, huschte ein kurzes Strahlen über ihr Gesicht. Doch als ihr aufging, dass er nicht alleine gekommen war, schlug die Wiedersehensfreude in Verwunderung um, und dann konnte Valdimar förmlich mit ansehen, wie die Angst an ihr heraufkroch und sich in ihr festkrallte, wie bei allen, die etwas auf dem Gewissen haben. Doch dann hatte sie sich erstaunlich schnell wieder im Griff, und über ihr Gesicht legte sich eine Art spöttisch übertriebene Trauermiene, auf die Valdimar sich keinen Reim machen konnte.

»Ich wollte Sie ja informieren!«, beteuerte sie, während man sie zum Streifenwagen hinausführte. »Aber ich habe ja keine Gelegenheit dazu bekommen!«

Er hüstelte unwillig vor sich hin; seit er sie aufgefordert hatte, zur Vernehmung mit aufs Revier zu kommen, hatte er kein weiteres Wort mit ihr gewechselt. Sie dagegen schien ein enormes Mitteilungsbedürfnis zu haben.

»Die Brüder standen gestern plötzlich bei mir vor der Tür und haben dieses Dreckszeug angeschleppt. Ich dachte, mich trifft der Schlag!«, sagte sie in scherzhaftem Ton, so als glaubte sie, die Situation dadurch noch irgendwie retten zu können.

In der Hosentasche vibrierte es. Valdimar war dankbar für jeden Vorwand, Kolbrúns Geschwätz nicht mehr länger anhören zu müssen. Er fischte das Handy aus der Tasche, während er mit der anderen Hand die Wagentür öffnete und ihr bedeutete, einzusteigen. Sie ignorierte die Aufforderung und blieb stehen, offenbar hielt sie ihre Erklärung für noch nicht beendet.

»Valdimar?«, meldete er sich ungehalten.

»Ähhh … Valdimar Eggertsson?«, fragte eine nervöse Stimme am anderen Ende.

»Am Apparat.«

»Landeskrankenhaus Reykjavík. Es geht um Ihre Lebensgefährtin, Elma Sif Halldórsdóttir.«

»Ja?«

»Leider hat es bei ihr eine Komplikation gegeben. Wir müssen Ihre Freundin morgen operieren, aber der Ausgang ist sehr ungewiss. Elma Sif hat den Wunsch geäußert, Sie davor noch einmal zu sehen.«

»Ich rufe zurück«, sagte er knapp und legte auf. Unter seinen Füßen schien sich ein Abgrund aufzutun und ihn verschlingen zu wollen. Er hatte zwei Möglichkeiten, und er wählte die einfachere von beiden: die Zähne zusammenzubeißen und alles weit von sich zu schieben wie einen bösen Traum.

»Ist was nicht in Ordnung?«, erkundigte sich Kolbrún vorsichtig.

»Hier ist so einiges nicht in Ordnung!«, antwortete er. Kolbrún schwieg einen Moment verwirrt, dann setzte sie ihre Rede fort.

»Sie werden jetzt natürlich sagen, ich hätte sofort die Polizei verständigen müssen, aber ich fand es besser, zuerst mit Sveinbjörn zu reden, ihm Gelegenheit zu geben, die Sache aus seiner Sicht zu erklären. Und außerdem habe ich es einfach nicht übers Herz gebracht, ihn deswegen anzuschwärzen. Schließlich hat er im Moment genug am Hals. Verstehen Sie, was ich meine?«

Er antwortete nicht. Es spielte sowieso keine Rolle, was sie da von sich gab.

»Na schön«, sagte sie mit traurigem Lächeln. »Dann wollen Sie mich eben nicht verstehen. Geht in Ordnung. Sie sind nun mal Bulle. Aber ich jedenfalls habe nichts getan, was ich mir später vorzuwerfen hätte«, schloss sie, bevor sie in den Streifenwagen einstieg.

Von da an schwieg sie beharrlich, und während Valdimar sie in den Arrestraum brachte, wo sie die Zeit bis zu ihrer Vernehmung verbringen sollte, wich sie seinem Blick immer wieder aus.

Eigentlich hatte er vorgehabt, sich eine kleine Pause zu gönnen, um einmal tief durchzuatmen und in Ruhe die nächsten Schritte zu überdenken. Schon auf dem Flur, durch die halb offene Tür des kleinen Büros, das man ihm zur Verfügung gestellt hatte, sah er die Frau, die dort auf dem Besucherstuhl auf ihn wartete. Stella.

»Entschuldigen Sie«, sagte er höflich, aber bestimmt, »ich muss Sie leider bitten, den Raum zu verlassen.« Erst vor einer guten halben Stunde hatte er sich von ihr verabschiedet, nach einer kurzen Hausdurchsuchung bei ihr zu Hause. Stella hatte lautstark protestiert, als er einige Beweismaterialien aus Sveinbjörns Arbeitszimmer sichergestellt und auch den Schutzoverall aus der Garage mitgenommen hatte. Deshalb war Valdimar jetzt darauf gefasst, dass die Frau sich noch immer am Rande des Nervenzusammenbruchs befand, und verfluchte Gylfi, der auf die dämliche Idee gekommen war, sie überhaupt hier hereinzulassen.

»Mo-ment. Hören Sie mir doch erst mal zu. Ich habe Ihnen nämlich eine wichtige Mitteilung zu machen.«

Er erstarrte einen Augenblick, verblüfft über ihr plötzlich so beherrschtes Auftreten. Immerhin war sie die Ehefrau eines Mannes, auf dem der Tatverdacht eines schwerwiegenden Verbrechens lastete.

»Nun. Es tut mir leid, dass wir Ihnen solche Unannehmlichkeiten bereiten müssen, ohne dass Sie in den Fall direkt involviert wären«, begann Valdimar, nachdem er sich ihr gegenüber hinter seinem Schreibtisch niedergelassen hatte. »Aber anders geht es leider nicht.«

»Hören Sie, Sveinbjörn ist ein ganz entschiedener Drogengegner. Wir haben dieses Thema schon oft diskutiert, schließlich haben wir zwei Kinder im Teenageralter«, sagte sie und fixierte ihn dabei mit starrem Blick, als versuche sie, ihn zu hypnotisieren. »Diese Beschuldigungen sind geradezu lächerlich und vollkommen unbegründet noch dazu. Dagegen könnte ich«, sie schluckte und machte eine bedeutungsvolle Pause, »Ihnen ein paar Dinge über Kolbrún, seine Sekretärin, erzählen, die Sie vielleicht interessieren dürften.«

»So?«

»Der Vater ihrer Tochter war damals, als er hier in der Stadt wohnte, ein berüchtigter Junkie. Das ist natürlich viele Jahre her, und die beiden sind schon lange auseinander, aber trotzdem bin ich davon überzeugt, dass sie damals auch mit diesem Zeug rumgemacht hat und in den entsprechenden Kreisen zugange war. Und sicher auch wusste, wie man an den Stoff rankam und die richtigen Leute kannte.«

Meine Güte, dachte Valdimar, und das war also die überaus wichtige Mitteilung? Klatsch und Tratsch und leere Mutmaßungen. Stella war offenbar wild entschlossen, ihren Mann mit allen legalen und illegalen Mitteln zu verteidigen. Valdimar musterte sie schweigend und fragte sich, ob die Frau von der Affäre zwischen ihrem Mann und Hugrún wusste, ob er die Sache erwähnen sollte, um zu sehen, wie sie reagierte, und ob das an der Situation etwas änderte. Nein. Das wäre nichts als ein unfairer Schlag ins Gesicht, der einen unglücklichen Menschen in einer seiner schwersten Stunden traf. Nun schien Stella von ihm den nächsten Schritt zu erwarten.

»Es gilt als gesicherte Tatsache, dass die Parkettfabrik als geheimes Drogenlager fungierte, und dass Ihr Mann dazu etwas zu sagen hat. Die Verhöre mit ihm zu diesem Punkt befinden sich, wie es aussieht, noch im Anfangsstadium. Aber zumindest was die drogenkriminelle Seite des Falles angeht, hat er eine Mittäterschaft bereits gestanden.«

»Die *drogenkriminelle Seite*? Was meinen Sie denn damit?«, fragte Stella spöttisch. »Wird ihm denn noch etwas anderes vorgeworfen?«

»Ja. Seine Fabrik ist abgebrannt, das Feuer geht mit überwiegender Wahrscheinlichkeit auf Brandstiftung zurück, und zunächst einmal ist nicht auszuschließen, dass zwischen den beiden Verbrechen ein Zusammenhang besteht. Außerdem hat auch unsere Hausdurchsuchung vorhin einige Beweismaterialien ergeben, die stark darauf hindeuten, dass Sveinbjörn das Feuer selbst gelegt hat.«

»Das ist völlig ausgeschlossen! Zuerst mal nehme ich Ihnen das einfach nicht ab, dass mein Sveinbjörn in irgendwelche Drogengeschäfte verwickelt sein soll ... Hat er übrigens schon einen Anwalt? Und dieses angebliche Geständnis, das muss ganz einfach ein Missverständnis sein, nichts weiter. Aber von diesem Wirrwarr mal ganz abgesehen, wäre es ihm doch nie im Leben eingefallen, seine Fabrik in Brand zu stecken! Diese Firma ist doch der Dreh- und Angelpunkt in seinem Leben, sein Ein und Alles, was immer Vorrang hatte!«

»Soso. Sicher, das ist auch für Sie ein großer Schock, das verstehe ich gut. Aber wir sind nun mal verpflichtet, allen Hinweisen, die uns vorliegen, nachzugehen und zu hoffen, dass die Wahrheit schließlich ans Licht kommt.«

»Die Wahrheit ...«

Stella schwieg einen Moment und starrte angespannt hinaus in die weiße Dämmerung. Dann nahm sie allen Mut zusammen.

»Außerdem scheinen Sie da sowieso ziemlich im Trüben zu fischen. Hier im Ort weiß doch mittlerweile jeder, wer hinter diesen Brandstiftungen steckt ...«

»Ach?«

»Es fällt mir wirklich nicht leicht, das sagen zu müssen, zumal der Junge ja gewissermaßen mein Pflegesohn ist. Aber ... wenn man hier im Ort bei den Jugendlichen diese Brandstiftungen erwähnte, war der Name Bóas immer das Erste, was den Kids dazu einfiel. Und zwar ausnahmslos.«

»Sie reden von Bóas, dem Sohn von Wachtmeister Smári? Ihr Neffe, oder nicht?«

»Ja, genau. Unser Bóas.«

»Warum, glauben Sie, wird Bóas denn von der ganzen Stadt so einhellig verdächtigt? Und warum erfahre ich das als Letzter?«

»Weil Bóas der Sohn eines Polizisten ist, ganz einfach. Da überlegt man sich doch zweimal, ob man sich mit solchen Anschuldigungen aus dem Fenster lehnt, ohne irgendetwas gegen ihn in der Hand zu haben. Ich hätte ja auch lieber den Mund gehalten, wenn Sie nicht herkämen und behaupten würden, dass der arme Svenni ... Ich verstehe selber nicht, was in meinem Bruder vorgeht. Vielleicht ist der gute Smári in dieser Geschichte mit seinem Latein einfach am Ende, wie alle anderen auch. Dabei hab ich ihm doch alles genau erzählt. Kurz bevor die Fabrik brannte. Er hätte etwas unternehmen, hätte dem Jungen ins Gewissen reden sollen ... Nein, *Sie* hätten etwas unternehmen sollen! Schöner Kriminalkommissar sind Sie! Hätten Sie nicht einfach die Jugendclique hier im Ort fragen können, wem sie die Brandstiftungen am ehesten zutrauen würden? Dann müsste ich jetzt nicht hier sitzen und meinen eigenen Neffen verpfeifen wie eine miese Verräterin. So herzlos bin ich nun wirklich nicht, falls Sie das jetzt denken.«

»Was für Anhaltspunkte sind das denn, die darauf hindeuten, dass Bóas hinter diesen Brandstiftungen steckt?«

»Also, zunächst mal verhält er sich schon den ganzen Winter über höchst merkwürdig, eigentlich auch schon im letzten Herbst, seit sein Freund Baldur starb. Sie waren so enge Freunde, die beiden Jungs.« An dieser Stelle begann es in Stellas linkem Mundwinkel nervös zu zucken, so als versuche sie, ein Lächeln zu unterdrücken. Valdimar beschlich die unbequeme Vorstellung, dass es ihr eine Art morbide Genugtuung verschaffen könnte, ihrem jungen Neffen diesen furchtbaren Verdacht anzuhängen. »Und dann waren da ständig diese mysteriösen Andeutungen«, fuhr sie fort und senkte bedeutungsvoll die Augenlider, als müsse sie sich mühsam zusammenreißen, um weiterzureden. »Meine Tochter hat regelrecht Angst vor ihm. Sie dachte sofort an diese Jugendlichen in Amerika, die mit einer Knarre in eine Schule stürmen und dort alle niederballern, die ihnen in den Weg kommen. Ja, so in etwa muss es geklungen haben, was er da von sich gegeben hat«, erklärte sie. Valdimar hob die Augenbrauen. »Er hat angedeutet, dass er etwas ›ganz Großes‹ vorhätte. Etwas, nach dem hier in der Stadt nichts mehr so wäre wie zuvor.«

»Verstehe«, sagte Valdimar, was glatt gelogen war. In Wirklichkeit fiel er nämlich aus allen Wolken. »Aber trotzdem klingt das ziemlich nebulös. Ist das der einzige Grund für diese allgemeine Verdächtigung, von der Sie eben sprachen?«

»Ja … Ist das denn nicht schlimm genug? Ich selbst weiß natürlich noch ein bisschen mehr«, setzte sie eilig hinzu.

»So? Dann erzählen Sie doch mal.«

»Wussten Sie zum Beispiel, dass Bóas' Mutter sich aus dem Staub gemacht hat, als Bóas noch ein Kleinkind war?«

»Ah ja?«

»Das arme Mädchen steckte damals wohl in einem ziemlichen Schlamassel. Hat sich dann ins Ausland abgesetzt und ist seitdem nie mehr wieder aufgetaucht. Für Bóas war das immer ein wunder Punkt, armer Kerl. Ich meine, noch nicht mal zu seiner Konfirmation hat sie sich hierherbequemt, stellen Sie sich das mal vor. Sveinbjörn und ich haben damals die Feier für ihn ausgerichtet, da waren wir noch nicht lange wieder aus Schweden zurück. Der alte Smári hat es ja nicht auf die Reihe gekriegt, dem Jungen ein Fest zu organisieren. Hat gedacht, er könnte sich drücken, aber das kam natürlich nicht in Frage. Also blieb diese Aufgabe schließlich an mir hängen, obwohl wir bei ihnen drüben gefeiert haben. Aber immerhin habe ich Smári ins Gewissen geredet und ihn gezwungen, auch Lilja einzuladen. Und ich war sogar verrückt genug, Bóas selbst einzuweihen, bevor ich das anleierte, ich wollte sichergehen, dass er nichts dagegen hatte. Hatte er natürlich nicht, der arme Junge. Hatte ja schon sein ganzes Leben davon geträumt, seine Mama kennenzulernen, wie Sie sich sicher vorstellen können. Entsprechend groß war die Enttäuschung, als sie dann doch nicht kam. Ich musste Smári jedes Wort einzeln aus der Nase ziehen, schließlich hat er behauptet, dass ihr die Einladung zu kurzfristig gewesen war. Unglaublich, diese Niederträchtigkeit, finden Sie nicht? Dem Jungen hat das natürlich das ganze Fest vermiest. Er war am Boden zerstört, der Ärmste, obwohl er es tapfer durchgestanden hat.«

»Hat das irgendetwas mit den Brandstiftungen zu tun?«, unterbrach Valdimar höflich.

»Darauf komme ich ja gleich. Ich will Ihnen nur die Tragweite begreiflich machen, die das alles für ihn hat. Wie gesagt, sie kam nicht zu seiner Konfirmation, und das war dann auch der berühmte Tropfen, der den Stein höhlt, oder der das Fass zum Überlaufen bringt, oder wie sagt man noch gleich? Ich habe den Jungen damals beiseitegenommen und ihn geradeheraus gefragt, ob ihm das sehr nahe gehe. Aber er hat gesagt, sie sei ihm scheißegal, diese Schlampe, die ihn aus sich rausgerotzt hätte – Sie entschuldigen die Ausdrucksweise. Wörtliches Zitat des Konfirmanden.«

Hier unterbrach Stella ihre Rede, räusperte sich und schluckte ein paar Mal.

»Nun ja, da musste ich die Frau dann doch wieder in Schutz nehmen. Sie war ja fast noch ein Kind, als sie ihn bekommen hatte, erklärte ich ihm, und dann sagte ich – und das hätte ich natürlich lieber bleiben lassen sollen – ich sagte zu ihm, vielleicht hatte sie ja gute Gründe, aus der Stadt zu verschwinden – wo Smári doch schon damals was mit einer anderen angefangen hatte. Und da wollte Bóas natürlich alles ganz genau wissen. Aber ich habe ihm nie verraten, um wen es ging – obwohl ich das selbst sehr wohl wusste.«

»Öhhhh …«, machte Valdimar entgeistert.

»Natürlich kann er den Namen auch auf anderem Wege in Erfahrung gebracht haben. Aus seinem Vater herausgepresst zum Beispiel.«

»Und wer war nun diese Frau?«

Stella machte eine kleine, wirkungsvolle Pause und fixierte Valdimar mit ihrem Blick, bis er unwillig wegsah.

»Es war Hugrún!«, platzte sie heraus. »Kapieren Sie denn überhaupt nichts?«, fragte sie und schüttelte missbilligend den Kopf. »Ich hab dem Jungen die Schuldige auf dem Silbertablett serviert. Den Sündenbock, nach dem er sein ganzes Leben lang gesucht hatte. Logisch, dass er ihr sofort glühende Rache schwor. Und dann hat er ihr eben die Bude abgefackelt.«

»Was daran so selbstverständlich sein soll, kann ich nicht ganz nachvollziehen«, widersprach Valdimar. »Zunächst mal ist es doch keineswegs sicher, dass er herausgefunden hat, um wen es damals ging.«

»Mann, sind Sie aber schwer von Begriff! Ich hab's ihm gesteckt!«, zischte sie und schaute schnell weg.

»Haben Sie nicht eben gerade behauptet, Sie …?«

»Doch. Aber dann hat er mich immer wieder gelöchert, bis es mir irgendwann doch rausgerutscht ist. Ich bin auch nur ein Mensch. Sobald ich den Namen ausgesprochen hatte, wusste ich, dass das ein Fehler war. Er hat so ein merkwürdiges Gesicht gemacht. Da hatte er gerade seinen besten Freund verloren … den guten Baldur. Und auch das war ja indirekt Hugrúns Schuld.«

»Wie bitte?«

»Ja, ob Sie's glauben oder nicht. Die ganze Stadt weiß mittlerweile, dass sie die beiden, Baldur und Drífa, auseinander-intrigiert hat. Man hätte annehmen sollen, dass der Sohn eines Pfarrers aus der Hauptstadt gut genug für ihre Tochter gewesen wäre. War er aber nicht. Nein, Baldur war ihr offenbar ganz einfach nicht gut genug. Irgendwie hat sie den beiden die Hölle heiß gemacht, und als das Mädel ihm dann tatsächlich den Stuhl vor die Tür gesetzt hat, damit ihre Mutter endlich Ruhe gab, da ist der arme Junge ganz einfach zusammengeklappt und ... ja, hat sich das Leben genommen. Das wussten Sie doch, oder nicht?«

»Ja, ich bin darüber informiert. Ich werde der Sache nachgehen«, sagte Valdimar knapp.

»Bóas kann Hugrún nicht ausstehen. Das weiß ich genau!«, ereiferte sie sich.

»Hat er das zu Ihnen gesagt?«

»Nein, zu meiner Tochter. Sie war von der Ausdrucksweise ihres Cousins ziemlich angewidert. Er muss wohl so etwas gesagt haben wie ›Die dumme Kuh gehört geschlachtet‹ oder etwas in der Art. Was da für eine Gesinnung dahintersteckt, wagt man sich doch kaum vorzustellen. Verstehen Sie, was ich meine? Wenn das so ist, muss ich eben Klartext reden und klipp und klar sagen, wie die Dinge liegen, oder mir zu liegen scheinen. Also wenn Sie mich fragen, dann braucht der arme Bóas einfach Hilfe. Man kann von Glück sagen, dass ihn ein gütiges Schicksal davor bewahrt hat, jemanden zu verletzen oder gar zu töten. Kapieren Sie jetzt, worauf ich hinauswill?«

»Mehr oder weniger. Wir werden der Sache nachgehen«, sagte er noch einmal.

»Lassen Sie Sveinbjörn dann laufen?«

»Nein ... sehen Sie ... Selbst wenn an diesen Überlegungen etwas dran wäre – muss das der Theorie, dass Ihr Mann das Feuer in der Fabrik gelegt hat, nicht unbedingt widersprechen – im Gegenteil. Wir werden da selbstverständlich weiter dranbleiben. Und wenn sie sich als richtig erweist, dann ist damit noch nicht gesagt, dass er auch das Wohnhaus angezündet hat.«

»Was soll das denn heißen?«, kreischte Stella. »Es gibt doch nur einen Brandstifter hier in der Stadt! Von was anderem war nie die Rede!«

»Warum sollte Bóas denn die Fabrik in Brand gesteckt haben? Hat er denn etwas gegen Sveinbjörn? Oder gegen Sie?«

»Er weiß doch gar nicht mehr, was er tut, der Junge. Dem liegt das Zündeln von klein auf im Blut!«

»Na, das ist aber nicht besonders überzeugend. Wenn der Junge aus Hass gegen eine bestimmte Person ein Wohnhaus anzündet, heißt das noch lange nicht, dass der Brand in der Fabrik unbedingt denselben Urheber haben muss! Ihr Mann könnte sich, wie gesagt, die Umstände zunutze gemacht und sich darauf verlassen haben, dass der Verdacht auf jemand anderen fällt.«

Stella rang verzweifelt die Hände. Valdimar starrte sie entgeistert an, diese Geste hatte er bisher nur auf Theaterbühnen gesehen. Was wäre, kam ihm die absurde Idee, wenn sie das hier alles nur spielte, wenn dieses ganze Gerede und Getue ein einziger großer Witz wäre, nur dazu gedacht, ein ganz bestimmtes, falsches Bild von dieser Frau zu vermitteln? Aber wer war Stella dann in Wirklichkeit? Dann verscheuchte er den Gedanken wie ein lästiges Insekt. Aber Stella war noch nicht fertig, in bedeutungsschwerem, dramatischem Ton fuhr sie fort:

»Bóas hasst Sveinbjörn auch. Er hasst ihn wie die Pest. Damit Sie's wissen!«, rief sie, und ihre Stimme überschlug sich fast vor Aufregung.

»Warum?«

»Weil der Svenni versucht hat, ihm ein bisschen Erziehung zukommen zu lassen. Wozu sein Vater ja leider nicht in der Lage war.«

»Ich sehe da keinen Zusammenhang«, sagte Valdimar

knapp. »Ich wünschte, jemand hätte mir ein bisschen Erziehung zukommen lassen, als ich in seinem Alter war. Jedenfalls wäre ich ganz bestimmt nicht auf die Idee verfallen, den Betreffenden dafür zu hassen.«

»Die Leute sind eben verschieden, und jeder reagiert anders«, verteidigte sich Stella zitternd und wirkte, als habe sie plötzlich aller Mut verlassen.

»Und Sveinbjörn ist vielleicht auch nicht gerade taktisch vorgegangen«, fügte sie hinzu.

»Ich red mal mit dem Jungen.«

»Sie vertrauen auch wirklich niemandem!«, sagte Stella bitter. Dann brach unvermittelt ein tiefer Seufzer aus ihr heraus, voller Schmerz – oder Wut. Einen Moment schlug sie die Hände vors Gesicht, bis sie sich wieder halbwegs gefangen hatte.

»Da versucht man, ein einigermaßen anständiges Leben zu führen«, stieß sie verzweifelt hervor. »Aber früher oder später kommt immer irgendwas in die Quere, und schon geht alles zum Teufel.«

Valdimar musterte sie, nachdenklich und verständnislos.

47 »Was ist? Gibt's was Neues?«, fragte Smári, nachdem er leicht konfus im Türrahmen erschienen war. Er hatte sich nur ein kurzes Nickerchen gönnen wollen, war dann eingenickt und hatte länger gedöst als geplant, und jetzt hatte er keine Ahnung, wie viel Uhr es war.

»Kann man wohl sagen«, brummte Valdimar, der mit düsterer Miene draußen auf dem Treppenabsatz stand. »Wir haben Sveinbjörn und Kolbrún festgenommen. Sie werden gerade verhört.«

»Was ...?«, fragte Smári und starrte Valdimar mit offenem Mund an, »Sveinbjörn und Kolbrún? Sind Sie jetzt völlig übergeschnappt? Es gibt wohl kaum jemanden hier im Ort, dem so etwas ferner liegt als diesen beiden. Und Brandstifter sind die schon mal gar nicht, das kann ich Ihnen versichern. Dann war das also seinetwegen, dass man mich als beschränkt, äh, eingeschränkt bezeichnet hat?«

»Zumindest sind beide in ein schwerwiegendes Drogendelikt verstrickt, so viel ist sicher. Würden Sie eben mit rauskommen und sich zu mir in den Wagen setzen?«, sagte Valdimar, wartete aber keine Antwort ab, sondern trudelte wie ein unruhiger Geist hinaus auf seinen Riesenjeep zu, den er mit laufendem Motor in der Einfahrt abgestellt hatte.

»Drogendelikt? Jetzt hören Sie aber auf.«

»Na los, kommen Sie!«, wies Valdimar ihn an und kletterte

317

in den Wagen. Smári wagte nicht, sich zu widersetzen, und kam hastig hinterher.

»Ich muss leider auch Ihren Sohn Bóas zum Verhör bitten«, sagte Valdimar, sobald Smári sich auf dem Beifahrersitz niedergelassen hatte.

»Z-zum Verhör? Bóas? Wieso das denn?«

»Das wird sich herausstellen.«

»Dann bin ich aber anwesend. Das lasse ich mir nicht verbieten!«, rief Smári alarmiert.

»Das ist leider nicht gestattet. Sie werden sich da wohl zurückhalten müssen.«

»Aber ich kann doch nicht zulassen, dass Sie meinen Sohn beleidigen und verleumden!« Smári war außer sich. »Er hat nichts getan, dafür leg ich die Hand ins Feuer, hundertprozentig! Bóas würde nicht im Traum einfallen, sich mit Drogen abzugeben. Das hat er mir erst kürzlich versichert, und ich weiß genau, dass er mir die Wahrheit gesagt hat.«

»Beruhigen Sie sich, Mann«, sagte Valdimar, und seine Augenbrauen sanken noch tiefer. Sein Ärger stand ihm ins Gesicht geschrieben.

»Für diese Vernehmung gibt es eine hinreichende Rechtsgrundlage. Bóas steht im Verdacht eines schwerwiegenden Verbrechens.«

»Und welches Verbrechen soll das sein?«

»Zwei Brandstiftungen. Möglicherweise drei.«

»Das ist gelogen! Glauben Sie denn alles, was irgendwelche Lästermäuler hier im Ort verbreiten?«, zeterte Smári und schien der Ohnmacht nahe.

»So, Lästermäuler? Nun, vielleicht auch das.« Valdimar unternahm einen Versuch, seine Miene zu glätten, indem er die Augenbrauen wieder entspannte, doch das Ergebnis war, gelinde gesagt, umso furchterregender. »Dann sind Sie ja offenbar auf dem Laufenden. Warum haben Sie mir dann nichts davon gesagt, was die Lästerzungen über Ihren Sohn verbreiten? Warum musste ich das erst auf der Straße erfahren, dass derjenige, den die ganze Stadt verdächtigt, der Sohn des Polizeibeamten ist, der mit mir in dieser Angelegenheit ermittelt? Und der im Übrigen einen Computer aus dem Haus entwendet hat, das kurz darauf abbrannte.«

»Unfug. Sie haben doch keinen blassen Schimmer, wovon Sie reden. Ich möchte mal wissen, wieso Sie mich plötzlich wie einen Schwerverbrecher behandeln.«

Valdimar zögerte kurz, bevor er antwortete.

»Tja, wo Sie es schon selber ansprechen: Das hat durchaus seine Gründe. Können Sie mir zum Beispiel erklären, warum Ihr Schwager Sveinbjörn Ihnen im letzten halben Jahr jeden Monat einhunderttausend Kronen überwiesen hat?«

Smári spürte, wie er knallrot anlief. Jeder Idiot hätte ihm das voraussagen können, aber er hatte es ja nicht wissen wollen. Und nun war die Sache tatsächlich aufgeflogen, und er fiel aus allen Wolken.

»Ich habe für Sveinbjörn als Sicherheitsberater gearbeitet«, murmelte er. Valdimar entfuhr ein höhnisches Glucksen.

»Dass jemand mit intaktem Verstand diese Aufgabe als bezahlten Job ausübt, ist ja schon merkwürdig genug. Und dann gleich hunderttausend im Monat dafür zu kassieren – da müssen Sie ja ein ziemlich fähiger Berater gewesen sein. Dann können Sie mir auch sicher verraten, warum er Sie von seinem Privatkonto bezahlt hat? Und warum Sie mir das bisher verschwiegen haben, dass Sie ausgerechnet bei dem Mann in einem bezahlten Arbeitsverhältnis standen, der zuerst als Haupttatverdächtiger galt und später selber zum Opfer wurde?«

»Ich hielt das für unerheblich«, sagte Smári widerwillig.

»Und jetzt stellt sich heraus, dass er in der internationalen Drogenmafia mit drinhing, und zwar im ganz großen Stil. Vielleicht haben Sie ihn ja auch dabei beraten. Zum Beispiel, was zu tun ist, wenn dubiose Gestalten bei Nacht und Nebel merkwürdig aussehende Päckchen aus der Fabrik abtransportieren – deren Inhalt mit Parkett nicht annähernd etwas zu tun hat?«

»Etwas Derartiges hat nie stattgefunden, meines Wissens zumindest nicht. Und ich traue Sveinbjörn so was ehrlich gesagt auch nicht zu.«

»Ach? Jetzt blickt wohl auch der Herr Sicherheitsberater nicht mehr durch?«, platzte Valdimar heraus, so dass Smári einen feuchten Spuckeregen abbekam. Dann riss er sich zusammen und sprach wieder ruhiger.

»Sie haben sich nicht wirklich um die Sicherheitsangelegenheiten der Fabrik gekümmert, stimmt's?«

»Na ja, so hat es Sveinbjörn eben deklariert. Letztes Jahr hatte er beim Pokern eine horrende Geldsumme verloren, viel mehr, als er besaß. Rief völlig aufgelöst mitten in der Nacht aus Reykjavík bei mir an, weil ich ihm aus der Klemme helfen sollte. Nun ja, er hat mir auch schon öfters unter die Arme gegriffen, also hab ich fast mein ganzes Erspartes lockergemacht und auf ein Konto überwiesen, das er mir nannte. Und dann hat er's mir eben auf diese Art zurückgezahlt.«

»Bin mal gespannt, mit was für einer Erklärung Sveinbjörn dazu aufwartet.«

»Richten Sie ihm von mir aus, er soll einfach die Wahrheit sagen. Dann kriegen Sie genau dieselbe Geschichte.«

»Und zu allem Überfluss scheint ja auch Ihre Ehe zum Teufel gegangen zu sein, damals, nachdem Sie mit Hugrún angebandelt hatten.«

Smári erstarrte.

»Wer …?«, stöhnte er.

»Spielt das irgendeine Rolle? Ihr Sohn weiß darüber Bescheid. Eine ziemlich einschneidende Erfahrung für ihn, nehme ich an.«

Smári schaute durch die Autoscheibe zu seinem Haus hinüber und spürte plötzlich, wie sich seine Fingernägel in die

Handflächen bohrten. »Gut, dann gehe ich jetzt rein und hole Bóas«, sagte Valdimar.

»O nein«, zischte Smári. »Sie bleiben schön hier im Auto sitzen und rühren sich nicht vom Fleck, während ich meinen Jungen hole.«

48 Es vergingen zwanzig Minuten, in denen Valdimar zappelig auf seinem Autositz hin- und hergerutscht war, bis Bóas endlich in der Tür erschien.

»Hallo, Bóas!«, sagte er, als der Junge den Beifahrersitz erklommen hatte.

»Hallo«, antwortete Bóas knapp und verschränkte die Arme vor der Brust.

»Dein Vater hat dir sicher schon gesagt, dass ich dich aufs Revier mitnehmen muss, um dich zu vernehmen.«

»Stimmt, er hat so was erwähnt. Weshalb eigentlich?«

»Um uns zu helfen, die Brandstiftungen hier in der Stadt aufzuklären. Du hast doch nichts dagegen?«

»Was? Nee, nicht wirklich. Aber ich hab auch nicht wirklich was dazu zu sagen. Hab einfach überhaupt nichts mitgekriegt, was das betrifft.«

»Kommt dein Vater nicht mit?«

»Ich hab keine Lust, irgendwelche Fragen zu beantworten, wenn er direkt daneben hockt. Das hab ich ihm auch gesagt.«

»Streng genommen hat er aber eigentlich anwesend zu sein.«

»Nein, hab ich gesagt! Ich hab nichts ausgefressen. Das muss er mir einfach glauben.«

»Bist du dir da sicher?«, fragte Valdimar und ließ den Motor an.

»Du warst also ein guter Freund von Baldur Aðalsteinsson«, begann der Kommissar nach den vorgeschriebenen Eröffnungsfloskeln. Er versuchte vergeblich, Bóas in die Augen zu sehen, aber der Junge wich seinem Blick hartnäckig aus.

»Ja, schon. Er war ... mein bester Freund.«

»Ah ja. Und sein Tod hat dich deshalb auch ziemlich berührt, nicht?«

Bóas antwortete nicht.

»Gewiss ist es ein schwerer Schlag, wenn jemand, der einem nahesteht, beschließt, nicht mehr leben zu wollen. Alles andere wäre unnatürlich. Die Frage ist nur, wie man anschließend damit umgeht. Wie man sich davon beeinflussen lässt.«

»Ich hab kein Haus angezündet, falls Sie das denken.«

»Nicht? Das ist gut zu hören – wenn es sich denn als wahr herausstellt. Man hat mir erzählt, du hättest in letzter Zeit ein paar seltsame Bemerkungen fallen lassen, die einige Leute recht beunruhigend fanden.«

»Ich habe keine Ahnung, wovon Sie reden«, behauptete Bóas stur, doch jetzt fiel Valdimar ein nervöses Blinzeln auf.

»O doch, das hast du sehr wohl. Dieses ›große Ding‹, das du angeblich planst, das, wonach hier in der Stadt nichts mehr sein wird wie zuvor?«

Bóas schwieg beharrlich.

»Na los, raus damit. Was genau hast du damit gemeint?«

»Ich ... also, ich hab echt nie vorgehabt, irgendwelche Häuser abzufackeln oder so was. Aber nachdem Baldur sich ... umgebracht hat, da wollte ich einfach irgendwas machen ... damit man ihn nicht vergisst. Ich wollte was richtig Großes aufziehen. Und da hatte ich die Idee, ein paar berühmte Bands hierher zu kriegen und ein Konzert auf die Beine zu stellen, zum Gedächtnis an Baldur, und im Kampf gegen den Selbstmord. Ich hab lange darüber nachgedacht und war mir sicher, dass das funktionieren würde, wenn man sich nur richtig dahinterklemmt. Aber das waren bloß meine eigenen geheimen

Pläne, Luftschlösser, weiter nichts. Und ich hab es nie geschafft. Irgendwie kam das falsch rüber, so als wäre ich nur drauf aus, Aufmerksamkeit zu kriegen, oder Mitleid, verstehen Sie? Aber darum ging's mir überhaupt nicht. Und da hab ich halt versucht, ein paar *hints* fallen zu lassen, die sich so anhören, als hätte ich die Sache schon angeleiert. Ich dachte, dass die anderen dann neugierig würden und nachfragen, dass dann vielleicht noch mehr Leute mitmachen, Leute, die cooler sind als ich und sich trauen ... bei Sigur Rós und diesen Typen anzufragen ... Verstehen Sie?«

»*Sigurós?*«

»Die Band, Sie wissen schon. Baldur hat immer gesagt, es wäre cool, wenn Sigur Rós auf seiner Beerdigung spielen würden. Ich hab bloß gelacht und nicht kapiert, was er mir damit sagen wollte.«

»Und was wollte er dir damit sagen?«

»Dass ... dass er davon ausging, nicht mehr lange zu leben. Weil ... na ja, Sigur Rós wird es ja auch nicht ewig geben, logisch, oder? Und deshalb hatte ich mir vorgenommen, den Jungs das zu erzählen, damit sie kommen und hier bei uns auftreten, verstehen Sie?«

»Hmm, ja ... das hast du dir schön ausgedacht«, sagte Valdimar, etwas verwirrt. »Und dann ... ich meine, ist daraus nichts ...?«

»Das Problem war, dass die Leute das irgendwie anders aufgefasst haben. Keiner hat nachgefragt, was ich genau vorhätte oder so. Da kam immer nur eiskaltes Schweigen, und dann haben die anderen schnell das Thema gewechselt. Und wenn ich dann noch mal davon anfing, haben die Kids mich nur komisch angestarrt, bis ich allmählich geahnt habe, was man sich hier über mich erzählt. Und das hat mich so angenervt, dass ich angefangen hab, Sachen zu sagen, die irgendwie *spooky* rüberkamen, bloß als Gag, um die anderen zu verarschen, wissen Sie. Und plötzlich hatten sie alle einen Wahnsinnsschiss vor mir – das war krass, zu sehen, wie einfach das ist. Dabei ging es natürlich schon längst nicht mehr um dieses Konzert, wahrscheinlich hielten die mich inzwischen alle mindestens für 'nen Serienkiller, keine Ahnung, irgendwann hat sowieso keiner mehr mit mir geredet. Ich meine, es gibt genug Typen in der Clique, die noch viel verkorkstere Ideen in der Birne haben, aber gegen mich waren das die reinsten Chorknaben. Dachten die Leute jedenfalls, oder denken sie vielleicht immer noch.«

»Was für Typen sind das?«, unterbrach Valdimar.

»Ach, so Typen halt. Die sind sonst ganz okay. Aber, ich meine, ich weiß ganz genau, was abgeht, ich sehe doch, wie sie mich alle anstarren. Haben Sie denn nicht mitgekriegt, wie ... ›gemeingefährlich‹ ich bin?«

Valdimar seufzte tief und sah Bóas forschend an.

»Ach, apropos. Man hat mir gesagt, du hättest den Laptop von deinem Freund Baldur gemopst. Nachdem er gestorben war, und kurz bevor sein Elternhaus abbrannte. Möchtest du mir dazu etwas sagen?«

»Jetzt hören Sie mir mal gut zu: Ich hab überhaupt nichts gemopst. Der Ragnar, Baldurs Bruder, hat mir diesen Computer vorbeigebracht und gesagt, ich soll ihn behalten, bevor er da in dem leeren Zimmer unbenutzt vor sich hin gammelt. Wer behauptet denn, dass ich ihn gemopst hätte?«

»Das war meine Wortwahl. Wäre es nicht näherliegend gewesen, wenn Ragnar den Rechner behalten hätte?«

»Er hat selber genau den gleichen. Nehme an, seine Mutter hat ihn bequatscht. Würde ihr jedenfalls ähnlich sehen. Und dann fing mein Vater an, mir deswegen Stress zu machen, und ich hatte einfach keine Lust auf den Hickhack und hab ihm gesagt, er soll das Scheißding zurückbringen, und fertig. Aber dann kommt er damit wieder zurück, ich hatte es ja schon fast geahnt. So was sollten Sie vielleicht mal vorher in Erfahrung bringen, anstatt hier bei uns rumzurennen und unschuldige Leute zu bezichtigen.«

Valdimar musterte ihn nachdenklich. Die heftige Reaktion des Jungen auf diese vergleichsweise harmlose Verdächtigung überzeugte ihn im Stillen davon, dass er hier nicht den Brandstifter vor sich hatte. Unbeirrt ging er zum nächsten Punkt über.

»Kennst du Hugrún Erlingsdóttir?«

»Die Mutter von Drífa? Klar, wenn Sie so wollen. Warum wollen Sie das denn wissen?«, fragte der Junge misstrauisch.

»Und was hältst du von ihr?«

»Von Hugrún? Na ja, dazu sag ich lieber so wenig wie möglich.«

»Ach?«

»Schon gut. Vergessen Sie's.«

»Nein! Ich möchte wissen, wie du das meinst.«

»Haben Sie sie getroffen?«

»Ja.«

»Und? Was halten Sie denn von ihr?«

»Ich kenne sie nur ganz flüchtig. Deshalb frage ich dich.«

»Also, die Frau ist ... ziemlich durchgeknallt. Wenn Sie mich fragen, war es hauptsächlich ihre Schuld, dass Baldur ... dass er sich ... Sie wissen schon, dass das alles so gekommen ist mit ihm.«

»So?«

Wieder das nervöse Blinzeln.

»Sie hat Drífa voll verarscht. Hat Baldur irgendwelche Lügenmärchen angedichtet. Irgendwas Ekelhaftes. Jemand anderes kann das gar nicht gewesen sein, die Alte konnte Baldur doch nie ausstehen.«

»Hat Baldur dir das selbst erzählt?«

»Ja.«

»Deiner Meinung nach war sein Selbstmord also Hugrúns Schuld?«

»Wissen Sie, Baldur war ein sensibler Typ, bisschen depressiv ab und zu, aber er hatte das im Griff. Er hatte ver-

326

dammtes Glück, an Drífa zu geraten, sie ist echt in Ordnung und hat ihn unheimlich aufgebaut. Und soll ich Ihnen was verraten? Ich hab ihn um seine Freundin immer glühend beneidet. Wenn die beiden auf normalem Weg Schluss gemacht hätten, wäre er auch ganz bestimmt drüber weggekommen. Aber Baldur kam damit einfach nicht klar, so eiskalt abserviert zu werden, *no way*. Er wusste nicht mal, was er falsch gemacht haben sollte, sie hat ihn danach einfach links liegen lassen, und fertig. Während er Tag und Nacht gegrübelt hat, ob er doch noch eine Chance hätte, dass sie ihm verzeihen würde oder so. Er war fix und alle und hat fast nur noch mit sich selbst geredet.«

»Früher oder später hätte er Drífa vielleicht vergessen.«

»Hab ich auch zu ihm gesagt. Aber da hat er mir unterstellt, ich wäre nur drauf aus, seinen Platz einzunehmen, und ab da hat er auch mich total ignoriert. Ich bin mir sicher, wenn er damals mit jemandem darüber geredet hätte, wäre es nie so weit gekommen.«

»Und du hast wirklich nie an so was gedacht?«

»Woran? Dass ich seinen Platz einnehmen könnte? Nein«, sagte Bóas düster.

»Dann hattest du also Grund genug, Hugrún Tod und Teufel an den Hals zu wünschen?«

»So gesehen schon. Ich kann sie nicht besonders gut leiden, das geb ich zu. Aber deshalb wär ich doch nie auf die Idee gekommen, ihr das Haus abzufackeln! Schon allein, weil Drífa da doch auch wohnt. Ich befürchte, Sie müssen sich einen anderen Brandstifter suchen.«

»Deine Tante Stella hat mir noch ganz andere Sachen über Hugrún erzählt.«

»Ja, ich weiß, worauf Sie rauswollen. Aber das Thema muss jetzt echt nicht sein. Ich hab Besseres zu tun, als irgendwelche alten Bumsgeschichten aus der Vergangenheit meines Vaters aufzurollen. So was interessiert mich ganz einfach nicht.«

»Bist du sicher? Du gibst ihr also nicht die Schuld an der Scheidung deiner Eltern?«

Bóas zuckte mit den Schultern und verzog den Mund zu einer verächtlichen Grimasse.

»Mama sagt immer, sie hätte es hier auf Dauer sowieso nicht ausgehalten. Es wäre nur eine Frage der Zeit gewesen.«

»Du hast Kontakt zu deiner Mutter?«, fragte Valdimar und versuchte, seine Verblüffung zu verbergen.

»Sie wohnt unten in Reykjavík. Hab mich schon zweimal da mit ihr getroffen.«

Valdimar bearbeitete den Jungen noch eine weitere halbe Stunde, bis er schließlich, wie immer am Ende einer erfolglosen Vernehmung, einen tiefen Erleichterungsseufzer ausstieß und unter dem Tisch nach dem Ausschaltknopf des Tonbandgeräts angelte.

»Könnten Sie mir vielleicht einen Gefallen tun?«, fragte Bóas zögernd, und das unruhige Zwinkern war wieder da.

»Das kommt darauf an«, entgegnete Valdimar sachlich.

»Sagen Sie meinem Vater nichts davon, dass ich unten in Reykjavík war, ja? Ich will das lieber selber zur Sprache bringen. Und zwar bald. Ich bin damals einfach abgehauen, ohne ihm was davon zu sagen.«

»Da mach dir mal keine Gedanken«, sagte Valdimar. »Das ist nicht meine Angelegenheit. Aber – bevor ich es vergesse«, setzte er hinzu und versuchte noch einmal, Bóas' Blick zu erwischen, »ich soll dich von Urður grüßen. Sie findet es schade, dass sie dich schon so lange nicht mehr gesehen hat.«

»Okay …?«, sagte der Junge. Er klang verwundert, aber weder nervös noch schuldbewusst – kein Fisch im Netz also. Valdimar konnte ein Lächeln nicht unterdrücken.

49 Smári saß auf dem Sofa und wartete darauf, dass die vollautomatische Kaffeemaschine seine Tasse füllte, während er sich zum soundsovielten Mal den folgenschwersten Tag seines Lebens ins Gedächtnis rief.

Er hatte einen ruhigen Abend zu Hause einlegen wollen, sich eine Cola mit Brennivín genehmigt und den Fernseher eingeschaltet. Es war Samstagabend, Hochsommer, und Lilja war zu einer Geburtstagsparty eingeladen. Er hatte nichts dagegen gehabt, währenddessen auf den Kleinen aufzupassen, hatte es genossen, einmal ganz für sich zu sein, wie in alten Zeiten. Der Junge schlief tief und fest oben im Schlafzimmer und lenkte ihn nicht weiter davon ab. Das Fernsehprogramm ging auf den Sendeschluss zu und er hatte schon einige Gläschen intus, als er plötzlich draußen im Flur eine Frauenstimme hörte. Und noch bevor er sich von dem Sofa hieven konnte, war sie auch schon zu ihm ins Wohnzimmer gestöckelt, mit aufreizendem Grinsen und im knappen rosa Kleidchen wie eine Brautjungfer. Und hatte nach Lilja gefragt, obwohl sie ganz genau wusste, dass seine Frau nicht zu Hause war.

»Nanu? Ich dachte, du bist auch auf dieser Party? Stattdessen besuchst du mich hier zu Hause … so ganz allein …?«, hatte er geantwortet, mit einem gewissen Unterton, wie ihm schon damals klar gewesen war. Und Hugrún hatte auch sofort mitgespielt; sie tat verlegen, schaute ihn kokett von der

Seite an wie eine Darstellerin in einem miesen Softporno. Er kannte ihre Methoden, hatte ein paar Mal mit ihr geschlafen, bevor er Lilja geheiratet hatte – und sie Þorsteinn.

»Sie war plötzlich verschwunden, da dachte ich, sie hätte sich vielleicht einfach nach Hause verdrückt und wollte sie hier abfangen«, sagte Hugrún. »Vorzeitig schlappmachen gilt schließlich nicht, wenn man ordentlich feiern will.«

»Wo ist Þorsteinn?«, hatte er gefragt, um sie dezent daran zu erinnern, dass sie ebenfalls verheiratet war. Aber sie hatte ihm nur einen abrupten, spöttischen Lacher entgegengeschnaubt.

»Auf hoher See, wo sonst?«, sagte sie und fing an zu trällern: »Heute an Bord, morgen geht's fort, Schiff auf hoo-her See! Mädel, schenke ein, es lebe Schnaps und Wein ...«

»*Lieb'* und Wein!«, hatte er verbessert.

»Was, keinen Schnaps? Ooch ... und ich wollte dich gerade fragen, ob du für mich auch so ein Schnäpschen hast. Ich steh ja auf die harten Sachen. Oder hast du mir vielleicht was noch Härteres anzubieten, naaa?«, säuselte sie. Sie hatte wirklich keine Hemmungen. Eigentlich hatte er sie für ihre frivole Art immer verachtet, aber gleichzeitig brachte dieses Schlampengeschwätz auch das Tier in ihm hervor, die Sexbestie, die von ebendieser Verachtung genährt und zum Äußersten getrieben wurde. Er liebte Lilja, brachte ihr allen Respekt entgegen, schlief nur mit ihr, wenn sie es auch selber wollte, erfüllte ihr jeden Wunsch und überließ ihr die Rolle der kleinen süßen Mama, solange sie Lust hatte. Und deshalb gab es tief drinnen in ihm eine Seite, die sich immer vernachlässigt fühlte. Und diese nicht ganz unbedeutende Seite war es, die den Frauen die Kleider vom Leib riss und in wilder Raserei über sie herfiel – genau das, was Hugrún von ihm wollte, immer gewollt hatte.

Die bloße Erinnerung reichte aus, und sein Schwanz sprengte ihm fast die Hose. Dreiundzwanzig Jahre alt war er gewesen und brauchte damals mindestens jeden zweiten Tag einen Orgasmus, um einigermaßen im Gleichgewicht zu bleiben, und jetzt war es seit dem letzten Fick schon über eine Woche her. Und da war Hugrún bei ihm aufgetaucht, die Fleisch gewordene Version aller feuchten Träume.

Eine Weile hatte er noch einen klaren Kopf bewahrt und sich hoch und heilig geschworen: *Nein, ich werde sie nicht anrühren.* Aber bevor er wusste, was er tat, steckte seine Zunge schon in ihrem Hals. Na und, hatte er gedacht, wir küssen uns, was ist schon dabei. Aber rumknutschen werde ich mit ihr nicht. Und nur Sekunden später hatte er durch den dünnen Stoff ihres Kleides ihre Arschbacken zwischen seinen Händen, und da sagte er sich: Okay, solange sie noch alle ihre Klamotten anhat, sind wir noch im grünen Bereich. Aber aufhören wollte er trotzdem nicht, konnte er nicht, zumindest nicht sofort, aber zugleich wollte er das Risiko vermeiden, dass Lilja hier hereinplatzte und sie in voller Aktion überraschte. Also fasste er einen folgenschweren Entschluss, zumindest folgenschwerer, als ihm in diesem Augenblick bewusst war.

Er riss sich von Hugrún los, die hinter ihm herstarrte, mit diesem herausfordernden Blick, dem er nur schwer widerstehen konnte, rannte die Treppe hoch und schlüpfte ins Schlafzimmer. Dort kramte er in der Kommodenschublade nach dem Babyphon, das sie benutzten, wenn sie Bóas alleine draußen im Kinderwagen schlafen ließen, und fand auch gleich beide Teile, den Sender und das Empfangsgerät. Der Junge schlief in seinem Gitterbettchen wie ein Engel. Smári schaltete das Gerät ein und platzierte den Sender auf dem Kopfkissen des Jungen, die andere Hälfte nahm er mit nach unten. Er zuckte zusammen, als er den Klang seiner eigenen Stimme hörte, belegt und heiser: »Wollen wir nicht in den Schuppen rübergehen?«

Die nächsten Stunden waren in seiner Erinnerung verschwommen wie in einem Fieberanfall. Er war mit Hugrún in den Geräteschuppen hinübergegangen und hatte dort den Unrat von dem verschlissenen Sofa gefegt, noch immer mit dem felsenfesten Vorsatz vor Augen, seine Frau nicht zu betrügen. Wie eine Beschwörungsformel wiederholte er es im Stillen immer wieder: *Nein, ich werde sie nicht vögeln.* Sie schauten sich in die Augen, und einen Moment schien es, als sei sein Feuer erloschen, und beinahe hätte er alles abgeblasen. Sie küssten sich. *Ich geh nicht in sie rein,* dachte er, aber im gleichen Augenblick schob sich seine Hand wie von selbst in ihren Ausschnitt, kroch unter ihren BH und legte sich über ihre Brust. Sie reagierte sofort, ihr Nippel wurde hart, seine Fingerspitzen wanderten über ihren Körper, und er genoss das kitzelnde, leicht raue Gefühl der Berührung mit ihrer Haut. *Ich zieh ihr nicht die Unterhose aus,* dachte er noch, während seine Zunge mit ihrer Brustwarze spielte, sie stöhnte mit weit offenem Mund und machte ihre Beine breit. Für jeden Schutzwall, den er durchbrach, errichtete er einen neuen, aber schließlich war auch die letzte Hürde gefallen. *Ich geh nicht in sie rein,* dachte er. Und dann war er in ihr drin.

Und jetzt, wo er alle Mauern eingerissen hatte, konnte er auch genauso gut weitermachen. Und er machte weiter, seine Geilheit war ihm zum Verhängnis geworden. Kindlicher Stolz stieg in ihm auf, als Hugrún feststellte: »Ich hatte ja ganz vergessen, wie groß du bist!«

»So? Lässt der Herr Kapitän denn da unten zu wünschen übrig?«, fragte er grinsend und rammte sich so tief in sie hinein, wie er konnte. Gleich würde er zum zweiten Mal kommen, Hugrún hockte keuchend auf allen vieren vor ihm auf dem abgewetzten Sofa, da fegte auf einmal ein kalter Windhauch über seinen nackten Hintern, und im selben Moment ging das Licht an. Er fuhr blitzschnell herum, so dass sein Schwanz aus Hugrún herausflutschte und die letzten Spermatropfen in hohem Bogen durch die Luft spritzten. Und sah genau in Liljas entgeistertes Gesicht, Lilja, die Frau, die er liebte, die er anbetete wie das Kleeblatt die Lilie.

Sie war zur Tür hinausgestürzt, ihr Gesicht ein einziger,

lautloser Schrei. Ihm wurde schwarz vor Augen, während er hastig in seine Hose stieg und dabei fast über die eigenen Füße fiel, bevor er zur Tür fand und hinter ihr herstolperte.

Erst oben im Schlafzimmer holte er sie ein. Er wollte etwas sagen, aber sie wollte nichts hören, strich dem Baby zärtlich über das Köpfchen, dann stieß sie Smári vor sich aus dem Zimmer, die Treppe hinunter, bis nach unten an die Haustür. Das Schlimmste war, dass sie ihm keine Szene machte oder sich irgendwie aufregte, sie war einfach nur tief enttäuscht.

»Verzeih mir … bitte, verzeih mir, es war … ein Versehen. Ich hab so was noch nie … Hör mir zu! Ich verspreche dir, dass ich das … Verzeih mir, Lilja, bitte! Liebling, du weißt doch, dass ich …«, stammelte er zusammenhanglos vor sich hin. Was konnte er auch jetzt noch sagen, er war auf verlorenem Posten.

»Wie konntest du?«, fragte sie einfach. »Und Bóas? Bóas musste sich euer Stöhnen mit anhören, er hat gebrüllt wie am Spieß, der arme Kleine!«

Smári wollte gerade zu einer Verteidigungsrede ansetzen, wie konnte der Junge geweint haben, ohne dass er es mitbekommen hatte? Da dämmerte ihm plötzlich sein fataler Irrtum: Er hatte die Empfangsstation des Babyphons zu seinem Sohn ins Bettchen gelegt und dafür die Sendeeinheit auf der Sofalehne im Geräteschuppen platziert. Direkt neben Hugrúns offenem Mund musste das Gerät gestanden haben. Und wie durch die Kraft der Gedanken herbeizitiert, hörte er jetzt plötzlich ihre Stimme von der Terrassentür, direkt am Durchgang zum Geräteschuppen:

»Ach? Du musst ganz still sein. Hast du nicht eben mit diesem Deutschen gevögelt, irgendwo im Hinterzimmer, wo es keiner gesehen hat?«

Vor Smáris Augen begann sich alles zu drehen, und eine Woge blinder Eifersucht schlug über ihm zusammen.

»Was für ein Deutscher, verdammt noch mal?«, fragte er,

von widersprüchlichen Gefühlen hin- und hergerissen. Und da war Lilja letztlich explodiert.

»Ich erwische dich hier draußen im Schuppen mit meiner besten Freundin, und du … hast die Stirn, mir eine Geschichte anzuhängen, von der du nicht die geringste Ahnung hast!«, schrie sie ihn an.

»Und du, du … Schlange, abscheuliche … lächerliche Hure!«, spuckte sie jetzt Hugrún hinterher. »Ich hab allmählich das Gefühl, du gehörst in ärztliche Behandlung! Du bist nämlich kurz davor, komplett auszurasten! Ich hätte es eigentlich wissen sollen, aber ich hab dich immer noch für meine Freundin gehalten! Aber dass du so tief sinken würdest, meinen … das hätt ich dir wirklich nie zugetraut!«

»Was war jetzt mit diesem Deutschen?«, polterte Smári. »Los, kannst du nicht antworten?«

»Ein Mann, den ich heute Abend auf der Party kennengelernt hab und mit dem ich mich einfach gut unterhalten hab. Da ist null gelaufen, wirklich. Ich hab ihn nicht mal berührt.«

»Ach? Und wieso hab ich euch dann auf dem Weg hierher Händchen haltend auf dem Austurvegur gesehen?«, fragte Hugrún süffisant. »Und wo du dir ja sowieso schon einen anderen geangelt hast, spricht ja wohl nichts dagegen, wenn ich mir deinen Kerl mal vorübergehend ausleihe, oder?«

Lilja fixierte ihre Freundin mit hasserfülltem Blick.

»Du denkst doch nur an das eine, wenn du zwei Leute zusammen siehst. Und dann lügst du auch noch wie gedruckt. Von wegen Händchen halten!«

»Wer war dieser Mann, und wo bist du mit ihm gewesen?«, insistierte Smári. Hugrún lachte, ein hohles, höhnisches Lachen, doch er hatte keine Ahnung, über wen oder über was.

»Woher nimmst du eigentlich das Recht, mich so ins Verhör zu nehmen!«, geiferte Lilja. »Raus mit dir! Los, hau ab, geh heim zu deiner Mama, ich will dich hier nicht mehr sehen!«

Das war der Moment, in dem bei Smári eine Sicherung durchgebrannt war und er zugeschlagen hatte. Der Schlag war nicht geplant gewesen, es war über ihn gekommen, als ihm keine clevere Antwort eingefallen war, und zu allem Unglück war seine Faust genau auf ihrer Nase gelandet. Und das mit einer solchen Wucht, dass Lilja hintenüberfiel und mit dem Schädel auf der Fensterbank aufschlug, bevor sie auf dem Boden zusammensackte.

Einen Moment lang war er sich sicher, er hätte sie getötet. Da standen sie, Hugrún und er, den reglosen Körper zwischen sich, und starrten einander ratlos an.

Wie oft hatte er seitdem versucht, sich diesen Augenblick mitsamt seinen grotesken Einzelheiten ins Gedächtnis zu rufen? Mindestens genauso oft, wie er versucht hatte, ihn zu vergessen. Ein schwacher Ölgeruch untermalte jedes Mal die Szene – woher und warum, wusste er nicht, aber so hatte er es in Erinnerung – und die Frau, in die er gerade eben sein Sperma hineingekippt hatte, stand ihm nun gegenüber, in dem Kleid, das er ihr keine halbe Stunde zuvor bebend vor Leidenschaft über die Schultern gestreift hatte. Aber jetzt war sie wieder wie aus dem Ei gepellt, anscheinend war sie nach der wilden Sofanummer ins Bad verschwunden, um sich in aller Ruhe frisch zu machen, und auf ihrem Gesicht lag ein Leuchten, das er seitdem nie mehr hatte vergessen können.

Schließlich war Lilja wieder zu sich gekommen, murmelte etwas Unverständliches, setzte sich halb auf und sprang dann mit einem Satz auf die Füße. Sie war weiß wie die Wand, das Blut, das zwischenzeitlich versiegt war, quoll jetzt wieder hervor und floss in zwei dicken, schleimigen Rinnsalen aus ihren Nasenlöchern, tropfte ihr vom Kinn und versickerte im Blümchenmuster ihres weißen Sommerkleides.

»Ich gehe. Und das Kind nehme ich mit!«, heulte sie und stolperte zur Treppe.

Den Jungen durfte er ihr auf gar keinen Fall überlassen.

Dann hätte sie vollkommen freies Spiel, und er hätte sie für immer verloren. Und alles nur, weil sie mit diesem Ausländer herumziehen musste, während er, Smári, allein und unbefriedigt zu Hause saß. So hatte er das damals allen Ernstes gesehen – und die Schuld an dieser unglückseligen Begebenheit samt und sonders Lilja in die Schuhe geschoben.

Also hatte er sie am Arm gepackt und versucht, sie an der Flucht zu hindern. Er umklammerte sie und wollte sie küssen, aber sie wehrte sich, hustete und spuckte. Schließlich zwang er sie auf den Boden, dort kauerte sie neben dem Telefontischchen, während er selbst sich mit verschränkten Armen auf der untersten Treppenstufe postierte.

»Und du – raus hier!«, zischte er in Hugrúns Richtung, die sich mit einem weiteren Hohnlachen auf dem Absatz umdrehte und durch die Terrassentür verschwand.

Aber Lilja gab sich so schnell nicht geschlagen. Schon im nächsten Moment ging sie wieder auf ihn los, stumm und erbittert. Er hatte sie wohl doch zu grob herangenommen, aus ihrer Nase quoll das Blut noch immer unvermindert heftig hervor. War dieser Alptraum denn nie zu Ende?

Irgendwann hatte sie die Segel dann doch gestrichen.

»Okay, dann geh ich eben alleine!« Dann solle sie machen, dass sie wegkäme. Sie wollte noch einmal ins obere Stockwerk, um sich umzuziehen. Nein, sagte er. Ob er sie wirklich in diesem Aufzug auf die Straße hinausschicken wolle? Da hatte er widerwillig die Treppe freigegeben. Bewachte sie dann wie ein Luchs, während sie einen Arm voll Klamotten aus dem Schrank raffte und damit im Kinderzimmer verschwand, das noch immer nicht fertig eingerichtet war. Sie schloss die Tür hinter sich. Ein paar Minuten später kam sie wieder heraus, mit sauberem Kleid, einer Sporttasche über der Schulter und leerem Gesichtsausdruck.

Bevor sie sich an ihm vorbeidrücken und ins Schlafzimmer schlüpfen konnte, packte er sie blitzschnell am Handgelenk und hielt sie mit eisernem Griff. Sie sah ihn an, Hass loderte aus ihrem Blick.

»Ich will meinem Kind einen Abschiedskuss geben, bevor ich gehe«, sagte sie mit fester Stimme, bis er seinen Griff lockerte und sie ins Schlafzimmer ließ. Sie nahm den Jungen aus dem Gitterbettchen und drückte ihn an ihre Wange.

»Aber glaub bloß nicht, dass ich dir das Sorgerecht überlasse!«, entfuhr es ihm, und er erschrak über seine eigene Niederträchtigkeit. Offenbar hatte er sich überhaupt nicht mehr im Griff, dabei betrachtete er sein Intermezzo mit Hugrún als nichts weiter als ein kleines hormonelles Missgeschick – nicht, dass er in sie verliebt gewesen wäre oder so etwas. Dass seine Frau dagegen mit diesem Deutschen durch die Stadt geschlendert war, das ging seiner Meinung nach entschieden zu weit.

Und dann war sie einfach gegangen, ohne Abschied, und ohne die Haustür hinter sich zu schließen.

Er hatte fest damit gerechnet, dass sie spätestens am nächsten Vormittag wieder vor der Türe stünde. Sie würde doch nie im Leben ihren Jungen zurücklassen. Aber das hatte sich als Irrtum erwiesen. Nun hatte er seit fünfzehn Jahren nichts von ihr gehört.

50 Zweimal an diesem einen Tag sah Aðalsteinn sich gezwungen, den Inhalt seiner Festpredigt von Grund auf zu überarbeiten. Das erste Mal, nachdem man Sveinbjörn festgenommen hatte und durchgesickert war, dass er in Drogengeschäfte verwickelt war. Und das zweite Mal nach seinem Gespräch mit Smári, den er nach einigen vergeblichen Versuchen endlich zu sprechen bekommen hatte. Zu Aðalsteinns Verwunderung hatte er ihn schließlich bei sich zu Hause angetroffen, wobei ihn die Verfassung, in der sich der Polizeibeamte befand, fast noch mehr verblüffte. Die blutunterlaufenen Augen, die heisere Stimme und sein schlampiger Aufzug erklärten sich zu einem gewissen Grad, als er verlegen andeutete, dass er von der Ermittlung suspendiert war und sein Sohn Bóas zur Stunde in derselben Angelegenheit vernommen wurde. Ohne Zweifel war er nicht nur übernächtigt, sondern auch tief verstört, auch eine leichte Alkoholfahne war nicht zu leugnen, hielt sich aber noch in Grenzen. Der Pfarrer legte ihm die Hand auf die Schulter und versprach, ihn und seinen Sohn ins Gebet einzuschließen, und obwohl Smári die Hand wie eine lästige Spinne weggefegt hatte, war ihm nicht entgangen, dass etwas im Blick des Wachtmeisters zum Leben erwacht war.

Nach dem Gespräch war der Pfarrer umgehend in sein Büro zurückgeeilt und hatte seine Rede umgeschrieben. Man hätte meinen können, der Heilige Geist sei über ihn gekommen, seine

Finger jagten über die Tastatur, und auf dem Bildschirm reihte sich Satz an Satz in perfekt ausformulierter Endfassung, ein unversiegbarer Quell aus Wörtern und ihrer Bedeutung, der wie von selbst aus den Felsspalten seines Geistes sprudelte.

Nun stand er dankbar vor der Menschenmenge und segnete die vielen, die seinem Ruf gefolgt waren. Die Menschen waren herbeigeströmt, bis das Gotteshaus fast aus den Nähten platzte. Sie drängten sich an den Wänden, saßen dicht an dicht auf dem Boden und bedeckten jeden einzelnen Quadratzentimeter des Gebäudes. Direkt vor dem Altar hatte sich eine Gruppe Jugendlicher niedergelassen, die mit ernsten, feierlichen Gesichtern zu ihm aufblickten. Nie zuvor in der Geschichte der Stadt, da war er sich sicher, hatten sich solche Menschenmassen in dieser Kirche zusammengefunden.

»Meine lieben Freunde, liebe Bürger von Seyðisfjörður, liebe Gäste und Reisende!«, sprach er feierlich ins Mikrofon, und als er die Arme ausbreitete und der Gemeinde den Segen des Herrn erteilte, fuhr es ihm wie ein Stromschlag den Rücken hinunter. Er war so bewegt, dass sich seine Kehle zusammenschnürte und er ein paar Mal schlucken musste, dann richtete er den Blick fest in die Fernsehkameras hinter den Bankreihen und fuhr fort: »und alle anderen, die im Geiste bei uns sind, indem sie uns mit den Errungenschaften der modernen Technik zur Seite stehen, die uns das Leben in vieler Hinsicht leichter machen. Doch allem technischen Wunderwerk zum Trotz ist unser Leben noch immer voller Leid und Schmerz, und nicht einmal die modernste Wissenschaft wird je dazu imstande sein, den Menschen diesen Schmerz zu ersparen ...«

Die Gummihandschuhe würden verhindern, dass der Benzingeruch wie beim letzten Mal noch tagelang an den Händen klebte. Unglaublich, wie hartnäckig so etwas sein konnte. Der Schlüssel zum Geräteschuppen hing nicht an seinem Platz unter der Dachrinne, und die Baufirma-Jungs schlossen neuerdings immer die Haustür ab, bevor sie gingen, umso besser also, jetzt diesen Stein in der Tasche zu haben, aufgelesen übrigens an genau derselben Stelle wie den letzten, deshalb die Versuchung, auch wieder zum selben Fenster einzusteigen. Aber nein, jetzt ging es schließlich darum, sich das Benzin zu besorgen, also flog der Stein durch die Scheibe in der neuen Vordertür, und ab da war die Sache ein Kinderspiel – hindurchfassen, von innen das Schloss entriegeln und blitzschnell hineinschlüpfen, durch die Küche, hinaus auf den Flur und von dort in den Geräteschuppen.

Geniales Zeug, dieses Benzin. Immer und überall zu bekommen, leicht aus jedem beliebigen Tank abzuzapfen, mit einem Ansatzstück, das man vom billigsten Gartenschlauch abschrauben kann.

Aber diesmal brauchte es nicht mal ein Schlauchventil, keine Gefahr, dass dir vom Benzingestank übel wird oder du gar aus Versehen einen Schwall von dem Zeug verschluckst. Das hier waren ausgewachsene Tanks, umso praktischer, dass die Schubkarre gleich daneben an der Wand lehnte.

Sveinbjörns Hausschlüssel war an seinem angestammten Platz, er baumelte an der kleinen Drahtschlinge, mit der man das Lüftungsgitter der Klimaanlage öffnete. Niemand hatte ihn in der Zwischenzeit gebraucht und danach vergessen, ihn wieder an Ort und Stelle zu hinterlegen. Alles war so einfach, schien fast auf der Hand zu liegen, drängte sich geradezu auf.

Im Flur herrschte der reinste Schweinestall, diese Leute hatten anscheinend noch nicht gelernt, sich wie zivilisierte Menschen zu benehmen, vielleicht bekamen sie bei ihrem nächsten Haus noch eine Chance – hier war es jedenfalls zu spät.

»Wir sind heute hier zusammengekommen, um uns im Angesicht der drohenden Gefahr fester zusammenzuschließen. Eine Gefahr, die uns jedoch nicht von außen bedroht, nein, sie bedroht uns direkt aus unserer Mitte, aus den eigenen Reihen unserer kleinen Gesellschaft«, deklamierte Pfarrer Aðalsteinn gerade in die Menge, während Valdimar glaubte, hinten an der Rückwand eine Lücke entdeckt zu haben, und versuchte, sich den Weg dorthin zu bahnen. Nachdem er eine Weile in der Masse eingekeilt gewesen war und sich kaum rühren konnte, gab er auf und marschierte mit festen Schritten den Mittelgang entlang, als hätte er vor, in die Zeremonie einzugreifen. Er spürte, wie sich die Blicke der Kirchengäste in seinen Rücken bohrten, auf ihn, den Fremden, richteten, der es sich zur Aufgabe gemacht hatte, das Böse, das mitten unter ihnen lauerte, zu bekämpfen und auszurotten.

Er nickte kurz in Pfarrer Aðalsteinns Richtung, dessen Redefluss dadurch für einen winzigen Moment ins Stolpern geriet, dann stellte er sich neben den Altar und spähte in die Menge, musterte die Gesichter, die ihm aus den Kirchenbänken und aus der Menge der in den Gängen Stehenden entgegenstarrten. Weder Sveinbjörn noch Bóas schienen in die Brandstiftungen hier im Ort verwickelt zu sein, jedenfalls stritten das beide steif und fest ab, und Valdimar glaubte ihnen. Deshalb war er hier, denn es schien ihm nicht gerade unwahrscheinlich, dass der Brandstifter entweder selbst in der Kirche anwesend war – wo Hafliði schon lange vor Beginn der Feier Platz bezogen und die Ankommenden genau im Blick hatte – oder sich draußen vor dem Eingang in der Menschenmenge versteckte, wo wiederum Elva Wache hielt. Auch Valdimar hatte sich so lange im Vorraum herumgedrückt, bis man ausschließen konnte, dass auch nur eine weitere Person hineinpasste. Aufmerksam ließ er den Blick von einem Gesicht zum nächsten wandern und versuchte, alle Sinne auf Empfang zu stellen, so scharf wie nur irgend möglich die Atmosphäre in sich aufzusaugen und jedes kleinste Detail wahrzunehmen, das in irgendeiner Weise nicht ins Bild passte, ein Flackern im Auge, ein zuckender Mundwinkel, ein lauernder Blick, eine nervöse Geste. Oberhalb des Altars hatte man eine Videokamera mit einer Speziallinse installiert, die es den Polizisten unter Mithilfe der Dorfbewohner ermöglichen sollte, verdächtige Personen im Nachhinein genau zu identifizieren.

Irgendetwas am Verhalten des Pfarrers, vielleicht die Kombination von Gestik und Wortwahl, gefiel Valdimar nicht. Je länger er ihn beobachtete, desto mehr schien es ihm, als ob der Pfarrer versuchte, sich bei seiner Gemeinde einzuschmeicheln und sie auf Kosten anderer hochzujubeln. Gerade schwadronierte er darüber, dass das »isländische Wesen« hier gewissermaßen reiner bewahrt sei als anderswo, dass einem Ort wie diesem, abseits der Ringstraße, segensreicherweise ein großer Teil der Schnelllebigkeit und Oberflächlichkeit erspart bliebe, der die moderne Gesellschaft anheimgefallen sei. Valdimar wartete nur darauf, dass er vom Paradies und der Schlange anfing.

Wieder der beißende Benzingestank in der Nase, ein Anflug von schlechtem Gewissen und der plötzliche Wunsch, das Ganze einfach abzublasen, ein Wunsch, der sich nicht zum ersten Mal zu Wort meldete, vielleicht einfach ein typisches Merkmal menschlicher Schwäche, im letzten Moment doch noch umkehren zu wollen. Das Gespritze und Gekleckere war kein Vergleich zum letzten Mal, diesmal standen literweise Benzin zur Verfügung, also galt es, davon Gebrauch zu machen, denn auch die Feuerwehr würde diesmal garantiert besser vorbereitet sein.

Das braune Ecksofa saugte das Benzin in sich auf wie ein Schwamm, ebenso die Kommode, deren Schubladen mit Handtüchern und Bettwäsche vollgestopft waren, ein besseres Brennmaterial war wohl kaum denkbar, aber auch der Fußboden durfte nicht vernachlässigt werden, damit das Feuer dort ungehindert sein Werk verrichten konnte. Auf den Bodenfliesen in der Küche hätte man sich die Prozedur vielleicht sparen können, aber einen Versuch war es wert: also den Stöpsel in die Spüle und einen ordentlichen Schuss dort hineingekippt, den nächsten über der Küchenzeile verspritzt und eine dritte Ladung in die Spülmaschine. Eine merkwürdig beruhigende Vorstellung, wie die Feuerzungen aus dem brennenden Gerät schlagen würden.

Jetzt überall die Batterien aus den Rauchmeldern entfernt, einer befand sich draußen auf dem Gang neben der Küchentür, ein weiterer ganz hinten im Wohnzimmer, und der dritte war oben im Flur vor der Schlafzimmertür installiert, gleich neben dem Treppenaufgang.

Laut Plan war der vierte und letzte Kanister für den Flur im oberen Stockwerk bestimmt, aber der Gestank wurde immer unerträglicher, der Tank immer schwerer, und von der Anstrengung taten schon jetzt alle Knochen weh. Und letztlich war es wohl auch gar nicht nötig, dieses Zentnergewicht die restlichen Stufen hinaufzuhieven, wer weiß, wozu das Benzin dort, wo es war, auf dem spitzwinkligen Treppenabsatz zwischen den beiden Stockwerken, noch gut sein würde.

Und jetzt nichts wie raus hier, durch die Hintertür ins Freie, nur noch ein einziges Mal umgedreht und die brennende Streichholzschachtel durch den Türspalt hineingeworfen. Das Parkett drinnen glänzte vor Benzin, und das Feuer fraß sich mit solcher Geschwindigkeit durch das ganze untere Stockwerk, dass man kaum seinen Augen trauen konnte. Selbst die Luft schien lichterloh in Flammen zu stehen.

»Im Laufe unserer Jahre hier mussten wir, meine Frau und ich, schon so manchen lieben Freund gehen lassen, dann wurde uns unser geliebter Sohn genommen, und schließlich fiel auch unser Zuhause eben dieser Urgewalt zum Opfer, die hier in unserem Städtchen nun jedes Privathaus und jeden Arbeitsplatz bedroht«, sagte Pfarrer Aðalsteinn nun und heftete seinen Blick direkt auf Drífa, die in der vordersten Bankreihe zwischen ihren Eltern und ihrer Schwester saß. Sie müssten damit rechnen, im Brennpunkt des allgemeinen Interesses zu stehen, hatte der Pfarrer zu ihnen gesagt, als er die Familie vor Beginn der Zusammenkunft kurz beiseitegenommen hatte. Stella würde bestimmt in der Kirche sein, auch wenn sie sich im Moment, so wie die Dinge standen, um Aufmerksamkeit wohl nicht gerade riss.

»Und deshalb ist es nur natürlich«, fuhr Aðalsteinn fort und ließ seinen Blick erneut über die Menge schweifen, bis zu der Stelle, wo Urður ihren Stammplatz hatte, den auch Drífa kannte, »dass wir von ganzem Herzen mit denjenigen fühlen, die mit ansehen müssen, wie ihr Zuhause ein Raub der Flammen wird, wie ihr ganzes Hab und Gut zu Schutt und Asche zerfällt, zerstört durch die verzehrende Kraft des Feuers, doch es ist nicht das Feuer, das sich zwischen Streichholz und Reibfläche entzündet, nein, hier lodert das Feuer eines versengten Herzens.«

Bei diesen Worten lösten sich plötzlich zwei Tränen aus Drífas Augenwinkeln, hart wie Krähenbeeren. Es fühlte sich an, als ob sie buchstäblich über die Wangen rollten anstatt zu fließen. Ihr war eine Szene eingefallen, kurz bevor sie sich von Baldur getrennt hatte. Sie waren allein zu Hause bei ihr unten im Zimmer gewesen, das elektrische Licht war gelöscht, dafür knisterte ein Feuer im Kamin und tauchte alles in ein goldgelbes Licht. Sie hatten sich davor auf dem Boden ausgestreckt, es war heiß im Raum, er war barfuß und oben nackt, im Licht der Kerzen schimmerte die Haut seines Oberkörpers, kaum ein Haar auf seiner Brust, beinahe feminin, und auch wieder nicht. Sie in einem altmodischen weißen Kleid, das am Rücken geschnürt wurde und das sie sehr mochte. Er machte sich einen Sport daraus, mit dem nackten Fuß die Holzscheite vom Rand des Feuers in die Glut zu bugsieren.

»Pass auf, dass du dich nicht verbrennst!«, hatte sie ihn gewarnt.

»Pass du lieber auf, dass du dich nicht verbrennst – an mir!«, hatte er sofort erwidert. »Mein Herz steht in Flammen!«

344

»Ach ja?«, antwortete sie mit spöttischem Lächeln. »Dann sieh zu, dass es dir nicht zu Asche verkohlt.«

»Keine Angst, ich komm schon klar. Solange ich dich habe …«

Dass er das so ausdrückte, hatte ihr schon damals ein ungutes Gefühl verursacht, dass es ihre Verantwortung sein sollte, ob er klarkam oder nicht. Und so hatte ihr romantischer Abend ein abruptes Ende gefunden. Er hatte eigentlich über Nacht bleiben wollen, aber nun schickte sie ihn nach Hause.

Später hatte sie dieser Satz, wann immer er ihr ins Gedächtnis kam, wie ein Hammerschlag auf die Brust getroffen. Baldur war, sobald er sie nicht mehr hatte, tatsächlich nicht mehr klargekommen. Ihre Augen brannten, und als sie aufschaute, sah sie, dass der Pfarrer ihr fast unauffällig zunickte, mit seinem glänzenden, frisch rasierten Seelsorgergesicht.

Selten zuvor hatte Aðalsteinn die Macht des Wortes so deutlich gespürt. In den vordersten Reihen, und sicherlich nicht nur dort, hatten die Tränen zu fließen begonnen, als das Böse dieser Welt mit unbarmherziger Gewalt über die Kirche von Seyðisfjörður hereinbrach.

Der Pfarrer senkte die Augenbrauen, als von draußen plötzlich Rufe und Schreie hereindrangen, der Lärm wurde schnell lauter, und kaum eine Minute später riss ein junger Mann die Kirchentür auf und brüllte: »Feuer! Feuer! Oben am Hang brennt's! Wahrscheinlich das Haus vom Parkett-Sveinbjörn!«

Stella war die Erste, die eine Reaktion zeigte – ein durchdringendes Kreischen, das von irgendwo aus den hintersten Bankreihen kam. Die Kirchenbesucher standen auf und blickten verunsichert um sich, einige stürzten sofort in Richtung Ausgang. Panik machte sich breit, und die Situation drohte auf ein heilloses Chaos zuzusteuern.

»Freunde! Lasst uns doch Ruhe bewahren!«, rief Aðalsteinn ins Mikrofon. Im selben Moment war es ihm, als habe eine

Frau in der dritten Bank einen winzigen Augenblick innegehalten, er fing ihren Blick auf, dann versuchte auch sie, ins Freie zu kommen.

Valdimar spürte sofort, dass sich hier etwas Ernstes abzeichnete, und war aus der Kirche gerannt, bevor das Chaos richtig losbrach. Elva saß schon abfahrbereit im Wagen, er hechtete hinein und ließ sich auf den Beifahrersitz fallen. Auf den ersten Metern rammten sie vier andere Autos aus dem Weg, dann war der Weg frei, und sie gehörten zu den Ersten, die den Brandschauplatz erreichten. Das Feuer wütete bereits im gesamten unteren Stockwerk, jedes Fenster ein flackernd leuchtendes Viereck, aber in der oberen Etage war noch nichts Außergewöhnliches zu sehen.

Valdimar sprang aus dem Wagen und starrte wie gelähmt auf das Haus. Die Anwohner begannen grüppchenweise einzutrudeln, nachdem sie ihre Autos unten am Hang geparkt hatten, andere waren von der Kirche direkt zu Fuß hier heraufgeeilt, und wenn es so weiterging, würde es nicht lange dauern, bis ganz Seyðisfjörður hier versammelt war.

Es waren zwei verschiedene Geräusche, die in diesem Moment das unbehagliche Knistern des Feuers übertönten: ein dumpfer Knall und dann ein markerschütternder Schrei, der kein Ende zu nehmen schien. Sekunden später sah man hinter dem Haus einen undeutlich flackernden Lichtschein, Valdimar stürzte sofort in diese Richtung und war der Einzige, der Zeuge wurde, wie sich eine hell lodernde Gestalt vom Balkongeländer löste und brennend durch die Luft sauste. Die Schmerzensschreie verstummten erst, als die brennende Gestalt auf den unerklärlicherweise schneefrei gebliebenen Steinplatten darunter aufschlug. Valdimar hatte sich unbewusst die Jacke von den Schultern gerissen, und erst als er versuchte, die Flammen damit zu ersticken, wurde ihm klar, was er tat.

Am meisten rätselten die Spezialisten, wie es dem Mädchen gelungen war, überhaupt herauszukommen. Bemerkenswert war, dass Sigrúns Augen beinahe unversehrt waren, sie musste den Arm schützend vors Gesicht gehalten haben, um sich vor der mörderischen Hitze abzuschirmen, kurz bevor die Feuerwalze der Explosion sie erfasst hatte.

Anderes war leichter zu rekonstruieren. Das Mädchen hatte nicht gewagt, sich in der Kirche blicken zu lassen, nachdem man gerade erst ihren Vater festgenommen hatte. Stella hatte ihrer Tochter ins Gewissen geredet und versucht, sie zum Mitkommen zu bewegen, wollte den Familienzusammenhalt auch nach außen hin unterstreichen, aber Sigrún hatte sich standhaft geweigert und behauptet, sie wolle einfach nur schlafen und diesen schrecklichen Tag vergessen. Später hatte sich herausgestellt, dass sie aus dem Nachttisch ihrer Mutter eine Schlaftablette stibitzt hatte, was erklärte, dass sie nicht schon viel früher wach geworden war, als es der Fall gewesen zu sein schien.

Die Tür zu ihrem Zimmer hatte sie geschlossen, weshalb auch kein Rauch zu ihr hineingedrungen war. Irgendwann war das Mädchen wohl doch durch den beißenden Brandgeruch aus dem Schlaf gerissen worden, hatte sich nach draußen auf den Flur getastet und von unten das Knacken und Fauchen gehört. Und dann hatte sie einen riesengroßen Fehler begangen: Sie war die Treppe hinuntergerannt und hatte versucht, durch die Haustür nach draußen zu entkommen, anstatt zurück ins Zimmer und hinaus auf den Balkon zu fliehen – dort wäre sie in Sicherheit gewesen.

Sie musste also etwa bis zum Treppenabsatz gekommen sein – von wo aus man freie Sicht ins Wohnzimmer hinunter hatte –, als ihr klar wurde, dass es dort unten keinen Ausweg mehr gab. Und bevor sie noch umkehren konnte, war der Fünfzehn-Liter-Tank hochgegangen, den der Brandstifter dort auf halber Höhe deponiert hatte. Eine lodernde Benzinfontäne sprühte hervor und hüllte sie ein in einen Umhang aus Schmerz.

Ihr Körper war fast überall von Brandwunden entstellt, ohne allzu stark verschmort zu sein, dazu hatte das Feuer vor ihrem Sprung vom Balkon keine Zeit gehabt. Dabei war sie unglücklicherweise mit der Schläfe genau auf der messerscharfen Kante des geschliffenen Jaspis gelandet, der dort direkt unter dem Balkon auf der beheizten Terrasse als Ziergegenstand diente. Der Stein hatte die Schädeldecke durchschlagen wie die Schneide einer Axt.

Nun war alles verloren, ein für alle Mal. Die Welt so hässlich, dass es keine Hoffnung auf ein Morgen mehr gab, jeder neue Tag, der jetzt noch kam, nichts anderes als beißender Spott. Urður gehörte zu denjenigen, die das Mädchen auf den Steinplatten hatten liegen sehen, bevor Valdimar seine Jacke über ihre brennenden Kleider geworfen hatte. Starr vor Schreck hatte sie nach Luft gerungen, dann brach ein markerschütternder Schrei aus ihr hervor, bis irgendjemand einen kühlen Kopf bewies und ihr, inmitten dieses furchtbaren Höllenspektakels, beschwichtigend zuredete. Und obwohl es so aussah, als ob sie sich tatsächlich beruhigte, wurde ihre Verzweiflung dadurch nur noch tiefer. Selbst Baldurs Tod trat dagegen in den Hintergrund, gegen dieses grauenhafte und sinnlose Schicksal eines unschuldigen Kindes, an dem sie die Schuld trug, sie und niemand anderes.

Urður war sich sicher, sie würde nie wieder Luft bekommen, nie wieder frei durchatmen können, ganz gleich, wie viel Zeit ihr noch in diesem Leben blieb.

51 Es war dämmrig geworden. Der Geruch von verseng-
tem Fleisch verfolgte Valdimar noch immer, hing ihm
so hartnäckig in Mund und Nase, als habe er sich dort für alle
Ewigkeit eingenistet. Er kämpfte mit Übelkeitsanfällen, seine
Selbstvorwürfe tanzten in seinem Kopf herum und reihten sich
zu endlosen Polonaisen. Obgleich doch gerade er besser als
jeder andere wissen müsste: Schuldgefühle bringen niemanden
weiter, nutzen niemandem, und wer sich einmal in ihren Nebelschwaden verirrt, der ist auf ewig mit Blindheit geschlagen.

Die Zeit floss dahin wie in einem grotesken Traum, gerade
jetzt, wo er seinen klaren Verstand so dringend gebraucht hätte.
Er tat seine Pflicht, erledigte seine Arbeit ohne größere Fehler
und Missgeschicke, und doch schienen ihm seine Entscheidungen, jeder Schritt in seiner Ermittlungsarbeit überhaupt, wie
ferngesteuert. Und noch immer wurde er den miesen Verdacht
nicht los, dass er es eigentlich besser wissen müsste, mehr
wissen müsste, dass er über die entscheidenden Informationen
verfügte, aber nicht verstand, davon Gebrauch zu machen. Er
fühlte sich wie ein Kind beim Blindekuh-Spielen, das von den
Mitspielern an der Nase herumgeführt wird.

Die Löscharbeiten waren verblüffend schnell vonstattengegangen, das obere Stockwerk hatte nicht viel abbekommen
und war mehr oder weniger bewohnbar. Nicht, dass das irgendjemanden interessiert hätte.

Stella hatte beim Anblick ihrer Tochter einen Nervenzusammenbruch erlitten, doch erst in dem Moment, als sie sah, dass sie noch schwache Lebenszeichen von sich gab. Valdimar hoffte inständig, dass das Mädchen erträglich aussähe, wenn ihre Mutter sie das nächste Mal zu Gesicht bekam.

In Absprache mit Hafliði hatte er angeordnet, Sveinbjörn aus der Untersuchungshaft zu entlassen. Der Mann hatte moralisch gesehen wohl alles Recht darauf, sich den Aufgaben zu widmen, bei denen er jetzt am dringendsten gebraucht wurde.

Elva hatte die Aufgabe übernommen, die Häuser in der Nachbarschaft abzuklappern, um herauszufinden, ob jemand zur fraglichen Zeit zu Hause war und etwas Ungewöhnliches bemerkt hatte. Und Hafliði wollte sich gerade in Zusammenarbeit mit Gylfi die Videos aus der Kirche vornehmen. Es hatte dort ein paar Gesichter gegeben, die ihn stutzig gemacht hatten, und er hoffte, sie mit Hilfe der Aufnahmen identifizieren zu können, um die Leute so bald wie möglich zu vernehmen. Valdimar befand sich noch immer am Brandschauplatz; die Feuerwehr hatte ihre Arbeit fast abgeschlossen, und während er nach bekannten Gesichtern Ausschau hielt, tippte ihm jemand von hinten auf die Schulter.

»Ich muss mit Ihnen reden, mein Freund.«

Hinter ihm stand Pfarrer Aðalsteinn; er wirkte einsam und verschreckt, wie jemand, dem der Boden unter den Füßen entgleitet.

»Hat das nicht Zeit bis morgen?«

»Nein, das hat es auf gar keinen Fall.«

»Dann setzen Sie sich doch einen Moment zu mir in den Wagen«, sagte der Kommissar und ging, ohne eine Antwort abzuwarten, zu seinem Jeep hinüber. Hinter ihm knirschten die Schritte des Pfarrers im feuchten Schnee.

Das Innere des Jeeps war wie eine Kapsel der Stille im Auge des tobenden Orkans. Der Pfarrer nahm auf dem Beifahrersitz Platz und rieb die Handflächen gegeneinander. Er schien zu frieren, aber Valdimar konnte sich nicht entschließen, den Motor anzulassen, um die Heizung in Gang zu setzen. Er wollte jedes weitere Geräusch vermeiden, wenigstens für ein paar Minuten. Wortlos und ohne Aðalsteinn anzuschauen, saß er hinter dem Steuer und wartete darauf, dass der Pfarrer den Anfang machte. Etwa eine halbe Minute verging, ohne dass ein Wort fiel, für Valdimar war es eine halbe Ewigkeit.

»Ja, genau!«, sagte Aðalsteinn schließlich, es klang wie die Reaktion auf etwas, das nur er selbst hörte. »Ich weiß nicht recht, wie ich es in Worte fassen soll, aber es könnte sein, dass meine Frau zu dieser grauenhaften Geschichte etwas zu sagen hat.«

»Ihre Frau?«, fragte Valdimar völlig verdattert, als habe er Mühe, diese Wörter mit Bedeutung zu füllen. »Soll das heißen, Ihre Frau ist der Brandstifter?«

»Nein, um Gottes willen, nein! So habe ich das keineswegs gemeint!«, sagte der Pfarrer erschrocken und erbebte sichtlich bei dem Gedanken. »Aber sie scheint einen Verdacht zu haben, etwas zu wissen, das nicht allgemein bekannt ist.«

»Und warum glauben Sie das?«, fragte Valdimar, mittlerweile etwas ungeduldig. Das klang doch wieder nach den üblichen blinden Vermutungen, nicht zuletzt, weil Pfarrer Aðalsteinn plötzlich so merkwürdig verunsichert wirkte.

»Smári sagt, dass Sie Bóas verhört haben«, fuhr der Pfarrer fort.

»Nun ja«, antwortete Valdimar neutral. Er war davon ausgegangen, dass die Nachricht von Bóas' polizeilicher Vernehmung sich in Windeseile herumsprechen würde, aber das hieß noch lange nicht, dass er vorhatte, das ausdrücklich zu bestätigen.

»Halten Sie ihn noch immer fest?«, fragte Aðalsteinn mit bebender Stimme.

»Sie wollten gerade noch etwas über Ihre Frau sagen«, lenkte Valdimar ab.

»Ich hatte ihr erzählt, dass Bóas wahrscheinlich der Brandstifter ist. Und da ist sie … nun ja, gleich aus der Haut gefahren und hat mir die übelsten Schimpfwörter an den Kopf geworfen. Bóas war doch so eng mit unserem Sohn befreundet, Sie erinnern sich.«

»Sicher.«

»Ich nahm an, dass sie sich im Grunde deswegen so fürchterlich aufregte, weil sie das als eine Art … Beschmutzung der Erinnerung Baldurs empfand, seinen besten Freund mit diesem grausigen Verbrechen in Verbindung zu bringen. Also sagte ich zu ihr, dass wir einfach abwarten müssten und akzeptieren, was die Ermittlung schließlich ans Licht bringt, aber da wurde sie noch viel wütender und schrie, ich hätte von der ganzen Sache doch keine Ahnung. Sie *wüsste* ganz einfach, dass Bóas mit diesen Brandstiftungen nichts zu tun hätte. Hinter einem solchen Verbrechen steckten ganz bestimmt keine unschuldigen halbwüchsigen Jungs.«

Der Pfarrer musste schlucken.

»Sie fand, ich sei offenbar nicht in der Lage, andere Menschen zu verstehen. Und darauf sagte ich zu ihr, wenn sie irgendetwas über den Brandstifter wisse, solle sie das unbedingt der Polizei mitteilen.«

»Und was hat sie darauf geantwortet?«

»Sie hat gesagt … gesagt, es würde *sehr bald ans Licht kommen*, dass Bóas mit dieser Geschichte nichts zu tun hätte. Und genau das ist es, was ich im Nachhinein so beunruhigend finde. Das ist doch, als … als hätte sie das alles schon damals vorausgesehen, diese schreckliche Katastrophe, die dann tatsächlich über uns hereingebrochen ist. Und nun sitzt sie zitternd und zähneklappernd zu Hause und lässt mich nicht mal in ihre Nähe.«

»Ich werde mit ihr reden«, seufzte der Kommissar. Pfarrer Aðalsteinn räusperte sich umständlich.

»Würde es Ihnen was ausmachen … ich meine, falls das

möglich ... Ließe es sich eventuell vermeiden, dass meine Frau erfährt, was ich Ihnen gerade erzählt habe?«

»Wie stellen Sie sich das denn vor? Die Sache dreht sich doch gerade um Dinge, die sie Ihnen unter vier Augen anvertraut hat. Oder nicht?«

»Doch ... Aber Sie brauchen mich ja vielleicht nicht ... unbedingt direkt zu erwähnen.«

»Ich werde mein Bestes tun«, sagte Valdimar vage, ohne innere Überzeugung.

Als er die Wagentür öffnete und in die Wirklichkeit hinaustrat, ohne das Gespräch mit einer angemessenen Grußformel beendet zu haben, ließ er einen kleinlauten Kirchenmann auf dem Beifahrersitz zurück. Er nahm sein Handy heraus und tippte eine Nummer ein. Wie erhofft, düdelte sein Anruf kurz darauf irgendwo im Gewühl.

»Hallo?«, meldete sich Smári mit heiserer, leicht verwaschener Stimme.

»Hallo. Kommen Sie doch mal eben raus, bitte. Ich stehe hier direkt vor dem Haus.«

»Okay, ich sehe Sie«, antwortete Smári und legte auf.

»Haben Sie was getrunken?«, fragte Valdimar ein paar Sekunden später, als der Wachtmeister vor ihm stand und nervös auf der Stelle trat, mit trotzig eingezogenem Kopf, verkniffenem Gesicht und einem flackernden Blick, der Valdimar taxierte, aber immer haarscharf an ihm vorbeisah.

»Das ist ja wohl meine Sache!«, gab der Polizist zurück. »Haben Sie schon vergessen, dass Sie mich von der weiteren Ermittlung suspendiert haben?«

»Ich frage ja bloß. Waren Sie in der Kirche?«

»Nein«, antwortete Smári etwas kleinlaut.

»Nicht?«, entgegnete der Kommissar knapp. »Schade.«

»Jedenfalls können Sie das hier auf gar keinen Fall dem armen Bóas anhängen. Halten Sie ihn eigentlich immer noch unten auf der Wache fest?«

»Nein. Ich hab ihn nach der Vernehmung gehen lassen.«

»Und was … wo ist er jetzt?«

»Keine Ahnung.«

»War er denn in der Kirche?«

»Das werden wir sehen. Wir haben die ganze Veranstaltung auf Video aufgenommen, drinnen wie draußen. Davon abgesehen hatte ich ja gehofft, er wäre mit Ihnen zusammen dort gewesen. Hätte Ihnen beiden ein vorzügliches Alibi verschafft.«

»Uns beiden? Was ist denn mit Ihnen los, Sie ticken wohl nicht mehr richtig!«, rief Smári und sah Valdimar zum ersten Mal direkt ins Gesicht. Keuchend stand er vor ihm und fuchtelte mit der Faust in der Luft herum, wie um allen Mut zusammenzunehmen und dem Kommissar eins aufs Maul zu geben. Valdimar bemerkte, dass die Stimmung ihres Gesprächs den Umstehenden, die sich noch in der Nähe aufhielten, nicht entgangen war.

»Regen Sie sich ab, Mann!«, sagte er. »Zunächst mal darf ich nichts ausschließen.«

»Glauben Sie wirklich, dass *ich* … so einfach das Haus meiner Schwester abfackeln würde? Glauben Sie wirklich, dass ich dann auch noch die Stirn hätte, hier in aller Seelenruhe mit Ihnen rumzudiskutieren? Wenn ich die Schuld dafür auf mich laden müsste, was mit meiner kleinen Nichte passiert ist?«, sagte Smári heiser.

»Sie wussten von diesem Benzin, und Sie glaubten Bóas in sicherer Verwahrung«, fuhr Valdimar unbeirrt fort. »Vielleicht wollten Sie ja ganz gezielt dafür sorgen, dass etwas passierte, was ich nicht ›dem armen Bóas anhängen‹ konnte.«

»Ich war ganz einfach zu Hause, hab ein paar Bier gezischt und mir einen runtergeholt«, sagte Smári. »Weiter nichts. Ich bin nun mal nicht der Schwerverbrecher, den Sie so gerne in mir sehen würden. Aber bitte, nehmen Sie mich fest, zerstören Sie ruhig meine Zukunft – bei meinem Sohn haben Sie das ja auch schon hingekriegt. Ja, Sie haben richtig gehört, die Zukunft zerstört!«, wiederholte er mit Nachdruck, als er sah, dass Valdimar zu einer Gegenrede ansetzte. »Was glauben Sie wohl, was passiert, wenn man den Schuldigen nie findet – worauf es ja wohl hinauslaufen wird? Die Leute merken sich sehr genau, wer in Polizeigewahrsam war, wer mal verhört wurde. Also werden sie sich auch sehr genau an die Sache mit unserem Bóas erinnern und daraus ihre Schlüsse ziehen, obwohl keiner von uns beiden mit diesen Brandstiftungen irgendwas zu tun hat. Herzlichen Glückwunsch, Herr Kommissar«, sagte er bissig. »Saubere Arbeit. Ich hoffe, Sie sind stolz auf den Erfolg Ihrer Ermittlung.«

»Machen Sie sich um mich mal keine Gedanken. Ich habe nicht vor, irgendetwas zu tun, wofür ich mich schämen müsste«, murmelte Valdimar nachdenklich. In diesem Moment löste sich ein schemenhafter Umriss aus der Dämmerung. Auf den ersten Blick erinnerte die Gestalt an einen Wiedergänger oder eine Sagenfigur in einer Theateraufführung auf einer Dorfbühne: das Gesicht kalkweiß geschminkt, die Augen pechschwarz umrandet, ebenso schwarz wie die Kleidung unter dem knöchellangen, glänzenden Ledermantel, der knarrend auf das klobige Schuhwerk des Jungen fiel – denn ein Junge war es, dünn und schlaksig, der jetzt mit seinen eisenbeschlagenen Clogs heranschlurfte, die mit schmalen Ketten aneinander befestigt waren. Sein fettig blauschwarzes Haar fiel ihm bis über die Schultern, und als er näher kam, blitzte in seiner Oberlippe ein Metallring auf.

»Sind Sie nicht der Typ, der diese … diese Brandgeschichten untersucht?«, fragte der Junge mit sonorer Stimme.

»Ja.«

»Ich weiß, wer's war. Und ich hatte ihm auch gesagt, dass ich ihn verpfeifen würde, wenn er's noch mal tut.«

»Moment mal, wer bist du überhaupt?«, fuhr Valdimar ihn schroff an.

»Ich heiße Ragnar Aðalsteinsson.«

»Der Sohn von Pfarrer Aðalsteinn?« Der Junge nickte.

»Stimmt es, dass Sigrún tot ist?«, fragte er.

Erst in diesem Moment brachte Valdimar das Bild des versengten Körpers, das sich vor einigen Minuten für immer in sein Gedächtnis eingebrannt hatte, mit dem fransenhaarigen Mädchen in Verbindung, das so verschreckt davongehuscht war, als er am Abend zuvor dort an der Tür geklingelt hatte. Er erstarrte und schlug unwillkürlich die Hände vors Gesicht.

52 Auf dem Weg über den Hang brauchten sie sich nicht, wie Drífa befürchtet hatte, durch kniehohe Schneewehen zu kämpfen, stattdessen schien hier sogar ein ziemlich regelmäßiger Durchgangsverkehr zu herrschen, denn unter einer dünnen Schicht aus Neuschnee befand sich ein festgetretener Trampelpfad. Den Wasserfall hatte sie vorgeschlagen, dort war Baldurs geheimer Zufluchtsort gewesen, sein Versteck vor dem Leben. Das Wasser plätscherte hier nur recht gemächlich den Felsen herab, so dass man sich an warmen Sommertagen prustend darunterstellen, die Luft anhalten und zusehen konnte, wie sich auf der anderen Seite des Tropfenvorhangs ein Regenbogen spannte.

Drífa fühlte sich in Bóas' Gegenwart unsicher und verlegen; es war so lange her, dass sie miteinander gesprochen hatten. Nach Baldurs Tod war auch der Kontakt zu seinem besten Freund abgerissen, und erst sehr viel später hatte sie erfahren, dass Bóas deshalb stinkwütend auf sie gewesen war. Dagegen konnte sie wenig unternehmen, außer, ihm möglichst aus dem Weg zu gehen.

Hinter einer Wand aus Eiszapfen dröhnte der Wasserfall. Drífa kauerte am Boden im Schnee, er lehnte an der eisverkrusteten Felswand. Sie schauten hinunter auf das Städtchen – oder den Teil davon, der nicht von der vorspringenden Felsnase verdeckt wurde –, auf Lichterketten aus Straßenlaternen,

hier und da ein helles Fensterviereck und die Weihnachts-
beleuchtung.

»Danke, dass du vorhin zu mir gekommen bist«, sagte sie.

»Schon okay.«

Ein paar Stunden zuvor war Drífa laut weinend auf dem
Vorplatz des lodernden Hauses zusammengesunken, und auf
einmal war Bóas neben ihr gewesen und hatte den Arm um
sie gelegt. Sie hatte sich an seine Schulter gelehnt wie an einen
Bruder.

»Weißt du was von Sigrún? Wie es ihr geht?«

»Es hätte nicht viel gefehlt. Sie ist immer noch in Lebensgefahr. Aber ihr Vater sagt, vom Aussehen her könnte es
schlimmer sein.«

»Das ist alles irgendwie so unwirklich.«

»Ja.«

»Wie ein schrecklicher Traum.«

»Ja.«

Sie spürte, dass er auf eine Erklärung für diesen spontanen
gemeinsamen Ausflug hoffte.

»Bóas.«

»Ja.«

»Mir ist vorhin in der Kirche alles Mögliche im Kopf rum-
geschwirrt. Ich bin ja ... seit der Beerdigung nicht mehr dort
gewesen. Und da ist mir plötzlich klar geworden, wie viel es
gibt, was ich nicht weiß. Über Baldur. Dinge, die mir niemand
sagen kann – außer dir.«

»Ich hab eigentlich furchtbar wenig zu sagen. Für mich kam
das genauso unerwartet wie für alle anderen. Leider.«

»Erzähl mir trotzdem, wie es damals abgelaufen ist. Hat er
über mich geredet?«

»Nein. Er war ziemlich verschlossen. Wir hatten unsere
Computerspiele. Ich hab ständig versucht, mir irgendwas einfallen zu lassen, was wir zusammen machen könnten. Um
ihn aus der ganzen Scheiße rauszureißen. Hab versucht, ihn

dazu zu kriegen, mit mir 'ne Band zu gründen. Bloß so zum Spaß. Er hat behauptet, völlig unmusikalisch zu sein. Dann spielst du halt Schlagzeug, hab ich gesagt, aber das hat ihm auch nicht gepasst. Dann hab ich vorgeschlagen, im Sommer Interrail zu machen. Soweit ich mich erinnere, hab ich ihn sogar dazu gebracht ja zu sagen, immerhin. Aber seine Mutter fand, wir sollten damit noch ein Jahr warten. Er hing fast ständig im Internet. Hatte sich auf *My MSN* registriert; vielleicht wollte er mir nachspionieren, keine Ahnung. Oder, um noch namenloser zu werden. Wollte ihn immer davon abbringen. Da ist er total ausgerastet. Und dann hab ich zu ihm gesagt, er soll den Kopf endlich aus seinem eigenen Arschloch ziehen. Was nicht so wahnsinnig liebenswürdig war. So im Nachhinein gesehen.«

Drífa musste ein paar Mal schwer schlucken, aber erst als die warmen Tropfen über ihr eiskaltes Gesicht liefen, merkte sie, dass sie weinte. Fast hoffte sie, er würde sie trösten, würde sie noch einmal in den Arm nehmen, doch dann wurde ihr klar, dass er ihre Tränen in der Dämmerung ja gar nicht sehen konnte.

»Wusstest du, dass Papa ihn damals gefunden hat?«, fragte er.

»Nein ...«

»Hat versucht, ihn wiederzubeleben. Kam heim und stand total unter Schock. Hatte sich zugesoffen und mir dann alles haarklein vorgebraten. Immer noch besser, du erfährst es von mir, hat er gesagt, als zufällig irgendwo unten in der Stadt. Am schlimmsten muss wohl der Abgasgeruch gewesen sein, den Baldur ausgeströmt hat. Papa war es speiübel. Als ob du versuchst, 'nem Auspuffrohr Leben einzuhauchen, hat er gesagt. Aber es war sowieso alles zu spät, er hatte einfach keine Chance.«

Drífas Gesicht glänzte vor Tränen.

»Tut mir leid.«

Es gelang ihr, ein paar Mal tief Luft zu holen, bevor sie antwortete.

»Ich hab ja gefragt. Besser, irgendwas zu wissen, als sich alles Mögliche und Unmögliche vorzustellen.«

»Ich zieh vielleicht nach Reykjavík«, sagte er nach einer kleinen Pause.

»Okay? Mit deinem Vater?«

»Nein. Zu meiner Mutter. Sie ist wieder in Island.«

»Wow. Das ist ja mal was Neues.«

»Ja, schon. Und ich hab eigentlich auch nichts dagegen, endlich von hier wegzukommen. Nach all dem, was hier so gelaufen ist.«

»Verstehe«, sagte sie und setzte nach einem kurzen Zögern hinzu: »Oder ... wie meinst du das überhaupt?«

»Ach ... hier ist alles irgendwie so beengend. Ich hab hier überhaupt keine richtigen Freunde mehr, und dann das Gefühl, dass mich alle für 'ne Art ... *Creep* oder so was halten.«

»Ich hab dich noch nie für 'nen *Creep* gehalten.«

»Danke. Gut zu wissen.«

»Vielleicht bildest du dir das ja bloß ein.«

»Kann sein.«

»Und wie ist deine Mutter so?«

»Ganz in Ordnung. Cool. Na ja, für ihr Alter jedenfalls. Tätowiert und so. Hat 'ne Therapie hinter sich. Hat sich aber wieder voll im Griff, sagt sie.«

»Schön für sie.«

Sie mussten beide grinsen. Dann folgte eine lange Pause.

»Wer weiß, vielleicht ziehe ich auch runter nach Reykjavík. Ich überleg, ob ich mich vielleicht dort an der Uni einschreiben soll.«

»Na klar solltest du das«, sagte er.

Sie hatte keine Ahnung, welcher Teufel sie eigentlich ritt, aber plötzlich stand sie auf, ging zu Bóas hinüber, der neben ihr an der Felswand lehnte, und küsste ihn. Kein Zungenkuss, aber auf den Mund. Immerhin hatte sie seit der Zeit mit Baldur überhaupt niemanden mehr geküsst.

»Also bis dann, Bóas«, sagte sie. Dann drehte sie sich um und rannte den Abhang hinunter.

53 Während das Technikerpärchen von der Spurensicherung das Haus nach möglichen Hinweisen und Indizien durchkämmte, und die beiden Beamten, der Einheimische und der Angereiste, die Videoaufnahmen unter die Lupe nahmen, um eine Liste aller Personen zu erstellen, die beim Gedenkgottesdienst anwesend waren, hatte Valdimar es übernommen, Sveinbjörns Sohn Oddur zu vernehmen, den man nun der Brandstiftung beschuldigt hatte. Der Junge befand sich offensichtlich in einer Art Schockzustand, und Valdimar hatte beschlossen, sich das zunutze zu machen. Seine Eltern hatten nicht dagegen protestiert, dass ihr Sohn zum Verhör geladen wurde, aber Oddur hatte sich ihre Anwesenheit im Vernehmungsraum ausdrücklich verbeten. Das war mehr oder weniger das Einzige, was er bisher von sich gegeben hatte.

»Soso, Oddur«, begann Valdimar mit ernstem Gesicht. »Dann bist du also der Brandstifter.«

Der Junge zuckte auf seinem Stuhl zusammen und warf den Kopf zur Seite, eine Art Tick, der sich auch im weiteren Gespräch immer wieder bemerkbar machte. Bevor er etwas sagte, schnappte er ein paar Mal wie ein Fisch nach Luft, und wenn er dann sprach, klang es stockend, vor Nervosität oder unterdrücktem Schluchzen.

»Ich war in der Kirche! Mit meiner M-Mutter. Sie können sie ja fragen.«

Doch das war gar nicht nötig. Valdimar erinnerte sich genau an das Gesicht des Jungen, starr und ausdruckslos hatte er neben seiner Mutter in der Kirchenbank gehockt.

»Du hättest zum Beispiel mit einem Zeitzünder arbeiten können«, plapperte Valdimar eine der Standardphrasen nach, die er mal bei einem Kollegen aufgeschnappt und sehr überzeugend gefunden hatte.

»Zeitzünder ... Ich weiß ja nicht mal, was das ist!«, flüsterte Oddur mit erstickter Stimme. »Mit Technik hab ich's nicht so. Und Sie glauben doch wohl nicht im Ernst, ich hätte versucht, meine eigene Schwester da in den Flammen mit anzuzünden ...«

Seine Augen füllten sich mit Tränen, dann gab er einen merkwürdigen, abgehackten Laut von sich, der wie ein verzerrtes Husten klang.

»Häuser in Brand zu stecken ist ein lebensgefährliches Spiel«, knurrte Valdimar.

»Ich hab Ihnen doch gesagt, ich war's nicht.«

»Überrascht es dich dann nicht, dass du unter Verdacht stehst?«

Oddur antwortete nicht.

»Okay. Lassen wir das fürs Erste und fangen ganz von vorne an: das Feuer im Byggðavegur. Soweit ich weiß, hast du deinem Freund Ragnar gegenüber zugegeben, dass dieser Brand auf dein Konto geht ...«

»Ragnar ist nicht mein Freund!«, widersprach er trotzig, und Valdimar konnte im Gesicht des Jungen förmlich sehen, wie er verzweifelt versuchte, seine brodelnden Gefühle in Schach zu halten. Offenbar wollte er seine sensible Seite mit einer aufgesetzten Abgebrühtheit und Gleichgültigkeit kaschieren, die er wohl für maskulin hielt, aber vor dem Hintergrund der Ereignisse wirkten solche Mätzchen wie blanke Ironie.

»Aber zu ihm hast du jedenfalls gesagt, du hättest das Haus angezündet.«

»Das war ein Fehler«.

»Ein *Fehler*?«

Oddur warf wieder den Kopf zur Seite und schwieg.

»Würdest du mir bitte erklären, wie du das meinst? Wie kam es denn zu diesem ›Fehler‹?« Valdimar fixierte ihn mit einem durchdringenden Blick. Am liebsten wäre er aufgesprungen, hätte den Jungen an den Schultern gepackt und einmal kräftig durchgeschüttelt, doch er riss sich zusammen und knirschte nur ungehalten mit den Zähnen. Oddur rutschte unbehaglich auf seinem Stuhl hin und her.

»Hab ich nicht das Recht auf einen Anwalt oder so?«, fragte er, und seine Unsicherheit war wieder deutlich zu spüren.

»Sicher, darüber hatten wir ja bereits gesprochen. Wenn du das wirklich willst«, fuhr er fort und unterlegte den Satz mit einem leicht drohenden Unterton, aber subtil genug, dass ihm das niemand hätte nachweisen können. »Da du anscheinend nicht vorhast, ein Geständnis abzulegen, sollten wir beide jetzt mal Klartext reden. Damit wir dann, mit Hilfe deiner Hinweise, die nötigen Maßnahmen ergreifen können, um den wahren Schuldigen endlich dingfest zu machen«, erklärte der Kommissar und versuchte, Oddurs flackernden Blick einzufangen. Der Junge schien jetzt vollkommen planlos. Valdimar wartete auf eine Gelegenheit, ihn ein zweites Mal in die Enge zu treiben, hatte aber keine Lust, sich bei diesem arroganten Teenager anzubiedern. Also verschränkte er die Arme auf der Brust und wartete, bis ein schmatzendes Geräusch zu erkennen gab, dass der Junge seine Sprechwerkzeuge wieder einzusetzen gedachte.

»Ich hab die Fabrik angezündet. Das ist das Einzige.«

»Und genau das ist auch das Einzige, was wir dir anhand von Zeugenaussagen nachweisen können«, antwortete Valdimar nicht ohne ironischen Unterton. »Na schön. Dann erzähl mir das doch mal ein bisschen genauer. Wie kamst du überhaupt auf die Idee, in der Fabrik deines Vaters Feuer zu legen?«

Oddur schwieg und starrte vor sich hin. Valdimar musterte ihn konzentriert. »Seit dem Brand zu Hause bei Drífa wollte ich unbedingt auch irgendwo Feuer legen«, sagte er, so gleichgültig, als ginge es um die normalste Sache der Welt.

»Dir hat es Spaß gemacht, mit anzuschauen, wie das Haus eurer Nachbarn in Flammen stand?«, fragte Valdimar in neutralem Ton.

»Irgendwie schon«, antwortete Oddur, und ein unangenehmes Grinsen zog sich über seine untere Gesichtshälfte. »Na ja, vielleicht nicht direkt.«

»Und weiter?«

»So'n kleiner Brand hat denen doch nicht groß weh getan. Ganz im Gegenteil: Hatten sie wenigstens Grund, sich ein paar neue Möbel anzuschaffen und so. Außerdem ist das alles haushoch versichert, wie Sie sich denken können. Und der Hugrún geschah das sowieso recht, der alten Schlampe.«

»Du kannst sie wohl nicht besonders gut leiden.«

»Wundert Sie das? Bei dem, was zwischen ihr und Papa war?«

»Und warum soll das allein ihre Schuld sein? Hat dein Vater denn keinen eigenen Willen?«

»Das hab ich nicht gesagt.«

»Jedenfalls hattest du also plötzlich Lust, dieses Drama nachzuspielen?«

»Na ja, so ähnlich.«

»Und jetzt, da sieht die Sache plötzlich ganz anders aus?«, versuchte Valdimar ihn aus der Reserve zu locken, endlich die Mauer zu durchbrechen, hinter der sich dieser Bengel so hartnäckig verschanzte.

Oddur antwortete nicht, aber seine spöttische Grimasse nahm einen leicht gequälten Zug an.

Der Kommissar nutzte die Pause. »Und warum ausgerechnet die Parkettfabrik deines Vaters? Wolltest du dich auch an ihm für irgendwas rächen, oder was?«

»Papa kümmert sich 'nen Scheißdreck um uns«, stieß Oddur heiser hervor. »Er hatte doch nichts anderes im Kopf, als diese Fabrik über Wasser zu halten. Geld hatte er eigentlich noch nie, wir waren ständig pleite, von Anfang an, seitdem wir hier an diesen Arsch der Welt gezogen sind. So gesehen konnte es ihm eigentlich nur recht sein, dass der Laden hopsgegangen ist. Ist ja keiner zu Schaden gekommen. Außerdem hat er es sich schließlich damals mit Cognac und Zigarre auf dem Sofa gemütlich gemacht, während seiner Geliebten nebenan das Dach über dem Kopf weggekokelt ist. Menschen sind ihm egal. Er hatte es verdient, auch mal am eigenen Leib zu spüren, wie das ist, wenn man alles verliert.«

»Und deine Mutter? Hatte die das auch verdient?«, fragte Valdimar kühl.

»Von ihr kam doch überhaupt erst die Idee!«, rief der Junge impulsiv.

»Wie bitte?«, knurrte der Kommissar. »Was soll denn das wieder heißen?«

Oddurs Kopf vollführte jetzt wahre Pirouetten. Der Tick schien irgendwie mit unangenehmen Gesprächssituationen zusammenzuhängen.

»Papa und sie hatten mal wieder Zoff, und sie hat ihn angebrüllt, hoffentlich wäre die Fabrik als Nächstes dran. Sie würde ihr jedenfalls keine Träne nachweinen, hat sie gesagt.«

»Und glaubst du, deine Mutter freut sich, wenn sie erfährt, dass du sie beim Wort genommen hast?« Valdimar ließ sich nicht anmerken, dass er diese Gardinenpredigt schon einmal gehört hatte, und zwar von Stella selber.

»Das war doch alles bis oben hin versichert«, murmelte Oddur. »Gesetzliche Feuerversicherung. Für uns hätte es eigentlich gar nicht besser kommen können. Wir hätten einfach noch mal ganz von vorne angefangen, wenn nicht ...« Er brach mitten im Satz ab und starrte den Kriminalkommissar hasserfüllt an.

Valdimar schüttelte den Kopf und schnaubte verächtlich.

»Mit ›Fehler‹ meinst du also gar nicht die Brandstiftung selbst?«

Oddur schwieg weiter.

»Von was für einem Fehler redest du, verdammt noch mal!?«, bellte Valdimar, bis der Junge endlich eine Reaktion zeigte, diesmal ohne Halsverrenkungen.

»Was regen Sie sich so auf? Ich hab doch nur gemeint, es war ein Fehler, Ragnar in dem Glauben zu lassen, dass ich auch das Feuer bei Drífas Eltern gelegt hätte. Ich fand das irgendwie ... *tough*.«

»Okay, darauf kommen wir später noch zurück. Aber zuerst wüsste ich gerne, wo du am letzten Dienstagabend warst.«

»Am Dienstagabend?«, wiederholte Oddur irritiert.

»Der Abend, an dem du die Fabrik angezündet hast«, erklärte Valdimar widerwillig.

»Ach so, da. An dem Abend war unglaublich krasses Wetter. Und ich war auf diesem Maskenball ...«

»In Verkleidung, oder was?«

»Ja, so was Ähnliches. Ich hatte mir einfach 'ne riesige Damensonnenbrille ins Gesicht gesteckt, die ich zu Hause in der Abstellkammer gefunden hatte. Soweit ich weiß, hat Mama die mal in Griechenland gekauft. Oder in Schweden, wo wir damals gewohnt haben. Und als ich auf dem Weg zur Party war, dick vermummt in diesem Kapuzenanorak und mit 'nem Schal vor dem Gesicht, da ist mir klargeworden, dass mich in diesem Aufzug bestimmt niemand erkennt – außer an den Klamotten. Gerade der Schal war eigentlich ziemlich auffällig. Das war der, mit dem ich jeden Tag rumlaufe, der musste unbedingt weg. Und über die Parkettfabrik und den ganzen Mist hab ich auch nachgedacht.«

»Ob du sie anstecken sollst, meinst du?«

»Vielleicht. Jedenfalls bin ich zu Þorsteinn rüber und hab mich mit Benzin versorgt. Der hat jede Menge von dem Zeug

bei sich im Geräteschuppen stehen. Sie wissen ja, dass Feuer-
versicherungen Vorschrift sind, oder?«

Valdimar musste sich sehr am Riemen reißen, dem Jungen
nicht etwas äußerst Unschmeichelhaftes an den Kopf zu werfen.

»Das war übrigens nicht das erste Mal. Er hat ja eigentlich
immer Benzin da rumstehen, da hab ich mir schon öfter mal
was abgezapft. Zum Spielen.«

»Mit Feuer?«

»Klar. Haben Sie früher nie mit Benzin und Streichhölzern
rumgezündelt?«

Valdimar schüttelte den Kopf.

»Ich dachte immer, alle Jungs machen das früher oder später. Ist geil.«

»Soso. Du warst also auf dem Weg zum Kostümfest. Und
dann?«

»Und genau da ist mir klargeworden, dass ich wahrscheinlich nie wieder eine bessere Gelegenheit bekommen werde. So
wie ich war, könnte ich unerkannt durch die Stadt laufen, so
lange ich wollte, so lange ich nicht meine eigenen Klamotten
anhätte. Also hab ich beschlossen, aufs Ganze zu gehen. Und als
es spät genug war, hab ich mich von der Party weggeschlichen,
bin nach Hause und hab mir den Ersatzschlüssel zur Fabrik geschnappt, der bei uns im Flur am Haken hängt. Dann hab ich
in der Garderobenschublade noch 'nen alten Schal gefunden
und bin rüber in die Garage, um Papas Jagdausrüstung und
seine Gummistiefel zu holen.«

»Und bei euch zu Hause hat dich niemand bemerkt?«

»Ich bin gar nicht bis ins Haus rein. Und hab dann auf-
gepasst, nicht mit der Tür zu knallen.«

»Und dann?«

»Dann ... hab ich losgelegt. Bin rein in die Fabrik. Wie
schon tausendmal zuvor. Einfach so zum Spaß. Aber diesmal,
um sie abzufackeln.«

»Was war mit der Einbruchsicherung?«

»Die war eigentlich nie eingeschaltet. Die war wohl eher pro forma da installiert. Und das Brandschutzsystem war schon seit vorigem Herbst defekt.«

»Hattest du Streichhölzer dabei?«

»Ja.«

»Und das Benzin?«

»Ja, das auch. Obwohl ich das eigentlich gar nicht gebraucht hätte. Drinnen im Lager stand doch literweise Verdünnung, das hatte ich ganz vergessen. Also hab ich erst mal reichlich davon auf den Fußboden gekippt, hab 'ne Spur bis nach vorne zum Eingang gelegt und dann das Ganze angezündet. Ich brauchte bloß ein einziges Streichholz. Die Flammen sind sofort über den ganzen Boden geschossen, ich brauchte nur noch abzuwarten, bis alles Feuer gefangen hatte, schließlich wollte ich sicher sein, dass die Hütte auch anständig brennt.«

»Und wie lange hast du dir das Feuer angeschaut?«

»Nicht lange. Oder eigentlich zu lange. Sonst würde ich jetzt nicht hier sitzen.«

»Nun ja. Und dann?«

»Dann bin ich in aller Ruhe rausspaziert und hab mich nach Hause aufgemacht, um mir 'ne andere Jacke zu holen, bevor das Chaos losging. Und genau da kam mir Ragnar entgegen.«

»Was ist zwischen euch vorgefallen?«

»Vorgefallen? Überhaupt nichts. Er ist einfach plötzlich vor mir aufgetaucht, direkt vor der Fabrik. Ich hatte natürlich die Kapuze so tief wie möglich ins Gesicht gezogen, bis nur ein kleines Guckloch frei war, und dann hatte ich ja Mamas Riesensonnenbrille auf. Deshalb hab ich auch nicht besonders viel mitgekriegt. Das war noch, bevor von außen irgendwas zu sehen war. Außerdem hatte ich drinnen überall Licht gemacht, damit es noch weniger auffällt. Jedenfalls stand Ragnar auf einmal direkt vor mir. Ich bin wahnsinnig erschrocken, und dann hab ich Panik gekriegt und bin weggerannt. Da hat er mir meinen Namen hinterhergerufen. Später hat er behauptet, er hätte mich an meiner Gangart erkannt.«

»Und dann?«

»Nichts dann. Bin einfach nach Hause, hab die Jacke und den Schal verschwinden lassen und bin von dort wieder zurück auf die Party. Und kurz danach ist die ganze Clique losgerannt, um zuzugucken.«

»Und? War es so großartig, wie du erwartet hattest?«, fragte Valdimar spöttisch.

Zuerst kam wieder ein kurzes Kopfzucken. Dann brach der harte Schutzpanzer auf und zerbröselte zu Staub. Und dann weinte der kleine Oddur, hemmungslos, so als ginge ihm gerade auf, wie schutzlos und allein er auf dieser Welt war.

54 Drífa hörte zu, wie sich die nassen Schneereste von der Regenrinne lösten und in schweren Tropfen auf den aufgeweichten Boden fielen. Beim Nachhausekommen hatte sie sofort das Fenster aufgerissen und dann auf Kippe gestellt, denn die Luft im Zimmer war heiß und stickig. Und draußen hatte nun endgültig das Tauwetter eingesetzt. Aus dem Wohnzimmer dröhnten die Abendnachrichten herüber, dort hockte ihr Vater, wie wohl fast jeder in der Stadt, gebannt vor dem Fernseher, wo sich ihr hübsches Städtchen den Landsleuten zurzeit aus einem ganz neuen, erschreckenden Blickwinkel präsentierte.

Ihre Schwester Silla hatte man vorsorglich psychologisch betreuen lassen, denn Sigrún war ihre beste Freundin. Die Psychologin hatte lange bei ihr gesessen, und nun war das Mädchen endlich eingeschlafen. Bevor die Ärztin, eine sympathische junge Frau, sich verabschiedete, hatte sie Drífa gefragt, ob sie nicht auch das Gefühl habe, mit jemandem reden zu müssen. Drífa hatte nach einem kurzen Zögern heftig den Kopf geschüttelt. Sie hatte zwar auf einmal das dringende Verlangen, sich alles von der Seele zu reden, aber das würde mindestens die ganze Nacht in Anspruch nehmen. Als die Psychologin gegangen war, überlegte sie, ob es nicht jemanden gab, mit dem sie sprechen konnte, ohne Angst, ihr Gegenüber zu verletzen, alte Wunden aufzureißen oder etwas hervorzuzerren, was in den Abgründen der Seele vor sich hin schwelte. Aus einem unerfindlichen Grund fiel ihr Urður ein. Vielleicht konnte die ihr, trotz allem, diese Einstellung vermitteln, die sie jetzt so dringend brauchte. Urður musste doch wohl über eine gewisse Gelassenheit verfügen, über die Seelenruhe einer Frau, die nichts mehr zu befürchten hat – weil das Schlimmste, was sie jemals auch nur gewagt hätte sich vorzustellen, bereits eingetreten war?

Drífa hatte sich neben ihren Vater vor den Fernseher gesetzt, aber als die Nachrichten anfingen, sprang sie auf und stürzte hinüber in das Zimmer, das sie zurzeit bewohnte, zog die Tür hinter sich zu und warf sich ohne Licht zu machen aufs Bett. Ihre Mutter hatte sich, kaum waren sie zu Hause angekommen, nach nebenan ins Ehebett zurückgezogen, und da lag sie bestimmt noch immer.

Es klopfte an der Tür, einmal leicht, dann zweimal etwas fester.

»Drífa!«, hörte sie die Stimme ihres Vaters.

»Was denn?«, rief sie aus dem dämmrigen Zimmer. Es sah ihm gar nicht ähnlich sie zu behelligen, wenn sie allein sein wollte.

»Ich habe ein kleines Problem. Könntest du mal eben kommen?«

Mit einem Ruck schreckte sie vom Bett hoch und stand auf. In der Stimme ihres Vaters lag etwas, das sie beunruhigte. Der tropfende Schnee vor dem Fenster schien plötzlich Teil eines verschwommenen Traums von einer friedlicheren Welt – nicht unbedingt einer Welt voller Glück, aber einer Welt, die Ruhe und Spielraum bot, wo man sich an alles gewöhnen und zur Besinnung kommen konnte, bevor einen die nächste Woge mit sich fortriss.

Sie stand auf und öffnete die Tür. Draußen war niemand, im Flur brannte kein Licht, und auch das Wohnzimmer war ausgestorben.

»Papa?«

Sie huschte über den Flur zum Elternschlafzimmer. Die Tür war nur angelehnt. Sie spähte hinein, und plötzlich wurden ihre Arme und Beine ganz taub. Sie kam sich vor wie ein kleines Mädchen, das schlecht geträumt hat und auf der Suche nach Trost zu den Eltern ins Bett kriechen will.

Auf den ersten Blick sah es aus, als ob er sie küsste. Ihr Vater saß auf der Bettkante und beugte sich über ihre Mutter, doch dann sah sie, dass er sein Ohr auf Hugrúns Mund und Nase presste. Sie ging hinein. Er starrte ihr entgegen, leichenblass, wenn auch nicht ganz so bleich wie Hugrún, die mit bläulich wächsernem Gesicht dort auf dem Bett lag. Dann entdeckte Drífa das leere Tablettenröhrchen auf dem Nachttisch, und als es ihr gelang, den Gedanken zu Ende zu denken, dass ihre Mutter tot war, schien ihr Herz einen Schlag auszusetzen. Ihr Vater schrak zusammen, als er sie bemerkte.

»Deine Mutter schläft wie ein Stein«, murmelte er ratlos. »Ich versteh das einfach nicht.«

»Siehst du nicht, wie kreideweiß sie im Gesicht ist, Papa?«, flüsterte sie. »Und siehst du nicht das Tablettenröhrchen da? Bist du blind? Los, ruf einen Krankenwagen!«

»Tablettenröhrchen?«, wiederholte er verwirrt. »Krankenwagen?«

Sie war nicht tot, und sie hatte auch keine lebensgefährliche Überdosis des Schlafmittels genommen, wenn auch mehr als die Packungsbeilage empfahl. Um genau zu sein das Vierfache, wie sie selbst später behauptete, als sie wieder zu sich gekommen war. Der junge Arzt, der ihr den Magen auspumpte, konnte das natürlich nicht wissen, und so erwies sich der dramatische Wettlauf mit der Zeit glücklicherweise als Sturm im Wasserglas.

»Ich wollte einfach nur schlafen. Schlafen und vergessen«, erklärte Hugrún jetzt, halb aufgesetzt in ihrem Krankenhausbett, mit einer Tasse Tee auf dem Rolltischchen daneben. »Einfach schlafen, durchschlafen bis morgen früh. Die arme Stella. Ich war so gemein zu ihr. Alles meine Schuld.«

Drífa saß auf einem Plastikstuhl neben dem Bett und schloss ihre brennenden Augen. Ihr Vater war zurückgefahren, um nach Silla zu sehen, man konnte schließlich nicht riskieren, dass sie aufwachte und niemand im Haus war.

Drífa hätte ihre Mutter gerne gefragt, was genau sie sich eigentlich vorwarf, und warum, hielt sich aber zurück. Auch die Frage, warum sie diese leere Tablettenpackung so direkt neben dem Bett zurückgelassen hatte, verkniff sie sich. Sie war so unendlich müde.

»Weißt du, warum ich so bin, wie ich bin?«, fragte Hugrún, beinahe munter, aber ihre Stimme hatte einen unbequem lauernden Unterton.

»Nein, Mama.« Dann kam fast automatisch ihr Standardsatz: »Du bist genau richtig, so wie du bist.«

»Nein! Genau das bin ich eben nicht! Nichts an mir ist richtig!«, klagte Hugrún. »Ich bin ein wandelndes Minenfeld, wie dein armer … Vater es mal ausgedrückt hat. Oder vielleicht war's auch ein anderer.«

Drífa sah an ihr vorbei und antwortete nicht.

»Aber jetzt können wir sowieso alle einpacken.«

»Mama! Bitte sag so was nicht!«

»Ich sage ganz einfach die Wahrheit. Einer muss es ja tun. Wir bezahlen doch immer für die Sünden der anderen. Und andere bezahlen für unsere Sünden. Das ewige Prinzip des Daseins. Wenn die Bullen deinen Vater verknacken, sind wir erledigt.«

»Warum sollte die Polizei denn Papa verknacken?«, fragte Drífa und fühlte sich immer unbehaglicher. »Was ist überhaupt mit dir los, Mama? Drehst du jetzt total durch?«

»Ja, genau. Ich drehe durch. In gewisser Hinsicht zumindest. Ich hab ihn zur Rede gestellt. Wollte ihn aufrütteln. Hatte die Schnauze voll von diesem endlosen Stumpfsinn. Ich konnte doch nicht wissen, wo das alles hinführen würde. Dein Vater hätte nach der Fabrik einfach aufhören sollen. Aber nein, er hat sich damit ja nicht zufriedengegeben, und jetzt sind wir alle verloren. Wenn sie ihn nicht schnappen, geh ich hin und verpfeif ihn. Ich kann mir unmöglich auch das noch auf die Schultern laden.«

»Ich glaube nicht, dass Papa irgendwas auf dem Gewissen hat, Mama!«, sagte Drífa erschrocken. Die Worte ihrer Mutter klangen wie verworrenes Geschwätz aus einer verqueren Welt. »Weißt du denn nicht mehr, dass er in der Kirche direkt neben uns saß? Ganz vorne in der ersten Reihe?«

»Du bist so rein und unschuldig, meine Kleine. Würdest deinem Papa nie irgendwas Böses zutrauen. Ich wünschte, ich könnte das auch von mir behaupten, Drífa-Schatz. Aber abgesehen davon kannst du froh sein«, ergänzte sie, »einen solchen Vater zu haben. Das Beste, was einem hübschen Mädchen wie dir passieren kann, ist einen solchen Duckmäuser zum Vater zu haben. Einen Vater, der immer schön aufpasst, dass auch ja kein Porzellan zerschlagen wird.«

»Was meinst du denn damit, Mama?«, fragte Drífa, und der Kloß, der ihr in der Kehle saß, schien ihr in die Augen zu steigen und dort zu explodieren, denn die Tränen strömten ihr schon wieder übers Gesicht.

»Wollte ich dir nicht gerade erklären, warum ich so bin, wie ich bin?«, fuhr Hugrún fort und lachte wieder ihr freudloses Lachen. Drífa sauste das Blut in den Ohren.

»Na ja, lassen wir das. Wie sagt man so schön? ›Was ich nicht weiß …‹ Tut mir leid, mein Schatz, dass ich dich ausgerechnet jetzt auch noch mit diesem ganzen Mist behellige. Als ob alles andere nicht schon mehr als genug wäre.«

»Nein, Mama, nein! Das braucht dir doch nicht leidzutun!«, rief Drífa gequält.

»Manchmal habe ich mich selber einfach nur satt. Ich bin

so ungeheuer leicht zu durchschauen. Tue immer so, als ob ich mich selber nicht verstehe, als ob ich getrieben bin von irgendwelchen dunklen Strömungen, aber in Wirklichkeit bin ich einfach nur unglaublich berechenbar. Und außerdem werde ich immer älter, bald wird mich keiner mehr eines Blickes würdigen. Und was dann? Was bleibt dann von mir? Was ist dann noch übrig? Das ist die große Frage. Ich kann noch nicht mal mehr mit jüngeren Männern flirten. Die rennen schreiend weg, als wär ich giftig.«

»Dann lass es doch einfach!«, rutschte es Drífa heraus. Eigentlich hatte sie ihrer Mutter zumindest heute kein schlechtes Gewissen machen wollen. Aber genau das hatte sie offenbar gerade geschafft. Hugrún vergrub ihr Gesicht in den Händen.

»Ich versuch's ja. Seit der Sache mit dem armen Baldur ...«

»Mamaaa! Hör auf!!«

»Das ist wirklich das Allerschlimmste, was ich jemals getan habe. Ganz und gar unverzeihlich. Seitdem versuche ich jeden Tag aufs Neue, das zu vergessen.«

»Bitte, Mama! Schluss jetzt damit. Hör auf, dir immer alles selber vorzuwerfen, das ist doch bescheuert. Es war seine Entscheidung, und er hat sich entschieden, das zu tun, was er getan hat. Wenn man der Mutter seiner Freundin einen unsittlichen Antrag macht, sobald die Freundin mal für ein paar Stunden aus der Stadt ist, dann muss man eben die Konsequenzen tragen. Und wenn man mit diesen Konsequenzen nicht klarkommt, dann ist man ganz allein selber schuld. Es war er selbst, der sich umgebracht hat. Nicht ich, und du schon gar nicht.«

Diese letzten Sätze ratterte sie herunter wie eine Beschwörungsformel.

»Er ist schreiend weggerannt, als wär ich giftig. Hochgiftig.«

»Was? Wer denn?«

»Na, Baldur! Es war ein Fehler von mir. Frag mich nicht, was ich mir dabei gedacht hab.«

»Baldur ist schreiend weggerannt? Aber du hast mir doch erzählt, dass er …«

»Das war gelogen. Es war alles ein einziger großer Fehler. Ich hab's doch an seinem Gesicht gesehen, wie er sich vor mir ekelte, als wär ich eine Schlange. Oder eine Kröte, eine tote, schleimige Kröte. Was sollte ich machen? Danach war es völlig ausgeschlossen, ihn in die Familie aufzunehmen. Das verstehst du doch, Schatz, oder? Und ich dachte, immer noch besser, wenn du ihn verachtest als mich. Und so manche Jugendliebe hat sich ja schon von selbst erledigt, bevor es überhaupt richtig ernst wurde. Also hab ich gelogen. Hab ihm einfach ein paar Lügen angedichtet. Dabei musste ich ihm natürlich zuvorkommen. Und dann hab ich mir geschworen, dass das das letzte Mal war. Oder zumindest das vorletzte Mal. Ich wollte mein Leben von Grund auf ändern. Ich hab beschlossen, deinen Vater aus seinem dumpfen Duckmäusertum rauszureißen, und zwar um jeden Preis. Hab beschlossen, ihn eifersüchtig zu machen. Ich konnte doch nicht ahnen, in was für einer grauenvollen Katastrophe das Ganze enden würde! Moment mal, warte doch! Wo willst du hin? Du kannst mich doch nicht einfach allein hier zurücklassen! Drífa! Komm sofort zurück!«

Aber Drífa war Hals über Kopf aus dem Krankenzimmer gestürzt, aus der Klinik, aus der Stadt und dem Landkreis und der Provinz. Sie wollte ihre Mutter nie mehr wiedersehen.

55 »Dann hätten wir also zwei Brandstifter«, seufzte Hafliði.

»Sieht ganz danach aus. Der Junge bleibt steif und fest dabei, dass er die Fabrik angesteckt hat und sonst nichts. Und es lässt sich ja auch tatsächlich nicht ganz ignorieren, dass er, während das Feuer ausbrach, die ganze Zeit neben seiner Mutter in der Kirche saß«, antwortete Valdimar nachdenklich. »Und dass er mit diesen beiden missglückten Brandstiftungen letzten Herbst was zu tun hatte, mit der am Kindergarten und der am Technikmuseum, streitet er ebenfalls hartnäckig ab.«

»Der ist aber auch kompliziert. Streitet er vielleicht sowieso alles ab, was man ihm auf irgendeine Weise nachweisen könnte? Was ist mit der Zeitzünder-Theorie? Oder einer Fernsteuerung, oder so was in der Richtung?«

»Wir haben keinerlei Indizien, die auf etwas Derartiges hindeuten. Und es spricht auch nichts dafür, dass der Junge ein ausgesprochener Technikfreak wäre, darauf hat er ja schon selber hingewiesen.«

»Dafür braucht man nicht unbedingt ein Genie zu sein …«

»Nein, aber trotzdem. Mir selber würde ich so eine Bastelarbeit auch nicht zutrauen. Außerdem war doch im Haus alles voller Benzin. Und er wusste, dass seine Schwester im oberen Stockwerk schlief. Nee, das ist nun wirklich absolut undenkbar.«

»Und ansonsten gibt's keinen Verdächtigen?«
Valdimar ließ sich mit der Antwort Zeit.

»Nein«, sagte er endlich. Aber Hafliði kannte seinen Kollegen gut genug, um ihm anzusehen, dass ihn etwas beschäftigte.

»Verdammt noch mal, Valdimar! Keine Geheimnisse jetzt!«

»Wart's ab. Morgen wirst du alles erfahren.«

Hafliði bohrte noch etwas weiter, aber Valdimar blieb dabei. Morgen, hatte er gesagt. So könnte er noch einmal drüber schlafen.

In einer Kirche Feuer zu legen, ist nichts für Feiglinge. Was du brauchst, ist harte, unerbittliche Kaltblütigkeit. Weg mit allem, was auch nur entfernt an Gefühle erinnert. Du bist ein willfähriger Soldat, der in einem ungerechten Krieg in der ersten Reihe kämpft, denk nicht über das nach, was passiert, sondern schau nach vorn und behalt dein Ziel im Auge. Der Weg zurück ist verstellt, die Brücken sind verbrannt und werden nie wieder aufgebaut. Jeder Gedanke ist bis ins Letzte durchkonstruiert, jedes Wort, das du dir im Stillen vorsagst, ist besonnen und kalt. Wenn die Entscheidung in der Schlangengrube deiner Seele einmal gefallen ist, musst du es durchziehen, wie jede andere Aufgabe auch – und musst diese hübsche, blau gestrichene Kirche, heiß geliebt von allen Einwohnern und vielen anderen, bis auf die Grundfesten niederbrennen. Auf so was kannst du keine Rücksicht nehmen, denn deine Beweggründe sind so zwingend, dass niemand sie versteht, der deine Situation nicht teilt. Böses muss Böses vertreiben, und was seine Daseinsberechtigung verspielt hat, wird in Schutt und Asche gelegt, von der Erdoberfläche ausradiert, muss weichen und Platz machen für Neues.

Die Brandschutzanlagen in den Gotteshäusern des Landes sind nicht überall so zuverlässig wie in der Kirche von Seyðisfjörður. Hier ist alles tadellos in Schuss, so dass zunächst etwas Geschick vonnöten ist, um das System auszutricksen. Und wenn dann der Moment gekommen ist, brauchst du geradezu übermenschliche Kräfte, um einen kühlen Kopf zu bewahren und das brodelnde Magma unter Kontrolle zu halten, das unter der Oberfläche kocht. Während sich das flackernde Flämmchen dem Brandmelder nähert, spürst du eine geheime Macht, eine Urkraft jenseits von Gut und Böse, die entweder erlöst oder alles ins Verderben stürzt, und die, ganz gleich in welche Richtung der Zeiger ausschlägt, von jetzt an die Kontrolle übernehmen wird. Dann verbrennst du dir die Finger am heißen Feuerzeug und genießt es geradezu, wie der Schmerz dich durchzuckt.

Vielleicht lässt du, mit Hilfe der verbrannten Fingerkuppen, die einzelnen Stationen auf dem Weg hierher noch einmal vorüberziehen, und dann fragst du dich, wie es kommt, dass dieses Zusammenspiel äußerer Zufälle und innerer Fehltritte dich mit der Genauigkeit eines Uhrwerks an genau diesen Punkt und genau diesen Ort geführt hat. Dann verkriechst du dich wie ein verwundetes Tier, das sich in einem düsteren Gebüsch versteckt, wenn die Jäger kommen. Und lange musst du auch nicht warten, schon dringt von draußen Motorengeräusch herein, grell blinkendes Blaulicht und aufgeregtes Stimmengewirr, dann wird die Tür aufgestoßen und Männer stürzen herein, um ein Feuer zu löschen, das noch gar nicht ausgebrochen ist.

Valdimar eilte ins Freie und zog sich im Laufen die rote Wollmütze über, er hatte sich so an diese Kopfbedeckung gewöhnt, dass schon der Gedanke, sich unbemützt in die Nacht hinauszuwagen, genügt hätte, die beißende Kälte auf der Kopfhaut zu spüren.

Zwanzig Minuten später trat er auf die Kirchentreppe hinaus und setzte sich noch einmal die Mütze auf. Der Löscheinsatz hatte sich als blinder Alarm erwiesen. Diese modernen Brandmeldesysteme waren so sensibel, hatte man ihm erklärt, dass sie oft von selber anschlugen, ohne dass ein Feuer in der Nähe war. An und für sich nicht weiter bemerkenswert oder beunruhigend, aber ein seltsamer Zufall war es doch, dass sich das System ausgerechnet jetzt, auf dem Höhepunkt einer solchen Brandstiftungsserie, solche Sperenzchen leistete. Valdimar stand unschlüssig und mit finsterer Miene auf dem Treppenabsatz herum und spürte förmlich die Anspannung in seinen Nerven. Auf dem Vorplatz hatte sich ein Grüppchen besorgter Passanten gebildet, die einfach dem Blaulicht der Löschwagen gefolgt waren und sich vor der Kirche versammelt hatten. Jetzt löste sich ein Mann aus der Gruppe, schätzungsweise um die fünfzig. Er war modisch gekleidet und auch sonst in jeder Hinsicht eine eindrucksvolle Erscheinung: in einem edlen Wolljackett, unter dem ein vielfarbiger Strickpullover mit extravagantem Muster hervorsah, dazu Schuhe aus weichem Leder mit großen Laschen, die weit über den Fußrücken hinaufreichten. Gut möglich, dachte Valdimar, dass man für jedes dieser Stücke gut und gerne das Monatsgehalt eines Kriminalkommissars hinblättern musste.

»Entschuldigen Sie, könnte es sein, dass das da auf Ihrem Kopf meine Mütze ist?«, sprach der Mann ihn mit ernstem Gesichtsausdruck an.

»Wie? Wer sind Sie überhaupt?«, entgegnete Valdimar scharf. Diese Frage hatte er am allerwenigsten erwartet.

»Sigurjón mein Name«, sagte der Mann leicht verwundert, und Valdimar erinnerte sich vage, dass dieses Gesicht vor einiger Zeit durch die Medien geistert war. War das nicht einer von diesen isländischen Wirtschaftsmogulen, die in ihrer unerklärlichen Raffgier den Rest der Welt aufkaufen wollten? Als hätte er Valdimars Gedanken erraten, lächelte dieser Sigurjón leicht verlegen, dann blickte er kurz zur Seite, von wo sich jetzt ein anderer Zeitgenosse ins Bild schob, ein geckenhaft gekleideter junger Mann mit Cowboystiefeln und einem üppigen, aber tadellos gepflegten lackschwarzen Haarschopf. Offensichtlich wollte er gerade das Wort ergreifen und den rechtmäßigen Besitzanspruch seines Kameraden auf besagte Kopfbedeckung bestätigen. Valdimar nahm die Mütze ab und drückte sie dem Mann wortlos in die Hand. Dieser betrachtete sie eingehend von allen Seiten, wie um zu prüfen, ob sie während ihrer Zeit mit Valdimar auch wirklich keinen Schaden genommen hatte.

»Sie ist nämlich ein Andenken, müssen Sie wissen«, erklärte er schließlich.

Valdimar nickte mit säuerlicher Miene. Die beiden Freunde tauschten einen vielsagenden Blick, nahmen die Mütze und verschwanden.

Pfarrer Aðalsteinn war wie gerufen zur Stelle gewesen und hatte ihnen die Kirchentür aufgeschlossen. Nun schloss er sie wieder zu, in seinem warmen, dunklen Wintermantel und seiner Pelzmütze, um die ihn Valdimar in diesem Moment glühend beneidete.

»Wie geht es Stella?«, erkundigte er sich. Er hatte von ihrem Nervenzusammenbruch erfahren und wusste auch, dass Aðalsteinn sich anschließend um sie gekümmert hatte. »Geht es ihr besser?«

»Besser? Wie sollte es ihr besser gehen? Ihre Tochter schwebt noch immer in Lebensgefahr, und ihr Zuhause ist ein qualmendes Häufchen Asche!«, erwiderte der Pfarrer mit einem Anflug von Vorwurf in der Stimme, als hätte Valdimar sich einen peinlichen Ausrutscher geleistet.

»Ich meine, ob sie den schlimmsten Schock einigermaßen überwunden hat.«

»Sie haben ihr ein Beruhigungsmittel gegeben, und jetzt schläft sie. Ich war gerade bei ihr gewesen, als ich den Menschenauflauf hier sah. Da bin ich erschrocken und wollte nachsehen.«

Valdimar schüttelte sich, als er den dezenten Alkoholduft wahrnahm, der den Pfarrer umwehte. Dann fiel ihm plötzlich ihr letztes Gespräch wieder ein.

»Ach, übrigens habe ich immer noch nicht mit Ihrer Frau gesprochen«, sagte er.

»So? Haben Sie denn was mit ihr zu bereden?«, fragte Aðalsteinn verlegen, und sein Blick schweifte unruhig über Valdimars Schulter. Als der Kommissar sich unwillkürlich umdrehte, entdeckte er Urður, die nur wenige Meter hinter ihm stand. Aðalsteinn ließ ihn stehen und verschwand ohne weiteren Kommentar.

»Entschuldigen Sie«, sagte er mit fester Stimme zu der Frau, die nun auf ihn zukam. Im Gegensatz zu Aðalsteinn trug sie keine Kopfbedeckung, und auch die dünne weiße Kapuzenstrickjacke war der Witterung nicht gerade angemessen.

»Sie wollten mich sprechen?«, fragte sie und musterte ihn mit einem leeren, leicht gequälten Märtyrerblick. Valdimar kam plötzlich die Idee, dass die Antwort des Pfarrers auf seine Frage nach Stellas Befinden insgeheim auf Urður gemünzt gewesen war und dass Aðalsteinn die Gelegenheit genutzt hatte, um seine politisch korrekte Einstellung zu diesem Punkt zur Schau zu stellen. Er runzelte die Stirn und kam dann unverzüglich zur Sache.

»Ja. Sie haben offenbar angekündigt, dass etwas passieren würde, wodurch zweifelsfrei ans Licht käme, wer der Brandstifter ist. Könnten Sie etwas näher erläutern, was Sie damit meinten?«

»Meinem Aðalsteinn kann man nichts ankreiden«, sagte Urður leise, und ihre Mundwinkel hoben sich zu einem freudlosen Lächeln. »Er weiß immer, was richtig ist, und er verhält sich auch danach. Ich weiß zwar nicht mehr wörtlich, was ich gesagt habe …«, fuhr sie zögernd fort, als koste sie es große Mühe, sich zu erinnern. »Aber was ich meinte, war, dass mein Sohn Ragnar zu den Brandstiftungen womöglich etwas zu sagen hat.«

»Hat Ragnar Ihnen erzählt, was er weiß?«, fragte Valdimar streng.

»Er hat angedeutet, dass er etwas wüsste.«

»Und Sie sind nicht auf die Idee gekommen, das der Polizei mitzuteilen?«

»Ich wollte abwarten, bis Ragnar sich aus freien Stücken an Sie wendet. Ich habe ihn immer wieder dazu ermuntert. Und wenn von ihm nichts gekommen wäre, hätte ich schon gewusst, was zu tun ist.«

»Verstehe«, sagte Valdimar. »Sie hätten vielleicht besser …«, fing er eifrig an, brach dann aber abrupt ab und verstummte. »Aðalsteinn sagt, Sie wüssten genau, dass Bóas mit der Brandserie nichts zu tun hat. Auf welche Informationen gründet sich dieses Wissen?«

Urðurs Gesichtsausdruck verhärtete sich, als sie antwortete: »Es gibt Dinge, die weiß man einfach. Dafür braucht man keine Informationen.«

Sobald alles wieder still ist, fängst du einfach wieder von vorne an – und wieder läuft alles so ab wie beim ersten Mal. Natürlich strapaziert das deine Geduld bis zum Äußersten, denn du weißt, wie unwahrscheinlich es ist, dass du noch in dieser Nacht das große Werk vollendest. Also wieder mit dem Feuerzeug an den Brandmelder, bloß kein Streichholzflämmchen, wegen der unerwünschten Rauchentwicklung. Die Reaktion folgt genauso prompt wie beim ersten Mal, wenn nicht sogar noch eine Spur schneller. Motorengeheul in der Ferne, eilige Schritte im Schnee, wieder wird die Kirchentür aufgestoßen, Geräusche aus der Außenwelt dringen herein, überall in der Kirche hastiges Getrampel, und du kauerst dich fester zusammen, dort in deinem Versteck. Jemand schlägt vor, einen Aufseher in der Kirche zu postieren, aber letztendlich hat das nicht viel Sinn. Der nächstgelegene Brandmelder ist so empfindlich, dass das kleinste Fünkchen genügt, um den Großalarm auszulösen, immer und immer wieder. Und selbst in der unbeleuchteten Kirche ist das Feuerzeug nicht zu sehen, obwohl es wieder und wieder aufblitzt. Schließlich bleibt keine andere Wahl, als die Brandschutzanlage komplett auszuschalten, direkt am Hauptschalter – ein winziger Handgriff –, aus. Und dann endlich kommt die gerechte Abrechnung.

Valdimar wurde immer wieder gefragt, wie er auf die geniale Idee gekommen sei, sich nach dem dritten blinden Alarm in der Kirche zu verstecken. Man war bereits drauf und dran gewesen, das Brandschutzsystem insgesamt vom Netz zu nehmen, offenbar ein technischer Defekt, so ging das schließlich nicht weiter, man konnte ja in der ganzen Stadt kein Auge mehr zutun. Und gerade nach einem solchen Tag hatte wohl jeder seine Nachtruhe bitter nötig. Am besten also, erst einmal alles ausschalten und am nächsten Tag die Anlage in Ruhe durchchecken.

Valdimar antwortete etwas in der Richtung, dass ihm das Ganze einfach sonderbar vorgekommen sei, und ergänzte dann immerhin wahrheitsgemäß, dass sich, nachdem für den Fabrikbrand ein Geständnis vorlag, sein Augenmerk immer mehr auf die erste Brandstiftung gerichtet habe und er davon ausgegangen sei, dass dieses Feuer damals nicht zufällig ausgebrochen war. Wer konnte Interesse daran gehabt haben, das Haus von Þorsteinn und Hugrún zu zerstören? Und welches emotionale Motiv steckte dahinter? Habgier? Eifersucht? Angst, Neid, Rachsucht? Die Liste war nicht unbegrenzt.

Diese und ähnliche Überlegungen gingen ihm im Kopf herum und schlugen sich auf seinem Gesicht nieder. Auch die Launenhaftigkeit, die das Brandschutzsystem ausgerechnet in dieser Nacht gezeigt hatte, erschien ihm in höchstem Maße verdächtig. Doch der wahre Grund für sein Versteckspiel in der Blauen Kirche war zu peinlich, als dass er ihn hätte in Worte fassen wollen. In Wirklichkeit war es nämlich so, dass er mit weiteren Löscheinsätzen rechnete und die Vorstellung nicht ertragen konnte, dieses ständige Hin und Her ganz ohne Mütze bestreiten zu müssen. Und da er wenig Lust hatte, das irgendjemandem auf die Nase zu binden, war er bei günstiger Gelegenheit auf die Toilette geschlüpft, hatte sich dort im Dunkeln versteckt und gewartet, bis er hörte, wie die Kirchentür von außen verriegelt wurde.

Während sich die Stimmen der Feuerwehrleute draußen langsam entfernten, kroch er aus seinem Versteck, schlich durch den Kirchenraum und setzte sich dort in die hinterste Bank. Dort saß er und kämpfte mit der Müdigkeit, bis ihm der Kopf auf die Brust sank.

Es ist schwer, sich von seinem Leben zu trennen, selbst für den, der das seinige endgültig verwirkt hat, indem er Qual und Schmerzen über andere gebracht hat, wenn nicht den Tod. Das Schwert der Gerechtigkeit erhebt sich drohend gegen den Ehebrecher, den Brandstifter und den Drogenboss, um dann mit voller Kraft auf den Unschuldigen niederzudonnern. Nichts auf dieser irdischen Welt kann den von seiner Schuld reinwaschen, der sich an einem unschuldigen Kind vergangen hat. Deshalb muss das wogende Flammenmeer ihn verschlingen, und mit ihm die Stätte, die er befleckt hat mit seinen Worten und Taten.

Es ist leichter, sich diesen Gedanken hinzugeben, als seine Hand tatsächlich gegen den eigenen Körper zu richten. Die Anspannung wächst ins Unermessliche, während man die gnadenloseste Entscheidung seines Lebens vor sich selbst zu rechtfertigen versucht, sich dann aber nicht überwinden kann, sie in die Tat umzusetzen. Wer will schon sein Leben in unerträglichen Höllenqualen beenden? Ein solcher Wunsch widerspräche jeder menschlichen Natur.

Ein winziges Geräusch im Kirchenraum hatte Valdimar geweckt. Jede einzelne Zelle seines Körpers vibrierte, und gleichzeitig begann er zu frösteln. Er blickte sich um und hielt dabei seinen Mund leicht geöffnet, um nicht laut mit den Zähnen zu klappern.

Er hörte ein leises Stöhnen, derselbe Laut, der ihn geweckt hatte. In der Kirche war es so düster, dass er nicht ausmachen konnte, wer die Gestalt war, die da vor dem Altar kauerte, sich dann auf die Knie erhob und dabei heftig zitterte, vor Erregung oder vor Kälte. Doch irgendwo tief drinnen wusste er genau, wer es war.

Valdimar hielt den Atem an und bewegte sich keinen Millimeter.

»Urður«, sagte er schließlich, leise genug, um sie nicht zu erschrecken.

Sie erschrak. Fasste sich an die Brust und sackte zur Seite, so dass Valdimar schon befürchtete, sie hätte einen Herzinfarkt erlitten. Dann sprang sie auf, kroch unter den Altar und versteckte sich hinter der weißen Leinendecke. Die Frau schien in einer Art Umnachtungszustand; sich so sonderbar aufzuführen und unter Kirchenaltäre zu kriechen, erinnerte doch stark an das Verhalten seelisch gestörter Menschen. Er erhob sich aus der Kirchenbank, ging ein paar Schritte zu dem kleinen Vorraum und tastete nach dem Lichtschalter. Der Kirchenraum wurde in ein grelles Licht getaucht.

Genau in diesem Moment nahm er den Benzingeruch wahr. Er sprang auf und rannte durch den Mittelgang auf den Altar zu, wo Urður sich gerade aufgerappelt hatte. Mit ausgestreckten Armen hielt sie einen rechteckigen, randvollen 10-Liter-Plastikkanister vor sich, aus dessen breiter Tülle das Benzin herausspritzte und über ihre Kleidung floss. Valdimar zögerte keinen Augenblick, hechtete auf sie zu, brachte sie zu Fall und schlug ihr gleichzeitig den Kanister aus der Hand, wobei er selbst einen kräftigen Schwall ins Gesicht bekam. Der Behälter kippte zur Seite um, das Benzin strömte über den Kirchenboden.

Sie wimmerte wie eine Geisteskranke, wehrte sich aber nur

schwach. Mit der linken Hand drückte er sie auf den Boden, während er mit der rechten in der Jackentasche nach seinem Handy fischte. In diesem Moment sah er das Feuerzeug, zum Anzünden bereit in ihrer Handfläche, die Kuppe des Daumens schon auf dem roten Hebel, der das Gas ausströmen lässt, während das kleine Zahnrad gegen den Zündstein reibt und so den Funken hervorbringt.

Sie keuchte schwer unter seinem Knebelgriff. Er blickte ihr in die Augen und sah darin grenzenlose Angst.

56

»Na gut. Dann fangen wir also ganz vorne an. Haben Sie letzten Herbst Ihr Haus angezündet?«

Valdimar hatte Urður angeboten, bei ihrer Vernehmung einen Anwalt hinzuzuziehen, aber sie hatte abgelehnt. Sie verweigerte überhaupt jede Aussage, es sei denn, mit ihm unter vier Augen. Vielleicht hatte sie sich von Valdimar Mitgefühl und Verständnis erhofft, was er allerdings sehr bezweifelte, ihr entgegenbringen zu können.

»Sie hätten mich sterben lassen sollen«, jammerte Urður nun schon zum soundsovielten Mal.

»Es ist nicht meine Aufgabe, Leute sterben zu lassen. Haben Sie Ihr Haus angezündet?«

»Ja.«

»Warum?«

»Ich habe es dort nicht mehr länger ausgehalten. Ich hatte das Gefühl, in einer Grabkammer zu wohnen. Ich musste etwas tun.«

»Wäre es nicht einfacher gewesen, wegzuziehen?«

»Das habe ich immer wieder versucht. Ich wollte unbedingt weg von hier. Aber Aðalsteinn hat mich nicht verstanden, er hat das als persönlichen Angriff gegen sich selbst aufgefasst. Irgendwann hatte ich es satt, weiter darüber zu diskutieren.«

»Soso.«

»Es war *unser* Haus. *Unsere* Sachen«, sagte sie trotzig und versuchte, seinem scharfen Blick auszuweichen.

»Und deshalb konnten Sie ruhig alles verbrennen? Meinen Sie das wirklich?«

Urður starrte schweigend vor sich auf die Tischplatte.

»Wollen Sie mir nicht erzählen, wie es genau abgelaufen ist?«

»Wir waren auf dem Weg runter nach Reykjavík. Ragnar war auch dabei. Da habe ich zu Aðalsteinn gesagt, ich hätte meine Bibel zu Hause auf dem Nachttisch vergessen. Was nicht mal gelogen war, dort lag sie tatächlich. Und als ich zurückging, um sie zu holen, zündete ich die große Kerze an, die auf der Kommode im Schlafzimmer steht. Da war kein Teller oder Untersetzer drunter, nichts in der Art, die Kerze stand direkt auf der gestrichenen Holzkommode, und man konnte nicht wissen, was passierte, wenn sie herunterbrannte. Vielleicht würde sie ja einfach ausgehen, wenn der Docht im heißen Wachs ertrank. Ich hatte das Gefühl, diese Entscheidung in Gottes Hand zu legen, ihm zu überlassen, ob er mich und uns alle weiterhin in diesem Haus gefangen halten wollte, bis Trauer und Tod dort alles beherrschten. Tja, und dann ist das Haus eben abgebrannt. Trotzdem habe ich mich nie dazu bringen können, Gott dafür zu danken. So weit bin ich dann doch nicht gegangen. Nicht zuletzt deshalb, weil Aðalsteinn sich nach wie vor weigerte, sich entwurzeln zu lassen, wie er es ausdrückte. Und dann redete ich mir ein, dass ich hier festsäße, müsse wohl bedeuten, dass hier an diesem Ort noch eine Aufgabe auf mich wartet. Natürlich musste ich unentwegt an Baldur denken und was ihm zugestoßen war, und an diese gottverdammte Hugrún, die sein Leben zerstört hatte, und damit auch mein eigenes.«

»Baldurs Selbstmord war also Hugrúns Schuld?«

»Ja. Baldur zitterte am ganzen Körper, als er nach Hause kam, nachdem sie in ihrer unersättlichen Gier versucht hatte, über ihn herzufallen. Der arme Junge war vollkomen aus dem Tritt. Ich hab ihm die Geschichte nur mit Mühe aus der Nase ziehen können. Und am Tag drauf war dann Schluss zwischen Drífa und ihm, so dass man sich leicht zusammenreimen konnte, wie Hugrún die Dinge dargestellt hatte. Wenn ich Drífa doch damals einfach die Wahrheit ins Gesicht geschleudert oder ihr zumindest Baldurs Version erzählt hätte. Aber nein, man ist ja immer viel zu rücksichtsvoll, eine Pfarrersgattin spricht schließlich nicht über solche Dinge, und außerdem hätte die Beziehung der beiden jungen Leute einen solchen Skandal sowieso nicht überstanden, nicht, nachdem alles ans Licht gekommen war. Deshalb hab ich einfach abgewartet, so lange, bis das Schicksal seinen Lauf nahm.«

Urður hing schief auf ihrem Stuhl und starrte angestrengt auf den Tisch zwischen ihnen. Valdimar hatte es aufgegeben, ihren Blick zu suchen, er ließ sie einfach reden.

»Diese Gedanken hab ich also Tag für Tag mit mir herumgeschleppt, während sie ihren Spaß hatte, unverfroren wie nie zuvor. Und dann bandelt sie auch noch mit ihrem nächsten Nachbarn an, das ist doch mehr als armselig, finden Sie nicht? Und allmählich war ich geradezu besessen von dem Bedürfnis, dieser Frau einen Schaden zuzufügen, den sie noch lange und schmerzhaft spüren würde. Ich versuchte, diese Gefühle zu unterdrücken, flehte zu Gott, er möge mir die Kraft geben, standhaft zu bleiben. Aber je mehr ich versuchte, meinen Hass niederzutrampeln, desto heftiger loderte er immer wieder auf. Bald war dieser Wunsch zu verletzen das Einzige, was mich noch am Leben hielt, mich von einem Tag zum nächsten trug. Und so lag es irgendwie auf der Hand, ihr das Haus abzubrennen. Genau so, wie auch unser Haus abgebrannt war. Das musste ihr doch auf irgendeine Weise weh tun. Vielleicht würde sie sogar daraus lernen. Natürlich sollte niemand zu Schaden kommen, so viel stand für mich schon lange fest – ich wartete nur noch auf eine Gelegenheit. Und plötzlich war die

Gelegenheit da, und ich ergriff sie. Ohne allzu genau über die Folgen nachzudenken. Ich hielt mich für ein Werkzeug Gottes, aber in Wirklichkeit war ich der Handlanger des Teufels. Wie ich jetzt weiß. Und deshalb wollte ich sterben. Und die Kirche mit mir. Dort, wo ich gesessen hatte, wo der grässliche Plan entstanden war. Ich hatte diesen Ort unwiderruflich beschmutzt und wollte, dass die reinigenden Flammen ihn verschlingen. Das haben Sie verhindert. Überlegen Sie sich doch mal, jetzt kann sich jeder andere auf meine Bank setzen, dorthin, wo ich alle diese grauenvollen Gedanken gedacht habe. Das darf auf keinen Fall passieren, Sie müssen mir helfen. Verstehen Sie doch ...«

»Woher hatten Sie das Benzin, um bei Þorsteinn und Hugrún Feuer zu legen?«

»Aus unserem Schuppen. Ich hatte mir einen kleinen Vorrat angelegt.«

»Und was weiter? Wie fühlten Sie sich danach?«

»Jämmerlich. Es war keineswegs die Erleichterung, die ich mir erhofft hatte. Zumindest nicht am Tag danach. Und dann musste Sveinbjörn sich die Umstände ja unbedingt zunutze machen, Hugrúns erbärmlicher Romeo.«

»Und deswegen haben Sie beschlossen, ihm ebenfalls das Dach über dem Kopf anzuzünden?«

»Ja. Ich fand, er hatte es nicht verdient, als Einziger ungeschoren davonzukommen.«

»Es war übrigens nicht Sveinbjörn, der die Fabrik angesteckt hat.«

»Natürlich war er das. Wer denn sonst? Ich habe ihn doch sogar gesehen, wie er das Benzin geklaut hat.«

»Es war Oddur. Sein Sohn.«

»Was, Oddur? Der kleine Oddur?« Sie starrte ihn völlig entgeistert an. »Dann hat er also ...«

Valdimar nickte finster.

»Und warum?«

»Persönliche Gründe. Genau wie Sie. Aber er hätte wohl nie auch nur ein Streichholz angefasst, wenn Sie ihm nicht mit, sozusagen, leuchtendem Beispiel vorangegangen wären. Denken Sie mal drüber nach. Und auch darüber, wie es für den kleinen Oddur jetzt aussieht.«

Urður starrte wieder vor sich hin, mit versteinertem Gesicht.

»Sie hätten mich einfach sterben lassen sollen!«, wiederholte sie ein weiteres Mal. »Ich werde die nächste Gelegenheit dazu nutzen. Sie glauben gar nicht, wie ich mich darauf freue.«

Valdimar unterbrach die Vernehmung, indem er das Tonbandgerät anhielt.

»Sie sind feige. Das ist es doch, was dahintersteckt. Sich umbringen ist leicht. Die leichteste Übung. Eine einfache Lösung. Etwas anderes ist dagegen viel schwieriger. Den Leuten in die Augen zu schauen.«

Urður stöhnte auf.

»Ja, ich weiß«, fuhr er fort. »Es kann sehr schwierig sein, die Verantwortung für seine eigenen Fehltritte zu übernehmen. Verdammt schwierig. Aber Sie müssen selber wissen, was Sie tun«, setzte er hinzu. »Es ist Ihr Leben. Also gut, dann fangen wir jetzt noch mal ganz von vorne an, aber diesmal richtig.«

Zwei Stunden später schlich Valdimar aus der kleinen Polizeistation, ausgelaugt an Körper und Seele. Er fühlte sich verschwitzt und dreckstarrend, obwohl er nach der Benzinkleckerei in der Kirche geduscht und die Kleider gewechselt hatte. Aber der Mief verfolgte ihn nach wie vor und verursachte ihm Übelkeit, die sich noch verdoppelt hatte, seitdem die Anspannung etwas von ihm abgefallen war. Er lehnte sich an die Außenwand des Vereinsheims *Herðubreið* und beugte sich vornüber. Am liebsten jetzt einfach alles rauskotzen, dachte er, raus mit diesem ganzen widerlichen Mist, mit dem er bis zum Platzen voll war. Aber nichts kam. Die Übelkeit übermannte ihn. Ein Auto rollte langsam an ihm vorbei. Er schaute nicht auf.

Bisher war es ihm gelungen, die Gedanken an Elma an den äußersten Rand seines Bewusstseins zu verbannen, dort lauerten sie, nasskalt und drohend. Jetzt konnte er die Sache angehen. Elmas Krankheit und die bevorstehende Operation gaben Valdimar einen mehr als triftigen Grund, Seyðisfjörður so schnell wie möglich den Rücken zu kehren und es anderen zu überlassen, die losen Enden zusammenzufügen und diesen grauenhaften Fall ein für alle Mal abzuschließen. Er lehnte noch immer dort an der Hausecke, und plötzlich kam ihm der Anruf aus dem Krankenhaus wieder ins Gedächtnis, und noch einmal hörte er deutlich die nervöse Stimme des jungen Mannes, der seinen Namen nicht genannt hatte.

Er sah auf die Uhr. Trotz aller Dunkelheit war es bereits Tag. Er nahm sein Handy heraus und wählte. Stellte eine Frage und bekam eine Antwort. Tippte eine weitere Nummer. Eine heisere Frauenstimme meldete sich.

»Hallo? Bist du's, du Arsch? Was fällt dir ein, mich um diese nachtschlafende Zeit aus dem Bett zu holen, todkrank, wie ich bin?«

»Hallo, Schatz. Gerade habe ich erfahren, dass du heute entlassen werden sollst. Haben sie diese zweifelhafte Operation also abgeblasen, von der dein Freund mir am Telefon erzählt hatte?«

»Du hast kein einziges Mal angerufen, um zu hören, wie es mir geht«, sagte sie vorwurfsvoll. »Dabei wäre es ja wohl das Mindeste gewesen, dich in den nächsten Flieger zu setzen und sofort herzukommen. Du scheinst, wenn es um mich geht, einfach keine Gefühle zu haben.«

»Stimmt genau«, antwortete er. »Und deshalb habe ich auch keine Lust, dich wiederzusehen.«

Dann schaltete er das Handy aus und ging mit schweren Schritten in sein Hotelzimmer zurück.

57 *Ich bin den Berghang hinaufgestiegen, wollte versuchen, von irgendwo neue Kraft herzukriegen, nach diesem grauenvollen Absturz. Überall um mich war Wasser, unter dem Schnee gluckste der Bach, Rinnsale wie Adern in einem weißen Körper, der im Begriff ist, sich aufzulösen. Ich hatte geglaubt, einen Seelenverwandten gefunden zu haben, Teil eines großen Ganzen zu sein, eine Art Prophet des Feuers. Aber dann erwies sich alles bloß als leeres, sinnloses Gezappel. Wie enttäuschend.*

Als ich schon ziemlich weit oben war, nahm ich die Bibel aus meinem Rucksack. Wie so viele habe ich mir angewöhnt, dort nach Antwort zu suchen, sie irgendwo aufzuschlagen, mit dem Finger blindlings auf eine Seite zu zeigen und dann zu lesen, was an dieser Stelle steht. Ich war so ratlos, ich suchte einfach nach irgendeiner Antwort. Und dann lief es mir eiskalt den Rücken runter, denn da stand: ›Welcher Gott nun mit Feuer antworten wird, der sei Gott.‹

Ich blickte hinunter auf die Stadt, musste blinzeln, und dann hatte ich auf einmal diese glasklare Vision: Die Häuser da unten waren alle grau und düster, versunken in derselben Finsternis, die in den Seelen ihrer Bewohner wabert wie Nebelschwaden. Alle außer einem, das plötzlich aufloderte, so dass die Flammen hell durch das Dach schlugen. Und da wusste ich, ich war doch nicht allein übriggeblieben, die Alte und dieser idiotische Oddur waren nichts als willenlose Werkzeuge. Wie unglaublich erleichternd, nicht allein zu sein, genau wie letztes Jahr, als ich zusah, wie das Pfarrhaus in Schutt und Asche versank und plötzlich spürte, dass das Feuer seinen eigenen Gesetzen gehorcht.

Und jetzt durchschaue ich auch die ganze miese Verlogenheit, sie ist so durchsichtig wie Rauchschwaden vor einer Fensterscheibe. Ich brauche nur abzuwarten. Ich weiß, welches Haus das Feuer als Nächstes ins Jenseits befördert. Und wenn nichts geschieht, dann werde ich eben etwas geschehen lassen.

Jón Hallur Stefánsson
Eiskalte Stille

Deutsche Erstausgabe
Island-Krimi. www.list-taschenbuch.de
ISBN 978-3-548-60726-9

Ein Architekt Anfang 40 wird in der Nähe seiner
Sommerhütte tödlich verletzt aufgefunden. Für Valdimar Eggertsson von der Kriminalpolizei Reykjavik wird
schnell klar, dass im Umfeld des Mannes nichts so ist,
wie es den Anschein hat. Doch welche seiner Lügen
wurde ihm zum Verhängnis?

»Der Kronprinz der isländischen Kriminalliteratur«
Birta

»Außergewöhnlich gut geschrieben und spannend«
Fréttabladid

»Ein großartiges Debüt – Stefánsson hat neue Maßstäbe
gesetzt.« *DV*

List Taschenbuch

Jo Nesbø
Der Erlöser

Kriminalroman

ISBN 978-3-548-26968-9
www.ullstein-buchverlage.de

Oslo im Weihnachtslichterglanz, ein kaltblütiger Mörder und ein Kommissar, dessen Leben aus den Fugen zu geraten droht. Harry Hole liefert sich ein atemloses Duell mit einem kroatischen Auftragskiller, in dem er einen ebenbürtigen Gegner findet.

»Ohne Zweifel der beste skandinavische Kriminalroman des Jahres.« *Anne Holt*

»Ein Roman für jeden Bewunderer anspruchsvoller Kriminalliteratur.« Friedrich Ani, *Süddeutsche Zeitung*

»Jo Nesbø – die neue Krimimarke aus dem hohen Norden! Er schildert so intensiv, dass einem beim Lesen das Herz nicht nur vor Aufregung bis zum Hals schlägt, sondern auch vor Freude.«
Bild am Sonntag

»Exotisch und echt scharf.« Tobias Gohlis, *Buchkultur*

UB489

JETZT NEU

 Aktuelle Titel   **Login/** Registrieren   **Über Bücher** diskutieren

Jede Woche vorab in einen brandaktuellen Top-Titel reinlesen, ...

... Leseeindruck verfassen, Kritiker werden und eins von **100** Vorab-Exemplaren gratis erhalten.

 vorablesen.de